Zum Buch:

Ostholstein 1959: Isabelles Ehemann, der angesehene Schriftsteller Ernst Hoffmann, hat ein imposantes Anwesen auf dem Land nahe der Ostseeküste erworben. Hier genießt die junge Frau die Natur und Abgeschiedenheit, während Ernst im Trubel Hamburgs den Erfolg und neue Geschichten jagt. Manchmal fühlt Isabelle sich einsam, auch weil das ersehnte Kind bislang ausgeblieben ist. Doch sie findet bald eine neue Aufgabe: Sie möchte einen wunderschönen Garten erschaffen. Als sie dabei an ihre Grenzen stößt, sucht sie Rat bei Damian, der ihr fortan bei der Pflege der Blumen zur Seite steht und sie in eine Sprache einweiht, die ihr schon bald bedeutsamer erscheint als die der Worte.

Zur Autorin:

Nach ihrem Magisterabschluss in Literaturwissenschaften arbeitete Jana Seidel einige Jahre als Redakteurin. Doch während sie Artikel mit harten Fakten verfasste, wurden die fantastischen Ideen in ihrem Kopf immer mehr. Deshalb entschied sie sich, ihre Leidenschaft zu leben und nur noch zu schreiben, was sie möchte. Als freie Autorin und Journalistin wohnt sie heute mit Mann und Sohn in Hamburg.

Jana Seidel

Der Liliengarten

Roman

mtb

MIRA® TASCHENBUCH

FSC
MIX
Papier
FSC® C014496

1. Auflage: März 2020
Originalausgabe

Umschlaggestaltung: zero-media.net, München
Umschlagabbildung: Elisabeth Ansley / Arcangel, FinePic®, München
Lektorat: Christiane Branscheid
Satz: GGP Media GmbH, Pößneck
Printed in Germany
Dieses Buch wurde auf FSC®-zertifiziertem Papier gedruckt.
ISBN 978-3-7457-0060-2

www.mira-taschenbuch.de

Die Rose spricht alle Sprachen der Welt.

Ralph Waldo Emerson

PROLOG

Iris
1965

Der Weg in ein magisches Reich wird stets durch ein Hindernis versperrt. Wer Einlass begehrt, muss ein Rätsel lösen oder ein Opfer bringen. So viel war dem kleinen Mädchen bereits klar. Aber sie vermutete, dass ihre Mutter diese schwierige Aufgabe für sie übernommen hatte, bevor sie diesen zauberhaften Ort betreten konnten. Jedes Mal, wenn sich die eisernen Pforten unter lautem Quietschen öffneten, hatte sie das Gefühl, ihr würde eine große Gunst zuteil. Hätte sie an diesem Tag gewusst, dass sie den Garten zum letzten Mal betrat, hätte sie sich womöglich dagegen gewehrt. Vielleicht hätte die Kleine sich zu Boden geworfen, um ihre Finger in der Erde zu vergraben, bis sie so starke Wurzeln schlug, dass selbst der böse König sie nicht so leicht hätte lösen können. Aber sie ahnte nichts und streifte mit einem versonnenen Lächeln auf den Lippen an den Sträuchern und Blumen vorbei. Dabei fühlte sie nichts als Wärme. Die kräftige Junisonne schien auf ihr Gesicht und die Hand der Mutter barg die ihre. Das Mädchen bemühte sich, die Finger ihrer Mutter nicht mit einem zu festen Griff zu umschließen, weil sie befürchtete, diese würde ihr dann wie ein flirrendes Feenwesen davonflattern. Dabei wirkte die Frau an ihrer Seite im Garten irdischer als anderswo. Ihr Gang wurde aufrechter, der Teint strahlte und die Lippen öffneten sich zu einem gelösten Lächeln. Im Haus konnte man ihre ewige Sanftheit leicht mit Gleichgültigkeit verwechseln, doch unter freiem Himmel verwandelte sie sich in etwas Zärtliches. Die Mutter kniete sich hin, um ihrem Kind ein kunstvoll gemasertes Blatt oder eine Blüte mit ungewöhnlichem Farbverlauf zu zeigen. Die Kleine entschied, dass sie es wagen konnte, sich für den Moment eng an ihre Mutter zu schmiegen, ohne sich darum zu sorgen, sie wie sonst oft zu wecken und möglicherweise zu verscheuchen.

Sie spürte den warmen Atem ihrer Mutter auf ihrem Haupt, bevor diese liebevoll ihren Scheitel küsste. »Mein kleiner Schatz«, wisperte sie.

»Erzählst du es mir noch mal?«, fragte das Mädchen fröhlich. Sie deutete auf die weißen Schwertlilien, die noch einen anderen Namen trugen, Iris – der Name des Mädchens. Die kleine Iris wusste bereits, dass die Farbe dieser Blüten etwas ungewöhnlich war. Sie hatten einen warmen Cremeton statt der üblicheren blauen Farbe, und es schmeichelte Iris, nach einer so hübschen Blume benannt worden zu sein. »Erzählst du mir noch mal, warum du mich so genannt hast?«

Ihre Mutter Isabelle schaute sie beinahe wehmütig an. »Sie ist ausdauernd und ehrlich. Und ich habe mir gewünscht, meine Tochter wäre auch so.«

Überrascht blickte Iris auf. Dies war nicht die Geschichte, nach der sie gefragt hatte. Später würde sie daran denken, dass ihre Mutter an diesem Tag selbst im Garten ihre Melancholie nicht ganz abgelegt hatte, und sich fragen, ob sie eine Vorahnung gehabt hatte.

»Es ist wirklich eine wunderbare Blume«, fuhr ihre Mutter fort. »Schau nur! Man kann dieser Blüte tief ins Herz blicken. Sie hat nichts zu verbergen.«

Ihre Mutter klang so eindringlich und ernst, dass sich Iris beunruhigt gefragt hätte, ob es eine Botschaft zu entschlüsseln galt, wenn sie nicht gerade etwas ganz anderes beschäftigt hätte.

Ausdauernd und ehrlich also? Dies waren keine Eigenschaften einer Märchenheldin, dachte Iris. Es klang nach Dingen, die Erwachsenen wichtig erschienen – wie Pünktlichkeit, Geld oder gute Tischmanieren. Iris spürte, wie ihre Mutter sie musterte, und als diese seufzte, hatte sie das merkwürdige Gefühl, eine Prüfung nicht bestanden zu haben. Sie senkte den Kopf, bis ihre Mutter sie unter dem Kinn kitzelte. »Und wir wollen nicht die Göttin mit dem gleichen Namen vergessen. Sie ist die Verkörperung des Regenbogens. Ein bunter und seltener Strahl der Hoffnung.«

Iris kicherte erleichtert. Diese Geschichte hatte sie hören wollen. Auch die Miene ihrer Mutter schien sich aufzuhellen, als sie noch einen Moment über die schillernde Göttin sprach.

»Hast du mich deshalb so genannt?«, fragte Iris.

Sie hatte die Frage schon oft gestellt, erlebte nun aber zum ersten Mal, dass ihre Mutter mit einer Antwort zögerte.

»Ja«, erwiderte Isabelle schließlich und stupste mit dem Zeigefinger sanft gegen die Nase ihrer Tochter. »Und hatte ich nicht recht? Wie ein Regenbogen.«

Sie hob den Saum des kunterbunten Kleides ein Stück an, das Iris an diesem Morgen ausgewählt hatte. »Ist es nicht ein bisschen grell? Sie sollte nicht nach Aufmerksamkeit heischen«, hatte ihr Vater zu seiner Frau gesagt, als stünde seine Tochter nicht direkt neben ihr. Iris hatte sich gewundert, dass ihm überhaupt aufgefallen war, was sie trug. Für einen Moment verdarb sein Kommentar Iris die Freude an ihrem Kleid. Allerdings schien ihm nur selten etwas zu gefallen, was Iris sagte oder tat, sodass sie es auch aufgeben konnte, um seine Gunst zu buhlen.

»Mir scheint es perfekt für ein kleines Mädchen. Aber wenn es dich stört, wenn sie die Blicke auf sich zieht, trägt sie es nur zu Hause«, hatte Isabelle erwidert.

Als ihre Mutter Anstalten machte, den Garten wieder zu verlassen, umklammerte Iris einen Augenblick lang die Hand ihrer

Mutter fester, als könne sie so verhindern, dass sie den steinernen Torbogen durchschritten und die Pforten sich wieder hinter ihnen schlossen. Sie wusste genau, was geschehen würde, wenn Isabelle ihr Reich verließ – sie würde sich sofort in die trübe Schlafwandlerin zurückverwandeln, die sie im Alltag stets war. Aber wie alle sechsjährigen Mädchen war auch Iris leicht abzulenken. Es genügte eine Versammlung bunter Schmetterlinge auf dem Fliederbusch. Sie ließ die Hand ihrer Mutter los und näherte sich ihrer Entdeckung, indem sie wie eine Seiltänzerin vorsichtig einen Fuß vor den anderen setzte, um die Falter nicht zu erschrecken. Schließlich saß ein Pfauenauge in Reichweite von Iris' kurzen Armen. Noch nie war es ihr gelungen, eines zu fangen, doch diesmal umfassten Daumen und Zeigefinger ein Paar zugeklappter Flügel wie eine Klammer.

»Schau mal, Mama.« Sie hielt ihre Trophäe empor, die sich nun, beim genaueren Hinsehen, als Enttäuschung entpuppte. »Oh, er ist ja plötzlich ganz grau«, entfuhr es ihr, als sie nur noch die unscheinbaren Unterseiten der Flügel sah.

»Iris, was machst du denn da?«, rief ihre Mutter erschrocken.

Ohne zu wissen, was sie falsch gemacht hatte, zuckte Iris vor dem Vorwurf im Gesicht ihrer Mutter zurück.

»Er kann nun nicht mehr sehen, richtig?«, flüsterte sie dann aufgeregt. »Ich habe seine Augen geschlossen, daran habe ich nicht gedacht.«

»Lass ihn los«, ermahnte ihre Mutter sie streng.

Rasch folgte Iris der Aufforderung und sah dem Tier dabei zu, wie es über die Gartenmauer davonflatterte. Tränen stiegen ihr in die Augen.

Isabelle hockte sich wieder neben ihre Tochter und nahm sie in den Arm. »Entschuldigung, ich wollte dich nicht erschrecken. Die blauen Kreise sind nicht seine richtigen Augen, nur ein Muster. Aber siehst du den Staub an deinem Zeigefinger?«

Sie hielt Iris' kleinen Finger hoch.

»Ja. Wo kommt der her?«, fragte Iris neugierig.

»Das sind die winzigen bunten Schuppen des Schmetterlings. Wenn man ihn berührt, bleiben sie an der Hand haften. Verliert er zu viele, kann er nicht mehr fliegen. Weißt du, was das bedeutet?«

Iris schüttelte den Kopf.

»Er stirbt«, erklärt ihre Mutter.

»Oh«, sagte das Mädchen bedrückt. Sie hoffte, dass ihrem Schmetterling nichts allzu Schlimmes passiert war. Unsicher sah sie in die Richtung, in die er davongeflogen war. Iris hörte, wie ihre Mutter einen seltsamen Laut ausstieß, hielt nach ihr Ausschau und sah, wie sie kurz vor dem Torbogen niederkniete. Neugierig näherte sich Iris, um herauszufinden, was Isabelles Aufmerksamkeit erregt hatte, und entdeckte eine Blume, deren Muster ihre Mutter fast liebevoll mit dem Finger nachmalte. Die Blütenblätter formten einen Kelch, dessen Farbe von Gelb über Orange bis Rot verlief. Die grünen Blätter waren von helleren Sprenkeln übersät. Iris erinnerte sich nicht daran, diese Pflanze schon einmal gesehen zu haben. Sie war wohl in den vergangenen Tagen aufgeblüht, während sie bei Anna, der Tante ihrer Mutter, gewesen waren.

»Was ist los?«, fragte Iris erschrocken, als sie Isabelles Augen feucht werden sah.

»Gar nichts.« Schnell wischte sich Isabelle eine Träne aus dem Augenwinkel.

Iris sah zu Boden. »Mami, es tut mir leid. Bist du wegen des Schmetterlings traurig?«

Ihre Mutter sah ganz verwirrt aus, dann streckte sie ihrem Kind lächelnd die Arme entgegen, in die Iris sich sofort hineinwarf. »Unsinn, meine Kleine, das habe ich dir doch schon gesagt. Du machst mich nie traurig, mein Schatz. Ich war nur für einen Moment sentimental.«

»Sentimental.«

»Ein Gefühl, dass Erwachsene manchmal haben, wenn sie an das denken, was schon gewesen ist. Bei uns Älteren gibt es ja viel, was schon gewesen ist. Aber von all dem bist du das Beste, was mir passiert ist.«

»Ach so«, erwiderte Iris erleichtert. »Das ist eine schöne Blume. Wie heißt sie denn, Mama?«

»Manche nennen sie Calla-Lilie, aber …« Ihre Mutter blickte zu Boden. »Ich glaube, sentimental ist man, wenn man glücklich und traurig zugleich ist.«

Ihre Mutter schien ohne Zusammenhang zu reden und ein wenig durcheinander zu sein. Der Gedanke, sie könnte traurig sein, beunruhigte Iris. Wie tröstete man einen Erwachsenen, wenn er nur wegen eines Gedankens traurig war? Wo sollte man pusten oder ein Pflaster aufkleben?

Iris weinte vor allem, wenn sie gestürzt war. Allerdings war auch sie manchmal wegen Dingen traurig, die sie nicht genau benennen konnte. Es hatte etwas damit zu tun, wie wenig sie sich auf ihre Eltern verlassen konnte. Sicher, auch wenn sie den Garten verlassen hätte, würde Isabelle lächeln und gelegentlich auch ihre Tochter in die Arme schließen und streicheln, aber Iris spürte die Anstrengung, die es Isabelle bisweilen zu kosten schien, aus ihrer Verschlossenheit aufzutauchen. Was ihren Vater anging, so war es ihr inzwischen lieber, wenn er durch sie hindurchsah. Das war besser, als wenn sein Blick sich auf diese eindringliche Art in sie bohrte, dass sie zurückschrak. Wenn ihr alles zu verwirrend wurde, leistete sie Waltraud und Lena bei ihren Arbeiten im Haus Gesellschaft. Die Frauen waren geradeheraus und bodenständig und schienen sich nie an Iris' Gesellschaft zu stören. Ganz besonders Lena streichelte ihr oft das Haar oder steckte ihr ein Bonbon zu, wenn keiner hinsah.

»Man kann nicht sagen, dass sie verwöhnt wird, oder?«,

hatte sie einmal finster erwidert, als Waltraud sie ertappt und missbilligend geschaut hatte. »Geld ist wohl nicht alles.«

»Leider muss ich dir recht geben«, hatte Waltraud nach kurzem Nachdenken seufzend erwidert. Iris hing sehr an den beiden Angestellten. Ohne Waltrauds Schimpfen und Lenas Lachen wäre Iris das große Haus viel zu still und leer erschienen. Die Frauen kochten, putzten und kauften ein. Einmal in der Woche stieß ein Gärtner zu ihnen, um Hecken und Rasenflächen zu stutzen. Den Garten selbst durfte er aber nicht anrühren. Nur die Herrin des Hauses legte hier Hand an.

Weil die immer noch mit ihrer Calla beschäftigt war, widmete sich Iris derweil einer Schnecke mit gelbem Haus und braunen Umrandungen. Unendlich langsam zog sie eine hauchdünne Bahn aus durchsichtigem Schleim über die Erde. Iris mochte Schnecken, aber nur solche mit Häusern auf dem Rücken. Vielleicht sollte sie anfangen, welche zu züchten. Die perfekte Geometrie des spiralförmigen Häuschens faszinierte sie. Ihre Eltern erlaubten ihr leider kein Haustier, aber ein paar Schnecken in einem Marmeladenglas würden sie kaum bemerken.

Sie würde Löcher in den Deckel pieken und mindestens zwei hineinsetzen, damit ihnen nicht langweilig wurde. Mit Glück würden sie kleine Schneckenkinder bekommen. Ob die auch schon ein kleines Haus auf dem Rücken hätten? Iris wusste bereits, dass man ein Männchen und ein Weibchen brauchte, damit Kinder kamen, bloß hatte sie keine Ahnung, wie man bei Schnecken beide auseinanderhielt. Vielleicht wusste Lena Bescheid. Das Hausmädchen schien sehr viel zu wissen. Als »neunmalklug« hatte Waltraud sie mal bezeichnet. Und eine Neun war nicht wenig. Doch bevor Iris Lena um Rat fragen konnte, gab es den Garten nicht mehr. Schon am folgenden Tag war er verschwunden. Und mit ihm kam Iris auch die Mutter abhanden, die keinen Grund mehr zu sehen schien, aus ihrem ganz eigenen Schneckenhaus aufzutauchen.

55 Jahre später

Lilly

Ich bin nicht wütend. Wütend sind Menschen, die es nicht schaffen, über den Dingen zu stehen. Ich aber stehe den Widrigkeiten des Lebens mit »todesverachtender Lässigkeit« gegenüber. Im vergangenen Jahr noch haben mich die Journalisten für diese Eigenschaft gerühmt, auch wenn sie seit der Sache in der Tiefgarage natürlich ganz andere Dinge über mich sagen. Sollen sie doch! Das rüttelt nicht an der Tatsache, dass ich mich nicht so leicht aus der Ruhe bringen lasse, sonst wäre ich jetzt schon ausgeflippt.

Meine Hände sind so fest zu Fäusten geballt, dass die Fingerknöchel weiß hervortreten, und ich muss mehrmals schlucken, um den sprichwörtlichen Kloß in meinem Hals loszuwerden. Während ich auf das Telefon zugehe, öffne ich die Fäuste. Meine Handflächen sind schwitzig und fühlen sich heiß an. Auch meine Wangen glühen. Doch ich weiß: Ich muss nur atmen, um mich wieder in den Griff zu bekommen. Das tue ich und bin sofort viel ruhiger. Als Schauspielerin kann ich meine Gefühle lenken wie andere ihr Auto. Oft gelingt mir das sogar bei den Empfindungen anderer. Vielleicht ist das ja meine Superkraft. Noch ein tiefer Atemzug und ich bin bereit, um mit ihr zu telefonieren. Entschlossen wähle ich die Nummer.

»Blumenhandel Jensen, guten Tag.« Die Stimme meiner

Mutter in der Leitung klingt ruhig und besonnen, wie immer. Es ist Donnerstag. Die Ruhe vor dem Sturm. Die meisten Blumen werden freitags und sonnabends gekauft. Ich darf gar nicht daran denken, wie viel Sprechtraining es mich im Gegensatz zu ihr gekostet hat, meine Stimme nicht mehr so gehetzt und gepresst klingen zu lassen, als würde man mir die Zeit, mich mitzuteilen, rationieren.

»Warum hast du es mir nicht gesagt?« Nun klingt meine Stimme wie ihre.

»Mach jetzt bitte kein Theater«, antwortet meine Mutter sofort. Eine leichte Schärfe hat sich in ihren Tonfall geschlichen.

Sie fragt mich nicht, was ich meine. Das sollte mich beruhigen, weil ich sonst am Ende doch noch meine Beherrschung verloren hätte, aber vor allem verärgert es mich. Sie hat gewusst, dass es mich verletzen wird. Es kann für sie auch wirklich nicht allzu schwer gewesen sein, sich meine Reaktion darauf vorzustellen, dass mein Großvater bereits vor zwei Tagen gestorben war – ohne, dass sie es mir gesagt hätte. Wie kann sie mir jetzt unterstellen, etwas zu dramatisieren, wo ich gerade das genaue Gegenteil versuche? Das eigentliche Schauspiel ist ja wohl der Teil, in dem ich ruhig bleibe. Abgesehen davon finde ich, dass ich in dieser Situation ein Recht auf ein wenig von dem hätte, was sie als Theater abtut.

Natürlich weiß ich, dass in ihren Augen schon die dezenteste Darstellung der eigenen Gefühle eine Übertreibung ist, weswegen sie ihre meist ganz für sich behält. Außerdem kann ich ihre Sorge vor einem Ausbruch meinerseits fast ein wenig verstehen. Während der Pubertät hätte ich es durchaus verdient, als theatralisch bezeichnet zu werden. Vielleicht ist die Erinnerung daran für sie noch zu frisch, als dass sie auf meine heutige Beherrschung vertrauen kann.

Wir waren in einem Teufelskreis gefangen, in dem meine Mutter sich desto unnachgiebiger zeigte, je hysterischer ich agierte. Ihre Reaktionen wiederum stachelten mich stets noch mehr an. Es war wie ein Reflex, der mich nicht mehr logisch denken ließ, was mich unter anderem davor schützte zugeben zu müssen, dass mich ihre Kühle zugleich verletzte. Ich bin mir nicht sicher, ob wir diesem Teufelskreis jemals wieder entkommen sind.

Letztendlich muss es auch für sie eine Erleichterung gewesen sein, als ich der Theatergruppe der Schule beitrat. Sie hatte es erst nicht gewollt. Zu groß war ihre Befürchtung, dass ich vollends den Bezug zum wahren Leben verlieren würde. Eine, wie ich damals der Meinung war, dreiste Unterstellung. Zu meinem Glück gab sie schließlich trotzdem nach. Ich fand meine Berufung und lernte, mein Publikum nur das sehen zu lassen, was mir gefiel.

Ich mochte es, wenn die Aufmerksamkeit auf mich gerichtet war, und wollte, dass man mich sah – als eine Lilly, die immer etwas glamouröser schien als das Mädchen, das mir morgens im Spiegel entgegenblickte. So fühlte ich mich lebendiger. Ich genoss den Moment, in dem uns auf der kleinen Bühne der Aula noch ein schwerer schwarzer Vorhang von den Zuschauern trennte. Das Herzrasen im Dunkeln verbunden mit der Sorge zu versagen, sobald die Lichter angingen. Die Befriedigung, wenn man dann doch in die Rolle fand und darin aufging. Die Stille im Saal, die verriet, dass man die Menschen in seinen Bann gezogen hatte, und schließlich das Klatschen und die Blicke, die einem folgten, wenn man sich im Anschluss an die Aufführung durch das Foyer bewegte, und unter denen man sich fühlte, als stünde man immer noch im Scheinwerferlicht.

Ehrlich gesagt, hatte ich nicht einmal etwas dagegen einzuwenden, wenn mir ein charmanter Vater nach dem Auftritt ein unangemessenes Kompliment machte, weil er mir die Verführerin abgenommen hatte. Bis heute, wo ich diese Begeisterung zum Beruf gemacht habe, haben sich diese Gefühle nicht verändert, doch mit meiner Mutter habe ich nie darüber gesprochen. Sie würde es ohnehin nie begreifen.

So sehr sie meine Berufswahl auch irritierte, hat sie dennoch nie die Spur eines Triumphes darüber gezeigt, dass meine Karriere letztendlich so misslich verlaufen ist, wie sie es mir vorhergesagt hatte.

Schuld war der Vorfall in der Tiefgarage. Ein Fotograf hatte festgehalten, wie Lilly Hoffmann im Zwielicht eines Parkdecks ihren wehrlosen und sehr verheirateten Co-Star Maximilian Brönner leidenschaftlich geküsst hatte – eingeklemmt zwischen Lenkrad und Fahrer auf dem Fahrersitz. Endlich einmal ein sexueller Übergriff einer Frau! Das Auge der Kamera kann schließlich nicht lügen, oder? Seltsamerweise scheinen die Frauen noch erpichter darauf, mich zu verurteilen, als die Männer.

Ich hatte Maximilian und Sarah Brönner, *das* Traumpaar des deutschen Films, herausgefordert und ihren Fans damit beinahe die Illusion der heilen Welt geraubt. Zur Beruhigung aller gläubigen Romantiker sei gesagt, dass die Verbindung der beiden nach dem Zwischenfall keineswegs an Glanz verloren hat. Ganz im Gegenteil. Sie haben bewiesen, dass die Trutzburg ihrer gegenseitigen Hingabe uneinnehmbar ist. So stark und erhaben, dass ich an den Klippen unter ihr zerschellte.

Kurz darauf wurde diese wahre Liebe von ihrem dritten Kind gekrönt. Als der Fotograf die Kamera auf das Autofenster hielt, war das Baby gerade unterwegs, was alles noch verwerflicher zu machen schien.

Seitdem bin ich mit meinen gerade einmal 26 Jahren beruflich und gesellschaftlich bereits so kolossal gescheitert, dass ich keinen Weg vor mir sehen kann, den ich gehen möchte.

Ich weiß nicht, ob ich meiner Mutter ihr Schweigen hoch anrechnen kann, oder ob es nicht einfach den vielen Dingen zugeordnet werden muss, über die wir nicht sprechen.

Wir haben Routine darin entwickelt, nicht über Dinge zu sprechen.

Aber es gibt Dinge, die man nicht verschweigen darf. Und der Tod meines Großvaters zählt eindeutig zu ihnen. Unter diesen Umständen halte ich mich mehr als wacker, finde ich.

»Ich mache kein Theater«, entgegne ich schließlich, ihren kühlen Ton nachahmend. »Aber du hättest es mir sagen müssen. Du weißt doch, wie wichtig er mir war.«

Das ist eine Untertreibung. Mein Großvater hat in meinem Leben eine so bedeutende Rolle gespielt, dass ich es eigentlich hätte spüren müssen, als er starb. Seit heute Morgen suche ich nun in meinen Erinnerungen nach irgendetwas, das sich als Zeichen deuten lässt. Ich finde keines. Es war alles wie zuvor – bis ich die Nachricht in der Zeitung gelesen habe.

Ich will damit nicht sagen, dass die letzten Tage unbeschwert gewesen sind. Seit einer Weile fließt die Zeit in meinem Leben so zäh, dass ich am Ende des Tages kaum sagen kann, wie ich sie verbracht habe. Aber der scharfe Schmerz, den ich beim Lesen jener Überschrift gespürt habe, hat die dichten Nebelschwaden zerschnitten, die mich seit der Geschichte in der Tiefgarage von meiner Umgebung abschotten, und hat dieses Ereignis in den Hintergrund gerückt.

Ich sehe meinen Freund Simon und mich vor mir: Wie immer liest Simon beim Frühstück die Zeitung. Allerdings hat er es sich seit einiger Zeit abgewöhnt, mir witzige Kommentare zu den aktuellen Ereignissen aus Politik und Gesellschaft zuzuwerfen. Zu häufig bin ich selbst Thema in den Schlagzeilen. Deshalb ist mein Blick die meiste Zeit ins Leere gerichtet. Vielleicht auch, weil ich mir einrede, dass mich keiner mehr sieht, wenn ich keinen mehr sehe.

Darum bemerke ich auch nicht gleich, wie mich Simon über den Rand des Blattes hinweg immer wieder anschaut.

»Geht es dir gut?«, fragt er schließlich.

Genussvoll lecke ich meinen Löffel ab, als hätte ich Spaß am Essen, und ziehe spöttisch die Augenbrauen hoch. »Und dir?« Er weiß genau, wie es mir geht, also warum sagt er nicht einfach, was er will?

Er gibt keinen Ton von sich.

»Spuck es schon aus!«, fordere ich ihn auf. Es sollte gar nicht wie ein Fauchen klingen, aber so viel Zimperlichkeit bin ich von ihm nicht gewohnt und sie macht mich nervös. »Es ist doch wohl nichts, das ich noch nie gehört habe.«

Er räuspert sich. »Ich fürchte, das ist es doch.«

In diesem Moment ist von seiner üblichen Redegewandtheit nicht viel zu spüren. Dabei gelingt es ihm als Regisseur mühelos, Visionen in die Köpfe anderer Menschen zu pflanzen.

Wortlos schiebt er mir die Zeitung über den Tisch. Ich wappne mich, lege den Panzer aber gleich wieder ab, als ich dort bloß ein Bild meines Großvaters entdecke. Sein Anblick stimmt mich weich und offen – ein grober Fehler, wie mir im nächsten Moment die Schlagzeile verrät, die mich nun kalt erwischt. In den Klammern hinter seinem Namen stehen zwei Jahreszahlen. Zwei! Ich sauge scharf die Luft ein. Mein Körper versteht schon vor meinem Hirn, dass hier etwas nicht in Ordnung ist. Dann sickert es vollends durch: »Ernst Hoffmann (1927–2020) – ein Leben für den magischen Realismus.« Ein Bindestrich verbindet sein Geburts- und das Sterbejahr.

Ja, mein Großvater war wirklich so berühmt, dass man seinen Tod in der Zeitung verkündet. Ungläubig starre ich wieder auf sein Halbprofil, nehme sein vertrautes halbseitiges Lächeln zur Kenntnis, das die Welt, den Betrachter und Ernst Hoffmann selbst zu verspotten scheint.

Auf dem bestimmt 20 Jahre alten Bild sind seine Haare noch strohblond und die Augen ungetrübt stahlgrau. »Ihr macht mir nichts vor«, sagt dieser Blick. Es ist die Abbildung von ihm, auf der er am meisten dem Mann ähnelt, den ich in ihm sehe. Sofort denke ich an die vielen Fotos, die von mir kursieren. Zum ersten Mal frage ich mich, ob er selbst sich auf solchen Bildern ebenso fremd vorkam, wie ich es beim Anblick der Aufnahmen von mir oft tue. Durch meinen Kopf rattert alles Mögliche, das nichts mit seinem Tod zu tun hat. In keinem Moment ziehe ich in Erwägung, dass diese Nachricht der Wahrheit entsprechen könnte. Schließlich lache ich erleichtert auf.

»Simon! Das ist bestimmt ein Fehldruck. Erinnerst du dich daran, wie sie Morgan Freeman für tot erklärt haben? Oder Paul McCartney? Ich wüsste es doch wohl, wenn er tot wäre, oder nicht?«

Von dieser Eingebung ermutigt wage ich es, die ersten Absätze des Artikels unter dem Bild zu überfliegen. »Vor allem, wenn er bereits vor zwei Tagen in irgendeinem Krankenhaus gestorben wäre. Ich wette, sie haben für alle älteren Prominenten einen Nachruf in der Schublade, und dieser ist halt irgendwie in die Zeitung gerutscht.«

Simon betrachtet mich nervös. »Das waren typische Internet-Enten. Ich glaube nicht, dass man in einer Zeitungsredaktion so nachlässig wäre.«

»Stopp!«, rufe ich mit erhobenem Zeigefinger und schnappe mir mein Handy.

»Rufst du deine Mutter an?«, fragt Simon.

»Nein, ich schaue bei Wikipedia nach.«

Normalerweise würde Simon an dieser Stelle darüber spotten, dass diese Internet-Plattform für meine Generation zu einem Gradmesser der Wirklichkeit geworden ist. Ich würde ihn daraufhin normalerweise wegen seines Alters aufziehen, ihm aber klammheimlich zustimmen, wie lächerlich das ist. Doch eine Welt ohne meinen Großvater ist alles andere als normal.

Dort steht es wieder: »Ernst Hoffmann starb am 5. März im Neustädter Krankenhaus.« Die schwarzen Ziffern flimmern vor meinen Augen, in meinem Kopf wummert es und plötzlich ist mir übel. Nun ist es nicht mehr nur ein einzelner Zeitungsartikel. Dann muss es stimmen. Aber wieso hat mich niemand gewarnt? Es wäre die Aufgabe meiner Mutter gewesen, es mir mitzuteilen – und zwar bereits vor zwei Tagen.

Inzwischen ist es Nachmittag. So lange habe ich gebraucht, um mich bereit zu fühlen, sie anzurufen.

»Mama, weißt du eigentlich, wie es für mich gewesen ist, es aus der Zeitung zu erfahren?«

Sie schweigt weiter. Kurz befürchte ich, dass sie es ebenso wenig gewusst hat wie ich, aber instinktiv ist mir klar, dass dem nicht so ist.

»Mama, sagst du jetzt bitte mal etwas?«, beharre ich deshalb.

Vielleicht würde ich sie schonen, wenn ich glauben würde, dass sie nur ansatzweise das Gleiche empfindet wie ich. Ich habe das Gefühl, dass mein Leben ohne den Fixstern, der mein Großvater für mich war, endgültig aus der Bahn geraten ist und ich nun in einem haltlosen Wirbel durch eine dunkle Galaxie direkt auf ein schwarzes Loch zurase. Dass es meiner Mutter genauso geht, kann ich ausschließen, denn dann hätte sie nicht schon meine erste harmlose Frage als theatralisch herabgewürdigt. Damit hat sie mich wirklich getroffen. Sie muss wissen, wie sehr ich an meinem Großvater gehangen habe, selbst wenn sie nie wirklich begriffen hat, was uns verbindet.

Ihr Schweigen in der Leitung wird von gedämpftem Stimmengewirr untermalt. Ich hätte sie für dieses Gespräch nicht in ihrem Laden anrufen dürfen, aber länger konnte ich die Konfrontation nicht aufschieben. Der Kunden wegen senkt sie die Stimme zu einem fast unhörbaren Flüstern. »Tut mir leid. Ich wusste wohl einfach nicht, was ich sagen sollte.«

Ich spüre, wie ihr Ärger darüber, dass ich sie nicht in Ruhe lasse, verglimmt, und mit einem Mal klingt sie furchtbar müde. Wie gerne wollte ich ihr alles Mögliche unterstellen und meine Wut – nun ist es heraus, ich bin doch stocksauer – noch eine

Weile nutzen, um die unvermeidliche Trauer aufzuschieben. Aber in Wahrheit hat meine Mutter die Worte bloß nicht über die Lippen gebracht.

Es gibt keinen Grund, ihre Erklärung anzuzweifeln, weil sie nie Ausreden erfindet. Dabei erscheint es seltsam, dass sie eine Tatsache wie »Er ist tot« nicht aussprechen konnte, wo sie sonst nie Probleme hat, eine Sache auf den Punkt zu bringen. Sie redet nicht viel, aber wenn es etwas zu sagen gibt, tut sie das knapp, präzise und treffend. Worte waren für sie nie schmückendes Beiwerk, sondern Mittel zum Zweck. Wenn sie es nicht aussprechen kann, muss das Geschehen, das sich hinter den drei Worten verbirgt, auch für sie unfassbar sein – trotz ihrer Ablehnung ihrem Vater gegenüber. Irgendwie beschwichtigt mich diese Erkenntnis.

Nachdem meine Wut in sich zusammengesackt ist, weiß allerdings auch ich nichts mehr zu sagen. Die Sprachlosigkeit meiner Mutter hatte schon immer die Macht, auf mich abzufärben.

»Schon gut, Mama. Du hast Kunden. Kannst du mich heute Abend noch mal anrufen? Ich möchte nur gerne wissen, wie es weitergeht«, erkläre ich matt.

Sie atmet hörbar aus. Wenn ich nicht so bedrückt wäre, könnte mir dieser sprichwörtliche Seufzer der Erleichterung glatt ein boshaftes Lächeln entlocken.

»Ich rufe dich an, wenn ich aus dem Laden raus bin. Bleibst du heute Abend zu Hause?«, will sie wissen.

»Ich habe nichts vor. Steht denn schon fest, wann er beerdigt wird?«

»Vermutlich am nächsten Mittwoch«, entgegnet sie. »Ich berichte dir heute Abend alles.«

Lilly

Nun, da die schützende Schicht des Zorns weggefallen ist, schlägt die Verzweiflung mit ungedämpfter Kraft zu und ich sehne mich danach, dass Simon nach Hause kommt und mich von meinen eigenen Gedanken befreit.

Früher als erwartet höre ich seinen Schlüssel in der Wohnungstür und begrüße ihn überschwänglich mit einem Kuss. »Und, wie war es?«, frage ich.

»Anstrengend.« Dass er mich nicht ansieht, zeigt mir, dass er sich in seiner Begeisterung zurückhält, um mich damit nicht vor den Kopf zu stoßen. Als ob ich mir jemals anmerken lassen würde, wenn es so wäre!

»Erzähl schon«, fordere ich ihn auf. »Es interessiert mich wirklich.«

Ich lächle so beharrlich, dass er schließlich nachgibt. »Also gut. Es war wirklich anstrengend, aber auf eine gute Art. Der Produzent scheint viele meiner Ansichten zu teilen und hat mir so viel Freiraum wie möglich versprochen. Und um den Rest werde ich mit ihm konstruktiv streiten.« Hinter seinem siegesgewissen Grinsen steckt keine Selbstüberschätzung. Er ist deshalb so ein guter Regisseur, weil er andere Menschen mitreißen und überzeugen kann.

»Das glaube ich dir sofort.« Klinge ich zu munter?

Auch Simons letzte Regie-Arbeit ist ein Riesenerfolg gewesen. Der Schwung, mit dem er für seine Überzeugungen eintritt, ist unwiderstehlich. Er war es auch, der mich schon bei unserem ersten Gespräch vor ein paar Jahren voll gieriger Sehnsucht zu ihm hinzog. Nie zuvor hatte ich einen Mann wie ihn getroffen, der mit Worten – und ausschweifenden Gesten – mitreißende Filme in meinen Kopf projizieren konnte. Diese Leidenschaft wollte ich nur einmal auf mich gerichtet erleben und es dauerte nicht lange, bis ich mich ernsthaft in ihn verliebt hatte.

Ich war gerade 22 Jahre alt geworden und hatte soeben die Schauspielschule verlassen. Wie die meisten in diesem Alter plagten auch mich Selbstzweifel. Doch in seiner Gegenwart zeigte ich mich nie anders als selbstbewusst und erwachsen. Er verhalf mir als Regisseur meines ersten großen Films zu einem Durchbruch über Nacht.

Ich fand ihn von Anfang an anziehend, vielleicht auch wegen der Anstrengungen, die ich unternehmen musste, um in ihm ein tieferes Interesse an mir zu wecken als das eines Künstlers an seinen Werkzeugen. Später redete ich mir ein, dass ich seine Augen schon zum Glimmen gebracht hatte, bevor ihm aufging, dass ich Ernst Hoffmanns Enkelin war. Dennoch war ich mir erst sicher, ihn für mich gewonnen zu haben, nachdem zum ersten Mal der Name meines Großvaters gefallen war.

Ich saß mit Simon bei einem gemeinsamen Abendessen, zu dem ich eines dieser eng anliegenden schwarzen Kleider trug, die jede Frau erwachsen und sexy wirken lassen. Aufgeregt erzählte er mir, dass er einst von seinem ersten richtigen Gehalt die Schreibmaschine ersteigert hatte, auf der mein Großvater seinen bekanntesten Roman verfasst hatte. Mit aufreizendem Blick sah ich ihn über den Tisch hinweg an und fragte: »Interesse, auch noch etwas von seinem Genmaterial zu erwerben? Du kannst in Naturalien bezahlen.«

Simon lachte laut auf und in diesem Moment wusste ich, dass ich es geschafft hatte. Trotzdem blieb die leise Angst, dass nicht meine Schlagfertigkeit, sondern meine Herkunft ihn überzeugt hatte.

Anfangs hat er mich gerne »seine Eliza« genannt.

»Sie ist meine erste Liebe gewesen«, gestand er mir einmal. »Damals war ich schon 16 Jahre alt, ein echter Spätzünder also.«

Wir hatten schon eine ganze Weile berauschenden Sex, als ich ihm endlich verbot mich weiter Eliza zu nennen. Es stellte sich heraus, dass er meinen echten Namen ebenso gern zu wiederholen schien. Ich empfand es als ungeheuer sinnlich, wie seine Zungenspitze bei jedem der drei »L« sanft gegen seinen Gaumen schlug. Es erinnerte mich an den Anfang von Nabokovs *Lolita*, wodurch die Momente fast etwas Anrüchiges bekamen, das mich erregte.

Frisch verliebt drehten wir einen zweiten Film. Wir waren ein fabelhaftes Paar: die aufstrebende Jungschauspielerin, die den begnadeten Regisseur inspirierte.

Ich weiß nicht, ob Simon jetzt das Gefühl hat, mit mir abgestürzt zu sein. Er behauptet, die unsägliche Geschichte hätte nichts an seinen Gefühlen für mich geändert, aber seit Kurzem ist unser Umgang miteinander mit einer gewissen Gereiztheit aufgeladen. Ich rechne ihm hoch an, dass sie ihm weniger anzumerken ist als mir, obwohl er aus seiner Sicht viel mehr Grund dazu hätte.

Wir haben nie richtig über die Sache mit Maximilian geredet. Simon hat von Anfang an behauptet, das hätten wir nicht nötig, weil er mir vertrauen würde. Am Anfang hat mich das noch geärgert. Ich wollte ihm alles erzählen, doch irgendwann dachte ich, dass es vielleicht auch für mich so besser war.

Ein einziges Mal habe ich Simon gegenüber angedeutet, dass nichts so gewesen sei, wie er glaubte.

Mir war sein kummervoller Ausdruck aufgefallen, als er beim Durchblättern eines Magazins wieder einmal auf die Fotos stieß. Dabei hatten wir uns zu dem Zeitpunkt schon stillschweigend darauf geeinigt, Gras über die Sache wachsen zu lassen. Ich bin nicht ausführlicher geworden und er hat schnell abgewunken.

»Soll ich nicht doch mit ihnen reden?«, fragt er jetzt.

Ich weiß, worauf er anspielt, es geht um eine Rolle in seinem neuen Serienprojekt – düstere Abendunterhaltung, die den Schwung der erfolgreichen Finster-Welle nutzen will. Simon als ein Meister der düsteren Leinwand-Poesie, als schräger Typ mit einem Hang zum Exzentrischen ist genau der Richtige dafür.

Aber ich schüttele den Kopf. Verfluchter Stolz!

»Danke. Aber alle würden denken, dass ich nur deinetwegen dabei sein darf.«

»Aber wir beide würden doch wissen, dass es nichts damit zu tun hat, sondern ich dich gerne als hervorragende Schauspielerin an Bord hätte.« Es muss wohl an meinen derzeitigen Befindlichkeiten liegen, dass mich seine Worte weniger überzeugen als früher.

»Vielen Dank. Aber nein«, beharre ich.

Zum Glück für mich scheinen für Männer mit seinem Ruf andere Regeln zu gelten als für Normalsterbliche. Er kann es sich erlauben, zu einer Frau wie mir zu stehen, ohne dabei das Gesicht zu verlieren. Er ist halt genial, aber speziell.

»Ich habe heute aber auch ein anderes, sehr interessantes Angebot bekommen«, säusele ich mit übertrieben drolligem Augenaufschlag.

»So schlimm?«, fragt Simon interessiert.

»Nicht wirklich – objektiv betrachtet«, gebe ich zu. »Ich dürfte einen braven Ehemann verführen. Unter anderem in der Tiefgarage. Anschließend verfällt er in schrecklichen Selbsthass, weil er mir nicht widerstehen kann. Natürlich lässt er es an mir aus – mit noch heftigerem Sex.« Ich verdrehe mit rausgestreckter Zunge die Augen, als handele es sich für mich bloß um einen schlechten Scherz.

Simon unterdrückt ein Lachen. »Könntest du den Film und dein Leben nicht trennen? Dafür bist du doch Schauspielerin geworden.«

Sanft legt er einen Finger unter mein Kinn und bringt mich dazu, ihm in die Augen zu sehen, als sei er Humphrey Bogart in *Casablanca*.

»Wo ist denn bloß dein Selbstvertrauen hin, Kleines?«

»Vermutlich hängt es noch in einer Tiefgarage fest«, raune ich ironisch, bereue aber sofort meinen dämlichen Impuls, gerade dieses Thema anzuschneiden.

»Schade«, entgegnet er so ernsthaft, dass sich etwas in mir zusammenkrampft. »Es stand dir so gut.«

Für eine Millisekunde gefällt mir die Idee, der Öffentlichkeit den Stinkefinger zu zeigen und das Biest in der Tiefgarage zu spielen. Doch sofort wird mir klar, dass ich mit diesem Schritt keineswegs die Kontrolle an mich reißen würde. Ich würde mich nur noch tiefer verheddern. Es ist ein seltsames Gefühl, dass nicht mehr ich die Rollen spiele, sondern die Rollen mich.

»Vermutlich könnte ich die Figur sogar spielen und von der Realität trennen«, behaupte ich. »Aber kein anderer wird es können. Es wäre eine Form von Harakiri. Wenn ich diese Rolle annehme, werde ich für immer die Schlampe sein.«

Nachdenklich betrachtet Simon mich. Dann nickt er. »Mag sein, dass du recht hast. Warten wir also, bis jemand eine Nonne in petto hat.«

Ich will schon gereizt auf seine ironische Antwort reagieren, kann aber nur ein liebevolles Schmunzeln auf seinen Gesichtszügen entdecken.

»Die junge Mutter Teresa wäre auch nicht schlecht«, ergänze ich deshalb mit müdem Lächeln.

»Tut mir wirklich leid, Lilly«, sagt Simon sanft. »Aber vielleicht bekommt dir eine kleine Auszeit ja gerade jetzt sehr gut. Nimm dir Zeit, zu trauern und wieder neue Pläne zu schmieden. Es ist nicht notwendig, dass du gleich wieder arbeitest. Wie geht es dir denn jetzt?«

Zielstrebig marschiert er in unsere viel zu selten genutzte offene Küche. »Hast du schon mit deiner Mutter gesprochen?« Er nimmt eine Flasche Weißwein aus dem Kühlschrank und entkorkt sie mit wenigen geübten Handgriffen.

»Ja«, erwidere ich knapp.

Er stellt zwei gut gefüllte Gläser Wein auf den kleinen rustikalen Holztisch neben dem lindgrünen Sofa, das zwar in seiner Form sehr schlicht aussieht, seinen hohen Preis aber dadurch wettmacht, dass es dennoch wahnsinnig bequem ist.

Ich setze mich neben Simon und er greift nach meiner Hand und führt meine Finger sanft an seine Lippen. Die Haut seines Handrückens ist so weiß, dass seine Adern wie ein Flussdelta aquamarinblau hervortreten. Früher konnte ich die schmalen Finger kaum ansehen, ohne zu erröten, obwohl mir das selten passiert. Mit der anderen Hand greift er fest in meinen Nacken und zieht mich zu sich.

Ich kenne ihn gut genug, um zu wissen, dass seine Annäherung kein Mangel an Einfühlungsvermögen ist. Er versucht bloß, mir den Trost zu geben, den er selbst sich bei einem Todesfall wünschen würde – einen sexuellen Beweis dafür, dass man noch am Leben ist. Nervös entziehe ich mich der Umarmung, wie ich es seit Maximilian immer tue. Dass wir nicht darüber sprechen nimmt mir die Gelegenheit, Simon zu erklären, warum. Simon zieht seine Augenbrauen zusammen, als ich wegrücke, aber er schweigt.

Trotz meiner Abfuhr verfliegt die seltsame Befangenheit

zwischen uns nach dem zweiten Glas Wein. Ich bin froh, dass mir der Alkohol den Job abnimmt, die Situation zu lockern.

Ich sitze an seine Brust gelehnt und er hat einen Arm um mich gelegt. Schweigend nippen wir an unseren Weingläsern.

»Was passiert eigentlich mit dem Haus?«, fragt Simon.

»Mit welchem Haus?«

»Das von deinem Großvater.«

Vor Schreck verschlucke ich mich. »Wie bitte? Wie kommst du denn jetzt darauf? Ich habe heute Morgen per Zufall erfahren, dass er tot ist. Glaubst du, ich habe schon über sein Haus nachgedacht? Sollte meine Mutter es verkaufen, sage ich dir aber gerne Bescheid. Dann kannst du es genauso ersteigern wie die Schreibmaschine«, fauche ich.

Das war es also mit meiner Coolness und dem beinahe entspannten Beisammensein. Kein Wunder, dass Simon, genervt von meiner plötzlichen Zickigkeit, die Lippen fest aufeinanderpresst.

»Entschuldigung«, lenke ich ein. »Ich glaube, ich stehe unter Schock.«

»Natürlich«, murmelt er versöhnlich. »Mir kam nur plötzlich dieser Ort in den Sinn und wie sehr du an ihm hängst. Ich dachte, wie schade es wäre, wenn er sich verändert. Unter den Nagel reißen wollte ich ihn mir sicher nicht. Es läuft gerade sehr gut, aber so reich bin ich deswegen auch wieder nicht.«

»Warum sollte der Ort sich verändern?«, frage ich überrascht.

»Ich hätte das Thema gar nicht aufbringen sollen«, sagt Simon ruhig.

»Zu spät«, erkläre ich, wobei ich versuche, meinen forschen Tonfall mit einem Zwinkern abzumildern.

»Okay.« Er räuspert sich. »Wir beide wissen, wie wenig deiner Mutter das Haus gefällt. Da wird sie es kaum behalten, oder? Außerdem wird sie sich vermutlich nicht leisten können, es zu unterhalten.«

»Keine Ahnung«, erwidere ich leichthin. Dabei macht mich die Erkenntnis, dass er recht hat, ganz beklommen und mir wird auch klar, dass mein Lieblingsort schon seit zwei Tagen ein vollkommen anderer ist. Denn der Mensch, der ihn ausgemacht hat, ist nun nicht mehr dort.

Für einen Moment schließe ich die Augen und lasse meinen Großvater unter der dunklen Leinwand meiner Lider wieder auferstehen. Ich sehe ihn vor mir, wie er schmunzelnd eine seiner unglaublichen Geschichten beendet.

»Hat sie dir gefallen?«, fragt er sanft.

Ich antworte wie immer: »Und wie!«

Leider gelingt es mir nicht, den Augenblick lange festzuhalten, und ich muss mich wieder der Gegenwart stellen.

Simon nippt noch einmal an seinem Wein und setzt sich dann auf. »Stört es dich, wenn ich noch ein wenig arbeite?«

»Jetzt noch?«, frage ich, eher überrascht als getroffen.

»Ich bleibe auch gerne hier und leiste dir Gesellschaft, wenn du möchtest«, sagt er schnell. »Aber irgendwie habe ich das Gefühl, du wärst lieber alleine.«

Irgendwie habe ich das Gefühl, dass du meine Gegenwart gerade nicht erträgst, denke ich, antworte aber stattdessen: »Schon gut, ich muss jetzt ohnehin noch einmal meine Mutter anrufen.«

Lilly

Nachdem Simon das Haus meines Großvaters erwähnt hat, habe ich während des zähen Telefonats mit meiner Mutter beschlossen, dass ich schon heute nach Lensahn fahre, um darin noch etwas Zeit für mich alleine zu haben.

Inzwischen weiß ich, dass am Montag in kleinem Kreis die Einäscherung stattfinden soll und am Mittwoch die Beisetzung, zu der dann alle eingeladen sein werden. Weil mich mein Zug ohnehin über Hamburg führt, habe ich einen Zwischenstopp zum Mittagessen bei meinen Eltern eingeplant. Meine Mutter hat mir Gulasch mit Kartoffelhaube versprochen – das war früher mein Lieblingsgericht. Ich nehme den Umweg allerdings nicht deswegen in Kauf, sondern weil es der Tonfall meiner Mutter mir unmöglich machte, ihre Bitte abzuschlagen. Sie klang beinahe verloren, was mich bei ihr so überrascht hat, dass ich weitere Vorwürfe wegen ihres Schweigens hinuntergeschluckt habe.

Normalerweise mag ich es nicht, wenn Reisende in überfüllten Zügen den Sitz neben sich mit Taschen und Jacken verbarrikadieren und genervt dreinblicken, wenn jemand sie bittet, Platz zu machen. Aber heute bin einmal ich selbst nicht in der Stimmung für Gesellschaft und stelle mich schlafend, damit niemand meine Grübeleien unterbricht. Natürlich hat Simon recht. Ich wünschte, man ließe mich eine neue Rolle einnehmen. Schon immer war das für mich die tauglichste Therapie. Leider bleiben die Aufträge seit dem kleinen Skandal aus. Und es stimmt, was ich Simon am Abend zuvor erklärt habe: Ich will nicht auf diese Art von meiner Beziehung zu ihm profitieren.

Die Brönners ließen sich von den Produzenten zusichern, dass Maximilian keine Szene mehr mit mir gemeinsam drehen muss. Diese Forderung ließ sich vergleichsweise unkompliziert umsetzen, obwohl wir ein Liebespaar spielten. Unser großes Finale, an dem wir uns heulend in den Armen liegen, hatten wir schon am ersten Drehtag hinter uns gebracht, ungefähr fünf Minuten nach unserem Kennenlernen am Set. Nach dem Vorfall in der Tiefgarage fehlten nur noch ein paar äußerst emotionale Dialoge, bei denen abwechselnd sein und mein Gesicht zu sehen ist. Da zwischen diesen Bildern ohnehin geschnitten werden musste, war es unnötig, sich für die Szenen in einem Raum zu befinden. Kein Zuschauer wird jemals merken, dass wir unsere Gefühle jeweils nur dem Regisseur, dem Kameramann, dem Beleuchter und dem Regie-Assistenten gestanden. Für eine Einstellung, in der wir gemeinsam ein Café verlassen, wurde ein Mädchen engagiert, das mir von hinten ähnlich sieht.

Die Brönners spielen in einer Liga, in der man es sich erlauben darf, solche Wünsche zu äußern. Außerdem verlangt eine Statistin keinen Cent dafür, dass Maximilian Brönner einmal den Arm um ihre Schultern legt. Der Produzent zögerte also keine Sekunde, dem Regisseur die entsprechenden Anweisungen zu geben.

Wie sehr der sich über die Fotos aus der Tiefgarage gefreut haben muss! Sie sichern dem Film reichlich kostenlose Werbung. Er ist gerade erst angelaufen und steht schon ganz oben in den Zuschauercharts. Auch wenn jeder mein Verhalten verdammt, möchten die meisten die schmutzige kleine Nummer doch ganz gerne quasi aus der ersten Reihe mitverfolgen.

Leider deuten die Produzenten das nicht als Hinweis auf weitere mögliche Kassenschlager mit mir. Während meines Schauspielstudiums mochte ich eine Hauptrolle nach der anderen ergattert haben, aber im wahren Leben stecke ich nun in einer undankbaren Nebenrolle fest. Ich bin die böse Intrigantin in der herzerwärmenden Brönner-Soap.

Deswegen verdient man lieber auf indirektem Weg Geld mit mir, von dem ich keinen Cent abbekomme: Die Auflagen der Hefte, die mich schon auf dem Titel beleidigen und möglichst unvorteilhafte Aufnahmen von mir präsentieren, sind in die Höhe geschossen. Flankiert werden diese Erzeugnisse von einem Shitstorm im Internet, der meiner Karriere den Rest gegeben hat. Plötzlich sind alle der Meinung, ich sei »immer schon überschätzt« worden.

Zu meinem großen Pech interessieren sich Produzenten heutzutage für das, was in den sozialen Netzwerken geschieht. Verdenken kann ich es ihnen nicht, wo jeder Follower ein potenzieller Zuschauer ist, der die Einspielquoten sichert.

Und selbst die wenigen, die immer noch an mein Talent und daran glauben, dass ich Besucher ins Kino locken könnte, bevorzugen es, auf eine potenzielle Unruhestifterin am Set zu verzichten. Filme werden unter einem viel zu großen Zeit- und Gelddruck produziert, als dass man sich mit sozialen und kollegialen Schwierigkeiten herumschlagen wollte.

Mir kommt die Galle hoch, wenn ich daran denke, dass der letzte Eindruck meines Großvaters von seiner Enkelin die Schmach von deren Scheitern gewesen sein muss. So zumindest kommt es mir vor. Er glaubte stets ganz fest an meinen Erfolg.

»Eines Tages wirst du etwas Großes vollbringen und die Leute werden dir zujubeln«, hatte er mir stolz versprochen.

Wir haben nur einmal darüber geredet und da ließ er mich nicht zu Wort kommen. Seine Meinung zu solchen Dingen war: »Im Leben fällt reichlich Schmutzwäsche an, nur sollte man sie nicht in der Öffentlichkeit waschen.« Obwohl mir dieser Satz wie eine Rüge vorkam, spüre ich auch jetzt noch, dass er mich nicht nach meiner Version der Geschehnisse fragen musste, um hinter mir zu stehen und mir die Kraft zu schenken, die ich brauchte.

Und dennoch habe ich ihn gerade in letzter Zeit zu selten besucht und kann mich nicht einmal mit einem Mangel an Zeit herausreden. Jetzt frage ich mich, ob es nicht – neben der Scham, ihn vorläufig enttäuscht zu haben, auch wenn er das so nie gesagt hat – auch die Angst war, ihn als alten und gebrechlichen Mann zu erleben.

Das zu vermeiden bestärkte meine kindliche Hoffnung, mein Großvater könnte tatsächlich der eine Mensch sein, dem es gelang, dem Tod von der Schippe zu springen und immer an meiner Seite zu bleiben.

Lächerlicherweise bin ich immer noch nicht bereit, sie ganz und gar aufzugeben, und genau deshalb mache ich mich auf den Weg zu ihm.

Ich bin froh, als wir endlich in den Hamburger Hauptbahnhof einfahren. Und sobald ich die vertraute Wandelhalle betrete, denke ich wehmütig und bang zugleich: »Zu Hause!« Am Ausgang zur Kirchenallee entdecke ich meinen Vater. Unsere Wohnung liegt kaum zehn Gehminuten vom Bahnhof entfernt. Es ist typisch für ihn, dass er seine große Kleine trotzdem abholt. Während wir uns umarmen, murmelt er: »Tut mir leid, Schatz.«

Am liebsten würde ich meinen Kopf an seinem Hals vergraben und dort heulen, bis er den Schmerz weggepustet und ein Pflaster auf die Wunde geklebt hat. Stattdessen mache ich mich gleich wieder los, ohne eine Träne vergossen zu haben, um uns nicht in Verlegenheit zu bringen. Mein Vater kennt mich gut genug, um zu wissen, dass mir in solchen Momenten eine Ablenkung die größte Hilfe ist. Er räuspert sich einmal, bevor er mich unterhakt und von der Qualität des Fleisches schwärmt, das er auf dem Wochenmarkt erstanden hat.

Als wir das Bahnhofsgebäude verlassen, fällt mir wieder einmal auf, wie bunt unser Stadtteil ist. Viele Außenstehende sehen hier auf der »falschen« Seite des Bahnhofs nur die Junkies, Prostituierten und brotlosen Künstler. Dabei gab es hier immer schon normale Familien wie uns, die zentral leben wollten und es woanders nicht hätten bezahlen können.

Mittlerweile hat sich der Stadtteil verändert. Heute bereist der Besucher vier Welten in den drei Straßenzügen, die für mich St. Georg ausmachen. In der Langen Reihe sind die Mieten heute unerschwinglich und entlang der schmalen Fußwege schießen Cafés mit Tischen und Stühlen davor wie Pilze aus dem Boden, während sich in den Garagen riesige SUVs verstecken. Reiche Kreative, Hipster oder Menschen, die ihren Reichtum verborgenen Quellen verdanken, speisen hier beim Italiener, Portugiesen, Araber oder Asiaten, um zu sehen und gesehen zu werden. An einigen Häusern wurde außerdem die Regenbogenfahne gehisst, weil sich hier viele Homosexuelle niedergelassen haben, die hier händchenhaltend durch die Straßen schlendern können, ohne dass jemand sie anstarrt wie rosa Kaninchen.

Nur zwei Straßen weiter reihen sich auf dem Steindamm die türkischen Gemüse- und Dönerläden aneinander. Und abends stehen in den traurigen Hauseingängen wie seit jeher Prostituierte, die älter, heruntergekommener, verzweifelter aussehen als die auf dem Kiez.

In einer Seitenstraße dazwischen wohnen meine Eltern. Dort gibt es Bäume, eine Schule und einen Spielplatz: Kleinstadtidylle ganz in der Nähe des Hansaplatzes, auf dem sich all die Großstadt-Klischees auf kleinstem Raum begegnen.

Wie immer liegen am Brunnen auch jetzt Penner neben Bierdosen. Auf den Pollern hocken grimmig dreinblickende Dealer und daneben knabbern türkischstämmige Rentner friedlich ihre Sonnenblumenkerne. Es gibt immer noch eine Erotik-Videothek. Das Schockierendste daran ist allerdings, dass manche Menschen tatsächlich noch VHS-Kassetten und Videorekorder zu besitzen scheinen. Doch auf der anderen Seite des Platzes lauern bereits modisch gekleidete Menschen mit E-Zigaretten und Ray-Ban-Sonnenbrillen auf den endgültigen Untergang jeder Subkultur. Sie schlürfen ihren Hugo auf den mit weißen Fellen bezogenen Lounge-Sesseln. Bei den Preisen, die sie für schicke, neu gebaute Wohnungen in diesem Viertel gezahlt haben, bleibt ihnen gar nichts anderes übrig, als darauf zu setzen, dass sie es bald ganz übernehmen werden. Noch steht es allerdings unentschieden.

Es würde etwas fehlen, wenn sie sich durchsetzten. Ich bin mir sicher, dass mir die vielfältigen Beobachtungen, die ich als Kind auf so kleinem Raum machen konnte, in meiner Ausbildung sehr nützlich waren.

Wir hatten den meisten Stadtbewohnern etwas voraus, meine Eltern haben einen Garten. Die Blumen, die meine Mutter links und rechts der Haustür in Kübeln pflanzt, geben einen Vorgeschmack darauf – derzeit sind es Schneeglöckchen und eine rotblühende Zaubernuss, die zwischen grauem Asphalt und kahlen Straßenbäumen den Blick auf sich ziehen. Unwillkürlich muss ich lächeln, als ich sie sehe, auch wenn ich mich tags zuvor noch so sehr über meine Mutter geärgert habe.

»Wann kommt Mama nach Hause?«, frage ich meinen Vater, während ich mir auf dem Boden hockend die Schuhe ausziehe.

»Es kann nicht mehr lange dauern«, sagt er. »Hast du die Zaubernuss gesehen? Sie ist so prächtig geworden, aber sie will sie einfach nicht in den Innenhof stellen. Dabei sehe ich nicht ein, warum nur die Fremden etwas davon haben sollen. Im Garten würden wir sie vom Wohnzimmer aus sehen.

Zu der heckenumrankten Parzelle vor der Terrassentür haben nur wir Zugang. Sie zeigt zwar nach Norden, sodass die Pflanzen nicht viel Sonne abbekommen, aber meine Mutter hat die Herausforderung erfolgreich angenommen, mit Schattenblühern eine bunte Oase zu schaffen. Ich mochte die Tränenden Herzen immer am liebsten, wegen ihres poetischen Namens und weil die rosafarbenen Blüten tatsächlich wie ein Herz geformt sind, von dem eine Träne herabbaumelt. Mit dschungelartigem Farn, zartvioletten Herzlilien und pinkfarbenen Bergenien schuf sie einen perfekten Ort für gemütliche Abendessen an lauen Sommerabenden.

Wenn ich als Kind wählen durfte, gab es meist Nudeln, zu denen ich Traubensaftschorle trank und meine Eltern sich einen Rotwein gönnten, den mein Vater trotz seines günstigen Preises für fein hielt, weil er seinen Namen nicht aussprechen konnte. Am schönsten war es, wenn Papa dazu eine Adriano-Celentano-CD einlegte, deren Töne durch die geöffnete Terrassentür in den Garten schwebten. Natürlich verdrehte ich jedes Mal genervt die Augen, sang aber innerlich jede Zeile mit. Heute bin ich bei meinen Freunden dafür berüchtigt, wie schlecht und leidenschaftlich ich Italo-Schnulzen johle, sobald ich etwas getrunken habe.

Sogar die Miene meiner Mutter wurde an solchen Abenden weicher. Fast wie in dem Italienurlaub, den wir uns ein einziges Mal gönnten.

Manchmal habe ich mich gefragt, warum wir so knapp bei Kasse waren, wo mein Großvater doch in einer Art Schloss wohnte. Später wurde mir klar, dass meine Mutter nicht einen Cent von ihm angenommen hätte, auch wenn ich nie ganz verstand, warum.

Erst nachdem meine Mutter den Blumenladen übernommen, viele Jahre harter Arbeit hineingesteckt und sich einen eigenen Namen mit besonderen Sträußen und Gestecken gemacht hatte, veränderte sich die finanzielle Lage meiner Eltern.

Als meine Mutter während ihrer Mittagspause zu uns stößt, erschreckt mich ihr Anblick. Sie ist immer noch auf ihre kantige Art attraktiv, aber sie ist so dünn geworden, dass die Furchen in ihrem Gesicht deutlich zu erkennen sind. Ihre blaugrünen Augen wirken matt, genau wie die kastanienbraunen Locken, die sie im Nacken zu einem lockeren Zopf gebunden hat. Sie arbeitet zu viel, denke ich. Oder ist es am Ende doch die Trauer, die sie so verhärmt erscheinen lässt? Ich weiß, dass sie momentan verzweifelt nach einer Mitarbeiterin sucht, in der sie vielleicht langfristig eine Nachfolgerin sehen könnte. Doch sie scheint noch immer niemanden gefunden zu haben. Ihr Erfolg ist hart erarbeitet. Er liegt unter anderem in der Aufmerksamkeit, die sie jedem Kunden schenkt, ohne sich jemals anzubiedern. Ihre Freundlichkeit und ihr Interesse am Kunden wirken stets so sachlich, dass sie ihr Gegenüber auf Distanz hält, aber zugleich so ehrlich, dass man ihr vertraut. Ihre Fassung verliert sie höchstens, wenn jemand auf der falschen Blumenwahl besteht.

Ich habe schon erlebt, dass sie einen Kunden, der auf Narzissen als Geschenk für seine Frau beharrte, entsetzt anfuhr: »Narzissen? Warum lassen Sie es dann nicht gleich ganz bleiben?« Es war mir peinlich, meine Mutter so zu erleben. Doch zu meinem Erstaunen kam der Kunde wieder. Anders, als ich es erwartet hatte, stärkten diese seltenen emotionalen Ausbrüche das Vertrauen der Kunden in das überlegene Wissen meiner Mutter, was Blumen anging.

Als sie mir hinterher erläuterte, dass Narzissen die Blumen des Betrugs seien, hätte ich ihr erklären können, dass der Kunde sie sicher nur als hübsche Zierde empfunden hatte. Aber ich hielt den Mund und schmunzelte über diese vernunftwidrige Komponente im sonst stets korrekten Verhalten meiner Mutter.

Die einzige andere Irrationalität, die ich mein Leben lang bei ihr ausmachen konnte, war die offensichtliche Ablehnung ihres Vaters.

Sie ist eine starke Frau. Seit sie selbst Besitzerin des kleinen Blumenladens ist, packt sie noch härter an als zu der Zeit, in der sie nur angestellt war. »Wenn man nicht mit gutem Beispiel vorangeht, wie kann man erwarten, dass die anderen gerne arbeiten?«, predigt sie mir seit jeher.

Ich weiß, was sie leistet, und sie hat meinen vollen Respekt. Aber wir sind zu verschieden. »Taten sagen mehr als Worte«, lautet ihr Motto, meines hingegen: »Mit Worten erschafft man Welten.«

Meine Mutter ist mir, selbst nachdem ich an der Schauspielschule gelernt habe, die kleinsten Nuancen im Ausdruck anderer zu lesen und zu deuten, ein Rätsel geblieben. Obwohl sie fast immer sagt, was sie denkt, ist es unmöglich zu erahnen, was sie fühlt.

»Setz dich hin und leg die Beine hoch«, fordert mein Vater sie auf. »Ich schenke uns ein Glas Wein ein. Du musst jetzt schon fix und fertig sein.«

»Warst du heute früh etwa noch auf dem Blumengroßmarkt?«, frage ich mit einem Blick auf die Uhr.

»Ja«, antwortet sie. »Ich bin um vier Uhr aufgestanden.« Sie lässt sich auf das Sofa sinken und ich setze mich daneben.

»Irgendwelche spannenden Entdeckungen?«, fragt mein Vater. »Irgendeine verrückte Rosensorte, die fünffarbig blüht, zweimal am Tag den Duft wechselt und nach irgendeinem englischen Adeligen benannt wurde?«

Meine Mutter schüttelt den Kopf. »Nein, das leider nicht, aber ich finde es immer wieder erschreckend, wie sich der Markt entwickelt«, sagt sie. »Ich habe heute nur Großhändler gesehen. Früher gab es noch kleine Gärtnereien, die eine winzige Auswahl herrlicher Blumen für Liebhaber dabeihatten und besonders für die kleinen Floristenbetriebe wie meinen Laden wichtig waren. Sie sind fast alle weg.«

»Wenn sie nur so kleine Mengen angeboten haben, waren sie sicher sehr teuer«, sage ich.

»Ja, deshalb verstehe ich, wie es so weit kommen konnte. Beim Großhändler bekommen wir die Blumen zu günstigeren Preisen und die Kunden sehen ohnehin eher die Preise als die floristischen Feinheiten. Aber es ist schade.«

Die Beharrlichkeit meiner Mutter, auf Qualität zu setzen, hat sich ausgezahlt. Sie hat sich einen Stamm an Kunden aufgebaut, die ihre Ratschläge zu schätzen wissen und dabei nicht auf den Preis achten. Die größeren Ketten und andere Blumenhändler setzen dagegen eher auf die Masse der Laufkundschaft, die spontan zuschlägt, wo es billig ist.

Meiner Mutter kam die Veränderung unseres Viertels zugute, auch wenn sie oft genug flucht, wenn »diese Neureichen ihre Jeeps einfach vor dem Laden auf dem Gehweg parken und alles blockieren. Dabei wohnen sie doch gleich um die Ecke.«

»Wenigstens müssen sie sich ihr gutes Gewissen nicht vom Munde absparen, sondern können es sich leisten, es zu kaufen. Wen sonst sollte es interessieren, dass deine Blumen aus fairem Handel stammen?«, habe ich einmal gefragt. Eigentlich finde ich es aber gut, dass die Pflücker ihrer Blumen nicht unter miesen Arbeitsbedingungen leiden, und ich weiß, dass meine Mutter sich, was die Herkunft ihrer Blumen angeht, nicht dem Kundenwunsch angepasst hat, sondern nach ihren eigenen Grundsätzen handelt. Zu den Eigenschaften, die ich an ihr immer respektiert habe, gehört, dass sie ihren Prinzipien auch folgt, wenn sie dafür Entbehrungen in Kauf nehmen musste. Keiner von uns reißt sich darum, das eigentliche Thema anzuschneiden. Während des Essens kommen wir aber nicht umhin, über die nächsten Tage zu reden.

»Vermutlich sollten wir eine ganze Menge Menschen persönlich informieren und zur Trauerfeier einladen, oder? Leider habe ich keine Ahnung, wer auf die Liste gehört«, gebe ich widerwillig zu.

»Die offizielle Anzeige in der Zeitung habe ich bereits in

Auftrag gegeben. Und ich habe Elke gefragt, wer ihm so nahe stand, dass er direkt eine Karte bekommen sollte«, erwidert meine Mutter leise. »Das schien mir die beste Idee zu sein.«

»Gut.« Mich erschüttert die Erkenntnis, dass es seine Haushälterin ist, die meinen Großvater am Ende seines Lebens am besten kannte. »Ich hätte dir gerne dabei geholfen«, setze ich leise hinterher.

»Es steht also drei auf unserer Seite zu hundert Menschen, die wir nicht kennen«, murmele ich.

»So ist es wohl«, sagt sie und klingt, falls überhaupt möglich, noch erschöpfter, als sie aussieht.

Zum Nachtisch gibt es Rote Grütze mit Vanillesoße, die wir alle lieben, und anschließend muss ich noch einen Moment lang begeistert das neue Technik-Spielzeug meines Vaters bewundern: einen elektrischen LED-Kamin mit Heizfunktion. Besonders stolz ist er, dass er ihn zum Sonderpreis ergattert hat. Mein liebevoll amüsierter Blick trifft den meiner Mutter, die Ähnliches zu denken scheint. Das kleine Lächeln, mit dem wir diesen raren Moment wortloser Einigkeit feiern, löst die Spannung zwischen uns ein wenig.

Danach fällt es mir beinahe schwer, mich von ihnen zu verabschieden, um rechtzeitig den Zug nach Lensahn zu erreichen, der nur alle zwei Stunden fährt.

Lilly

Als ich die Kastanienallee, die das Haus mit dem Dorf verbindet, hinter mir gelassen habe und den Kies der Auffahrt unter den Rädern des Taxis knirschen höre, hallen mir Simons Worte im Kopf wider. Was, wenn das Gutshaus wirklich in die Hände von Fremden fällt?

Ich betrachte den roten Backstein, die weißen Schmuckgiebel und Fensterrahmen. Vor dem Haus zeichnen Kieswege Ornamente auf die Rasenfläche, die man am besten durch die Fenster im Obergeschoss erkennt. Große Flächen Land und die Nebengebäude waren bereits verkauft worden, bevor mein Großvater das Anwesen erwarb. Aber hinter dem Haus gibt es immer noch einen weitläufigen Rasen, eine verwitterte Steinmauer und das Gewässer, an dem ich so oft auf den Strudel gewartet habe, der mich wie Eliza in jene andere zauberhafte Welt zieht.

Man darf es sich nicht als imposanten See voller Schwäne vorstellen, doch auch der auf den ersten Blick unscheinbare kleine Teich hat seine Vorzüge. Von ihm aus gelangt man mit einem Ruderboot über einen verwunschenen, von Sträuchern und Zweigen überwucherten Kanal zu einem großen Waldsee. Als ich zehn Jahre alt wurde, durfte ich diese Strecke zum ersten Mal ganz alleine fahren und kam mir wie eine wagemutige Abenteurerin vor.

Die Vorstellung, dass all dies bald anderen gehören könnte, verursacht mir eine Gänsehaut. Dabei weiß ich nicht, was mich mehr stören würde: wenn man seinen Geist aus dem Haus vertreiben und es wie ein ganz normales Haus mit neuem Leben füllen würde, oder wenn es gerade seinetwegen erstanden und konserviert werden würde. Ich sehe eine intellektuelle Literatenfamilie vor mir, deren Mitglieder an dem ovalen Mahagonitisch im Wohnzimmer sitzen und mit abgespreiztem kleinen Finger Tee trinken. Natürlich wären sie sehr reich.

Auch wenn ich Simons Kommentare gestern Abend nicht hören wollte, treffen sie doch zu. Kaum jemand kann es sich leisten, ein Haus wie dieses zu unterhalten, und im Fall meiner Mutter dürfte nicht einmal viel Interesse daran bestehen.

Ich habe zum Glück einen eigenen Schlüssel für das Haus, so musste ich Elke mein Erscheinen nicht ankündigen. Sie hätte darauf bestanden, mich in Empfang zu nehmen, doch das möchte ich heute gar nicht. Nachdem ich die Tür hinter mir zugezogen habe, gehe ich eilig ins Wohnzimmer, das man eigentlich schon als Salon bezeichnen kann. Der Weg ist mir so vertraut, dass ich wider besseres Wissen enttäuscht bin, an dessen Ende einen kalten leeren Raum zu betreten. Hatte sich die Hoffnung auf einen Irrtum doch noch in mir gehalten und ich erwartete, mein Großvater würde am warmen Kamin auf mich warten? Immer wenn ich hier war, habe ich ihn andauernd gebeten, das Feuer anzuzünden. Auch im Sommer und selbst dann noch, als die Fußbodenheizung bereits eingebaut worden war.

Seit seinem Tod muss sie ausgeschaltet gewesen sein. Es ist sehr kalt im Haus. Mein Großvater hätte sie vermutlich angelassen, aber meine Mutter und Elke sind sparsame Frauen.

Ich muss schwer schlucken, als mein Blick auf den verwaisten Ohrensessel fällt – den Stammplatz meines Großvaters. Wie sehr habe ich es geliebt, mich auf dem Sessel daneben einzurollen und mich von der Wärme des Feuers einhüllen zu lassen, das ursprünglicher und unberechenbarer als ein Thermostat an einem Heizkörper ist. Die züngelnden Flammen und knisternden Holzscheite erschienen mir als ideale Begleiter für meine Reisen in andere Welten. Märchen und Feuer – vielleicht steckt uns diese Verbindung ja in den Genen, seit sich Menschen an Lagerfeuern von ihren Abenteuern mit Säbelzahntigern erzählten.

Mein Großvater leistete mir nicht immer Gesellschaft, aber oft saßen wir abends nebeneinander und schauten in die Flammen. Mit der goldumrandeten Brille und dem weißen Haar sah er dann so anheimelnd großväterlich aus, dass ich oft nicht widerstehen konnte und mich statt auf meinen Sessel lieber auf seinen Schoß kuschelte. Anfangs habe ich es als Zurückweisung empfunden, dass er sich dabei meist erst einmal erschrocken versteifte. Fast nie legte er seine Arme um mich.

Einmal, als ich mir seiner Zuneigung gerade sehr sicher war, traute ich mich, ihn darauf anzusprechen. »Opa, magst du nicht umarmt werden?«, wollte ich wissen.

Mein Großvater blinzelte mehrmals, bevor er antwortete. »Doch, mein Kind, es ist sogar sehr schön und ich genieße es, wenn du das tust. Ich fürchte wohl nur, dass die Dinge verschwinden, wenn man sie festhält. Bleib also gerne einen Moment hier, wenn du magst.«

Ich begriff nicht genau, was er mir da sagte, aber das Wichtigste verstand ich: Meine Zuneigung war ihm nicht lästig. Ich schmiegte mich enger an ihn und sog den Duft von Tabak und Sandelholzseife ein.

»Opa, du redest ja Quatsch«, sagte ich lachend. »Du hast nie Angst, das weiß ich genau. Am liebsten wäre ich für immer hier bei dir.«

»Das wäre schön«, murmelte mein Großvater lächelnd und drückte mir so sachte einen Kuss auf mein Haar, dass ich anstelle seiner Lippen nur die Bewegung meiner Haarsträhnen spürte.

Ich glaube, an dem Tag, an dem er mir gestand, dass er eigentlich nichts dagegen hatte, umarmt zu werden, muss ich etwa sechs Jahre alt gewesen sein. Zu dieser Zeit durfte ich einen Großteil meiner Ferien bei ihm verbringen, weil ich zu jung war, um alleine zu Hause zu bleiben, und die Urlaubstage meiner Eltern zu rar, um mir während der vielen Wochen Gesellschaft zu leisten. Ich bat ihn, mir aus dem Buch vorzulesen, in dem ich gerade schmökerte. Ich hatte in der Schule bereits erste Fortschritte darin gemacht, selbst herauszufinden, wie es funktionierte, die Buchstaben aneinanderzuhängen und Wörter daraus zu formen. Aber um die Geschichte richtig zu erleben, gelang mir das noch nicht schnell genug. Ich dachte, ich würde die rätselhafte Geschichte von »Alice im Wunderland« besser durchschauen, wenn er sie mir in der richtigen Betonung vorlas, aber sie blieb seltsam. Ich bat ihn trotzdem, nicht aufzuhören, denn etwas an den unerklärlichen Verrücktheiten zog mich an. Allein schon der Einfall, durch einen Kaninchenbau in eine andere Welt verschwinden zu können, versetzte mich in Euphorie.

Wenige Jahre später ließ mein Großvater seine Eliza durch einen Wasserstrudel verschwinden, ohne zu ahnen, wie lange und wie oft ich danach am Rande eines dunklen Teiches verharrte und mir wünschte, es würde sich eine Verwirbelung zeigen. Ich maß seinen Worten so viel Macht bei, dass ich mir sicher war, dass nur meine Unzulänglichkeit verhinderte, dass auch mich ein solcher Strudel packte und durch die Erde zog. Deswegen versuchte ich es wieder und wieder, bis mich eines Tages meine Mutter erwischte, wie ich weit nach vorne gebeugt am Wasser stand. Sie schrie entsetzt auf und packte den Stoff meines Shirts am Rücken so grob, dass ich ebenfalls loskreischte, weil sie mich so sehr erschreckt hatte.

»Du kapierst gar nichts«, brüllte ich, nachdem sie mich weggezogen und behauptet hatte, ich wäre nicht ganz dicht.

»Hauptsache, du ertrinkst nicht«, erwiderte sie trocken.

Wenn ich an die Zeiten zurückdenke, die ich mit meinem Großvater als Kind verbracht habe, sehe ich ein paar unserer imaginären Begleiter ebenso deutlich vor mir wie ihn. Dann wartet Atréju mit seinem weißen Drachen Fuchur in Fantasien auf mich. Tinkerbell flüstert mir ein, dass auch ich fliegen kann. Der verrückte Hutmacher und das weiße Kaninchen trinken mit uns Tee aus winzigen Porzellantassen mit filigran geschwungenen Henkeln und Rosenmuster. Sie zwinkern mir zu, sobald ich mir einen der Kekse schnappe, die Großvaters Haushälterin Elke auf dem untersten Teller der rosenverzierten Etagere vor ihm versteckt hat.

Er bestand auf kleinen Kuchen aus einer teuren Patisserie, die Elke auf den beiden Tellern darüber drapierte. Nur das Beste für die Enkelin. Trotzdem akzeptierte er stirnrunzelnd, wie gierig ich nach den billigen Butterkeksen mit der Schokoladenhülle griff, die ich hingebungsvoll mit den Zähnen abknabberte, um anschließend den nackten Keks mit einem Bissen zu verschlingen. So sehr liebte er mich.

»Geschmack ist etwas, das man lernen muss«, erklärte er.

»Natürlich, Großvater. Das tue ich doch«, erwiderte ich. Schnell nahm ich mir eines der Petit Fours, auf die ich bis kurz vorher gerne verzichtet hatte. Ich war mir sicher, dass er in allem recht hatte.

Er enttäuschte mich nur ein einziges Mal. An dem Tag lungerte ich wieder einmal vor seiner Arbeitszimmertür herum – vormittags durfte ich ihn nicht stören – und wartete darauf, dass irgendwo durch eine Ritze ein Lichtstrahl der Magie huschte, die er dort im Verborgenen schuf.

Als ich es nicht mehr aushielt, schnappte ich mir eines seiner Bücher, von denen alle sagten, ich sei noch zu jung, um sie zu lesen. Ich wollte unbedingt wissen, wohin mein Großvater regelmäßig verschwand, deshalb suchte ich ihn in seinen Zeilen. Doch zwischen den Buchdeckeln trieben bloß langweilige, erwachsene Menschen durch ein dröges Meer aus Asphalt, Alltag und aus meiner kindlichen Sicht lächerlichen Problemen.

Der Inhalt ließ nur einen Schluss zu: Erwachsene lasen offenbar nicht, um Freude daran zu haben. Dabei vermittelten sie immer so geschäftig den Eindruck, als hätten sie schon genügend Probleme in der echten Welt. Zur Mittagszeit trafen wir uns am Esstisch, wo ich ihm mit finsterer Miene das Buch entgegenschob.

»Opa, was soll das? Dein Buch ist gar nicht spannend«, stieß ich vorwurfsvoll hervor. »Allen geht es schlecht oder sie sind total fies.«

Er runzelte die Stirn. »Das verstehst du noch nicht. Manchmal müssen Bücher beißen und stechen.«

Natürlich erkannte ich das Kafka-Zitat damals nicht. »Wie Insekten, meinst du?« Ich kicherte. »Also ich mag es lieber, wenn sie mich streicheln und füttern.«

Er betrachtete lange seinen Teller. Seine Stirn glättete sich nur langsam, aber dann sah er mich direkt an und in seinen Augen stand ein seltenes Leuchten. Er hatte die Herausforderung erkannt. »Weißt du was, kleine Lilly? Ich werde dir einfach ein anderes schreiben.«

Er hielt sein Versprechen. Unwillkürlich schaue ich auf das Bücherregal, in dem das Original stehen müsste. Er hat es mir geschenkt, aber bei meinem letzten Umzug habe ich ihn gebeten, es hier für mich zu verwahren, damit es nicht verloren ging. Danach habe ich vergessen, es abzuholen. Nun wünschte ich, dass es in diesem Moment von seinem Bord fallen würde, als hätte eine Geisterhand es bewegt. Doch natürlich bleibt die Botschaft aus dem Jenseits aus, deshalb muss ich es selbst holen, *dieses* eine besondere Buch.

Ich klappe es auf und schaue auf die schwungvolle Handschrift meines Großvaters gleich auf der ersten Seite. Der goldfarbene Füllfederhalter, mit dem er die Worte aufs Papier gebannt hatte, ist mir immer als eine Art magisches Instrument erschienen, dessen Zauberkräfte versiegten, sobald mein Großvater es mit der Kappe in brauner Krokodilslederoptik verschloss.

Versonnen fahre ich die Linien und Bögen der Buchstaben mit dem Zeigefinger nach, bis es mir für einen Moment tatsächlich gelingt, zu jenem Augenblick zurückzukehren, in dem die feuchte Tinte unter dem Schwung seiner noch warmen Hand auf das Papier floss. Ich erinnere mich an sein Schmunzeln angesichts der Ernsthaftigkeit, mit der ich das Buch anschließend entgegennahm wie einen kostbaren Schatz.

Mein Großvater hat dieses Buch geschrieben, dessen junge Protagonistin den Namen Eliza trägt. Doch ihr Spitzname lautet Lilly. Durch einen mysteriösen Wasserstrudel verschlägt es dieses tapfere Mädchen auf eine verschollen geglaubte Insel, wo zahlreiche Abenteuer auf sie warten.

In kürzester Zeit wurde das Buch zum Bestseller und jedes Schulkind kennt diese Version von mir. Natürlich schmeichelten mir der Ruhm und das Interesse, auf das wir daraufhin stießen. Nur manchmal wünschte ich mir, sie würden alle aus diesem Abenteuer verschwinden, das ich als mein persönliches betrachtete.

Meine Erinnerungen an meine Kindheit sind so fest mit den Erzählungen meines Großvaters verwoben, dass ich die echten manchmal nicht von den erdachten Erlebnissen unterscheiden kann.

Nie werde ich vergessen, wie aufgeregt ich war, als er mir das erste Mal von Vineta, jener sagenhaften Stadt vor der Ostseeküste, erzählt hat, die tatsächlich existiert haben soll. Niemand weiß genau, wo sie einst gelegen hat oder warum es nie wieder eine Spur von ihr gab, nachdem ein im Sturm tobendes Meer sie verschluckt hatte.

Bei einem Ausflug an die Ostsee hatte er mir davon erzählt und ich hatte mir eingebildet, von tief unter dem Meer das verzweifelte Glockengeläut zu hören, das Vinetas Einwohner viel zu spät vor dem Sturm gewarnt haben soll und seither nie wieder verstummte.

Er hatte eine Geschichte erschaffen, in die nicht nur wir, sondern, wie es schien, auch unzählige andere Kinder und Erwachsene eintauchen wollten.

Meine Mutter hat nicht gerade vor Freude gejubelt, als Ernst Hoffmann einen seiner größten Erfolge ausgerechnet mit einem Buch feierte, das er mir gewidmet hatte. Sie hatte schon zuvor nur zähneknirschend zugelassen, dass mein Großvater mich an seiner Hand mit nach »Fantasien«, ins »Wunder-« und ins »Nimmerland« nahm und ich ihm mehr als bereitwillig folgte.

Ich habe ein paar Mal versucht, meine Mutter in unsere Abenteuer einzuweihen, als ich noch klein war. Sie hatte mich mit der abfälligen Art, in der sie die fantastischen Welten kommentierte, so sehr vor den Kopf gestoßen, dass ich sie danach vor ihr versteckt hielt.

Als ich älter wurde, gab es eine Zeit, in der ich mich fragte, ob in solchen Momenten vielleicht der Neid sie boshaft machte, wo sie doch sonst nie boshaft war. Vielleicht wollte sie nicht zugeben, dass sie sich insgeheim gewünscht hat, dass ihr Vater *ihr* eine Geschichte widmet. Und dann sah sie mich wieder auf eine Art an, die mich diesen Gedanken sofort verwerfen ließ. Es schien dann eher, als würde sie die Geschichten meines Großvaters als Bedrohung empfinden, die mich wie ein Strudel verschlucken könnte.

Am Ende musste ich mir eingestehen, dass ich schlicht keine Ahnung hatte, was meine Mutter umtrieb.

Großvater und mich band dieses Abenteuer, das er mit mir zwischen den Seiten erlebte, jedenfalls noch stärker aneinander.

Es fühlte sich immer an, als wäre mein Leben in gewisser Weise in das meines Großvaters eingebettet. Als sei ich ein Teil davon. Und was geschieht nun mit diesem Teil, da der Schutz des großen Ganzen fehlt? Fast fürchte ich, er könnte untergehen, wie Vineta mit seinen Zauberwesen.

Und ist es nicht auch das, was die Presse mir so schön vorhält? Was hat meine Mutter wohl gedacht, als sie diese Schlagzeilen las?

»Vineta ist versunken. Die kleine Lilly hat ihre Unschuld verloren«, titelte eine Zeitschrift. »Ist sie nicht immer schon etwas anstrengend und seltsam gewesen?«, raunte es im Papierwald. Vielleicht hätte ich meine Karriere nicht unter dem Nachnamen meines Großvaters beginnen sollen, vielleicht hätte ich ihn dann nicht so sehr mit hineingezogen.

Aber ich habe es ja nicht getan, um mir einen Vorteil zu verschaffen, sondern um mich vor ihm zu verneigen und unsere besondere Beziehung anzuerkennen. Damit ging ich bewusst das Risiko ein, dass man mir nach einem Durchbruch unterstellen könnte, er sei nur ihm zu verdanken. Ich habe auf mein Talent vertraut, dass die Kritiker anfangs bestätigten, indem sie die »entwaffnende Eigenwilligkeit« rühmten, die mein »authentisches und unfassbar packendes« Spiel auszeichnen würde. Man nannte mich eine eigenständige junge Frau, die eine »brillante Darstellung einer Drogensüchtigen« und auch danach wieder das »beklemmende Porträt einer verlorenen Seele« ablieferte.

Heute sind sie sich ebenso sicher, dass mir allein Großvaters Geschichte eine Aura verliehen hätte, die ohnehin niemanden auf Dauer geblendet hätte. Alles dreht sich nur noch um die Nachfahrin, die »Vineta rettete und zu einer jungen Frau wurde, die alles zerstörte«. Wie kann mich meine

Mutter im Vergleich zu solchen Kommentaren theatralisch nennen?

Während ich mich in Großvaters Ohrensessel noch einmal in die vertrauten Zeilen fallen lasse, kommt mir plötzlich ein anderes Mädchen in einer fantastischen Welt in den Sinn. In der zweiten *Alice im Wunderland*-Verfilmung von Tim Burton beklagt der verrückte Hutmacher, dass Alice ihr Mehrsein verloren hat. Ich komme nicht umhin, mich zu fragen, ob die Figuren meines Großvaters ähnlich enttäuscht von der heutigen Lilly wären. Oder hatten die Kritiker recht? Vielleicht hat sie dieses Mehrsein ohnehin immer nur auf dem Papier besessen.

Lilly

Auf dem Weg zur Kapelle gehen meine Eltern voran. Meine Mutter hat sich bei meinem Vater untergehakt. Ihre tief umschatteten Augen verraten, dass sie in der vergangenen Nacht im Haus ihres Vaters keinen Schlaf gefunden hat.

Die Einäscherung haben wir bereits am Tag zuvor überstanden. Meine Eltern und ich waren dabei die einzigen Gäste. Elke, die eigentlich mit uns dorthin gehört hätte, fand es angemessener, die Angehörigen diesen ersten zeremoniellen Abschied alleine nehmen zu lassen. Mir war es recht. So konnte ich den aushöhlenden Schmerz zulassen, ohne ihn unter einer angemessen eleganten Trauer zu verbergen, wo er mich zerfressen hätte.

Egal, wie stark ich den Verlust vorher bereits empfunden hatte, traf mich die Endgültigkeit seiner Einäscherung noch einmal mit ungeahnter Wucht. Nachdem ich das jetzt hinter mich gebracht habe, fällt es mir heute leichter, der Öffentlichkeit gegenüber Ernst Hoffmann eine würdige Enkelin zu sein.

Elke hat vor der Kapelle schon auf uns gewartet. Es ist das erste Mal, dass ich sie mit feuchten Augen sehe. Zur Begrüßung umarmt sie mich sanft, bevor sie meine Mutter in ihre Arme zieht, als seien sie alte Vertraute. Womöglich sind sie das sogar. Seltsam, dass mir das in all den Jahren nicht bewusst war. Elke war für mich immer nur die Frau, die mich freundlich umsorgt hat, wenn ich bei meinem Großvater zu Besuch war. Nie habe ich mich gefragt, ob sie schon meiner Mutter deren Lieblingskekse aufgehoben hat.

Obwohl sie hier aufgewachsen ist, bringe ich meine Mutter nicht mit dem Haus in Verbindung, zu dem sie so viel Distanz wie möglich hält. Beim Anblick der gefühlvollen Umarmung der beiden Frauen durchzuckt mich eine kindische Eifersucht. Für einen Moment ist mir, als würde ich von etwas ausgeschlossen, von dem ich sicher war, dass es nur mir gehört.

»Diesmal bestehe ich darauf, dass du uns Gesellschaft leistest und die anderen gemeinsam mit uns begrüßt«, sagt meine Mutter fest.

An Elkes Gesichtsausdruck ist abzulesen, dass sie nach höflichen Worten für eine Absage sucht.

»Bitte«, fährt meine Mutter leise fort. »Du würdest mir einen großen Gefallen tun. Vermutlich kennst du jeden der Gäste besser, als ich es tue.«

»Als ob die eine bessere Sekretärin beachten würden«, entgegnet Elke auf ihre trockene Art, die mich plötzlich an meine Mutter erinnert. Oder ist es umgekehrt? Ist es Elke, die meine Mutter geprägt hat? Jetzt, wo ich darüber nachdenke, erscheint es mir logisch. Sie müssen eine ganze Weile unter einem Dach verbracht haben. Elke ist sieben Jahre älter als meine Mutter und hat seit ihrem 18. Geburtstag für meinen Großvater gearbeitet.

Ein freundlich aussehender Riese, vielleicht ein paar Jahre älter als Elke, tritt an die beiden Frauen heran. Es überrascht mich zu sehen, wie er seinen Arm um Elkes Hüfte legt. Weder der Mann noch die vertraute Geste passen zu der hageren und stets so adretten Frau. Der abgetragene schwarze Wollmantel des Mannes steht über seinem gemütlichen Bäuchlein ein Stück weit offen. Doch der Blick, den Elke und er einander zuwerfen, verrät eine in jahrelanger Zuneigung erworbene Fähigkeit, sich ohne Worte zu verstehen.

»Bleib doch«, fordert er sie auf. Dann wendet er sich uns zu: »Ich gehe schon mal hinein. Aber erst möchte ich noch mein Beileid aussprechen. Du bist so erwachsen geworden, Iris. Und du erst recht, Lilly! Als wir uns das letzte Mal gesehen haben, warst du ein Baby. Du kennst mich sicher gar nicht mehr. Ich bin Rainer. Euer Verlust tut mir sehr leid.« Er schüttelt meiner Mutter und mir die Hand.

»Ich bin Rainer«, erklärt er noch einmal, als er bei meinem Vater angelangt ist.

»Ich bin Benjamin«, antwortet mein Vater lächelnd.

Verwirrt sehe ich dabei zu, wie Rainer meiner Mutter übers Haar streicht, als wäre sie noch der Teenager, den er mal gekannt hat. Noch irritierender ist das milde Lächeln, mit dem diese gestandene 60-jährige Frau ihn auf seiner Zeitreise begleitet und sich stolz für ihr Wachstum loben lässt. Ich hätte eine nüchterne Zurechtweisung erwartet.

»Das war also dein Mann«, stelle ich an Elke gewandt fest, nachdem er in der Kapelle verschwunden ist.

»Rainer hat sich kein Stück verändert«, sagt meine Mutter fast zärtlich. Wieder ein Stich.

Geistesabwesend schüttele ich danach zur Begrüßung jede Hand, die mir gereicht wird. Das eine oder andere zugehörige Gesicht kommt mir vertraut vor, doch sobald ich es genauer ansehe, stelle ich fest, dass ich es nur von Fotos oder aus dem Fernsehen kenne.

»Welcher ist unserer?«, flüstere ich und nicke zu den Kränzen im Altarraum, nachdem wir unsere Plätze in der ersten Reihe eingenommen haben. Neben uns sitzen noch Elke und ihr Mann, dahinter die Freunde und Weggefährten.

»Der Grüne«, wispert meine Mutter zurück.

Natürlich! Jetzt kann ich auch den Schriftzug auf der Schleife erkennen. Jede Nuance des Gestecks verrät den sicheren Geschmack und die Erfahrung meiner Mutter. Inmitten des Beifall heischenden Charmes der vielen Rosen sticht er in seiner anmutigen Schlichtheit mühelos hervor. Die Nadeln und Blätter enthalten alle Schattierungen von Grün, aber keine weiteren Farben. Er drückt den Respekt vor einem Mann aus, der auf seinem Grundstück keine Blumen, sondern als einzigen Schmuck perfekt gestutzte Hecken, den gepflegten Rasen sowie die geometrischen Muster der Kieswege zuließ. Andere Töne schlichen sich nur im Herbst ein, wenn sich der Ahorn blutrot und die Eichenblätter gelb verfärbten.

Egal, wie meine Mutter zu ihrem Vater gestanden hat – seinen Grabschmuck hat sie mit der gleichen Sorgfalt und dem präzisen Auge bedacht, das sie auch ihren Kunden schenkt.

Und dann, als bereits schwere Orgeltöne den Raum durchdringen, entdecke ich den winzigen Makel, der die Vollkommenheit des Grüns durchbricht. Dieses Zusammenspiel berührt mich so, dass ich für einen Moment die Hand meiner Mutter berühre: In unserem Kranz steckt eine einzelne weiße Lilie. Sie muss sie für mich gewählt und dafür in Kauf genommen haben, dass die Perfektion ihrer Arbeit gestört wird. Auch wenn sie sicher nicht meine Gedanken lesen kann, erwidert sie für einen Moment den Druck meiner Hand, bevor wir einander rasch wieder loslassen.

Unerwartet füllen sich meine Augen mit Tränen, die unkontrollierbar über meine Wangen laufen. Ich könnte nicht sagen, ob es die Gewalt der Orgelklänge ist, die feuchtkalte Luft inmitten all des Backsteins, die Anwesenheit so vieler fremder Menschen oder die spürbare Abwesenheit eines Einzelnen. Schnell senke ich den Kopf, sodass meine schulterlangen Haare mein Gesicht wie ein Vorhang verdecken. Ich hebe ihn erst wieder, als sich mein Blinzeln endlich trocken anfühlt.

Vorsichtig lasse ich den Blick über die Bänke schweifen und erhasche ein warmes Lächeln von Peter Grünbein, dem Verleger meines Großvaters. Die Pupille seines rechten Auges ist milchig-trüb, was etwas unheimlich aussieht, aber vielleicht denkt er, dass es sich in seinem Alter nicht mehr lohne, den Grauen Star zu behandeln. Ich habe ihn nur wenige Male gesehen. Vermutlich hätte ich ihn vergessen, wenn er meinem Großvater nicht immer diese schokoladenumhüllten Rosinen für mich mitgegeben hätte. Wie gerne ließ ich mir diesen Beweis dafür, dass ich wichtig genug war, damit sich zwei noch wichtigere Männer mit mir beschäftigen, auf der Zunge zergehen!

Neben Grünbein schluchzt lauthals Gabriele Lange, die fast ebenso berühmt ist wie Ernst Hoffmann. Neugierig betrachte ich sie. Früher soll sie eng mit ihm befreundet gewesen sein.

Ich sehe mich weiter um und versuche, mich nicht davon beunruhigen zu lassen, dass Simon noch nicht aufgetaucht ist. Es sieht ihm nicht ähnlich, so unpünktlich zu sein. Schon gar nicht an einem solchen Tag. Er wollte unbedingt an meiner Seite sein.

Als wir nach der kurzen Andacht die Kapelle verlassen, kommt mir der Sonnenschein wie ein Hohngelächter des Himmels vor. Schwarze Regenschirme unter Nieselregen würden mir passender erscheinen. Der Raum in der kleinen Kapelle hat nicht ausgereicht, um alle unterzubringen, die meinem Großvater die letzte Ehre erweisen wollen. Deshalb gehen wir durch ein Spalier aus Menschen hinter dem Bestatter her, der die Urne trägt, auf das Grab zu. Nach einer ausschweifenden Rede seines Verlegers und ein paar Bibelversen, die der Pastor rezitiert, wird die Urne in das Grab hinabgelassen.

Werden sie es für Gleichgültigkeit halten, dass wir, die Familie, keine eigenen Worte gewählt, sondern den Pastor haben für uns sprechen lassen? Es wäre mir ein Leichtes gewesen, ihn auf eine Art zu würdigen, die auch diejenigen zu Tränen gerührt hätte, deren Augen noch trocken waren. Die Wahrheit ist, dass ich an diesem Tag einmal nicht spielen wollte und mir kein Grund einfiel, mit all diesen fremden Menschen zu teilen, was mich wirklich mit meinem Großvater verband. Der Einzige, für den ich das Schweigen sofort gebrochen hätte, war nicht mehr da.

Klonk. Klonk. Einer nach dem anderen wirft eine Schippe voll Erde auf die Urne. Mich ärgert, mit welch routiniertem Gleichmut manch einem die Bewegung von der Hand geht, auch wenn es vielleicht nur eine natürliche Begleiterscheinung des Alters ist. Sicher haben fast alle von ihnen schon einige unter die Erde gebracht. Das Kondolieren der meisten fällt knapp aus.

Innerlich schüttelt es mich, als mein Blick auf den üppigsten aller Kränze fällt. In den Blütenkelchen der Nelken sitzen schimmernde weiße Perlen. Großvater hätte ihn gehasst. »Da wollte es aber einer wissen«, murmele ich meiner Mutter zu und deute auf den Kranz.

»Entweder war dieser Mensch sehr ehrlich oder er ist ein Idiot.« Sie sieht empört aus.

»Wir müssen ihm wohl zugutehalten, dass ihm Großvater eine Menge wert gewesen sein muss«, erwidere ich.

»Gelbe Nelken? Abneigung und Missgunst?« Aus ihrer Stimme trieft nicht ein Funke Sarkasmus. Sie scheint vollkommen verwirrt zu sein.

»Oh je«, erwidere ich matt. Ihre Reaktion erinnert mich an den Tag mit dem Narzissen-Käufer. Glaubt sie wirklich, die Käufer würden solche Botschaften bewusst wählen? Es ist kaum anzunehmen, dass sie die Bedeutungen, die man den Blumen zuschreibt, so gut kennen.

Andererseits sind Schriftsteller vermutlich Meister im Senden versteckter Botschaften. Nicht jeder der hundert Gäste kann ein echter Freund gewesen sein, sodass meine Mutter mit ihrem Verdacht vielleicht sogar recht hat.

Mein Vater legt seinen Arm um ihre Taille. »Schatz, beruhige dich. Der arme Schenker ist sicher nur an einen hoffnungslos unfähigen Floristen geraten, der ihm nicht davon abraten konnte. Er hätte eben dich fragen sollen.«

»Pssst.« Meine Mutter schaut uns mahnend an. Sie fixiert einen Punkt über meiner rechten Schulter. Ich drehe mich um und stehe einem hochgewachsenen Mann mit grauem Schnurrbart gegenüber. Er muss etwa im Alter meines Großvaters sein, aber seine zeitlose Eleganz macht es schwer, das Alter zu schätzen.

»Ich dachte, die würden ihm gefallen«. Wie selbstgefällig er klingt, der Nelkenmann.

»Groß bist du geworden, kleine Iris«, sagt er und streckt die Hand nach meiner Mutter aus, als wolle er ihr in die Wange kneifen.

»Vor allem bin ich viel zu alt für solche Bemerkungen geworden.« Sie tritt einen Schritt zurück, sodass er ins Leere greift. Offenbar verbinden sie mit ihm weniger sentimentale Gefühle als mit Rainer.

Wieder unterdrücke ich ein verzweifeltes Kichern, weil die älteren Gäste mit meiner Mutter wie mit einem entzückenden Teenager sprechen. Ich komme mir vor, als wäre ich unsichtbar. Kaum jemand sagt mir, dass ich groß geworden bin, weil mich keiner kennt. Mein Großvater hatte außerhalb unserer Zweisamkeit so viel mir unbekannten Lebens und das meiste davon vor meiner Existenz. Wie konnte ich glauben, eine so große Rolle darin zu spielen, wie es sich für mich anfühlte?

»Es ist so schade. Ohne Hoffmann macht es keinen Spaß mehr.« Das Seufzen des gealterten Grandseigneurs wirkt so gekünstelt wie alles andere an ihm.

»Es würde ihm gefallen, das zu hören.« Der scharfe Klang

der Stimme meiner Mutter könnte Diamanten schneiden. Nun scheint dem Mann zu dämmern, dass sein Charme nicht die erwünschte Wirkung zeigt. Er tippt sich an die schwarze Hutkrempe und geht weiter.

»Wer war das denn?«, frage ich erstaunt über ihre Reaktion.

»Das ist Thomas Saarländer.« Sie presst seinen Namen durch die Zähne, als würde sie vor ihm ausspucken. »Ich kann mir nicht vorstellen, dass Elke ausgerechnet den eingeladen hat. Er wollte sicher nur sehen, dass er Ernst Hoffmann nun endlich übertrumpft hat. Er ist noch am Leben.«

Ich muss mich wohl nicht länger fragen, von wem ich es habe, dass ich mich gegen schmerzhafte Gefühle mit Kratzbürstigkeit wehre.

»Mochten sie sich nicht? Ich habe noch nie von ihm gehört.«

»Mit der Bemerkung hättest du deinen Großvater sehr glücklich gemacht.« Sie lächelt matt. »Als in den Sechzigern alle Literatur politisch zu sein hatte, wetterte Saarländer in allen Zeitungen gegen ihn, weil dein Großvater nicht mitmachte. Er dachte gar nicht daran, seinen Stil zu ändern, und die Leser kauften weiter seine Bücher, ob es diesem rotwein-intellektuellen Schwafler nun passte oder nicht.« Für Mamas Verhältnisse war dies eine flammende Rede – und dann auch noch zugunsten der Arbeit ihres Vaters! Es gibt also etwas, das sie noch weniger begeistert als »magischer Realismus«, nämlich »rotwein-intellektuelles Geschwafel«.

Ich verkneife mir ein Lächeln, als mir klar wird, dass sie sicher auch viele Gespräche, die ich mit Freunden führe, in diese Kategorie einordnen würde.

»Mir scheint, du kennst doch die meisten Gäste«, stelle ich fest.

Sie schüttelt den Kopf. »Niemanden wirklich, auch wenn ich die meisten schon einmal gesehen habe.«

»Warum habt ihr sie alle eingeladen?«, will ich wissen.

»Ich habe es dir doch schon gesagt. Elke hat das in die Hand genommen. Ich hätte nicht gewusst, wer dazugehört.«

Ich auch nicht. Der Gedanke beschämt mich. Und wie sie so dasteht und die Arme um ihren Oberkörper schlingt, frage ich mich, ob es ihr nicht insgeheim ähnlich geht. Sie kommt mir zum ersten Mal, seit ich sie kenne, verloren vor, was mich zu einem Vorstoß verleitet, ihre Gefühle zu ergründen.

»Fühlt es sich für dich auch falsch an, hier mit lauter Fremden am Grab deines Vaters zu stehen?«, flüstere ich.

»Ach, Lilly«, entgegnet sie. »Es ist doch müßig, sich über solche Dinge Gedanken zu machen.«

Mein Vater und Elke brechen unauffällig auf. Rainer fährt sie zurück zum Gutshaus, damit sie gleich die ersten Gäste empfangen können. Meine Mutter und ich stellen uns noch den letzten Trauergästen und nehmen eine weitere lange Reihe von Beileidsbekundungen entgegen, bevor ich ein letztes Mal wehmütig auf Großvaters Grab blicke und wir uns ebenfalls auf den Weg zum Haus machen.

Während des Leichenschmauses verraten mir Mamas eingesunkene Schultern, wie unwohl sie sich inmitten des Trubels in diesem Haus fühlt. Ich kenne sie als souveräne Frau und Verkäuferin, die ohne Scheu mit Fremden umgeht, aber hier wirkt sie wie eine Gazelle im Löwenkäfig, unruhig und nervös. Kein Wunder, dass sie mich gebeten hat, den Gästen die Häppchen und Getränke zu servieren, die sie mit Elke vorbereitet hat.

Ich habe Routine im Bewirten, seit ich während des Studiums gekellnert habe, und lasse mich von den Anwesenden nicht stören. Im Gegenteil, ich bin froh, dass ich meine Hände beschäftigt halten kann und meine Aufmerksamkeit für die Organisation und das Tragen von Tabletts gebraucht wird. Außerdem bin ich froh, auch noch etwas zu der Veranstaltung beitragen zu können, nachdem die beiden älteren Frauen sich schon um alles andere gekümmert hatten, bevor ich hier eintraf.

Meinen Vater scheint die Gesellschaft der anderen weniger anzustrengen als meine Mutter. Aus dem Augenwinkel habe ich ihn mit einem sehr berühmten Hamburger Autor ins Gespräch vertieft gesehen. Im Vorbeigehen habe ich aufgeschnappt, wie mein Vater den Mann ganz freundlich gefragt hat, wie der seine Brötchen verdient. Mein Vater nimmt selten ein Buch in die Hand und wenn doch, dann geht es darin um die Geschichte Hamburgs oder das Heimwerken. Er kann mit der Schriftstellerei nicht viel anfangen, auch mit Prominenz kann man ihn nicht beeindrucken, weil er sich nicht mit solchen Dingen beschäftigt.

Auch meine Berühmtheit interessiert ihn nicht. Ich bin sein kleines Mädchen und das werde ich immer sein, egal, was andere sagen. Es kümmert ihn einfach nicht, was die anderen denken und wie sie jemanden bewerten. Er bildet sich seine eigene Meinung. Das heißt aber nicht, dass man sich sein Wohlwollen deshalb mühsam verdienen müsste. Er verschenkt es großzügig und nimmt es nur zurück, wenn jemand es aus seiner Sicht wirklich nicht mehr verdient.

Ich habe bislang nicht herausgefunden, ob er die Bilder von mir in den Zeitungen gesehen und was er dabei empfunden hat. Erwähnt hat er sie mit keinem Ton. Nur hin und wieder betrachtet er mich sorgenvoll, wenn er denkt, dass ich es nicht bemerke.

Anders als meine Mutter. Sie hat mich bei meinem ersten Besuch zu Hause nach der Veröffentlichung der Fotos sehr müde angesehen und von mir wissen wollen, ob das nötig gewesen war. Sie erwartete offensichtlich keine Antwort und erhielt auch keine, aber es war seltsam, wie es ihr mit ihrer Frage ausgerechnet durch ihre bemerkenswerte Schlichtheit gelang, dass mich die Scham überwältigte. Normalerweise löste die Sache bei mir abwechselnd Selbstmitleid und Trotz aus. Wieder ließ ich mir nichts anmerken, sondern riet meiner Mutter mit spöttisch erhobener Augenbraue, nichts auf die Presse zu geben.

»Davon verstehst du nichts, Mama. So ist das eben in der Öffentlichkeit.« Mir war klar, dass ich sie damit vor den Kopf stieß, aber es fiel mir einfach zu schwer, von unseren eingespielten Gewohnheiten abzuweichen.

»Du bist blass. Ich löse dich für einen Moment ab.«

Ich fahre herum. Hinter mir steht Elke, die mir liebevoll eine Hand auf die Schulter gelegt hat.

»Du bist aber doch heute nicht zum Arbeiten hier«, wehre ich ab.

»Dann lass mich als Freundin aushelfen. Du brauchst eindeutig eine kleine Pause.«

»Okay, danke«, willige ich schließlich ein.

Es tut gut, meinen inzwischen etwas schmerzenden Füßen eine kleine Pause auf dem Sofa zu gönnen. Dankbar nehme ich die Tasse dampfenden Kaffee, die Elke mir reicht, und lasse mich tiefer in den gelben Brokatstoff sinken. Zusammen mit den dunklen Holzvertäfelungen könnten die Polster den Eindruck erwecken, man sei in einem Museum gelandet. Doch das Bild wird von den abstrakten Zeichnungen an den Wänden gebrochen, die mein Großvater so liebte. Quadrate, Striche und Kreise in klarem Rot, Grün und Blau. Sie verleihen dem Wohnzimmer, das schon eher einem Saal gleicht, einen nicht ganz so verstaubten Chic. Ich bin völlig in meine Gedanken versunken und ignoriere im ersten Moment die Frau, die neben mir Platz nimmt. Leider spricht sie mich an, sodass ich mich ihr doch zuwenden muss.

»Ist das Ihre Großmutter? Sie haben viel Ähnlichkeit mit ihr.«

Widerwillig sehe ich sie an. »Meinen Sie meine Mutter?«, frage ich dann verwundert. Nicht einmal heute sieht sie so alt aus, dass man auf diesen Gedanken kommen könnte. Ich betrachte meine Sitznachbarin genauer. Wie jeder von uns ist sie ganz in Schwarz gekleidet, nur dass die Farbe an ihr nicht trist wirkt. Den Samtschal, der den Halsausschnitt ihres wallenden Kleides verbirgt, überziehen Ausbrenner-Motive, auch die Strumpfhose zieren filigrane Blütenranken.

»Ich meine die Frau auf dem Bild.« Sie deutet auf zwei Schwarz-Weiß-Fotos auf dem Kaminsims, auf dem bis gestern Abend noch eine leere Vase aus lilafarbenem Glas stand. Bis jetzt ist mir nicht aufgefallen, dass sie fehlt. Vielleicht dachte Elke, dass an diesem Tag beide Eheleute anwesend sein sollten.

Aus der Ferne kann ich keine Details im Gesicht meiner Großmutter erkennen. Auf dem einzigen Bild, das ich jemals von ihr zu Gesicht bekommen habe, wirkt sie fein, zerbrechlich und furchtbar melancholisch. Meine Mutter bewahrt es in ihrem Kleiderschrank auf. Soweit ich weiß, ist es das einzige Bild aus ihrer Kindheit, das Mama besitzt.

»Ich glaube, Sie haben recht. Es muss wirklich meine Großmutter sein, aber ich denke nicht, dass wir uns ähnlich sehen. Schauen Sie sich allein schon dieses Kinn an.« Ich bin nun wieder im Unterhaltungsmodus und greife mir spielerisch unters Kinn. »Ganz schön markant, oder? Das habe ich von meinem Großvater. Aber es kann sein, dass Isabelle die gleiche Augenfarbe hatte wie ich, das ist bei einem Schwarz-Weiß-Bild natürlich schwer zu sagen.«

Meine Augen sind blaugrün wie die meiner Mutter.

»Geht es Ihnen gut?«, fragt die Dame neben mir jetzt besorgt.

»Und wie«, erwidere ich fast ein wenig gekränkt darüber, dass mein munteres Geplapper sie so wenig täuschen konnte.

»Verzeihung.« Sie schmunzelt verlegen. »Das war wohl nicht die cleverste Frage, die man bei einer Beerdigung stellen kann.«

Ich denke gar nicht daran, ihr zu widersprechen, bin aber immerhin höflich genug, ihr das auch nicht zu bestätigen.

»Leider ist dies kein sehr netter Anlass für ein Kennenlernen«, sagt sie bedauernd. »Ich bin mir immer nicht sicher, was ich zu solchen Anlässen sagen soll. Ich bedaure Ihren Verlust. Was für eine Floskel! Aber ich meine es wirklich ernst. Ich bin Sabine. Ich glaube, wir sind uns schon einmal begegnet.«

Sie trägt ihre langen kupferfarbenen Locken offen und an ihrem auffälligen Haar erkenne ich sie. Es ist Großvaters Nachbarin, die schon seit einigen Jahren in der alten Stellmacherei lebt. Sie ist nicht die erste Bewohnerin des Hauses, das einmal zu diesem Anwesen gehörte. Ganz früher wurden dort hölzerne Geräte für die Landwirtschaft gefertigt, dann wurde es im Krieg in ein Wohnhaus umgewandelt. Doch ich erinnere mich, dass noch in meiner Kindheit etwas Trostloses von ihm ausging. Erst dieser Frau ist es gelungen, das Gebäude in etwas zu verwandeln, das einem englischen Cottage ähnelt. Sie muss etwa im Alter meiner Mutter sein, ihre Lachfalten reichen so tief wie Mamas Stressfurchen. Einmal bin ich an dem Zaun zu ihrem Grundstück vorbeispaziert, während sie gerade ein Stück Erde bearbeitete. Ihre Mähne hatte sie damals achtlos auf dem Kopf zu einem Knoten gebunden. Das Grundstück, das zu ihrem Häuschen gehört, ist klein, dennoch hat sie es irgendwie geschafft, das komplette Sortiment eines Blumenhandels darin unterzubringen. Ihr Chaos aus Wicken, Hortensien und Pflanzen, die ich nicht kannte, erschien mir fast wie ein Affront gegenüber den schlichten, gepflegten und von Kieswegen durchschnittenen Rasenflächen meines Großvaters.

»Ich erinnere mich«, bestätige ich, während ich ihr zögernd die Hand reiche. »Ich bin Lilly. Aber das wissen Sie ja anscheinend schon.«

Sie hat einen festen Griff. »Lilly, was für ein schöner Name. Er hat mir schon gefallen, als Ihr Großvater ihn zum ersten

Mal erwähnt hat. Der Name passt zu Ihnen. Und ich liebe die Blume. Leider gelingt mir aber in meinem Garten fast alles außer Lilien. Eigenwillige Dinger.« Betreten sieht sie auf ihre Hände. »Entschuldigung, sicher wollen Sie im Moment kein Geschnatter über irgendwelche Blumen hören.«

Fast reflexartig setze ich ein kleines Lächeln auf, um ihr diesen Eindruck diskret zu bestätigen, doch im nächsten Moment muss ich mir eingestehen, dass ich ihre Gesellschaft angenehmer finde als erwartet.

»Doch, bitte«, sage ich und lege einladend meine Hand an ihren Ellbogen. »Lenken Sie mich gerne ein wenig ab.«

Sie zögert. »Das passiert mir selten, dass ich nicht mehr weiß, was ich sagen soll – aber so auf Kommando fehlen mir tatsächlich die Worte.«

»Kannten Sie meinen Großvater gut?«, helfe ich ihr aus.

»Gelegentlich ist er zum Essen vorbeigekommen. Er hat Linus' Lasagne geliebt. Die beiden haben sich auch manchmal zum Schachspielen in dem Herrenhaus getroffen. Linus ist mein Sohn.«

»Schön«, murmele ich, irritiert und erleichtert zugleich darüber, dass die zwei Fremden in letzter Zeit für ihn dagewesen zu sein schienen.

»Er war ungeheuer stolz auf Sie, das wissen Sie aber sicher, oder?«, fragt sie freundlich. »Sie sind Schauspielerin, richtig? Er meinte, er habe immer gewusst, dass Sie auf eine Bühne gehören und ein großes Talent haben. Mir einen Ihrer Filme anzusehen, steht fast ganz oben auf meiner To-do-Liste.« Gierig sauge ich alles auf, ihre Worte tun mir gut. »Ich besitze leider keinen Fernseher.« Bedauernd wirft Sabine die Hände in die Luft.

»Das macht doch nichts«, erwidere ich schnell. »Wir kennen uns ja nicht. Warum sollten Sie sich mit meiner Arbeit beschäftigen? Ich kenne Ihre doch auch nicht.«

»Meine Arbeit?« Sie zuckt mit den Achseln. »Ich bin Lehrerin. Schockierend, oder? Und so wenig glamourös. Aber ich fürchte, ich liebe meinen Beruf.«

»Aber das ist doch das Wichtigste.«

»Muss ja. Auf jeden Fall. Jedem das Seine«, erwidert sie schmunzelnd und entlockt mir damit tatsächlich ebenfalls ein Grinsen über meine leere Redewendung.

»Da ist er ja«, ruft sie.

Zuerst denke ich, dass sie Simon meint, dabei kann sie natürlich gar nicht wissen, wie sehr ich nach ihm Ausschau halte.

»Das ist mein Sohn«, erklärt Sabine und deutet auf den jungen Mann, der auf uns zukommt. »Linus, das ist Lilly. Ernsts Enkelin.«

Die beiden haben meinen Großvater geduzt, stelle ich irritiert fest. Linus ist einer dieser jungenhaften Typen, die wohl nie ganz alt aussehen werden, dennoch schätze ich, dass er ein paar Jahre älter ist als ich. Als wir einander lächelnd die Hand schütteln, entdecke ich die Ähnlichkeit mit seiner Mutter, das Grübchen an der rechten Wange, die schmale, gerade Nase. Seine Haare sind glatt und das Braun hat nur einen leichten Kupferstich, aber sie sind genauso voll wie ihre, sodass ihm Strähnen ins Gesicht fallen, obwohl sie nicht einmal besonders lang sind. Ich rücke ein Stück zur Seite, damit er neben seiner Mutter Platz nehmen kann.

Ohne zu zögern, setzt er sich zwischen uns.

»Huch.« Er sinkt so tief ein, dass er Schwierigkeiten bekommen wird, wieder auf die Beine zu kommen.

»Es ist schon etwas älter«, erkläre ich. »Ein wenig durchgesessen.«

»Dabei bin ich doch gar nicht so schwer«, erwidert er lächelnd.

»Aber groß«, kontere ich.

»Es tut mir wirklich leid um Ihren Großvater. Ich mochte ihn sehr«, sagt Linus.

Ich nicke mechanisch und erwarte, dass ein ähnlicher Redefluss folgt wie bei seiner Mutter, aber er scheint nichts weiter hinzufügen zu wollen. Am Ende breche ich das Schweigen. »Es ist schon komisch, dass all diese Menschen hier meinen Großvater kannten, während ich hier niemanden kenne.« Es klingt schnippischer, als ich wollte.

Sein stiller, neugieriger Blick macht mich unruhiger, als es die unterstellte Redseligkeit getan hätte. Erkennt er mich? Im Gegensatz zu meiner Mutter ist ihm womöglich mal die eine oder andere Nachricht aus der Klatschpresse untergekommen. Allerdings liegt in seinem Blick nichts Anzügliches, nur offenes Interesse.

»Und ich dachte schon, meine Mutter und ich seien die einzigen Gäste, die niemanden kennen«, erwidert er.

»Wenn man bedenkt, dass ich seine einzige Enkelin bin, ist es nicht gerade schmeichelhaft, uns in einen Topf zu werfen«, sage ich verärgert. Heute fällt es mir schwer, meine professionelle Gefasstheit aufrechtzuerhalten.

Linus nickt. »Stimmt. Ich wusste nicht, dass Sie sich nahestanden. Verzeihung. Vielleicht finden Sie es ja aufdringlich, dass wir gekommen sind. Elke hat uns eingeladen.« Er scheint weniger schnell mit dem Du und überhaupt zurückhaltender zu sein als seine Mutter.

»Elke hat offenbar so gut wie jeden eingeladen«, sage ich mit klebrig-süßer Stimme, was albern ist, weil er mich sicher nicht absichtlich vor den Kopf gestoßen hat. Ich seufze. »Nein, keine Sorge. Ich vermute, Sie hatten mehr mit ihm zu tun als viele andere hier, nachdem, was Ihre Mutter erzählt hat.«

»Ich kenne ihn vor allem als einen furchterregenden Schachspieler.

»Als furchterregenden Schachspieler?« Ungläubig starre ich ihn an. »Sie sind der Erste heute, der nicht sagt, dass die Welt einen absolut fabelhaften Autor verloren hat.« Ich lasse mir nicht anmerken, dass ich ihn dafür am liebsten umarmt hätte.

»Dabei trifft das ganz sicher zu.« Er sieht ein wenig betreten drein. »Leider habe ich seine Bücher erst gelesen, nachdem wir uns kennengelernt hatten.«

»Mussten Sie noch nicht einmal ›Der stille Fluss‹ in der Schule lesen?«

Er schüttelt den Kopf. »Das muss an unserem Lehrplan vorbeigegangen sein. Und auf meinem Nachttisch landen sonst eher wissenschaftliche Abhandlungen und zur Auflockerung ein paar Krimis. Mit ein paar Gedichtbänden könnte ich dienen.«

»Schon in Ordnung«, beschwichtige ich. »Ich mag auch gern Krimis, nur nicht im Fernsehen.«

»Zu gruselig?«, neckt Linus mich.

»Unsinn. Zu langweilig. Der berühmteste Schauspieler ist immer der Täter.«

»Vielen Dank auch. Dann kann ich mir ja in Zukunft das Einschalten ebenfalls sparen.«

»Das tut mir jetzt aber leid«, behaupte ich dreist. »Ich war mir ganz sicher, dass das jedem klar ist, zumindest jedem, der ein wenig aufpasst.«

Ich beiße mir auf die Unterlippe. »Wenn ich ehrlich bin, muss ich zugeben, dass mein Großvater das vor mir bemerkt hat.« Ich weiß noch, wie oft er mich am Telefon damit in den Wahnsinn getrieben hat, dass er mir mal wieder den Mörder eines Krimis verriet, den ich mir anschauen wollte. Dafür musste ich ihm nur die Schauspieler aufzählen, die mitwirkten. Fast immer lag er richtig. Ausgerechnet er, der nie fernsah oder ins Kino ging. Einmal drohte ich ihm scherzhaft, aufzulegen, sollte er mir den Trick nicht verraten. »Ist dir wirklich noch nie aufgefallen, dass der berühmteste Schauspieler immer der Täter ist?«, hatte er lachend erwidert.

Nun, da ich selbst Schauspielerin bin, erscheint es mir natürlich logisch: Eine Nebenrolle im Abendkrimi ist für beliebte Stars nicht verlockend, es sei denn, sie dürfen als finsterer Mörder mal eine ganz andere Seite von sich präsentieren.

Erschrocken bemerke ich, dass mir Tränen die Wange hinunterlaufen. Die entwaffnende Offenheit meiner neuen Bekannten hat meine Schutzmauer bröckeln lasse, ohne dass ich es bemerkt habe.

»Entschuldigung«, sage ich beinahe wütend.

Statt dezent den Blick abzuwenden, betrachtet Linus mich weiter. »Entschuldigung? Wofür denn?«

»Ich heule normalerweise nicht.«

Er zieht eine Augenbraue hoch. »Ach so? Das wiederum fände ich nicht normal, zumindest nicht heute. Sie hätten mich sehen sollen, als mein Großvater gestorben ist. Von wegen, Indianer kennen keinen Schmerz. Ich habe tagelang geheult wie der berühmte Schlosshund.«

»Er war damals wirklich fix und fertig«, sagt Sabine. »Wie froh ich bin, dass Jungs heutzutage nicht mehr stramm ihren Mann stehen müssen.«

Ich lächle matt. »Man merkt beinahe gar nicht, dass Sie beide eine Vorliebe für Sprichwörter haben.«

»Haben wir nicht. Ich zumindest nicht, im Gegenteil«, widerspricht Linus lächelnd. »Ich denke, es liegt an Ihrem Großvater, dass mir gerade pausenlos Sprichwörter durch den Kopf gehen.«

»Wieso?«, frage ich verdutzt.

Die Art, wie fassungslos er mich ansieht, lässt mich sofort wieder die Krallen ausfahren. Er soll sich nur nicht einbilden, er wisse mehr über Ernst Hoffmann als ich, nur weil er in letzter Zeit ein paar Mal mit ihm Schach spielen durfte.

Sabine räuspert sich. »Linus, eigentlich hat Lilly sich von mir gewünscht, dass wir sie ablenken.«

»Da haben wir wohl auf ganzer Linie versagt.« Er würde

reumütiger wirken, wenn in seinen Augen nicht dieses Lächeln blitzen würde.

»Ich wünschte wirklich, ich könnte hier bei Ihnen bleiben. Aber ich fürchte, die Sandwichs rufen und der Literaturpapst sieht aus, als würde seine trockene Kehle nach mehr Champagner schreien.« Rasch springe ich auf. Das war keine reine Ausrede – Michael Malienski scheint wirklich beinahe verzweifelt nach dem nächsten Glas mit Hochprozentigem Ausschau zu halten. Bis zu der Begegnung vorhin am Grab dachte ich, Malienski wäre der Einzige gewesen, mit dem meinen Großvater eine legendäre Hassliebe verband. Andererseits, wenn ich ans Filmgeschäft denke, wird möglicherweise auch der Literaturbetrieb von eher zwiespältigen Gefühlen zwischen Bewunderung und Missgunst zusammengehalten.

Niemand hat Ernst Hoffmann leidenschaftlicher in den Himmel gelobt oder in den Abgrund gestampft als der Fernsehkritiker Malienski. Dabei schienen seine Verrisse den Verkauf der Bücher noch stärker anzufeuern als sein Lob. Ich vermute, dass viele Menschen sich von der einschüchternden Arroganz Malienskis provoziert fühlen.

Wir saßen uns einmal in einer Talkshow gegenüber und ich fand damals schon, dass in seinem Blick etwas Bedrohliches liegt. Warum ich den Drang verspüre, ausgerechnet von Menschen wie ihm, die sich allen überlegen wähnen, als ebenbürtig erkannt zu werden? Sie sollen mich für clever und anziehend halten, dabei schätze ich sie nicht einmal besonders.

Jetzt reiche ich ihm, ohne mir meine Anspannung anmerken zu lassen, mit aufrechter Körperhaltung und dem Anflug eines spöttischen Lächelns auf den Lippen ein Glas Champagner. Meine Füße stehen dabei fest, aber leicht geöffnet auf dem Boden und signalisieren so Selbstsicherheit und Empathie. Wir wechseln ein paar Worte und am Ende unserer kleinen, charmanten Plauderei fühle ich mich geschmeichelt, muss allerdings gleich darauf mühsam meine Verärgerung unterdrücken, als er mir bedeutungsvoll in die Augen blickt: »Glauben Sie mir, dass mir Ihr Großvater wirklich fehlen wird. Dass wir uns oft uneins waren, ändert gar nichts daran. Schade, dass ich sein bestes Werk nicht eher kennengelernt habe.« Dabei legt er mir kurz den Arm um die Schulter.

Meine Stimme klingt rauchig, als ich antworte. »Da haben Sie wirklich fürchterliches Pech gehabt.«

In dem Wissen, dass er mir mit einem Lächeln nachsieht, lasse ich ihn stehen. Was meine Mutter wohl sagen würde, wenn sie mitbekäme, dass mich jemand als Werk ihres Vaters ansieht? Wenn man es genau nimmt, beleidigt dieses Kompliment uns alle.

»Es tut mir so leid, Schatz.« Als ich die vertraute Stimme hinter mir höre, wirbele ich so schwungvoll herum, dass ich beinahe das Tablett voll leerer Gläser fallen lasse, das ich gerade eingesammelt habe. Schnell bringe ich es auf dem Mahagoni-Sideboard in Sicherheit und schmiege mich fest in Simons Arme. »Was war denn los?«

»Auf der Autobahn gab es einen schlimmen Unfall. Ich stand mindestens zwei Stunden im Stau, bis es endlich weiterging. Ich habe unzählige Male bei dir angerufen und dir Nachrichten geschrieben.«

Ich blinzele ein paar Mal und greife mir an die rechte Hüfte. Dann fällt es mir ein: »Daran habe ich überhaupt nicht gedacht. Ich habe mein Handy im Zimmer liegen lassen. Hier war so viel los und dieses Kleid hat keine Taschen.«

Er räuspert sich. »Dabei hätte ich dir heute wirklich gerne zur Seite gestanden. Hast du es bislang gut überstanden?«

»Wie du siehst, gehe ich noch aufrecht. Wie lange kannst du bleiben?«

»Leider werde ich heute Nacht noch aufbrechen. Morgen früh muss ich um fünf Uhr am Set sein.«

Ist es da ein Wunder, dass Filmleute ihre Partner meist unter ihresgleichen suchen müssen? Ich kann ihm nicht vorwerfen, mitten im Irrsinn eines großen Drehs zu stecken. Ich kenne den emotionalen Ausnahmezustand und weiß, wie man sich fühlt, wenn man morgens um vier aufgestanden ist, weil man sich von der Morgendämmerung das ideale Licht für die nächste Außenaufnahme versprochen hat. Man gerät beinahe in einen Rausch, aus dem man erst, nachdem die Anspannung abfällt, wieder aufwacht. Ein Kollege von mir rammte sich auf der Bühne einmal aus Versehen ein echtes Messer ins Bein – und wunderte sich erst nach dem Applaus über die blutgetränkte Hose. Erst dann brach er zusammen. Wenn wir arbeiten, nehmen wir keine Rücksicht.

»Klar, natürlich musst du los, kein Ding«, behaupte ich deshalb lässig. »Schön, dass du es überhaupt geschafft hast.«

»Schwarz steht dir«, flüstert Simon. »Darf ich die Trauernde denn jetzt küssen?«

»Sicher«, erwidere ich, obwohl ich mich dabei nicht ganz wohlfühle. Ich schließe meine Augen nicht und erwidere den Kuss nur flüchtig. Mich vor laufender Kamera auszuziehen, ist kein Problem für mich, aber echte Zärtlichkeiten vor Publikum auszutauschen, behagt mir nicht.

Lilly

Nachdem wir auch den letzten Gast verabschiedet haben, beseitigen meine Eltern und ich in schweigendem Einvernehmen die Spuren des langen Tages.

»Warum ist Simon schon gefahren?«, fragt meine Mutter, während wir die Küchenflächen schrubben.

»Vermisst du ihn?«, frage ich mit hochgezogener Augenbraue.

»Es hat mich nur gewundert, an so einem Tag …« Sie bringt nur ein müdes Lächeln zustande. Meine Mutter hat keine Abneigung gegen meinen Freund, aber sie sind wie Skorpion und Hering – zwei Artfremde aus verschiedenen Lebensräumen, die sich unter normalen Umständen nicht träfen.

»Er muss morgen früh raus. Es ist nicht seine Schuld. Ich musste ihn beinahe überreden, abzureisen. Wie bist du Elke losgeworden?«, lenke ich flapsig ab.

»Losgeworden?« Sie runzelt die Stirn.

»Entschuldigung, blöde Wortwahl. Aber so, wie ich sie kenne, hat sie sicherlich darauf bestanden, beim Aufräumen zu helfen. Musstest du ihr Gewalt androhen, damit sie an ihrem freien Tag Feierabend macht?« Schmunzelnd halte ich einen schwarzen Plastiksack auf, damit meine Mutter darin einen Aschenbecher entleeren kann.

»Asche zu Asche, Staub zu Staub«, murmele ich.

»Hast du etwas getrunken?«, fragt meine Mutter irritiert.

Ertappt! »Ich hatte eine fast volle Flasche Sekt in der Hand und wollte den Inhalt nicht verkommen lassen. Du hast mir beigebracht, nichts wegzuwerfen. Und da habe ich mir ein Gläschen gegönnt. Ich finde, nach so einem Tag habe ich das verdient.« Ich trällere wie ein aufgedrehter Comedy-Star in Bestlaune. Ich würde nicht so weit gehen, Alkohol für eine Lösung zu halten, und sicher hätte ich ihn ein wenig langsamer trinken sollen, aber heute war er das einzige Mittel, um meine Nerven zu beruhigen.

»Vielleicht hast du recht«, erwidert meine Mutter nachdenklich.

Ungläubig sehe ich ihr dabei zu, wie sie nach einer bislang von uns übersehenen Flasche auf der Fensterbank greift und sie direkt an den Mund setzt. Sie trinkt drei Schlucke, wischt sich über den Mund und seufzt beinahe befreit. »Natürlich habe ich keine Gewalt angewendet. Ich habe Elke nur sehr freundlich erklärt, dass sie an diesem Tag unser wichtigster Gast ist und ich es nicht dulden kann, dass sie hier auch nur noch einen Finger rührt. Sie sollte schon längst in Rente sein«, geht sie dann auf meine Frage ein.

»Ich habe noch nie über ihr Alter nachgedacht«, murmele ich.

»Sie wird bald siebzig. Bislang hat sie es nicht übers Herz gebracht, dem alten Herrn noch eine Veränderung zuzumuten und ihm eine neue Haushälterin vorzusetzen. Dabei träumen sie und Rainer schon so lange davon, den Ruhestand reisend zu genießen?«

»Ehrlich?«, frage ich überrascht.

Meine Mutter betrachtet mich spöttisch. »Es überrascht dich wirklich, oder? Dass Elke ihre freie Zeit lieber mit ihrem Mann genossen hätte als mit dem großen Ernst Hoffmann.«

»Im Ernst, Mama? Ausgerechnet heute musst du schon wieder gegen uns sticheln?«, fauche ich. Ganz kurz dachte ich, wir wären zumindest für den Moment in Erschöpfung, Alkohol und miesen Manieren vereint.

Sie weicht einen Schritt zurück. »Gegen euch?«

Bevor ich antworten kann, macht mein Vater mit einem Hüsteln auf sich aufmerksam. »So, die Säcke sind im Container. Den da nehme ich noch mit, aber dann gehen wir schlafen. Es sieht doch alles schon wieder spitzenmäßig aus, oder?«

»Klar, Papa.« Ich lächle ihm zu. »Seid nicht böse, aber ich kann keine Sekunde länger aufrecht stehen. Ich gehe direkt nach oben, einverstanden? Gute Nacht.«

Ich warte keine Antwort ab, bilde mir aber im Vorbeieilen ein, auf dem Gesicht meiner Mutter einen Anflug von Schuldbewusstsein zu erhaschen. Recht so!

Um ins Treppenhaus zu gelangen, muss ich das Wohnzimmer durchqueren. Vor dem Kaminsims bleibe ich unwillkürlich stehen. »Sie sehen ihr so ähnlich.« Ich betrachte das Bild meiner Großmutter, ohne Sabine zustimmen zu können. Von mir sagt man, ich sei ein Charaktergesicht und nicht eine von den klassisch Hübschen, aber meine Großmutter war schön. Als Paar müssen meine Großeltern neidische Blicke auf sich gezogen haben: der Mann groß, hell und raumgreifend, die Frau zart und eher dunkel. Auf dem Schwarz-Weiß-Bild kann ich ihre Haarfarbe nicht erkennen, aber ich vermute, dass sie kastanienbraun sind wie die meiner Mutter. Ich glaube, meine hatten mal den gleichen Ton, aber ich färbe sie schon so lange, dass ich mich kaum noch daran erinnere.

Ich habe dieses Haus immer als meine zweite, vielleicht sogar wahre Heimat betrachtet. Es war nicht einfach ein Ort, an dem man zufällig lebt, sondern der, an dem die Seele sich zugehörig fühlt. Ein Stück davon wurde mir am heutigen Tag entrissen. Nicht nur, weil mein Großvater nun darin fehlt. Die

Begegnungen auf dem Friedhof, die Vertrautheit meiner Mutter mit mir unbekannten Gästen haben mich erkennen lassen, dass ich innerhalb einer eher kurzen Zeitspanne hier nur ein gelegentlicher Gast gewesen bin. Über die vielen Jahre, die meine Mutter an der Seite meines Großvaters in diesen Mauern verbracht hat, weiß ich nichts. Und niemand hat mir jemals etwas über die Frau auf dem Foto erzählt, die ebenfalls hier zu Hause gewesen ist.

Etwas später versuche ich vergeblich, Schlaf zu finden. Ich hatte gehofft, der Alkohol würde mir helfen, aber stattdessen bindet mich ein auslaugender Halbschlaf ans Bett, in dem ich nicht weiß, ob ich schlafe oder wach bin. Wirre Bilder tanzen vor meinem inneren Auge, was nichts mit einem erholsamen Abdriften ins Reich echter Träume zu tun hat. Ich sehe meinen Großvater und begegne Bruchstücken erst des vergangenen Tages, dann der vergangenen Jahre. Undeutlich registriere ich, dass mein Bett nass geschwitzt ist, und ich überlege, ob ich mir eine Erkältung eingefangen haben könnte. Dabei kämpft mein Körper vermutlich nur mit dem Alkohol. Erneut werden meine Gedanken von unbewussten Bildern überdeckt. Einem Bild gelingt es, hervorzutreten und sich festzuhaken: der Dachboden!

Plötzlich schrecke ich aus dem Schlaf auf und bin hellwach. Das Bild des Dachbodens ist geblieben. Der Gedanke daran birgt eine unangenehme Kindheitserinnerung: Ich bin einmal durch die offen stehende Luke hinaufgeschlichen und kaum war ich oben, fiel neben mir die Falltür zu, noch bevor ich den Lichtschalter gefunden hatte.

Schon allein, weil ich es eigentlich nicht durfte, wollte ich unbedingt einmal herausfinden, was ihn so geheimnisvoll machte. Ich hatte gehofft, dort auf geheime Schätze zu stoßen. Stattdessen tastete ich mich dann allerdings panisch an den

Wänden entlang und fürchtete, gleich würde eine kalte Geisterklaue meinen Nacken berühren. Meine überbordende Fantasie war eben nicht immer ein Segen. Ich steigerte mich so sehr in die Geschichte hinein, dass ich mich am Ende heulend in einer Ecke zusammenkauerte und nach meinem Großvater rief.

Irgendwann öffnete sich die Luke und das Licht ging an. Ich warf mich schluchzend in seine Arme, doch er hielt mich eine Armlänge von sich weg und brüllte mich an. Er ist sonst nie laut geworden, doch in dieser Nacht muss er die Kontrolle verloren haben.

Er schimpfte, dass ich die steile Treppe alleine erklommen hatte, obwohl man es mir verboten hatte, und dass ich auf dem Dachboden nichts verloren hätte. Allerdings schien ihn mein Gefühlsausbruch noch mehr zu ärgern. »Eigentlich sollte ich dich hier hocken lassen, bis du aufhörst zu kreischen. Es ist dumm, sich vor der Dunkelheit und Gespenstern zu fürchten. Gewöhn dir das gleich wieder ab, wenn du keine Memme werden willst.«

Seine Kommentare trafen mich hart, weil ich ihn nie anders als wohlwollend mir gegenüber erlebt habe. Von diesem Moment an hatte ich Angst, dass ich nicht mehr *seine* Lilly wäre, wenn ich mich nicht richtig und erwachsen genug anstellte.

Um mir zu beweisen, dass ich kein Feigling und meines Großvaters würdig war, beschloss ich, bei meinem nächsten Besuch trotz seines Verbots noch einmal die Treppe hinaufzuschleichen. Vorher wollte ich einen Probedurchlauf bei Tageslicht unternehmen, nur sicherheitshalber.

Als ich diesmal auf dem Dachboden stand, wurde mein Herzklopfen von Enttäuschung abgelöst. Ich entdeckte nichts, was mein Interesse weckte. Bei Tageslicht wirkten die vielen Kartons und alten Kisten hier alt und verstaubt und überhaupt nicht abenteuerlich. Ich ging nie wieder hinauf.

Bald darauf war ich ohnehin zu alt, um noch an geheime Schätze in abgelegenen Räumen zu glauben. Ich wusste, was es dort oben wirklich gab, nämlich Spinnenweben, ausgemusterte Möbel sowie den modrigen Geruch angegriffenen Papiers und feucht gewordener Textilien.

Jetzt, nach diesem anstrengenden Tag und noch immer angetrunken, frage ich mich allerdings, ob ich damals Spuren meines Großvaters übersehen habe, die ich zu jener Zeit noch nicht deuten konnte, denen es sich allerdings zu folgen lohnt. Der plötzliche Drang nachzuholen, was ich möglicherweise verpasst habe, zieht mir den letzten Rest Traumschwere aus den Gliedern. Der Dachboden ist der einzige Ort im Haus, an dem ich in den letzten Tagen noch nicht gewesen bin.

Während ich barfuß über den Flur bis zur Treppe husche, blitzt die kindliche Beklommenheit meines ersten Ausflugs auf den Speicher wieder auf. Es ist seltsam, wie dieselben Dinge bei Nacht so viel schwerer und bedrohlicher als am Tag erscheinen und wie tief diese kindlichen Gefühle sitzen, dass sie jetzt erneut auftauchen. »Dies ist nicht das Haus der Lady Alquist, Lilly«, beschwöre ich mich selbst. Wir sind vor einer Ewigkeit im Zeitalter der Elektrizität angelangt. Niemand muss mehr im schwachen Schein einer Kerze knarrende Treppen erklimmen. Es ertönen auch keine düsteren Klänge in Moll im Hintergrund. Dennoch begleiten mich solche Bilder, während ich zögernd die Luke zum Dachboden aufstemme. Ich betätige sofort den Lichtschalter und sehe mich um. Keine Gespenster. Ich bin mir nicht sicher, ob ich nun eigentlich erleichtert oder ernüchtert bin.

Die einzige Gefahr, die ich ausmachen kann, ist die eines Feuers. Anders als im Rest des Hauses ist hier oben fast alles aus Holz, nicht aus kühlem Backstein. Ein leises Rascheln lenkt meinen Blick in die Richtung des Geräuschs. An der Wand huscht eine kleine Maus entlang. Die Arme, denke ich trocken. Dabei wollte sie sich doch nur in Ruhe an alter Weihnachtsdekoration und ihren Artgenossen aus Wolle und Staub satt fressen.

Eine dicke Dunstschicht liegt auf den weißen Laken, die alte Polstermöbel abdecken. Ich stoße auf Bücher und Aktenordner in Kisten, nichts Aufregendes. Nur der Anblick eines braunen, steifen Teddys mit nur einem Auge rührt mich. Er liegt halbblind in einem Karton neben einer kleinen Schaufel mit Rosenmuster und einem winzigen Paar Gartenhandschuhe. Es scheint, dass meine Mutter ihre Leidenschaft früh entdeckt hat.

Kurz denke ich darüber nach, den Karton nach unten zu tragen und ihn meiner Mutter zu überreichen. Weil sie aber bislang nicht den Eindruck gemacht hat, sentimentale Erinnerungen mit etwas in diesem Haus zu verknüpfen, verwerfe ich den Einfall wieder. Das schönste Stück in dem Raum ist der wuchtige Sekretär aus dunklem Holz mit seinen filigranen Intarsien. Meine Fingerkuppe verfärbt sich vom Staub dunkelgrau, als ich die verschnörkelten Veilchen-Motive nachfahre. Ich öffne die Klappe nicht gleich, um die Enttäuschung über leere Fächer noch ein wenig hinauszuzögern, die mich dahinter höchstwahrscheinlich erwarten. Einen Moment stehe ich noch fast andächtig davor, dann greife ich beherzt nach dem verschnörkelten Griff.

Freudig erregt entdecke ich im Innern Briefumschläge, Papier und verschiedene Schreibutensilien, darunter einen Füllfederhalter, in dessen beigefarbene Kappe die Initialen meiner Großmutter eingraviert sind. Wäre die Flüssigkeit in dem halbvollen Tintenfass daneben nicht längst eingetrocknet, könnte man meinen, der Besitzer würde gleich zurückkehren, um seine Arbeit wieder aufzunehmen. In einem Fach steckt sogar ein Bündel geöffneter Briefe, deren Schlitze kaum ausgefranst sind. Kein Wunder, der goldfarbene Brieföffner in einem der anderen Fächer ist immer noch scharf. Sachte fische ich den Stapel heraus und ziehe vorsichtig einen Bogen poröses Papier aus dem ersten Umschlag.

Beim Überfliegen erkenne ich schnell, dass es sich leider um kaum mehr als Belanglosigkeiten von einer Freundin handelt. Auch bei den anderen Briefen ist es ähnlich. Freunde und Angehörige bedanken sich für gegenseitige Besuche und Einladungen, loben das Essen oder das gute Aussehen meiner Großmutter.

Aus einem Umschlag segelt mir ein Foto entgegen, als ich das Briefpapier herausziehe. Die Zeilen stammen wie schon mehrere Briefe zuvor von einer Tante Anna. Die Farben des Bildes weisen eine leichte Brauntönung auf, woran man sein Alter erkennt. Es zeigt eine Frau mit einem Mädchen auf dem Arm in einem Garten. Die pausbäckige Kleine – vermutlich die Tochter der Frau – trägt ein Kleid, das so bunt ist, als hätte sie sich selbst darauf mit einer Tuschkastenpalette ausgetobt. Fröhlich lächelt sie die Frau an, die ihrerseits das Kind in ihrem Arm hingebungsvoll anstrahlt. Sie scheinen die Kamera gar nicht wahrzunehmen. Zuerst vermute ich, Tante Anna vor mir zu sehen, bis ich den dazugehörigen Brief entziffere, in dem die besorgte Schreiberin feststellt, wie dünn und blass Isabelle geworden ist. Sie würde sich schreckliche Sorgen machen, wenn sie nicht im Sommer dieses zauberhafte Foto aufgenommen hätte, das beweist, dass Isabelle glücklich sein muss. Endlich das zauberhafte Wunschkind! Und dazu dieser attraktive Mann! Sicher sei der falsche Eindruck beim letzten Besuch nur entstanden, weil Isabelle eine leichte Magenverstimmung zu schaffen gemacht hätte.

Ihre Worte klingen für mich wie ein Appell an Isabelle, sich daran zu erinnern, dass sie weder einen Grund noch das Recht habe, sich unglücklich zu fühlen – von ein paar unbedeutenden Zipperlein einmal abgesehen.

Isabelle, meine Großmutter! Dann ist das kleine Mädchen meine Mutter. Im geballten Fäustchen, das auf der Schulter der Mutter ruht, hält es den Stängel einer Pusteblume, deren Samen bereits fortgeflogen sind. Es ist das erste Mal, dass ich ein Kinderfoto von ihr sehe. Auch Isabelle hätte ich darauf nicht erkannt. Ihr Gesicht leuchtet vor Liebe, die das kleine Wesen an ihrem Herzen wie in einen Kokon umfängt. Bei diesem Anblick fühle ich mich wie der Voyeur eines sehr intimen Moments, aber ich schaue nicht weg, denn noch etwas anderes hat meine Aufmerksamkeit erregt. In einer Ecke des Bildes erkenne ich hinter der Gartenmauer eindeutig die Giebel des Hauses meines Großvaters, in dem ich gerade sitze. Den üppigen Garten habe ich allerdings noch nie gesehen.

Die vorherrschenden Farben sind Grün und Weiß, ohne dass die Bepflanzung aber einem tieferen Konzept zu folgen scheint, dafür wurden zu viele leuchtende Farbkleckse nachlässig dazwischengeworfen. Das Bild erinnert mich an die Werke von Monet, die wir im Kunstunterricht nachtupfen sollten, um den Impressionismus zu verinnerlichen. Das Bild muss in einem Juli entstanden sein. In keinem anderen Monat würde man Lilien und Dahlien gemeinsam antreffen.

Die Erkenntnis überrascht mich selbst. Ich muss wohl mehr aufgeschnappt haben, als mir bewusst ist, wenn meine Mutter mir von ihren Blumen erzählt hat. Schon als Kind hatte ich genaue Vorstellungen, was das Vorlesen von Geschichten anging, und meine Mutter konnte ihnen nur schwer gerecht werden. Eine Geschichte zum Einschlafen war für uns beide meist eher ein Kampf als ein Vergnügen. Ihre Stimme blieb trotz meiner Anweisungen meist monoton und emotionslos, bis sie eines Abends das Andersen-Märchen von der kleinen Ida und ihren Blumen vorlas. Dort erwachen die Pflanzen zum Leben und beginnen zu sprechen. Überrascht bemerkte ich, wie sich der Rhythmus ihrer Sätze veränderte und beinahe so etwas wie eine Melodie entstand. Da begriff ich, dass ich sie von ihren Blumen erzählen lassen musste, wenn ich ihre Begeisterung spüren wollte.

Deshalb fragte ich sie fortan ausgiebig über Pflanzen aus. Es war nicht zu übersehen, wie sehr ihr der Gedanke gefiel, ich könne ihre Leidenschaft teilen. Vermutlich hoffte sie dann, sie hätte mich noch nicht ganz an die Welt meines Großvaters verloren. Dabei kam es mir in keiner Sekunde auf den Inhalt ihrer Worte an. Ich wollte nur, dass meine Mutter ein wenig mehr Zeit nur für mich aufbrachte und dass ihre Stimme mich in den Schlaf begleitete. Wenn sie über Lilien, Tulpen und Gardenien sprach, hatten ihre Worte genau den richtigen Klang: warm und liebevoll.

Die Art, wie meine Großmutter und sie sich auf dem Bild in meiner Hand ansehen, erinnert mich an meinen Großvater und mich. Sie sehen aus wie eine verschworene Gemeinschaft, die ein Geheimnis teilt.

Isabelle trägt ein weißes, mit Spitzen verziertes Kleid. Im Haar steckt eine weiße Blume, die ich nicht kenne. Meine Großmutter sieht hübsch aus. Dass Sabine mich mit ihr verglichen hat, sollte mir schmeicheln, doch vielmehr befremdet er mich. Sie wirkt so zart. Damit meine ich nicht in erster Linie, dass sie schlank ist, das bin ich auch. Mich hält eine gewisse Härte gegenüber mir selbst so dünn. Meine Großmutter sieht nicht so aus, als wäre sie jemals hart gewesen, sondern vielmehr zerbrechlich. Verwundert frage ich mich, was Sabine in uns gesehen hat.

Ich widme mich wieder dem Sekretär und stoße auf eine Schublade, in deren hinterstem Winkel ein Notizbuch verborgen liegt. Es ist mit einem Goldschnitt versehen und trägt ebenfalls Isabelles Initialen, die mit cremefarbenem Garn in das dunkelbraune Leder des Einbands gestickt wurden. Sanft fahre ich über das glatte Material. Als Dinge noch nicht in Millionenauflagen produziert wurden, waren sie schöner, denke ich. Niemand würde aus einem Buch wie diesem achtlos Seiten herausreißen oder es durch ein neues mit witzigerem Cover aus dem Drogeriemarkt ersetzen, bevor nicht der letzte freie Platz gefüllt ist.

Gleich über ihrem ersten Eintrag hat Isabelle rechts oben das Datum notiert: 15. März 1959. Warum liegt etwas so Kostbares wie das Tagebuch meiner Großmutter vergessen auf einem staubigen Dachboden? Es sieht meinem Großvater nicht ähnlich, so nachlässig mit wertvollen Texten umzugehen. Andererseits weiß ich natürlich nichts über die Beziehung meiner Großeltern. Vielleicht hatte das Büchlein für meinen Großvater keinen Wert.

Als ich weiterlese, stelle ich fest: Sogar die Handschrift meiner Großmutter war fein und schön. Ich bewundere die eleganten, leicht nach rechts gebeugten Schnörkel, neben denen meine seltenen Notizen wie wirres Schulmädchengekritzel aussehen. Trotz ihrer Perfektion sind die kleinen Buchstaben in altmodischer Schrift für mich nur schwer zu entziffern. Beim ungeduldigen Überfliegen der Seiten entdecke ich, dass manche Texte in Strophenform verfasst sind, und frage mich, ob Isabelle eigene literarische Ambitionen hatte oder einfach hübsche Reime festhielt, die ihr gefielen. Zwischen vielen Seiten stecken sauber gefaltete Zettel mit vergilbten Ecken. Ich wage kaum, einen von ihnen zu öffnen, aus Sorge, er könnte zerfallen. Einen der Bögen falte ich so zaghaft auseinander, dass es für einen ungeduldigen Menschen wie mich einer Tortur gleichkommt. Dazwischen finde ich getrocknete Blüten, nichts weiter. Mit den Fingerkuppen fahre ich über die anderen Zettel und vermute anhand der kleinen Erhebungen, dass diese ebenfalls von Blumenleichen stammen. Ich lasse sie geschlossen. Also war meine Großmutter ebenso verrückt nach Pflanzen wie meine Mutter. Wobei es dann wohl eher umgekehrt war – es war Isabelle, die

Blumen im wahrsten Sinne des Wortes zu Iris' Muttersprache gemacht hat. Auf den späteren Seiten des Notizbuchs scheinen häufig gemalte Blumen die Worte zu ersetzen.

Die Entdeckung amüsiert und befremdet mich, weil ich die Hingabe dieser Frau an die Pflanzenwelt kaum nachvollziehen kann. Ich sehe darin etwas anrührend Romantisches. Und obwohl ich mit der Leidenschaft meiner Mutter aufgewachsen bin, habe ich diese sanfte Seite bislang nicht mit meiner Mutter in Verbindung gebracht. Was sie angeht, standen Blumen für mich immer für harte Arbeit, rissige, chemikalienverätzte Hände und frühes Aufstehen.

Ich lasse das Foto von Isabelle und meiner Mutter wieder zwischen die Seiten des Buches gleiten und klemme es mir unter den Arm. Dann klappe ich den Sekretär wieder zu und klettere durch die Luke zurück.

Wieder in meinem Zimmer kuschle ich mich in meine Bettdecke und klappe das Büchlein wieder auf. Ich verspüre den Drang, jede Zeile darin zu entziffern, in der Hoffnung, über die Einträge meiner Großmutter tiefer in die Vergangenheit meiner Großeltern eintauchen zu können. Nach den Erkenntnissen des heutigen Tages habe ich das Bedürfnis, meinen Großvater noch besser kennenzulernen. Obwohl ich wahnsinnig erschöpft bin und es mir schwerfällt, meinen Blick auf die verschnörkelte Handschrift zu fokussieren, kann ich das Büchlein nicht zur Seite legen. Von dem gefundenen Gegenstand geht eine Anziehungskraft aus, der ich mich nicht erwehren kann. Also beginne ich erneut auf der ersten Seite:

Es war also ein Märztag wie dieser, an dem Isabelle Hoffmann die Seiten zu füllen begann, doch zwischen diesen beiden Tagen liegen 61 Jahre. Ich versuche mit meinem begrenzten Wissen eine Szenerie ihrer Zeit zu entwerfen und stelle mir Menschen vor, die gerade einen großen, schrecklichen Krieg hinter sich gebracht haben.

Es fällt mir nicht leicht.

Die Schwarz-Weiß-Aufnahmen, Geschichtsberichte und Zeitzeugenerzählungen vermitteln unserer Generation einen so unwirklichen Schrecken, dass es einem heute fast wie ein grausames Schauermärchen vorkommt.

Doch für die Menschen damals war die Wirklichkeit nicht schwarz-weiß, rufe ich mir ins Gedächtnis. Für sie hatte der Schrecken noch Farben. Ich stelle sie mir abstoßend vor – aschegrau, blutrot und uniformschwarz. Meine Fantasie muss viele Lücken füllen. Die unbegreiflichen Taten selbst haben wir in der Schule ausführlich durchgenommen, aber sie wurden direkt von den Beschreibungen der Euphorie des Wirtschaftswunders abgelöst. Wie es den Menschen in der Zeit dazwischen erging, erfuhren wir nicht. Man sollte meinen, sie hätten, von Schuldgefühlen geplagt, nur so vor sich hin vegetiert. Vielleicht haben sie aber auch einfach weitergelebt.

Ich lese die ersten Worte meiner Großmutter in ihrem Tagebuch:

Nichts, was ich anfasse, gedeiht. Es geht mir ein. Es gelingt mir nicht, etwas wachsen zu lassen.

Isabelle 1959

»Nichts, was ich anfasse, gedeiht. Es geht mir einfach so ein«, dachte Isabelle. Die Blumenzwiebeln, die sie im Herbst gesetzt hatte, waren vergammelt oder von Tieren gefressen worden. Sie verstand nicht, warum nicht zumindest ein paar Exemplare durchgekommen waren. Sie hatte eine so großzügige Anzahl an Zwiebeln verteilt, dass die reine Masse ihre mangelnde gärtnerische Erfahrung hätte ausgleichen sollen.

Es beunruhigte sie umso mehr, weil sie diesen Ort liebte und ihn gerne nach ihren Vorstellungen gestalten wollte. Das Haus hatte ihr gleich gefallen, dennoch hatte sie Ernst vor vier Jahren, nicht lange nach ihrer Hochzeit, abgeraten, es zu kaufen. Aber ihm hatte der Gedanke gefallen, einen Rückzugsort zum Schreiben zu haben und seine Künstlerfreunde hierher einladen zu können.

Nachdem die Sache entschieden war, freute Isabelle sich trotz ihrer Einwände sehr. Hier ging ihr auf, was sie in den letzten Jahren in Hamburg vermisst hatte: einen Raum, um frei zu atmen und zu denken. In ihr steckte wohl immer noch ein Teil von dem Mädchen vom Lande.

Ernst hingegen fühlte sich vom Trubel einer großen Stadt angezogen und inspiriert. Nirgends sonst konnte er so gut all die scharfsinnigen Beobachtungen zu den Schwächen der Menschen machen, für deren Beschreibungen man ihn rühmte. Er brauchte die Geselligkeit, den nicht abreißenden Dialog mit anderen Künstlern. Seine Welt waren das Flanieren und die Cafés.

Deshalb hatte es Isabelle erstaunt, dass er ihrem Kinderwunsch sofort zugestimmt hatte. Andererseits war genau das schließlich auch der Grund, weswegen Menschen heirateten.

»Ein neuer Hoffmann für die Welt – nur zu!«, hatte er ausgerufen. »Ein Streichquartett wäre nicht schlecht, wenn ich es mir recht überlege.«

»Das behauptest du nur, weil du weißt, dass ich mich um sie kümmern werde«, hatte sie lachend erwidert. »Bitte setz die Kleinen doch nicht so unter Druck, bevor sie da sind. Was, wenn einer von ihnen ein zweiter Sepp Herberger werden möchte?«

»Ein Fußballer?« Er hatte angewidert die Nase gerümpft. »Du weißt, wie sehr ich unseren Rasen mag.«

»Oh je, ich setze darauf, dass du etwas mehr Nachsicht mit ihnen haben wirst, wenn sie einmal da sind.«

»Und du solltest sie nicht jetzt schon verwöhnen«, hatte er streng erwidert. »Was das angeht, spar dir ein wenig Elan für deinen Mann auf, sonst muss ich meine Zustimmung am Ende noch zurückziehen.«

Isabelle hatte ihm amüsiert zugelächelt. »Wie könnte ich dich jemals vernachlässigen?« Danach hatten sie sich geküsst und so ausgiebig geliebt, dass sie eine ganze Weile sicher war, schwanger geworden zu sein.

»Das macht beinahe noch mehr Spaß, als ein neues Werk zu zeugen«, hatte er hinterher geraunt.

Sie hatte wieder gelacht. »Ich hoffe doch, es geht dir beim Vaterwerden nicht nur darum, dich mal mit einem Werk der anderen Art zu verewigen.«

Wenn sie sich jetzt an seinen nachdenklichen Blick erinnerte, fürchtete sie, dass womöglich tatsächlich genau dieser Gedanke sein Begehren an dem Tag angestachelt hatte. Isabelle konnte nur hoffen, dass sie sich in dieser Annahme täuschte. Wenn es um seine Werke ging, war er ein schrecklicher Perfektionist. Sie bewunderte ihn dafür, war aber auch stets erleichtert, wenn er nach einer Zeit des Schaffens wieder mehr Leichtigkeit und Großzügigkeit zeigte.

Ganz sicher musste er sich nicht darum sorgen, in Zukunft vernachlässigt zu werden. Es würde Isabelle ein Leichtes sein, sich um einen Mann und – falls es denn so weit käme – noch um vier Kinder zu kümmern. Seit sie ihren Beruf aufgegeben hatte, gab es nicht viel für sie zu tun. Wie alle jungen Lehrerinnen, die sie kannte, hatte sie bei der Einstellung eine Klausel unterschrieben, die es verheirateten Frauen untersagte, einem Mann den Job wegzunehmen. Somit verlor eine Frau mit der Heirat ihren Arbeitsplatz und mit ihm alle Pensionsansprüche, die sie in der Zeit ihrer Berufstätigkeit erworben hatte.

Isabelle empfand das als ungerecht, auch wenn sie dadurch, dass sie bloß ein einziges Jahr ihrem Beruf nachgegangen war, nicht viel Verlust erlitt. Nur um die Tätigkeit, die sie wirklich gern gemocht hatte, tat es ihr leid.

Dass eine Frau auch kein eigenes Konto eröffnen durfte, kam ihr dagegen nur folgerichtig vor: Was hätte sie auch einzahlen sollen?

Insgesamt erschien ihr die Beschneidung ihrer Freiheiten wie ein kleiner Preis für ihre Ehe. Sie hatte den Schriftsteller Ernst Hoffmann fünf Jahre zuvor, kurz vor dem Ende ihrer Ausbildung, kennengelernt und sich rasant in ihn verliebt. Sie heirateten ein Jahr später, als Isabelle gerade achtzehn Jahre alt war. Der Altersunterschied von zehn Jahren störte sie nicht. Seine Reife war viel eher einer der Gründe, weswegen sie sich zu ihm hingezogen fühlte. Sie hatte schon früh gewusst, dass sie sich eine große, liebevolle Familie wünschte, vielleicht auch, weil sie sich bei ihren eigenen Eltern nie hatte zu Hause fühlen können.

Bislang wartete Isabelle allerdings vergeblich auf ein Kind und fühlte sich deshalb oft fast ein wenig nutzlos. Anstatt der typischen Anzeichen für eine Schwangerschaft wurde sie jeden Monat aufs Neue beinahe höhnisch von der Natur daran erinnert, wie wenig sie ihrer Aufgabe als Ehefrau gerecht werden konnte.

Ernst beschäftigte Personal, sodass Isabelle den Makel nicht einmal damit ausgleichen konnte, eine perfekte und umsichtige Hausfrau und talentierte Köchin zu sein, wie es in den Magazinen angepriesen wurde. Auch ihr Talent zur hingebungsvollen Geliebten hatte nachgelassen, seit sie vor einem Jahr tatsächlich einmal schwanger geworden war, das Kind aber drei Monate später verloren hatte. Die Traurigkeit darüber hatte ihr so zugesetzt, dass sie immer häufiger allein auf dem Land zurückblieb, wenn Ernst in Hamburg war.

Noch zeigte er sich verständnisvoll und ließ es ohne zu murren zu, dass sie sich zurückzog, aber Isabelle wusste, dass er es nicht ewig akzeptieren würde. Sie musste sich endlich zusammenreißen! Sie sollte weniger in der Erde buddeln und häufiger in der Stadt seine Gäste empfangen, nahm sie sich vor.

Aber im Grünen zu sein, war Balsam für ihre Seele. Der heruntergekommene Kräuter- und Gemüsegarten auf dem Grundstück hatte es ihr sofort angetan. Sein beinahe verwunschener Ort inmitten von verwitterten Natursteinmauern ließ sie ihn sich gleich als wunderbaren Dornröschengarten vorstellen. Doch statt Rosen wollte sie Lilien pflanzen.

Als Kind hatte sie oft Sträuße aus den violetten Türkenbundlilien auf den Wiesen ihrer bayerischen Heimat gebunden. Ganz gleich, wie schwierig das Zusammenleben in ihrer Familie gewesen war, die Landschaft – ihre Heimat – hatte sie geliebt. Und auch hier, in dieser von dort so weit entfernten Ecke Deutschlands, hatte sie das Gefühl, bei sich zu sein.

Es war ihr unverständlich, wie Ernst in der Stadt die besten Ideen kommen konnten, wo das andauernde Lärmen jeden klaren Gedanken übertönte.

Hamburg feierte seinen Aufschwung, jetzt, wo man die Räumung der Trümmer offiziell für beendet erklärt hatte, trotz der noch offensichtlichen Bombenlücken. Das Rattern einer neuen U-Bahn-Linie, die neuen bunten Lichter eines Ausgehviertels oder das Schnattern der Frauen in der Parfümabteilung des neuen schicken Kaufhauses berührten Isabelle allerdings wenig. Deswegen fühlte sie sich dort eher wie ein ungebetener Zaungast auf einer Party.

Für sie bedeutete all dies nichts im Vergleich zum Lichterspiel auf der Oberfläche eines sonnenbeschienenen Sees und der Stille inmitten alter Buchenwälder. Oder dem Duft der Rapsblüte, dessen Süße unerträglich wäre, wenn ihn nicht eine Brise voll Meersalz bändigen würde. Ihr war bewusst, dass ihre Andersartigkeit eine der Eigenschaften war, die Ernst zu ihr hingezogen hatten. Nun konnte sie nur noch hoffen, dass ihm nicht genau dieses Merkmal eines Tages lästig würde.

Isabelle hatte ihm von ihren Lieblingsblumen erzählt und sich über seine gute Absicht gefreut, als er ihr zu einer ihrer ersten Verabredungen Lilien schenkte. Sie war ihm überschwänglich um den Hals gefallen, obwohl die prächtigen Madonnenlilien wenig mit den kleinen violetten Blüten der Lilien von früher gemein hatten. Kurzerhand hatte sie die weißen Prachtblüher zur gleichwertigen Lieblingsblume erkoren, und als sie kurz darauf in einem botanischen Garten Feuerlilien entdeckte, kam sie zu dem Schluss, dass sie Lilien im Allgemeinen und in all ihrer widersprüchlichen Anmut liebte.

Deshalb hatte sie ihren Mann darum gebeten, den verfallenen Garten nicht einzuebnen, sondern stattdessen in der Maueröffnung ein schmiedeeisernes, weißes Tor einzufügen, um ihr die Möglichkeit zu geben, dahinter ihren eigenen Liliengarten zu erschaffen. Endlich würde sie eine Aufgabe haben, etwas, um das sie sich kümmern musste und wofür sie allein verantwortlich war.

Doch nun schien es so, als sei sie nicht einmal hier in der Lage, etwas Lebendiges gedeihen zu lassen.

Bei ihrem letzten Aufenthalt in Hamburg waren Isabelle inmitten einer Abendgesellschaft die Tränen gekommen. Sie war sich sicher, dass es außer ihrem Mann niemand bemerkt hatte, aber sein peinlich berührter Blick beschämte sie immer noch.

Eine Schriftstellerfreundin ihres Mannes, Gabriele, hatte sich über ihre anhänglichen Kinder ausgelassen, die ihr jederzeit am Rockzipfel hingen, wenn sie doch viel lieber schreiben würde. Die Frau wirkte beängstigend attraktiv, auch wenn niemand hätte sagen können, ob es wirklich an ihrem Äußeren oder ihrem Selbstbewusstsein lag. Die Männer liebten und fürchteten sie, während deren Ehefrauen sie fürchteten und verabscheuten. Isabelle wusste nicht, wie sie zu Gabriele stehen sollte. Insgeheim bewunderte sie ihren Mut, nur ihre spitze Zunge wollte sie lieber nicht auf sich gerichtet sehen. Dazu bestand aber auch gar keine Gefahr, weil Gabriele die Begleiterinnen der Männer aus der Kunstszene kaum als ernsthafte Gesprächspartner wahrzunehmen schien.

An jenem Abend hatte sie nun allerdings neben Isabelle gesessen und deshalb höflich nach deren Nachwuchs gefragt.

»Der lässt leider noch auf sich warten«, hatte Isabelle mit scheuem Lächeln erklärt.

Gabriele hatte geseufzt und anschließend ausgerufen: »Wie beneidenswert. Ich wünschte, ich könnte mir sicher sein, dass keine mehr folgen. Aber ich habe ausgerechnet einen Katholiken geheiratet, der nichts von schützenden Maßnahmen hält. Nun bleibt mir nur noch, regelmäßig Migräne vorzutäuschen.«

Bevor Isabelle etwas hätte erwidern können, hatte Gabriele sich bereits wieder einem anderen Gesprächspartner zugewandt, ohne auf die teils amüsierten, teils geschockten Gesichter zu achten, die ihr Gefühlsausbruch hervorgerufen hatte.

Isabelle war klar, dass Gabriele nur deswegen nach ihren Kindern gefragt hatte, weil sie dachte, mit jemandem wie ihr könnte man kein anderes Gespräch führen. Zumindest ersparte Gabrieles Desinteresse ihr, pflichtschuldig lachen zu müssen. Stattdessen hatte sie mit feuchten Augen auf die Zabaione gestarrt.

Sie gab nicht Gabriele die Schuld. Ihre Worte hatten ihr kaum einen größeren Stich versetzt als die der anderen Ehefrauen, die mit besorgten Mienen danach fragten, wann es denn endlich so weit sei. Nachdem sie Ernsts Blick aufgefangen hatte, hatte Isabelle ihr Bestes gegeben, um ihn nicht zu blamieren, doch ihr Lachen hatte an dem Abend hohl und blechern geklungen.

Sie war nie gut darin gewesen, etwas vorzutäuschen. Vielleicht beharrte Ernst deshalb nicht allzu sehr darauf, dass sie ihn wieder häufiger begleitete. Sie war zurückhaltend und doch ein offenes Buch für jeden, der genau hinsah. Wenn sie sich in seinem Bekanntenkreis umsah, wunderte es Isabelle nicht mehr, wie leicht Ernst sie mit einer geheimnisvollen Schönen verwechseln konnte. Ihm schien so wenig Ehrlichkeit zu begegnen, dass er sie für ihr Gegenteil hielt, wenn er auf sie traf.

Als sie sich zum ersten Mal begegnet waren, hatte Ernst an Isabelles Hochschule einen Vortrag über die Poesie und ihre Deutung gehalten. Er hatte sehr gut ausgesehen und die gierigen Blicke der Mädchen ließen ihn noch anziehender erscheinen. Isabelle hätte sich darüber amüsiert, hätte er nicht noch etwas besessen, das ihn für Isabelle gefährlich machte: Er verfügte über die Macht der Worte. Bei einem Mädchen, das heimlich Gedichte schrieb und sie in ihrer Schublade versteckte, fiel das auf fruchtbaren Boden.

Isabelle hatte noch nie einen so mitreißenden Vortrag gehört wie seinen an jenem ersten Tag. Während ihre Sitznachbarinnen versuchten, den Blick des Redners aufzufangen, hielt Isabelle ihren gesenkt. Als sie ihn doch einmal hob, begegnete er ausgerechnet dem von Ernst Hoffmann. Seine Augen schienen sich zu weiten und ihr Herz klopfte schneller. Sie hatte das Gefühl, mit ihm gemeinsam in einen Abgrund zu stürzen. Natürlich war ihr klar, dass er diese Erfahrung vermutlich nicht teilte.

Später drängte sie sich, ohne ihn anzusehen, an seinem Pult vorbei nach draußen. Er sprach mit einer ihrer Kommilitoninnen und stand so nah am Rande des Tisches, dass Isabelle ihn beinahe berührte. Das genügte, um sie erröten zu lassen. Sie hatte bereits einen Schritt durch die Tür gemacht, als sie seine Stimme hörte.

»Verzeihen Sie?«

Ohne wirklich daran zu glauben, dass er sie meinen könnte, drehte Isabelle sich um und stellte fest, dass er tatsächlich sie ansah. Gleich darauf entdeckte sie den Handschuh in seiner Hand. Wie lächerlich sie sich da vorkam!

»Sie haben etwas verloren, glaube ich«, sagte er freundlich.

»Vielen Dank«, antwortete Isabelle leise, als er ihr den Handschuh reichte. Und plötzlich gab es diesen Moment, in dem sie den Handschuh festhielt und Ernst Hoffmann ihn nicht gleich losließ. Er sah sie unverwandt an. Eine Ewigkeit lang, so kam es ihr vor. Eine Ewigkeit, die vielleicht drei Sekunden dauerte. Danach ähnelte ihr Leben für eine Weile einem der Romane, die zu lesen sie nie zugeben würde.

Ernst lud sie ein, mit ihm einen Kaffee trinken zu gehen, ohne sich um die Blicke ihrer Kommilitoninnen zu scheren. Noch während sie den Kaffee tranken, beichtete er ihr, dass er den Handschuh aus der Tasche ihres braunen Wollmantels gezogen hatte, während sie an seinem Pult vorbeiging.

Bei einem weiteren Treffen gestand er ihr auch den Grund: Sie sei die Frau, die er immer habe erfinden wollen. Er fand es zauberhaft, wie leicht er sie zum Erröten bringen konnte, und sie fand es zauberhaft, wie er bewundernd seinen Arm um sie legte und sie »meine wunderschöne Muse« nannte.

Im Zustand der Glückseligkeit hatte sie sich sogar dazu hinreißen lassen, ihm ein paar ihrer Zeilen zu zeigen – und das Dichten anschließend vollständig aufgegeben. Sie hatte nicht vorhergesehen, dass sein Lob sie vernichtender treffen könnte als jeder abwertende Kommentar.

Er hatte ihr versichert, in ihren Gedichten ein Talent zu erkennen und dass sie herrlich unverfälscht schrieb. Auf diese Art lobte ein Vater sein Kind dafür, nicht beim ersten Schritt hingefallen zu sein. Sie wusste plötzlich nicht mehr, was sie zum Schreiben getrieben hatte, und vergaß, wie lebendig sie sich dabei gefühlt hatte.

Anfangs gelangte sie in Tagträumen wohl auch noch an den Ort in ihrem Innern, aus dem die Zeilen gekommen sein mussten, aber schließlich suchte sie ihn immer seltener auf.

Es sollte keinen Raum geben, den sie vor ihrem Mann verbarg. Doch manchmal kam es ihr in letzter Zeit so vor, als hätte sie ihn nur ausgelagert – in den Garten oder wohl vorerst nur ihrer Vorstellung davon. Vielleicht war es eine gerechte Strafe, dass er nicht gedieh. Ernst hatte ohnehin nicht verstanden, was sie mit ihren Fingern in der Erde wollte. Trotzdem hatte er sie bei ihrer Idee unterstützt und bestätigt, dass ihr ein wenig Ablenkung sicher guttun würde. Auch sie hatte darauf gesetzt, dass sie auf diesem Wege vielleicht ihre Ausgeglichenheit wiederfände, doch gerade schien er sich als schlechte Arznei zu entpuppen.

Frustriert warf Isabelle einen letzten Blick auf die Erde, von der sie sich bezwungen fühlte, und verließ den Garten. Während sie über die Kieswege zum Haus schritt, beschloss sie, nicht eine Träne über so etwas Unwichtiges wie Blumenzwiebeln zu vergießen.

Sie sah zum weißen Holzzaun, auf dessen anderer Seite Qualm aus dem Schornstein des alten Stellmacherhäuschens emporstieg. Ein Gefühl von Behaglichkeit stieg bei diesem Anblick in ihr auf. Auch nach zwei Jahren kannte sie die Menschen noch nicht, die in dem Häuschen lebten. Sie hatten einander gegrüßt, wenn sie sich über den Weg liefen, aber die Häuser lagen weit genug auseinander, um solche Begegnungen nicht zu häufig vorkommen zu lassen.

Die Bewohner besaßen ein paar Trakehner und schienen es mit der Pferdezucht zu probieren, aber es wurde gemunkelt, dass der Erfolg bislang ausgeblieben war. Das zumindest hatte ihr Herr Thomsen, der Lebensmittelhändler, erzählt. Da er allerdings zu böswilligem Klatsch neigte, bei dem man sich immer wie ein Mittäter fühlte, wenn man zu lange zuhörte, musste man sich vor solchen Äußerungen von ihm in Acht nehmen.

In einem Punkt hatte Herr Thomsen aber wohl recht. Die viel zu dünnen und nervösen Tiere machten keinen guten Eindruck. Isabelle mochte Pferde und fühlte sich gelegentlich versucht, sie sich einmal aus der Nähe anzuschauen. Sie würde ihnen einen Apfel reichen und spüren, wie aus den Nüstern der warme Atem auf ihre Hand strömte. Doch sie tat es nicht. Zu groß war die Scheu, in fremdes Revier einzudringen. Was, wenn es den Besitzern nicht recht wäre? Oder noch schlimmer: wenn man sie nicht wieder loswurde?

Herr Thomsen hatte ihre Nachbarn »die Polacken« genannt. Woher die zwei Familien genau kamen, die sich in das kleine Häuschen quetschen sollten, konnte er aber nicht sagen, nur dass sie nach dem Krieg von irgendwo aus dem Osten Europas hierhergeflohen waren. Es sei ihm aber auch egal, hatte er erklärt, denn sie seien ohnehin alle gleich. Überhaupt könne man nicht den Überblick bewahren, nachdem es im schönen Schleswig-Holstein mit einem Mal mehr Flüchtlinge als Einwohner gebe.

Isabelle hatte seine Erklärungen für Übertreibungen gehalten, bis sie hinterher herausfand, dass die Zahlen sogar stimmten, auch wenn er ganz sicher mit dem Eindruck falsch lag, die Neuzugezogenen hätten sich ins gemachte Nest gesetzt. Wer beispielsweise in der falschen Ecke des neuen Hamburgs landete, konnte dort immer noch die Nissenhütten entdecken. Isabelle mochte sich nicht einmal vorstellen, wie sehr die Flüchtlinge darin im Sommer schwitzen und im Winter zittern mussten. Sie hatte Geschichten über Dreck, erfrorene Kinder und Typhus gehört. Die Stadt gab damit an, bereits hunderttausend neue Wohnungen gebaut zu haben, was so lange beeindruckte, wie man nicht erfuhr, wie viele Menschen noch in sauerstoffarmen Bunkern und dreckigen Verschlägen hausten. Die grauenvollen Bedingungen, unter denen manche lebten, waren natürlich nur die Folgen des Schrecklichen, das man anderen angetan hatte, dennoch schien es unfair, dass nicht alle Deutschen gleichermaßen darunter zu leiden hatten. Stattdessen standen viel zu viele Kinder dort im Dreck, die nichts für die Taten ihrer Eltern und Großeltern konnten.

In Schleswig-Holstein hatte man das Problem gelöst, indem man die Einwohner zwang, den Neuankömmlingen Platz in ihren eigenen, oft kargen Behausungen zu gewähren. Es war kaum verwunderlich, dass dies zu Zwistigkeiten geführt hatte. Nicht wenige nannten die Zugezogenen, die gar keine andere Wahl gehabt hatten, in verächtlichem Tonfall Schmarotzer. »Denen aus dem Osten kann man nicht trauen. Wer weiß schon, woher die Pferde des Volks stammen, das sich in Ihrem Häuschen breitgemacht hat«, hatte Herr Thomsen gesagt.

»Genau genommen ist es nicht unser Häuschen«, hatte Isabelle leise widersprochen.

Der Verkäufer zuckte die Achseln. »Der alte Herr muss verrückt gewesen sein, als er es diesen Leuten überlassen hat. Mag ja sein, dass er so pleite war, dass er den Besitz teilen musste.

Aber wieso verschenkt er einen Teil davon an solche Leute? Er war doch auch nicht einverstanden, als er das Häuschen für sie räumen sollte. War ein ganz schöner Schock, als herauskam, dass er es ihnen vor seinem Tod überschrieben hat. War wohl das schlechte Gewissen. Soll ja ein strammer Nazi gewesen sein. Hat schon einen Grund gehabt, dass er sich eine Kugel in den Kopf geschossen hat. Vielleicht wollte er auch seinen Neffen ärgern, dass für den nicht mehr so viel übrig bleibt.«

Und Sie waren sicher ein Wohltäter, der während des Kriegs Juden versteckt hielt, hätte Isabelle seiner Missgunst gerne entgegengeschleudert. Sie hielt den Mann für einen elenden Opportunisten. Er mochte keine Fremden? Dabei schien ihm zu entgehen, dass auch Ernst und sie nicht von hier stammten. Offenbar störten sie ihn weniger, schließlich ließen sie viel Geld in seinem Laden.

Doch Isabelle hatte ihren Ärger über seine Selbstgefälligkeit hinuntergeschluckt. »Kennen Sie zufällig ein Mädchen, das für uns arbeiten möchte?«, hatte sie ihn stattdessen beherrscht gefragt. »Wir haben eine Köchin, die auch ein paar Hausarbeiten übernommen hat. Aber sie ist nicht mehr die Jüngste. Mein Mann wünscht sich deshalb noch eine Art Mädchen für alles, das ihr zur Hand geht. Außerdem hat mir unser Gärtner gestanden, dass er im nächsten Monat zu seiner Tochter in eine andere Stadt ziehen möchte. Er ist schon sehr alt. Wenn sie also auch hier eine Idee hätten …«

»Dann gebe ich Ihnen Bescheid, gnädige Frau«, hatte er eilfertig erwidert.

Vielleicht hatte es ja doch etwas Gutes, dass Herr Thomsens Laden im Ort der größte Umschlagplatz für Informationen, wenn auch oft fragwürdige, zu sein schien.

Als ihr Gärtner Ludwig sie gebeten hatte, ihn quasi über Nacht aus seinen Verpflichtungen zu entlassen, hatte sie sofort eingewilligt. Schon oft hatte sie mit Sorge dabei zugesehen, wie er mit seinen arthritischen Fingern die Hecken stutzte oder den Rasen mähte. Er hatte schon im Dienst des Vorbesitzers gestanden, ebenso wie die Köchin Waltraud. Isabelle hatte sich geweigert, den beiden ihre Existenzgrundlage zu rauben. Aus dem gleichen Grund hatte sie Ludwigs eingeschränkte Arbeitskraft bislang nicht zur Sprache gebracht und Ernst gegenüber für sich behalten, dass im Grunde schon Waltrauds Gehalt ein überflüssiger Posten war. Isabelle war so oft allein in der Villa, dass sie gut deren Arbeiten hätte übernehmen können. Doch die ältere Kriegerwitwe hing an dem Haus, in dem sie nicht nur Geld, sondern auch Kost und Logis erhielt. Und Isabelle mochte sie gerne. Ernst schien es auf das Geld nicht anzukommen, er hatte sogar darauf beharrt, noch ein Mädchen einzustellen, jetzt, wo Waltraud viele Hausarbeiten schwererfielen.

Isabelle hatte den Eindruck, es würde an Ernsts Stolz kratzen, wenn seine Frau selbst zum Scheuerlappen griffe, dabei wusste er, dass sie als ein Mädchen erzogen worden war, dem niemals jemand Arbeit abnehmen würde.

Seit dem Gespräch mit Herrn Thomsen hatte Isabelle kaum noch an die Nachbarn gedacht. Doch jetzt schaute sie sehnsüchtig auf den qualmenden Schornstein auf dem Häuschen, das gerade in seiner Bescheidenheit so anheimelnd wirkte.

So sehr sie dies alles liebte – die Weite des Landes, die frische Luft, das viele Grün –, erschien es ihr immer noch seltsam, mehr Räume zu besitzen, als man mit Leben füllen konnte.

»Es ist doch viel zu groß für uns, Ernst«, hatte sie nach der Besichtigung eingewandt.

Er hatte mit den Achseln gezuckt. »Es gefällt mir. Es würde jedem gefallen, auch unseren Gästen. Es wird großartig sein, hier zu schreiben. Ich kann es mir leisten und irgendwo muss unser Streichquartett doch Platz finden.«

Er hatte sie nicht lange bitten müssen. Bei dem Gedanken an Kinder, die über die Wiesen tobten und sich über die große

Auswahl an Räumen zum Versteckspiel freuen würden, hatte sie sich nicht mehr gesträubt. Sogar jetzt noch lächelte sie bei der Erinnerung an das warme Gefühl, das sie damals überkommen hatte. Schluss mit dem Gejammere! Vielleicht brauchte sie ja doch nur ein wenig mehr Geduld. Sie war jung und der Arzt hatte ihr bestätigt, dass bei ihr alle Voraussetzungen für eine erfolgreiche Schwangerschaft gegeben waren. Ernst hatte nicht verstanden, warum sie einen aufsuchen wollte.

»Was würde das ändern?«, hatte er gefragt.

»Wohl nichts«, hatte sie gemurmelt. Sie wusste nicht, wie sie ihm erklären sollte, dass Wissen womöglich keinen Trost, aber vielleicht Erleichterung bringen konnte. Sollte es sich als unmöglich erweisen, ein gesundes Kind zu bekommen, könnte sie aufhören, zu warten und zu hoffen. Aber stimmte das überhaupt? Je länger sie darüber nachdachte, desto mehr war sie bereit, Ernst zuzustimmen, denn ihr kam keine Idee, wie sie die Lücke füllen könnte. Den Kummer bloß durch Resignation zu ersetzen wäre ein schlechter Tausch.

Nein, sie würde nicht so bald aufgeben. Nicht, was die Kinder anging, und auch nicht, was die Lilien betraf. Erst mal kamen die Lilien. Standen sie nicht für Fruchtbarkeit? Wo alles andere nichts half, war sie bereit, sich an ein Stück Hexenglauben zu klammern. Wenn es ihr nur gelänge, die verflixten Blumen zum Leben zu bringen, würde sie auch ein Kind bekommen!

Schon als Kind hatte sie in Gedanken nur zu oft dieses Wenn-Dann-Spiel gespielt: *Wenn ich jetzt nicht auf die Ritzen zwischen den Steinen trete, wird mein Vater mich nicht verhauen*. Schnell wischte Isabelle diese Kindheitserinnerung weg. Damals hatte es nicht funktioniert. Oder sie war, ohne es zu merken, doch auf eine der Ritzen getreten und nur deswegen war es schiefgegangen. Sie fand ein besseres Beispiel: *Wenn ich es schaffe, im Gottesdienst das Niesen zu unterdrücken, egal, wie sehr es in der Nase kitzelt, lässt Mama mich zu Tante Anna in die Stadt ziehen.* Zufrieden lächelte Isabelle. Dieses Vorhaben immerhin war ihr geglückt. Zu dem Zeitpunkt hatten ihre Eltern sie glücklicherweise bereits aufgegeben.

Anfangs schien es so, als müsse sie den Hof übernehmen, nachdem der eigentliche Hoffnungsträger, ihr älterer Bruder Lars, mit gerade einmal sechzehn Jahren kurz vor Kriegsende eingezogen und gleich am dritten Tag als gefallen gemeldet worden war. Nun blieb den Eltern nur noch eine Zimperliese, der man in ihren Augen außer Stube kehren und Suppe kochen nichts zutrauen konnte. Dennoch hatte Isabelle mit gerade einmal 13 Jahren in Lars' Fußstapfen treten müssen und dabei die Befürchtungen ihrer Eltern noch übertroffen. Allein schon, wie hysterisch sie geheult hatte, als sie ein paar Kätzchen ersäufen sollte. Ihr Vater hatte ihr deshalb ein paar kräftige Ohrfeigen verpasst und gebrüllt: »Dann nimm halt den Knüppel, dumme Kuh!«

Stattdessen hatte sie die Katzenbabys in einem leer stehenden Stall in den Bergen untergebracht. Doch als sie zwei Tage später zu ihnen zurückgekehrt war, um sie zu versorgen, waren sie alle verschwunden gewesen – und Isabelle war erneut in Tränen ausgebrochen, weil sie fürchtete, ein größeres Tier hätte sie geholt.

Dem Vater fiel nichts anderes mehr ein, als den Gürtel einzusetzen, damit seine Tochter endlich ein wenig robuster wurde. Er verbrannte außerdem die Bücher, die Tante Anna ihrer Nichte geschenkt hatte. Solcher Unsinn sollte seine Tochter nicht mehr davon ablenken, eine taugliche Bäuerin zu werden. Isabelle setzte alles daran, ihren Eltern zu beweisen, dass man auf sie zählen konnte. Sie trug ihnen nichts nach. Zum einen kannte sie nur dieses Leben, in dem die Forderungen ihrer Eltern gerechtfertigt schienen. Zum anderen ahnte sie, dass es die harte Arbeit, die ständigen Existenzsorgen und der Kummer über den verlorenen Sohn waren, die ihren Eltern kaum Gelegenheit ließen, so etwas wie zärtliche Gefühle zu entwickeln.

Dennoch waren alle Beteiligten erleichtert, als sich zwei Jahre nach Kriegsende herausgestellt hatte, dass Lars nicht gefallen, sondern nur in Kriegsgefangenschaft geraten war. Nach seiner Heimkehr hatte es ein weiteres Jahr gedauert, bis er so weit wiederhergestellt war, dass er voll mit anpacken konnte, aber dann ließen ihre Eltern Isabelle fast widerspruchslos mit Tante Anna in deren Heimat Oldenburg ziehen. Dort wollte Isabelle die Pädagogische Hochschule besuchen.

»Brauchst danach nicht wiederzukommen. Glaubst dann eh, du bist was Besseres«, hatte ihr Vater gesagt, der auch die Schwester seiner Frau für eine arrogante Kuh hielt. Isabelles Mutter hatte gemurmelt: »Ist vielleicht besser so.« Anderen wäre der raue Klang ihrer Worte wie eine Zurückweisung erschienen, nicht aber Isabelle, die Tränen in den Augenwinkeln der verhärmten Frau entdeckt hatte. Sie schloss ihre Mutter mit ebenfalls feuchten Augen in die Arme und bedankte sich zärtlich. Erst jetzt hatte sie etwas begriffen: Die Mutter hatte ihr die Erlaubnis zum Fliegen erteilt, in dem absolut nicht kummerfreien Wissen, dass sie ihr Kind womöglich nicht wiedersehen würde.

Tatsächlich hatte Isabelle seither nur ihren Bruder noch einmal getroffen, als er zu einer Landwirtschaftsmesse in der Nähe Oldenburgs gereist war.

»Du wirst also wirklich Lehrerin, Kleine?«, hatte er liebevoll gefragt. Sie hatte ihn angelächelt und die Frage bejaht. »Grüß die Eltern, wenn du meinst, dass es ihnen recht ist.«

Das war kurz vor Isabelles Hochzeit vor drei Jahren gewesen. Den ersten Antrag hatte ihr Ernst bereits kurz nach ihrer ersten Begegnung ein Jahr zuvor gemacht, doch sie hatte abgelehnt. Er hatte nicht nachgegeben und als sie schließlich Ja sagte, musste es für ihn wie das glorreiche Bezwingen einer

Herausforderung gewesen sein. Dass sie sich ihrer Zuneigung zu ihm schon beim ersten Mal macht- und kampflos ergeben hatte, wusste er schließlich nicht.

Durch ihr Zögern hatte sie ihm nur die Gelegenheit geben wollen, von ihr enttäuscht zu werden. Trotz ihrer jugendlichen Begeisterung für diesen Mann, der anders war als alles, was sie bis dahin gekannt hatte, war sie lebensklug genug, um zu fürchten, dass seine flammende Leidenschaft nicht anhalten würde, wenn er sich länger mit ihr beschäftigte und ihre Unzulänglichkeit erkannte. Doch das hatte er nicht. Mit ihm hatte sie sich nie wertlos gefühlt. Sie waren so glücklich gewesen damals und würden es wieder sein!

»Also dann«, sagte Isabelle sich, bevor sie in ihren hellblauen VW Käfer stieg, um sich auf den Weg zu dem großen Pflanzenhandel am Rande des Nachbarortes zu machen. Nach einer ausführlichen Beratung und dem Kauf nützlicher Utensilien und Pflanzmaterials würde sie der widerspenstigen Erde doch noch ihren Liliengarten abringen.

Auf der Fahrt widerstand Isabelle nicht der Versuchung, das cremefarbene Verdeck zu öffnen, obwohl es dafür noch zu kalt war. Sie liebte das Gefühl der frischen Brise im Gesicht. Dem Fahrtwind gelang es zwar nicht, ihre sorgfältig gesteckte Frisur zu lösen, doch im Innern genoss Isabelle ein Gefühl von Freiheit und Lebendigkeit, das sie manchmal vermisste, seit sie keine alleinstehende Junglehrerin mehr war, die heimlich Gedichte schrieb.

Sie konnte sich den Drang, so schnell wie möglich durch die Landschaft zu brausen, selbst nicht erklären, schließlich war sie nie der verwegene Typ gewesen. Vielleicht hatte sie diese Leidenschaft von Tante Anna übernommen, die ebenfalls ein Auto besessen, auf einen Mann allerdings verzichtet hatte. Es war gut möglich, dass sie die Faszination für dieses kleine Stück Unabhängigkeit auf ihre Nichte übertragen hatte.

Als Isabelle ihren zweiten Gehaltscheck in den Händen gehalten hatte, hatte sie ihren Vater in einem Brief umgehend darum gebeten, einen Führerschein machen zu dürfen. Ihr blieb keine andere Wahl. Ein Mann musste ihr die Genehmigung dazu geben und solange es keinen Ehemann gab, kamen solche Aufgaben noch immer ihrem Vater zu. Isabelle versicherte, dass für ihn keine Kosten entstehen würden.

Erst ein halbes Jahr später erhielt sie bei einem weiteren Besuch ihres Bruders die Antwort: »Tut mir leid, Kleine. Er meinte, du hättest ja den Trecker fahren können, wenn du Räder unter dem Hintern willst. Aber diese Autofahrerei, das sei nichts für euch Mädels. Es kann dich aber nicht allzu sehr überraschen, oder?«

Betrübt, aber tatsächlich kaum überrascht, schüttelte sie den Kopf. Die Enttäuschung des Vaters war also noch nicht abgeklungen. Später machte sie es Ernst scherzhaft zur Bedingung für eine Ehe, sie den Führerschein machen zu lassen. Der hatte, amüsiert über diesen für ihn überraschenden Wunsch, zugestimmt. Was nicht hieß, dass er es gerne sah, wie ausgiebig sie das Auto nutzte. »Ich mache mir immer Sorgen um dich, wenn du hier so allein durch die Gegend fährst.«

»Wie soll ich denn sonst einkaufen oder andere Dinge erledigen?«, hatte sie gefragt. Und obwohl sie wieder einmal das schlechte Gewissen zwackte, verriet sie ihm nicht, dass sie auf ihren Wegen so große Umwege fuhr, dass sie häufig hinter den kurvigen Hügeln ihrer neuen ostholsteinischen Heimat einen blauen Streifen Meer schillern sah.

Lilly

Nach dem Aufwachen entdecke ich neben mir auf dem Bett als Erstes das Buch meiner Großmutter. Ich bin also doch irgendwann eingeschlafen und habe es nicht wieder in der Schublade verstaut. Das hole ich jetzt schnell nach, bevor ich mich aufsetze und mein Handy vom Nachttisch greife.

Neun Uhr – für mich immer noch früh am Morgen, aber für meine Eltern eine fortgeschrittene Uhrzeit. Auch wenn mich ein höllischer Kater plagt – der sowohl vom Alkohol, von der Trauer, als auch vom Schlafentzug stammen könnte – flitze ich noch im Schlafanzug die Treppen hinunter.

Sicher ist es meinen Eltern egal, dass ich mir weder die Zähne geputzt, die Haare gekämmt, noch mir tageslichttaugliche Kleidung übergeworfen oder etwas anderes unternommen habe, um wie ein vollwertiges Mitglied der menschlichen Zivilisation zu erscheinen. Aber es ist höchste Zeit, sie von ihrem Magenknurren zu erlösen. Niemals würden sie ohne mich mit dem Frühstück beginnen, auch wenn sie wie üblich seit mindestens zwei Stunden in Hochform und dementsprechend hungrig sein dürften.

Die gemeinsamen Mahlzeiten waren ihnen immer schon heilig, vielleicht weil sie uns nicht so oft möglich waren. Als mir in der Küche als Erstes der angespannte Blick meiner Mutter begegnet, frage ich mich, warum meine Großeltern und sie nicht zu einer glücklichen Familie geworden sind – das schöne Paar mit dem ersehnten Wunschkind. Schließlich steht vor mir der lebende Beweis, dass sich die Sehnsucht meiner Großmutter doch noch erfüllt hat.

Und ich habe beim Lesen doch noch eine Gemeinsamkeit mit Isabelle entdeckt: Zumindest am Anfang scheint auch sie keinen grünen Daumen gehabt zu haben. Meine Mutter hat nie verstanden, wie es mir gelingt, sogar Efeu eingehen zu lassen.

Zu meiner Überraschung entdecke ich neben meinem Vater auch noch Elke in der Küche. Nachdem wir alle einander einen guten Morgen gewünscht haben, nimmt meine Mutter die Hände unseres Gastes in ihre: »Mach dir keine Gedanken um uns. Wir haben dir so viel zu verdanken, aber nun genieß bitte endlich deinen Ruhestand ohne uns. Die Unterlagen, die du mitgebracht hast, sehe ich mir später in Ruhe an.«

Elke sieht gerührt aus. »Das waren allerdings noch nicht alle Papiere. Ich reise nicht ab, bevor wir nicht eine Übergabe gemacht haben. Ich bleibe hier, bis ihr so weit seid«, sagt sie fest.

»Danke«, entgegnet meine Mutter.

Sie lösen sich voneinander. In diesem Moment wird mir klar, dass ihr inniger Handschlag etwas besiegelt hat, was aus dem Mund des Trauerredners wie eine schlichte Floskel geklungen hat: Eine Ära ist zu Ende gegangen.

Sogar meine Mutter scheint es zu spüren. Ich beobachte, wie die Augen der beiden Frauen feucht werden, und fürchte, an dem Kloß in meinem Hals zu ersticken.

»Ich lasse euch jetzt in Ruhe frühstücken«, sagt Elke.

»Bleib doch und iss mit uns«, bittet meine Mutter.

Sie schüttelt den Kopf. »Rainer hat mir Pfannkuchen versprochen. Vielleicht wird mir der Ruhestand doch sehr gut gefallen.« Sie schmunzelt.

Ich weiß, dass sie mir fehlen wird. Dennoch bin ich froh, dass die Frau, die mich früher liebevoll umsorgt hat, jemanden an ihrer Seite hat, der sich auch einmal ein wenig um sie kümmert. Kurz darauf wieder auf uns gestellt, decken wir schweigend den Tisch. Die kleine Auseinandersetzung vom vorherigen Abend steht noch zwischen uns und wie immer werden wir sie nicht mit Worten ausräumen, sondern Gras drüber wachsen lassen. Als ich die Teller ins Esszimmer tragen möchte, hält meine Mutter mich auf. »Wir sind ja nur zu dritt. Lasst uns doch einfach hierbleiben, das ist viel gemütlicher. Ich mag die Küche ohnehin lieber.«

Mein Großvater hätte nicht einmal dann in einem anderen Raum als dem Esszimmer gegessen, wenn niemand ihm dabei zusah. »Es ist wichtig, die Dinge mit Stil zu erledigen – und der zeigt sich vor allem auch dann, wenn es kein Publikum dafür gibt«, fasste er seinen Standpunkt zusammen. Ich habe diese disziplinierte Einstellung immer bewundert. Aber ich folge der Aufforderung meiner Mutter und stelle die Teller schnell auf dem kleinen, schmucklosen Küchentisch ab, an dem wir zu dritt gerade so viel Platz finden, dass sich unsere Ellbogen nicht zu oft ins Gehege kommen.

Entnervt reißt meine Mutter eine Schranktür nach der anderen auf. »Wo sind denn hier bloß die verdammten Tassen?«, ruft sie beinahe verzweifelt. Wie ihr Vater schert auch sie sich nicht ums Publikum, um seine Vorstellung von Stil allerdings auch nicht. Dennoch ist es seltsam, meine beherrschte Mutter wegen etwas Porzellan so ungezügelt zu sehen.

»Elke wird fehlen«, sage ich seufzend.

»Um uns das Geschirr zu tragen? Meinst du nicht, dass das Zeitalter der Dienstboten langsam beendet sein sollte?«, fragt sie streng.

»So meinte ich das doch gar nicht «, sage ich sehr ruhig, obwohl es schon wieder in mir zu brodeln beginnt. Es ist nicht einmal ihr scharfer Ton, der in mir die Galle aufsteigen lässt, sondern dass sie mich für einen fürchterlichen Snob zu halten scheint. In der kurzen Phase meines Erfolgs hatte ich kaum Gelegenheit, zu einer solchen Diva zu mutieren, dass ich andere mein Geschirr aufdecken lasse! Ich schlucke eine Erwiderung runter, weil ich in diesem Moment weder ergründen möchte, was hinter ihrem Aufruhr wegen ein paar blöder Tassen steckt, noch glaube, dass sie es mit mir teilen möchte.

Stattdessen beschließe ich meinen Trumpf zu zücken, um die Atmosphäre wieder mit etwas mehr Sauerstoff anzureichern. »Mama, du wirst nicht glauben, was ich auf dem Dachboden entdeckt habe.«

»Du warst auf dem Dachboden?«, fragt meine Mutter erstaunt. »Was hast du denn dort gesucht? Steht da nicht nur staubiges Gerümpel?«

»Sogar reichlich davon. Dazwischen habe ich aber noch etwas Spannendes entdeckt. Gib mir eine Sekunde, Mama.«

»Die Toasts sind fertig.«

»Eine Sekunde«, wiederhole ich mit erhobenem Zeigefinger. Ich renne die Treppen hinauf und kehre keine Minute später mit dem Foto in der Hand zurück. Trotz meines Gefühls, dass ich ihr auch das Notizbuch aushändigen sollte, bin ich noch nicht bereit, es wieder herzugeben.

Mein Vater schenkt mir gerade Kaffee ein. »Schwarz, oder?«

»Ich nehme einen Schuss Milch, bitte«, erwidere ich schnell. Der Kaffee meines Vaters ist für alle außer ihm leider nur leicht verdünnt genießbar. Bevor ich mich zu ihnen setze, lege ich das Foto neben den Teller meiner Mutter: »Schau mal. Du hast mir nie erzählt, dass ihr einen so schönen Garten hattet. Was ist aus ihm geworden?«

Mein Vater beugt sich vor, um das Bild ebenfalls betrachten zu können. »Wirklich schön. Wobei die Frauen darauf auch sehr nett aussehen, vor allem die Jüngere.«

Meine Mutter lächelt nicht über seinen charmanten Kommentar, auch nicht über mein Fundstück. Hier läuft etwas gewaltig schief, verrät mir ihre verkrampfte Miene.

»Entschuldigung«, sagt sie mit einer beherrschten Stimme, die ihre nassen Augen verleugnet. »Ich bin sofort wieder da. Fangt bitte schon mal ohne mich an.«

Sie verlässt die Küche und ich suche verwirrt das Gesicht meines Vaters nach einem versteckten Vorwurf ab. War es ein so abwegiger Gedanke, dass eine Momentaufnahme des Glücks ihr Freude bereiten könnte?

»Ich habe es wirklich für eine schöne Idee gehalten, ihr das Foto zu zeigen«, erkläre ich kleinlaut.

Mein Vater lächelt mir mitfühlend zu. »Das glaube ich dir. Und sie wird sich darüber freuen. Es hat sie sicher nur zu sehr aufgewühlt. Sie hat sehr an ihrer Mutter gehangen. Vielleicht war es etwas zu viel für sie. Sie beruhigt sich sicher gleich wieder.«

»Wie sollte ich darauf kommen, dass ein altes Foto ihrer Mutter sie so aus der Fassung bringt? Sie hat um ihren Vater keine Träne vergossen und der ist gerade erst gestorben.«

Mein Vater hebt beschwichtigend die Hände. »Niemand macht dir einen Vorwurf, Spätzchen. Und wie kommst du denn darauf, dass sie keine Träne vergossen hat?«

»Hat sie?«, frage ich trotzig.

Er seufzt. »Ich weiß nicht, warum ihr beiden euch immer missverstehen wollt. Sie hat dich lieb. Und du sie doch wohl auch. Reicht das nicht?«

Beschämt verstumme ich. Es lässt sich nicht abstreiten, dass ich meine Mutter liebe, wenn auch manchmal auf eine etwas verquere Art. Und wenn ich mich nicht gerade von ihr in die Defensive gedrängt fühle, kann ich zugeben, dass ich manche ihrer Eigenschaften regelrecht bewundere. Diese Art, sich nach dem zu verhalten, was sie für richtig hält, ohne sich jemals zu rechtfertigen. Wenn es um ihren Vater geht, kommt sie mir manchmal ein wenig selbstgefällig vor, aber sonst ist sie das nie. Und ich bin mir sicher, dass sie mich als ihre Tochter liebt. Ich wünschte mir nur manchmal, sie könnte mich ganz sehen, als Mensch, nicht nur als Tochter, und auch das lieben, was sie dann entdecken würde.

Nicht, dass ich ihr viel Gelegenheit dazu gegeben hätte. Aber auch wenn ich glaube, dass sie mich kaum kennt, hat sie mich in Berlin sogar unterstützt, egal, wie sehr sie mein Vorhaben ablehnte. Schließlich konnte ich mir als Teilzeitkellnerin in Berlin kaum das WG-Zimmer leisten.

Sie hat es nicht verdient, dass ich sie zum Weinen bringe, wo sie alles andere als eine Heulsuse ist. Ich habe nicht geahnt, dass ein Bild so etwas in ihr auslösen könnte. Ich dachte, sie würde es mit einem trockenen Lächeln und einem spöttischen Kommentar etwa über die Kleidung von damals zur Kenntnis nehmen und sich insgeheim tierisch darüber freuen. Wieder einmal habe ich mich in ihr geirrt. Doch als sie sich wieder zu uns an den Tisch setzt, ist jede Spur ihres kleinen Ausbruchs getilgt. Darüber bin ich erleichtert, denn ich habe keine Erfahrung mit Müttern, deren Gefühle mit ihnen durchgehen, und wüsste nicht, wie man mit ihnen umgeht.

»Gibst du mir das Foto noch einmal?«, sagt sie und hebt ihre Mundwinkel wie gegen einen muskulären Widerstand an.

»Natürlich«, erwidere ich mit ebenso unnatürlichem Lächeln. »Es gehört doch sowieso dir.«

»Danke«, sagt sie. Dann betrachtet sie mich mit einem seltsam intensiven Blick. »Aber die Dinge in diesem Haus gehören nicht zwangsläufig mir.«

»Was meinst du damit? Du wirst mir jetzt doch nicht erzählen, dass Großvater noch einen heimlichen Erben oder so etwas hatte, oder?«

»Unsinn, natürlich nicht. Obwohl, wer weiß? Ich meinte aber, dass ich das Erbe nicht annehmen werde. Es gehört also alles dir, wenn du das möchtest.« Sie klopft mit dem Löffel auf ihrem Ei herum, obwohl dessen Schale schon in unzählige Bruchstücke zerfallen ist.

»Das ist verrückt, Mama.« Irrwitziger ist höchstens noch die Beiläufigkeit, mit der sie ihren Entschluss kundgetan hat. »Es kommt mir schrecklich vor, dass wir uns jetzt schon über seinen Nachlass unterhalten, und ich will nicht einmal darüber nachdenken, dass jemand anders als wir hier an diesem Tisch sitzen könnte. Aber falls du es loswerden willst, könntet ihr euch mit dem Geld zur Ruhe setzen. Ihr könntet wie Elke und Rainer eine Traumreise unternehmen oder euch ein kleines Häuschen mit großem Garten kaufen. Wie kommst du nur auf so eine Idee? Hast du darüber schon mit Papa gesprochen?«

»Hat sie«, sagt er fest, während er ihre Hand nimmt. »Ich stimme ihr zu. Wir haben bislang nichts vermisst und werden es auch in Zukunft nicht tun.«

»Aber …«

Mein Vater seufzt. »Das scheint ja mal ein Erbstreit der besonderen Art zu werden. Alle wollen es den anderen zuschustern. Wir hätten nicht gleich heute davon anfangen sollen, Iris.«

Wenn ich die Erschöpfung in den Mienen meiner Eltern sehe, denke ich umso mehr, dass sie etwas Geld gut gebrauchen könnten. Und als sie meinen Vater ansieht, vertiefen sich die Runzeln über den Augenbrauen meiner Mutter noch. »Meine Entscheidung steht fest. Lasst uns jetzt etwas essen. Nach dem Frühstück würde ich gerne aufbrechen.«

»Aber, Mama!«

Kann es sein, dass ihr mein Großvater wirklich dermaßen zuwider war, dass sie mit nichts von ihm mehr in Berührung kommen möchte? Unter diesen Umständen sollte mich ihr Einfall wohl nicht überraschen, zeugt er doch wieder einmal nur von ihrer bemerkenswerten Konsequenz. Wahnsinn bleibt er dennoch. Außerdem kann ich mir nicht vorstellen, Besitzerin einer solchen Immobilie zu werden, auch wenn der Gedanke, den Nachlass meines Großvaters zu verwalten, verführerisch sein mag und ich mir Fremde in diesem Haus nicht vorstellen möchte.

»Du hast ja noch ein wenig Zeit zum Nachdenken. Fährst du nachher mit uns zurück nach Hamburg?«, fragt meine Mutter gelassen.

Ich zögere. Am Tag zuvor war ich mir noch sicher, ebenfalls an diesem Morgen aufzubrechen. Ich liebe dieses Haus, aber mich unter diesen Umständen allein darin aufzuhalten, wäre sicher kein wirksames Heilmittel. Zugleich zieht mich nichts nach Berlin, nicht einmal Simon. In der heißen Phase der Dreharbeiten hätte ich ohnehin nicht viel von ihm. Er ist dann so vollständig von seinem Projekt absorbiert, dass sich alles andere fast wie hinter einer Glasscheibe abspielt. Ich kenne das Gefühl gut, aber wenn ich es jetzt bei einem anderen beobachte, würde ich doch nur wieder in diesem klebrigen Gefühl versinken, dass mir plötzlich wie peinliches Selbstmitleid vorkommt.

Es hat nichts mit dem echten Kummer zu tun, den ich nach dem Tod meines Großvaters empfinde. Die Trauer betäubt mich nicht, sondern reibt mich so sehr auf, dass ich mich auf schmerzhafte Weise lebendiger fühle. Mit diesem Gefühl kann man arbeiten. Doch da lauern noch andere, diffusere Gefühle, die sich in diesem Haus ihren Weg bahnen möchten. Sie machen mir Angst, aber ich weiß, dass ich mich damit auseinandersetzen muss.

»Ich bleibe noch hier«, presse ich hervor. »Du hast recht, etwas Zeit zum Nachdenken wäre nicht schlecht.«

Meine Mutter nickt. »Natürlich. Nimm dir die Zeit, die du brauchst.«

Kurz darauf stehen meine Eltern in der Eingangshalle – jeder mit einem einzelnen Koffer in der Hand. Ich biete ihnen an, ihr

Gepäck zu tragen, was sie erwartungsgemäß ablehnen, und begleite sie zu ihrem Auto. Auf unserem Weg fange ich einen undeutbaren Blick meiner Mutter auf, den sie über ihre Schulter zurück zum Gebäude wirft. Sie bereut ihren Entschluss, denke ich, und bin beinahe erleichtert darüber.

Wir stehen schon vor ihrem Auto, da blickt sie ein zweites Mal zurück.

»Mama, lass es uns einfach vergessen, in Ordnung?«, sage ich mit nur leichtem Bedauern. »Es ist nicht schlimm, wenn du einen Rückzieher machst.«

»Einen Rückzieher?« Sie blinzelt.

»Das Haus«, erkläre ich.

»Ach so.« Sie schüttelt mit dem Kopf. »Nein. Da bin ich mir ganz sicher.«

»Aber irgendetwas ist doch, Mama. Du wirkst, als wolltest du nicht loslassen.«

Meine Mutter wägt ihre nächsten Worte mit einer Sorgfalt ab, für die ich sie schütteln möchte.

»Nun sag schon«, fordere ich sie auf. Ich war nie eines der Kinder, die gerne geduldig in der Ecke ein kompliziertes Puzzle zusammensetzen.

Sie betrachtet mich mit zusammengekniffenen Augen. »Ich will mich nicht wieder mit dir streiten, aber ich musste daran denken, wie er Mutters Garten zerstört hat. Er lag hinter den Mauern am anderen Ende des Grundstücks. Jetzt wuchert nur noch Unkraut darin.«

Natürlich habe ich meinen Großvater nach den Mauern und dem, was dahinter lag, gefragt. Jedes Kind hätte gerne darin gespielt. »Er hat mir erzählt, dass er nie da drin gewesen sei und auch gar keinen Schlüssel für das Vorhängeschloss habe. Ich dachte, es sei eine Hinterlassenschaft eines Vorbesitzers, um die er sich einfach nicht gekümmert hat«

»Wenn sein Vorgänger etwas so Heruntergekommenes zurückgelassen hätte, hätte dein Großvater es ganz sicher beseitigt«, erklärt meine Mutter.

»Aber warum hätte er ihn zerstören sollen?«, frage ich ungläubig.

»Eine gute Frage«, erwidert meine Mutter bitter. »Vielleicht machte es ihn eifersüchtig, zu sehen, wie hingebungsvoll seine Frau ihre Pflanzen pflegte. Jedenfalls musste der Garten weg. Und er konnte ihn nicht einfach ignorieren oder der Natur überlassen. Du weißt doch, wie gründlich er war. Er musste alles so gründlich auslöschen, dass kein Trieb überlebt hat. Er war erst zufrieden, als er alles in seine perfekte Ordnung eingeebnet hatte. Kies und Gras, mehr durfte es nicht geben. Aber das reichte ihm immer noch nicht. Er ließ noch eine Hecke ziehen, die den Blick vom Haus auf den Garten versperrte. Na ja, wenigstens durfte er danach wieder verwildern. Offenbar wollte dein Großvater nur noch vergessen, dass es ihn jemals gegeben hatte.«

Dies war eine flammende Rede für eine Frau, die immer sparsam mit ihren Gefühlsregungen und noch mehr mit ihren Worten umgeht. Vielleicht fände ich es sogar interessant, sie einmal so zu erleben, wenn sie mit ihren Behauptungen nicht gerade mein Innerstes durch eine Mangel wringen würde.

»Warum musst du nur immer so gemein über ihn reden?«, fauche ich. »Du sagst immer nur: ›dein Großvater‹. Aber er ist … er war dein Vater. Er ist gerade erst gestorben, also gönn ihm doch mal ein wenig Ruhe. Es tut mir leid, dass ihr nichts miteinander anfangen konntet. Aber für mich war es anders. Meinst du, du könntest irgendwann respektieren, dass es für mich kaum einen wichtigeren Mann auf der Welt gegeben hat?« Es fühlt sich befreiend an, wie mich der Zorn ganz und gar ausfüllt. Fast möchte ich es jetzt doch auf den Streit ankommen lassen, auf den es seit Jahren hinauszulaufen scheint.

»Lass das deinen Vater nicht hören.« Sie gewinnt, indem sie zu ihrem nüchternen Tonfall zurückgefunden hat, der schon früher meine Wut ungerührt abprallen ließ. Ich fange den Blick meines Vaters auf und lockere die geballten Fäuste wieder. »Er war einer der großartigsten Männer für mich. Nur einer davon, okay?«, murmele ich.

»Mach dir um mich mal keine Gedanken. Als Vater muss man wohl darauf vorbereitet sein, seine Tochter mit anderen Männern zu teilen«, sagt er sanft. Seine Mühe, die Stimmung mit einem Scherz aufzulockern, ist so rührend wie vergeblich. Das weiß er auch. »Iris, wir sollten langsam aufbrechen. Es sieht aus, als würde es gleich anfangen zu regnen. Nach diesen dunklen Wolken zu urteilen würde die Autofahrt dann kein Spaß.« Er legt seinen Arm um ihre Schulter und raunt ihr ganz leise etwas zu, das für mich so klingt wie: »Lilly kann nichts dafür.«

Sie lehnt kurz ihren Kopf an seine Schulter, bevor sie noch einmal mich ansieht. »Tut mir leid, Lilly«, sagt sie matt. »Ich habe überreagiert. Du hast nichts damit zu tun. Behalte ihn so in Erinnerung, wie du magst. Das Foto hat mich wohl ein wenig überwältigt. Ich musste plötzlich daran denken, wie verzweifelt meine Mutter war.«

Die versöhnliche Geste meiner Eltern soll mich trösten. Aber ich fühle mich wie ein kleines Kind, das man von einem überlegenen Wissen ausschließt, für das es noch nicht reif genug scheint.

»Was willst du damit sagen?«, frage ich scharf. »Du lässt mir großzügig mein Bild von ihm, obwohl es das falsche ist, weil ich deines – das wahre – nicht verkraften würde?«

»Nicht jetzt«, sagt sie. »Dein Vater hat recht, es wird bald regnen.«

Wann dann? denke ich, spreche es aber nicht aus.

Wir verzichten nicht auf unsere Abschiedsumarmung, auch

wenn sie steif ausfällt. Es ist ein Ritual wie das gemeinsame Essen, selbst wenn niemand Hunger hat. Gerade noch habe ich mich über sie geärgert und schon sehe ich wehmütig dem silberfarbenen Golf nach, bis er verschwunden ist. Nun, wo ich alleine bin, kann ich mich fragen, warum ich mich wieder einmal nicht besser beherrschen konnte.

Mit einem beklommenen Gefühl gehe ich zum Haus zurück, das vielleicht schon bald nicht mehr mein sicherer Rückzugsort sein wird.

Solange ich diesen Ort als etwas in mir trug, das immer für mich da war, war es leichter, Veränderungen zu lieben.

In einem Film würde Elke in der Küche auf mich warten, um mir zu versichern, dass mein Großvater in meinem Herzen weiterlebt, solange ich nur an ihn denke. Dazu würde sie mir einen Teller voller Kekse über den Tisch schieben, von denen ich mit tapferem Lächeln die Schokolade abknabbern könnte. Es war unfair von meiner Mutter, mir zu unterstellen, mir würde Elke als Dienstbotin fehlen. Ich vermisse das Versprechen, dass manche Dinge bleiben.

Plötzlich ist mir der Gedanke, hier auch nur eine Nacht alleine zu verbringen, unangenehm. Ich fürchte mich weder vor Einbrechern noch vor Gespenstern. Die einzige Gefahr, der ich mich hier in der Dunkelheit ausgesetzt sehe, ist, dass mich die Leere und die Stille des großen Hauses überwältigen könnten.

Deine Mutter hat recht, du bist eine Drama-Queen, schießt es mir durch den Kopf. Im Flur strecke ich meinem Spiegelbild die Zunge raus. Ich zwinge mich, an die guten Dinge zu denken, die mir hier möglich sind. Ein Spaziergang am frühen Morgen, bei dem der Atem an der noch kühlen Luft Wölkchen zieht, während sich unter den ersten Sonnenstrahlen schon vorwitzige Keimlinge von Schneeglöckchen und Krokussen durch die Erde bohren.

Außerdem könnte ich vor dem Kamin weiter in dem Buch meiner Großmutter lesen. Es hat meine Neugierde geweckt. Seit gestern ist Isabelle mehr als irgendeine schöne Tote, die irgendwann einmal hier gelebt hat. Ich will nicht mehr nur mehr über meinen Großvater erfahren, sondern auch über sie.

Da ich den frühen Morgen bereits verschlafen habe, entscheide ich mich für ein paar gemütliche Stunden vor dem Kamin. Nach ein paar vergeblichen Versuchen gelingt es mir, ein Feuer zu entfachen. In den Polstern seines Ohrensessels hängt noch der Geruch meines Großvaters, ein bisschen süßer Tabak, der sich mit seinem Duftwasser und seinen Nuancen von Moos, Leder, Thymian und Sandelholz mischt. Es ist ein Geruch, der mir sehr männlich und edel vorkommt. Ich schmiege mich fest in den Sessel und lasse die knisternden Flammen die Kälte und die Stille vertreiben.

Wider Erwarten überkommt mich tatsächlich ein Gefühl von Behaglichkeit, das mich auf die Idee bringt, es mit einer Tasse heißer Schokolade zu füttern. Allerdings muss ich in der Küche feststellen, dass es weder Backkakao noch Schokolade gibt. Dafür entdecke ich in einem Schrank mehrere Packungen schokoladenüberzogener Butterkekse. *Ach, Elke.*

Ich bin genauso wenig eine Heulsuse wie meine Mutter, aber in diesem Moment flenne ich wieder los. Schluchzend koche ich mir einen schwarzen Tee und entleere eine Packung Kekse vollständig auf einem Teller mit Rosenmuster. Ich versuche das Stilempfinden meines Großvaters zu ehren, indem ich sie nicht einfach direkt aus der Packung verschlinge. Dennoch sind schon drei Kekse verschwunden, bevor ich den Sessel wieder erreicht habe.

Während ich mit der einen Hand das Gebäck an meinen Mund halte, um die Schokoladenhülle abzuknabbern, blättere ich mit der anderen durch das Buch. Bei einer Art Gedicht bleibe ich hängen.

Was geschieht

Was nun geschieht?
Vorbei die Angst.
Zu kurz die Zeit.
Will nun in deinen
Armen schweigen.

Was danach geschieht?
Was kümmert es mich.
Wo du und ich sind,
verstummt die Zeit.
Schenkt uns die Ewigkeit.

Was noch geschieht?
Mag Gras über uns wachsen,
die Erde unsere Träume schlucken.
Glaub' leise aber doch,
dass Calla sie bewahrt.

Meine Mutter hat sich geirrt! Isabelle kann nicht allzu unglücklich gewesen sein. Zumindest nicht immer. Sie hat ihren Mann geliebt. Ich verstehe vielleicht nicht genau, worauf sich ihre Zeilen beziehen, aber diese Verse unterscheiden sich von anderen romantischen Gedichten. Letztere handeln oft von unstillbarer Sehnsucht, aber dieses erzählt von der Erfüllung.

Ich flüstere die Worte vor mich hin, um ihren Klang zu erfassen. Sie besitzen eine schöne Melodie, wurden aber nicht in Reime gezwungen. Für mich vermitteln sie die Kraft und die Ruhe einer Schreiberin, die sich entschieden hat, der Liebe zu vertrauen. Allerdings erkenne ich darin nicht die zerbrechlich wirkende Frau auf dem Foto über dem Kamin.

Es ist auch nicht leicht, sich meinen Großvater als verliebten Mann vorzustellen. Er kam mir eher wie die sprichwörtliche Eiche vor, freistehend stark. Es ist schön zu wissen, dass es in seinem Leben solche Gefühle gegeben hat, auch wenn die Zeit am Ende auch für diese beiden Menschen nicht verstummt ist und das Glück sie sogar noch vor ihrem Ableben verließ. Was ist nur schiefgelaufen?

Wenn meine Gedanken jetzt zu dem Streit mit meiner Mutter driften, erkenne ich bei allem Ärger doch, dass es sie mehr kostet als ein bequemes Leben, mir dieses Haus zu überlassen. Es muss eine Überwindung für sie sein, mich hierzulassen, an einem Ort, den sie vergessen möchte, während ich mich von ihm am liebsten aufsaugen lassen würde.

Wie begeistert Simon wäre, mich als Eigentümerin dieses Hauses zu erleben, überlege ich. Andererseits kann ich mir keinen von uns beiden in einem Leben auf dem Land vorstellen. Und dieses Gut als reines Ferienhaus zu unterhalten, wäre äußerst dekadent.

Doch vorerst schiebe ich diese Überlegungen beiseite. Ich kenne die wirtschaftlichen Fakten zu diesem Haus nicht und wüsste nicht einmal, wie ich mir die notwendigen Informationen beschaffen sollte. Ich werde Elke um Rat bitten müssen.

Meine Gedanken wandern wieder zu dem Gedicht und ich gebe ein kurzes Wort in die Browserzeile meines Handy-Displays ein. Das Ergebnis ist ernüchternd: Die geheimnisvolle Calla, der Isabelle so viel Macht zugeschrieben hatte, ist nichts weiter als eine »Pflanze aus der Familie der Aronstabgewächse«, beheimatet in südafrikanischen Sumpfgebieten, aber darüber hinaus nicht gerade aufsehenerregend.

Eine echte Hochstaplerin – sie trägt den Beinamen Calla-Lilie, ohne tatsächlich eine Lilie zu sein. Bis zu diesem Moment hatte ich keine Ahnung, wie viele Pflanzen meinen Namen tragen, ohne eigentlich zu dieser Gattung zu gehören: die Taglilie und die Fackellilie zum Beispiel. Und die Schwertlilie, die man auch als Iris kennt. Ob Isabelle das wusste, als sie einen Namen für meine Mutter suchte?

Sie scheint so versessen auf Lilien gewesen zu sein, aber vielleicht hat sie auch ein Herz für die falschen gehabt – wie die Calla. Die entpuppt sich sogar als doppelte Täuschung. Hier steht, dass sie nicht nur keine Lilie, sondern nicht einmal eine Calla ist. Sie gehört zu den Zantedeschien, von denen ich noch nie im Leben gehört habe. Sie ist also ein Trugbild – genau wie die Hoffnung meiner Großmutter, etwas könne über den Tod hinaus bewahrt werden.

Meine Recherche wird durch eine Nachricht von Simon unterbrochen:

»Lass dich davon nicht unterkriegen. Wir halten zusammen.«

Ich muss das Internet nicht lange durchforsten, um des Rätsels Lösung zu entdecken: Eine Schlagzeile auf der Onlineseite einer der einschlägigen Klatschzeitschriften. *Jetzt spricht die Ehefrau!* Neben der Schlagzeile ist die ganze glückliche Familie Brönner abgelichtet. Maximilian, schön und blank poliert wie immer, hat den Arm um die Hüfte seiner Ehefrau gelegt. Sarah zeigt dem Publikum ihr selbstbewusstes Lächeln – oder gilt es mir? Nur die Kinder sind keine Schauspieler. Die Bewunderung in dem Lächeln, mit dem sie zu ihrem Vater aufsehen, ist echt. Etwas in mir verkrampft sich bei diesem Anblick.

Sie stehen vor ihrem ansehnlichen Häuschen und wirken, als hätten sie sich für den sonntäglichen Familienausflug fein gemacht. Natürlich scheint die Sonne.

All diese Helligkeit wird nur von dem Bild daneben getrübt. Es zeigt eine offensichtlich betrunkene Frau am Ende einer Partynacht. Die Wimperntusche ist verschmiert und in der

Strumpfhose bahnt sich eine Laufmasche ihren Weg unter dem Rock hervor bis zum Knie.

Das Bild ist fünf Jahre alt. In dieser Zeit war ich noch nicht einmal mit Simon zusammen. Als es aufgenommen wurde, war ich eine überdrehte 21-Jährige, die von ihrem Erfolg berauscht auf der Premierennacht ihres ersten großen Films abgestürzt war. Die Kamera hatte mich erwischt, wie ich vor einer Bar entlangtorkelte, um ein Taxi zu erwischen. Ich möchte behaupten, dass sich viele Menschen in dem Alter peinlich benehmen. Dennoch bin ich froh, dass man auf dem Foto nicht sehen kann, dass ich mich kurz vorher auf der Toilette übergeben habe. Ich habe die Spuren erfolgreich beseitigt, weshalb nur noch ein nasser Fleck ausgerechnet in Brusthöhe zu sehen ist.

Ich habe der suggestiven Kraft der Bilder meinen Erfolg verdankt, erkenne aber bei diesem Artikel wieder einmal, wie manipulativ sie sind. Sie hätten ein freundliches Porträtbild von mir nehmen können, aber diese Gegenüberstellung erzählt die bessere Geschichte, in der bereits auf den ersten Blick ein Urteil gefällt wird: Hier der Tag, dort die Nacht. Hier saubere Krägen, dort der Dreck. Sie deuten es als vornehme Zurückhaltung, dass die Ehefrau so lange geschwiegen hat. Ich hingegen frage mich, wieso sie diese Vornehmheit gerade jetzt über Bord wirft.

Unterstelle nur ich ihr, es könne damit zusammenhängen, dass sie gerade Aufmerksamkeit auf ihren neuen Film lenken möchte? Ich weiß nicht, welcher masochistische Trieb mich dazu treibt, den Mist auch noch zu lesen. Erstaunt stelle ich fest, dass Sarah mich gar nicht erwähnt. Nur die Bildunterschrift klagt mich an: *Lilly Hoffmann ist bei ihrer ständigen Jagd nach dem nächsten Kick wohl ein wenig zu weit gegangen.* Sarah mit all ihrer vornehmen Zurückhaltung preist bloß ausführlich ihr Familienleben, um dann wie beiläufig ihren Hieb zu platzieren: »Es ist nicht die Schuld meines Mannes, dass sich irgendwelche Jungschauspielerinnen an ihn ranschmeißen. Und manche gehen dabei eben noch ein wenig weiter als andere. Das arme Mädchen.«

Es war clever von ihr, nicht einmal meinen Namen zu erwähnen. So drängt sie mich elegant in die Nebenrolle eines peinlichen, namenlosen Unfalls. Ich bin nur ein weiterer kümmerlicher Eisberg, an dem das wackere Eheschiff nicht zerschellt ist.

»So war es nicht«, möchte ich allen Lesern zurufen. Allerdings hätte ich an Sarahs Stelle womöglich genauso gehandelt und habe ohnehin kein Recht, ihr Vorhaltungen zu machen.

Als Erstes rufe ich Simon an. »Ich habe es gerade gelesen«, berichte ich schnaubend. »Ich habe ja keine Ahnung, wie du persönlich zu dreisten Jungschauspielerinnen stehst, aber vielleicht kann dich eine Hausbesitzerin locken? Kommst du mich am Wochenende besuchen?«, frage ich hoffnungsvoll.

»Bist du bis dahin nicht wieder in Berlin?«, fragt er überrascht.

»Wohl kaum. Du hast mich doch gefragt, was aus dem Haus wird. Also, wenn es nach meiner Mutter geht und mein Großvater mit seinem Testament nicht noch weitere Kinder aus dem Hut zaubert, wird alles an mich gehen«, erkläre ich lässig.

»Wow!«, entfährt es Simon.

»Genau«, erwidere ich. »Jetzt brauche ich Zeit, um das alles sacken zu lassen. Ich würde gerne noch eine Weile hierbleiben. Aber es wäre sehr schön, dich zu sehen.«

Er schweigt und ich überlege, ob er wegen des Artikels sauer sein könnte. Indirekt ist sein Inhalt auch für ihn eine Ohrfeige. Auch der gehörnte Lebensgefährte ist nicht der dankbarste Part. Da er mir nie die Gelegenheit gegeben hat, über das Geschehene zu sprechen, weiß ich nicht, ob er mir nicht doch insgeheim die Schuld gibt.

»Simon?«, frage ich unruhig.

»Ich würde sehr gerne kommen«, behauptet er dann. »Wirklich! Aber ich werde in Quedlinburg sein. Uns fehlt noch genau ein sonniger Tag für eine Außenaufnahme. Und die Zeit ist so knapp, dass wir sofort loslegen müssen, sollte sich am Sonnabend oder am Sonntag plötzlich ein Lichtstrahl zeigen. Ich habe alle gebeten, sich bereitzuhalten.«

»Alles klar«, erwidere ich gespielt munter. »Stimmt, der Harz ist ja das neue Hollywood.«

»Und in der Woche darauf sind wir erst mal in Budapest, denn Budapest ist das neue Potsdam.«

»Tatsächlich?«, frage ich überrascht.

Er seufzt. »Politik. Es gab Probleme mit der Filmförderung. Die Regierung hat einfach zu lange gebraucht, um sich zusammenzufinden. Das hat die Geldgeber verunsichert.«

»Du Armer. Budapest ist sicher ganz fürchterlich. Mal ehrlich, wer will schon die Lichter über der Donau blinken sehen.«

Er lacht. »Das finde ich so großartig an dir. Du verstehst mich einfach.« Im Hintergrund ruft eine männliche Stimme seinen Namen. »Entschuldigung, Lilly. Die anderen warten auf mich. Ich muss leider aufhören.«

»Na klar. Troll dich! Ich erobere derweil meinen schicken Besitz.«

»Und bald komme ich auch. Ich kann es kaum abwarten, mit dir eine Zeit in den heiligen Hallen zu verbringen.«

Schnaubend lege ich auf.

Lilly

Den nächsten Morgen beginne ich mit einem Spaziergang, wie ich es mir am Abend vorher vorgenommen habe. Trotz allem, was mich gerade beschäftigt, habe ich hier das Gefühl, endlich einmal wieder ohne Blockade bis tief in den Bauch atmen zu können.

Ich schlendere über die in geometrischen Ornamenten angeordneten Kieswege im Garten meines Großvaters. Sich innerhalb dieser perfekten Formen zu bewegen, muss für manche Menschen etwas Beruhigendes haben, aber ich gehe weiter, um einen Blick hinter die hohe Hecke zu den Mauern zu werfen.

Nach allem, was mir meine Mutter erzählt hat, erscheint mir diese Hecke wie eine Grenze zwischen zwei widerstreitenden Konzepten. Auf der einen Seite die perfekt gepflegten Wege, auf der anderen das wuchernde Chaos.

Für einen Augenblick zögere ich, die Abtrennung zu passieren, als könnte ich mit dem nächsten Schritt einen Verrat an meinem Großvater begehen.

In meiner Vorstellung ersetze ich das wuchernde Gras, die Steine und den Löwenzahn hinter den Gitterstäben durch andere Bilder. Die Schemen einer Mutter mit ihrer Tochter, zarte, unbeholfene Kinderhände, die über Blätter gleiten, und ein Kind, das eine Pusteblume pflückt, um dann mit einem Atemzug Tausende federleichter Fallschirme über die Blumen segeln zu lassen. Bei dieser Vorstellung legt sich wieder das leise Gefühl der Trauer wie zähe Spinnweben über die schönen Bilder.

Wenn Orte ein Gedächtnis hätten, würde dieser viel erzählen können. Ich blicke zurück zum Haus meines Großvaters, das zur Hälfte von der hohen Hecke abgeschirmt wird. Von den obersten Fenstern aus hätte er seiner Familie bei ihren Gartenabenteuern zuschauen können. Fühlte er sich ausgeschlossen? Es muss doch möglich sein, diese beiden Reiche zu versöhnen, denke ich.

Eine bekannte Schauspiellehrerin hat einmal behauptet, dass zu den wichtigsten Eigenschaften eines Künstlers zähle, Gegensätze zu ertragen und sie zu vereinen, statt gegen sie anzukämpfen, während andere Menschen bemüht wären, an Schemata festzuhalten, die ihrem Leben Ordnung gäben. Ich denke, dass meine Mutter zu diesen Menschen gehört, aber das kleine Chaos auf dem Foto hat sie geliebt.

Könnte der Garten sie nach Hause bringen? Seine Kraft damit zu verschwenden, ein Leben lang seine Wurzeln zu bekämpfen, bedeutet doch wohl auch, nie ganz zu erblühen. Das aber würde ich meiner Mutter wünschen, zumindest wenn ich an sie als dieses niedliche kleine Mädchen auf dem Bild denke. Ihm gegenüber fällt es mir leicht, großmütig zu sein. Was, wenn ich dem Kind sein Paradies zurückhole, das ihm einmal so viel bedeutet hat, dass es auch sein späteres Leben den Blumen gewidmet hat.

Ein Plan beginnt sich in meinem Kopf zu formen und plötzlich habe ich den seltenen Drang, mit meiner Mutter zu reden. Noch während ich vor der verschlossenen Pforte stehe, nehme ich mein Handy aus der Hosentasche und wähle ihre Nummer. Sie geht diesmal sehr schnell an den Apparat.

»Ich wollte dich auch schon anrufen. Ich habe zu harsch reagiert«, sagt sie.

»Das macht gar nichts. Ich rufe an, weil ich den Garten gesehen habe, von dem du mir erzählt hast. Ich habe mich gefragt, wie er wohl einmal ausgesehen hat. Ich kann dir nicht sagen, warum, aber ich habe mich auf einmal gefragt, ob du eine Lieblingsblume hattest.«

Mit der werde ich beginnen.

»Du willst wissen, ob ich eine Lieblingsblume hatte?« Sie klingt vollkommen verwirrt. Zuerst denke ich, dass sie nicht antworten wird, doch dann sagt sie etwas. »Die Iris.« Es ist beinahe ein Flüstern. »Schließlich ist es meine Blume. Ich glaube, meine Mutter mochte die Türkenbundlilien am liebsten, aber das wäre wohl kein guter Name für ein Kind gewesen.« Ihre Stimme klingt weich und hell, als würde sie lächeln. Jetzt bin ich es, die verblüfft schweigt. Wer hätte gedacht, dass eine Überrumpelungstaktik, die nicht einmal als solche geplant war, bei meiner Mutter so wirkungsvoll sein könnte?

Schwert- und Türkenbundlilien also.

Es spricht wohl nicht für unser Verhältnis, wie viel Mut ich sammeln muss, um meiner Mutter die nächste, sehr persönliche Frage zu stellen: »Der Garten war dir sehr wichtig, oder? Es hat so geklungen, als du …« *… deinen Vater einen Tag nach seiner Beerdigung grob beschimpft hast*, füge ich in Gedanken hinzu, spreche es aber nicht aus.

Sie zögert, aber sie antwortet. »Es war eben unser Ort. Der von meiner Mutter und mir. Wir verstanden uns ohne Worte, wenn wir dort waren. Gott, wie dämlich das klingt. Ich war eben ein kleines Kind.«

»Das klingt gar nicht dumm«, rufe ich aus und verschweige, dass ich einen solchen Ort kenne und ihn mit meinem Großvater geteilt habe. Ermutigt von ihren beinahe offenherzigen Antworten versuche ich, noch mehr herauszufinden. »Gab es bei euch eigentlich auch Calla-Lilien?«

»Wie kommst du gerade auf die?«

»Ich bin vor Kurzem zufällig darauf gestoßen. Nicht so wichtig«, wiegele ich ab.

»Seltsam, dass du es ansprichst«, murmelt sie. »Ich hatte sie ganz vergessen. Es gab eine Calla, nur eine einzige. Ich habe sie nur einmal gesehen und da hat sie meine Mutter ganz durcheinandergebracht.«

»Durcheinandergebracht?« Ich beschließe diesen raren Augenblick der Offenherzigkeit auszunutzen, so gut es geht.

»Sie hat geweint«, sagt sie gepresst.

»Weißt du, warum?«

»Nein. Ich habe nicht gefragt.« Der Moment ist vorbei, das alte Grundmisstrauen hat sich in ihre Stimme eingeschlichen. »Warum interessiert es dich plötzlich so? Wo liegt der Sinn darin, in alten Wunden zu bohren?« Sie klingt nicht anklagend, nicht einmal wirklich abweisend, aber auf eine Art leer, die schlimmer ist.

Man muss die Wunden reinigen, um sie zu heilen, denke ich. Der Gedanke erstaunt mich fast selbst, als er in mir auftaucht – aber irgendwie glaube ich, dass er zutreffen könnte. Nur ist jetzt nicht der richtige Zeitpunkt dafür, noch einen Schritt weiterzugehen. Die Austernschalen sind zugeklappt und keine Kraft der Welt kann sie wieder öffnen.

»Wahrscheinlich gibt es keinen. Du hast recht, Mama«, gebe ich nach.

Nach dem Auflegen denke ich über das nach, was ich erfahren habe, und beschließe: Ich werde mit den Lilien beginnen.

Bis gestern habe ich nicht geahnt, dass von ihnen Tausende Arten echte und falsche existieren.

Den Garten zurückzuholen war ein spontaner Einfall, in dem mich meine Mutter unbewusst bestärkt hat. Sie ist so weich geworden, bevor sie einen Rückzieher gemacht hat. Deswegen vermute ich, auf dem richtigen Weg zu sein.

Vielleicht ist es verrückt, ohne Vorkenntnisse einen Garten anlegen zu wollen, aber in dieser Verrücktheit finde ich ein Stück von der alten Lilly wieder, die eine Absage als Herausforderung und einen Angriff als die beste Verteidigung betrachtet hat. An dieses Stück werde ich mich klammern und keine Zögerlichkeit dazwischenkommen lassen, sondern meinen Plan so schnell wie möglich umsetzen.

Isabelle
1959

»Lilien?« Herr Wegner schaute seine elegante Kundin argwöhnisch an. »Da fragen Sie am besten meinen neuen Mitarbeiter. Der kennt sich mit diesem Zierrat aus. Man muss ihn jetzt im Sortiment haben. Aber mein eigentliches Metier sind die Nutzpflanzen.«

Isabelle lächelte angesichts seines unverhohlenen Abscheus gegenüber einer verwöhnten Zugezogenen, die fruchtbare Erde an nutzlose Blumen verschwenden wollte. Weniger erheiterte es sie, als der Händler unerwartet losbrüllte: »Hey, Polacke, mach, dass du herkommst.«

Peinlich berührt sah Isabelle einen schlaksigen jungen Mann auf sie zukommen. Mit zusammengezogenen Augenbrauen sah sie den Händler an. Der schien ihre Missbilligung allerdings nicht zu bemerken. Dies schien der Fluch ihrer zarten Züge zu sein. Egal, wie sehr sie die Stirn runzelte oder die Lippen aufeinanderpresste, ihr Gesichtsausdruck wirkte genau wie ihre Stimme immer sanft. Sie müsste schon sehr drastische Worte verwenden, um ihr Gegenüber in seine Schranken zu verweisen. Leider hatte sie das noch nie besonders gut gekonnt. Wenn sie ihren Willen einmal durchsetzte, dann eher nach dem Grundsatz »Steter Tropfen höhlt den Stein«. Viel zu oft schwieg sie und verachtete sich hinterher dafür. Es war auch kein Trost, dass sie einer ganzen Nation angehörte, die gerade erst bewiesen hatte, dass sie Schweigen und Wegschauen zu ihren größten Talenten zählte.

In Erinnerung an die zurückliegenden Jahre holte Isabelle tief Luft. Sie war noch ein Schulkind gewesen, aber das wollte sie nicht als Ausrede gelten lassen. Die Konsequenzen des Wegschauens mochten heute weniger schwerwiegend sein als früher, niemand wurde deshalb deportiert oder gar ermordet, doch wer wusste schon, wo solche Dinge anfingen?

»Sicher hat Ihr Mitarbeiter auch einen Namen?«, fragte sie deshalb scharf, was für ihre Verhältnisse eine vernichtende Zurechtweisung war.

Sogar Herr Wegner schien zu merken, dass seine Kundin äußerst unzufrieden war. »Baran heißt der«, grummelte er, nachdem er sie eine Weile irritiert betrachtet hatte.

»Guten Tag«, begrüßte Herr Baran sie lächelnd. Er selbst wirkte weder verletzt noch verlegen, sondern eher so, als würde er sich amüsieren.

»Guten Tag«, sagte sie mit einer übertriebenen Freundlichkeit, die ihr gleich darauf ebenso peinlich wie Wegners Boshaftigkeit vorkam. Dabei wollte sie dem Mann doch nur irgendwie signalisieren, dass sie nichts mit seinem Chef gemein hatte.

»Die gnädige Frau wünscht sich Lilien«, erklärte dieser gerade seinem Mitarbeiter.

Isabelle sah, wie es in Herrn Barans Mundwinkeln zuckte. Sicher war auch ihm der schmierige Tonfall aufgefallen. Er stand im Widerspruch zu Wegners abfälligem Gesichtsausdruck, als er von dem »gnädigen Fräulein« sprach. Feine Damen, Polacken – der Norddeutsche mochte nicht, was ihm fremd war. Was das anging, entsprach er dem Klischee. Allerdings musste Isabelle zugeben, dass das auf viele seiner Artgenossen nicht zutraf. Abgesehen von dem Lebensmittelhändler hatten sich die Einheimischen als wortkarg, aber sehr angenehm erwiesen.

Für gewöhnlich wäre sie errötend über Wegners Kommentar hinweggegangen, doch etwas in Herrn Barans Blick stachelte sie an.

»Dann, gnädiger Herr, werde ich mir gerne anschauen, was Herr Baran mir zu zeigen hat.« Sie hatte gar nicht gewusst, wie gut sie das Säuseln einer feinen Dame beherrschte.

»Darf ich Ihnen etwas zu trinken anbieten?«, murmelte Herr Wegner.

»Vielen Dank, aber ich habe keinen Durst. Ich würde mir gerne die Blumen ansehen«, sagte sie.

»Wie Sie meinen. Dann zeig der Dame mal die Zwiebeln, die wir ihr anbieten können – Herr Baran.« Die penetrante Überbetonung der höflichen Anrede in Zusammenhang mit dem Du ärgerte Isabelle, doch sie beschloss, die Stichelei diesmal zu überhören.

»Folgen Sie mir«, bat der junge Mann. »Wir haben einige Zwiebeln vorrätig. Ich kann Ihnen Bilder zeigen. Dann sehen Sie, wie Sie blühen.«

Er sprach langsam und in kurzen Sätzen. Manchmal schien er Mühe zu haben, die passenden Worte zu finden. Daneben verriet auch sein Akzent, dass Deutsch nicht seine Muttersprache war. Bei ihm klangen viele Konsonanten weich und dafür Vokale hart und kurz, das R rollte er.

»Dies ist nicht mein erster Versuch, Lilien zu pflanzen. Beim ersten Mal ist es mir leider nicht geglückt. Vielleicht können Sie mir ja sagen, was ich beim letzten Mal falsch gemacht habe. Ich habe schon im Herbst einen ganzen Haufen Zwiebeln gesetzt. Man pflanzt sie im Herbst, oder? Nun sind aber viele verfault und andere sehen aus, als hätte ein Tier sie angenagt.«

Verlegen betrachtete sie ihr Gegenüber. Herr Baran schien etwa in ihrem Alter zu sein. Als ihr Blick über seinen derben, leicht abgenutzten, aber gepflegten Wollanzug glitt, kam sie nicht umhin, sich zu fragen, was er sah, wenn er ihr stark tailliertes, olivgrünes Kostüm mit den cremefarbenen Aufschlägen betrachtete. Ernst hatte ihr versichert, dass es dem letzten Schrei entspräche. Bequem war das steife Material allerdings nicht. Wenn sie sich zu Hause alleine aufhielt, trug sie weite, luftige Kleider, in denen sie sich frei bewegen konnte. Aber sobald sie das Haus verließ, trug sie gern die elegante Kleidung, die Ernst bevorzugte. Es kam ihr wie ein Korsett vor, dass ihr Halt gab und die Möglichkeit verlieh, sicherer aufzutreten, als sie sich meist fühlte. So, wie es für die Frau des Dichters angemessen war.

Herr Baran lächelte ihr aufmunternd zu. Er sah attraktiv aus, wenn man nichts gegen schlaksige Männer hatte, stellte Isabelle ohne tiefere Regung fest. »Sie bekommen eine zweite Chance. Bald schon. Sie können Lilien im Frühling setzen. Es hängt von der Sorte ab.«

»Ich muss also nicht wieder ein halbes Jahr warten?« Ihre Stimmung hellte sich schlagartig auf.

»Sie können gleich wieder beginnen«, bestätigte ihr Herr Baran.

Danach durchquerten sie schweigend nebeneinander die Halle, bis sie vor einem Regal voller Ordner standen. »Man darf nicht ängstlich sein, wenn man Zwiebeln pflanzt«, erklärte Herr Baran, während er eine der Mappen herauszog. »Und nicht zu viele setzen. Lassen Sie ihnen Platz – so viel etwa.« Er legte die Unterlagen auf einem Tisch ab, um ihr mit beiden Händen den nötigen Abstand anzeigen zu können.

»Ihr Garten, liegt er in der Sonne oder im Schatten?«, wollte er wissen.

Sie war sich nicht sicher. »Es kommt auf die Tageszeit an, glaube ich.«

»Halbschatten, gut.« Er schlug den Ordner auf und winkte sie zu sich. »Schauen Sie?«

Sie folgte seiner Einladung und trat näher an ihn heran, um mit ihm die Bilder anschauen zu können. Es machte sie nervös, einem fremden Mann so nahe zu sein. Sie konnte sein Rasierwasser riechen. Angesichts seines derben Jacketts hätte sie eher ein Aroma von nassem Schaf erwartet, stattdessen stieg ein so angenehm frischer und leicht holziger Duft in ihre Nase, dass sie ihn unauffällig tiefer einsog.

»Diese können Sie im März pflanzen.« Herr Baran zeigte ihr ein Bild hübscher rosafarbener Lilien. »Und vielleicht diese dann erst im Mai.« Er deutete auf eine Fotografie von weißen Lilien. »Dann blüht es länger in Ihrem Garten. Die letzten blühen gemeinsam mit den Rosen. Sieht schön aus.«

Verwirrt sah sie ihn an. »Ich habe keine Rosen.«

»Was haben Sie bislang für Blumen?«

»Noch gar keine.«

»Soll ich Ihnen dann noch Stauden zeigen? Die schützen die Triebe Ihrer Lilien vor der Sonne. Und etwas Abwechslung macht den Garten schöner.«

»Ich habe noch nicht darüber nachgedacht«, sagte Isabelle. »Mir kam es vor allem auf die Lilien an. Es sind meine Lieblingsblumen. Meinen Sie, es gelingt mir wirklich, sie zum Blühen zu bringen? Sie scheinen sehr anspruchsvoll zu sein.«

Herr Baran schüttelte den Kopf. »Das behauptet man immer nur. Lassen Sie die Zwiebeln vor dem Einpflanzen aber nicht lange ungeschützt liegen. Das bekommt ihnen nicht. Sie haben keine feste Außenhaut, die sie schützt.«

»Sie kennen sich wohl sehr gut mit Blumen aus?«

Herr Baran zuckte schmunzelnd mit den Achseln. »Mein Großvater war Botaniker und hat mir viel gezeigt. So habe ich nun Arbeit und Herr Wegner hat jemanden für ›nutzlosen Zierrat‹ gefunden.«

»Gefällt Ihnen die Arbeit?« Sie hatte nicht so neugierig klingen wollen. »Entschuldigung, es geht mich gar nichts an. Ich vertraue Ihnen, was die Auswahl der Blumen angeht. Empfehlen Sie mir gerne welche. Meinen Sie, ich könnte auch ein paar Türkenbundlilien ziehen?«

»Türkenbundlilien?«

Isabelle nickte. Zu ihrem Erstaunen bemerkte sie, dass Herr Baran sie ansah, als habe sie ihm ein unerwartetes Geschenk gemacht. »Sie wachsen sehr gut im Halbschatten«, erklärte er.

»Wie schön«, sagte sie erfreut.

»Türkenbundlilien«, wiederholte er leise. »Ich war mir sicher, Sie wünschen sich Madonnenlilien.«

»Edel, hold und rein?«, fragte sie matt. Warum dachte jeder in Zusammenhang mit ihr an Madonnenlilien.

»Ja«, sagte er leichthin. »Sie stehen aber auch für Fruchtbarkeit und Liebe.« Er runzelte die Stirn. »Verzeihung, damit wollte ich nicht sagen … und sie stehen ja auch noch für den Tod. Das gehört wohl zusammen, oder? Schönheit und Tod. Im Garten gibt es immer beides.«

Die Ernsthaftigkeit in seinem Gesicht berührte sie auf eine Art, die jeden Blickkontakt zu intim scheinen ließ. In diesem Moment wünschte sich Isabelle, sie hätte mehr von ihrer Schwester Gabriele. Dann würde sie dem Mann flirtend auf die Finger klopfen und ihn mit einer spöttischen Erwiderung abkanzeln, etwas in der Art wie, dass sie verwundert sei, wie in einem kleinen Blumenhändler ein echter Philosoph stecken könne.

Isabelle hatte erwartet, ein paar Lilien zu erwerben, und nicht über Fruchtbarkeit und Vergänglichkeit zu plaudern. Doch als sie wieder aufblickte, erkannte sie seine eigene Verlegenheit, die sie sofort versöhnte. Er hatte gar nicht aufdringlich sein wollen, wurde ihr klar. Er schien einfach bloß ein freundlicher und offener Mensch zu sein. Genau genommen war ja sie selbst es gewesen, die einen Wortwechsel über die Bedeutung der Blumen begonnen hatte.

»Sie erinnern mich an etwas«, erklärte sie. »Die Türkenbundlilien, meine ich.«

Obwohl es an dieser Stelle nahegelegen hätte, fragte er nicht danach, woran die Blumen sie erinnerten. Dass er sich mehr Zurückhaltung auferlegte, verleitete sie dazu, ihre ein Stück weit aufzugeben. »Sie erinnern mich an früher. Ich bin im Süden groß geworden, in den Bergen. Dort gab es viele von ihnen. Oh, was mir gerade noch einfällt: Sie wissen doch sicher einen Rat, wie ich meine Zwiebeln vor den Mäusen schützen kann?«

Er nickte. »Ich kann Ihnen morgen vorbeibringen, was Sie brauchen. Wir sind schließlich Nachbarn und ich habe zwei Nachmittage in der Woche frei. Einer davon ist morgen. Wäre Ihnen das recht?«

»Sie wohnen nebenan?«, fragte sie überrascht. »Haben wir uns schon einmal gesehen?«

Er schüttelte den Kopf. »Aber Ihr Auto ist sehr auffällig.« Er deutete durch die große Glasscheibe nach draußen.

»Oh«, erwiderte Isabelle lächelnd. »Dann würde ich mich wirklich freuen, wenn Sie mir den Gefallen täten.«

»Sie brauchen Drahtkörbe«, stellte er fest. »Und Dünger. Wie man eine Drainage anlegt, weiß Ihr Gärtner sicher selbst.«

»Wir sind gerade noch auf der Suche nach einem neuen Gärtner. Und um den Blumengarten möchte ich mich ohnehin selbst kümmern.«

»Ich lege die Drainage für Sie an.«

»Wirklich? Das wäre nett. Selbstverständlich würden wir das bezahlen.«

»Ich habe Ihnen doch schon gesagt, dass wir Nachbarn sind«, wehrte er ihr Angebot ab. Er sah plötzlich so empört aus, dass sich Isabelle beinahe für ihren bisherigen Mangel an nachbarschaftlichen Gefühlen schämte. Herr Baran sollte sich ihretwegen nicht solche Umstände machen. Andererseits konnte sie jede Hilfe gebrauchen und wäre dumm, sich nur wegen ihrer

Befindlichkeiten auch die neuen Lilien von Nagern zerfressen zu lassen.

»Das ist wirklich sehr großzügig von Ihnen. Vielen Dank noch einmal. Dann sehen wir uns also morgen.« Sie suchte seinen Blickkontakt, als sie ihm die Hand reichte, weil er sehen sollte, dass ihre Dankbarkeit keine bloße Floskel war und sie seinen Einsatz nicht für selbstverständlich nahm. »Wenn wir Nachbarn sind, ist es nur höflich, wenn ich mich vorstelle. Ich hätte es schon vorher tun sollen. Ich heiße Isabelle Hoffmann.«

Er nahm ihre kühle Hand in seine warme. »Sehr erfreut, Isabelle Hoffmann. Ich bin Damian Baran.«

Lilly

So voller Elan, wie ich mein Vorhaben in die Tat umsetzen wollte, so schnell fühle ich mich ausgebremst: Ich wollte meine Nachbarin um Hilfe bitten, bin aber einfach nicht in der Lage, bei ihr eine Türklingel auszumachen. Es ist, als würde ich ein Wimmelbild betrachten. Jede freie Ecke ist mit eher stümperhaften Anhängern aus Ton, Salzteig und Holz dekoriert. Überhaupt scheint sie ein Faible für fragwürdiges Kunsthandwerk zu haben. Schon der Weg zu ihrem Haus ist mit farbenfrohen Glasfiguren und Windspielen gespickt gewesen.

Um nicht unverrichteter Dinge heimkehren zu müssen, beschließe ich, dass ausgerechnet der goldfarbene Löwenkopf keine Dekoration ist. Beherzt greife ich nach dem Ring in dessen Schnauze und hämmere damit so kräftig gegen die Tür, dass der üppig geschmückte Osterkranz über dem Klopfer ins Wanken gerät.

Ich bin mir recht sicher, dass Sabine zu Hause ist. Ohne Auto kommt man in dieser Pampa nirgendwohin und ihr Gefährt steht vor der Tür.

Bei seinem Anblick fällt mir wieder ein, dass mir die größte Herausforderung meines Aufenthalts noch bevorsteht. Um es mal mit dem Italo-Typen aus der uralten Cappuccino-Werbung zu sagen: Isch ´abe gar keine Auto. Und mangels Routine bin ich außerdem eine sehr schlechte Fahrerin. Mal ehrlich, in Städten wie Hamburg oder Berlin vertraut man besser auf öffentliche Verkehrsmittel als darauf, einen Parkplatz zu finden. Hier aber wird mir nichts anderes übrig bleiben, als mich früher oder später ans Steuer des BMWs meines Großvaters zu wagen. Bestimmt werde ich im Graben landen, sobald ich dem ersten Trecker ausweichen muss.

Jetzt öffnet sich die Tür vor meiner Nase doch noch.

»Hallo«, ruft Sabine. Sie scheint ganz aus dem Häuschen darüber zu sein, mich zu sehen. »Wie schön, dass du vorbeischaust. Komm rein, falls du etwas Chaos tolerieren kannst! Ich bin zwar schon seit zwei Stunden zu Hause, das heißt aber nicht, dass ich mit der Arbeit fertig bin. Klausuren korrigieren. Dabei würde ich viel lieber die Beine hochlegen. Puh, ich bin nicht mehr die Jüngste und der Job wird nicht leichter. Ich habe das Gefühl, heutzutage mehr Zeit damit zu verbringen, Handys zu konfiszieren, als den Jugendlichen wirklich Wissen zu vermitteln.«

Verwirrt blinzele ich mehrmals. Bei ihrem Redeschwall könnte man meinen, wir seien beste Freundinnen und sie hätte mich erwartet.

»Entschuldigung. Du verstehst vermutlich gar nicht, worüber ich rede. Du stehst meinen Schülern im Alter wohl näher als mir. Erschreckend.«

»Ich bin 26 Jahre alt«, erwidere ich förmlich.

»Sage ich doch. Kommst du jetzt rein?«

»Okay, aber ich habe eigentlich nur eine kleine Frage.«

»Stell sie mir drinnen«, beharrt sie. »Deine Nasenspitze ist ganz rot gefroren. Dabei haben wir schon März. Du solltest dir eine kleine Schicht Winterspeck zulegen.« Sie kneift sich lachend in die Hüfte, sodass sie eine Hautdelle zwischen Daumen und Zeigefinger hält.

Ich grinse etwas verlegen und folge ohne weiteren Widerspruch ihrer Aufforderung. Kaum hat sie die Haustür hinter mir geschlossen, geschieht etwas Unerwartetes. Eine Welle der Behaglichkeit überwältigt mich.

Dieses Haus scheint durch jede Pore Wohlbefinden zu vermitteln. Es ist nicht nur die anheimelnde Wärme, sondern auch die geschickte Auswahl der Materialien. Das viele helle Holz sowie die beinahe verstörende Herzlichkeit der Bewohnerin. Ich komme mir vor wie in einem skandinavischen Ferienhaus aus einem dieser Wohlfühlmagazine, in denen alles als »hyggelig« beschrieben wird. Mein Blick fällt auf Sabines geblümte Stoffballerinas und ich mache mich schnell daran, mich aus meinen Boots zu schälen, um keine Erde durch ihren Flur zu tragen.

»Lass sie ruhig an. Ich muss eh mal wieder fegen. Morgen vielleicht. Wir gehen direkt ins Wohnzimmer.«

Ich bestehe darauf, die Schuhe am Eingang stehen zu lassen.

Das Wohnzimmer überrascht mich – ich hatte ebenfalls zarte Farben und viel Holz erwartet. Stattdessen scheint sich ein farbenliebender Weltreisender ausgetobt zu haben.

Die Tierbilder an der Wand – ein Terrier mit Whiskyglas und ein röhrender Hirsch im Schottenrock – entlocken mir ein breites Grinsen. Gleichzeitig wirken sie genauso wenig deplatziert wie die unzähligen asiatisch gemusterten Kissen in verschiedenen Pink-Abstufungen auf dem lindgrünen Sofa – alle Gegenstände scheinen sich zu einer verschworenen Gemeinschaft im Dienste der Gemütlichkeit versammelt zu haben.

Selbst das von Sabine angekündigte Chaos verstärkt diesen Eindruck nur. Es liegen nicht etwa Kleidungsstücke oder Essgeschirr herum, wie es bei mir an weniger aufgeräumten Tagen geschehen kann. Stattdessen stehen nur riesige Bücherstapel wie Skulpturen im Raum verteilt. Wirklich wüst sieht es nur auf dem Couchtisch aus, wo wild durcheinander unzählige Schulhefte liegen. Eines ist aufgeschlagen, sodass ich eine ungelenke Schrift erkennen kann.

»Die Klausuren?«, frage ich höflich.

»Sicher. Deutscharbeiten. Was mache ich nur mit dem Jungen, für den »Faust« nichts als ein pädophiler alter Sack ist – er hat natürlich ein drastischeres Wort gewählt – und Gretchen das ›megakrasse Opfer‹? Im Prinzip hat er ja recht.«

Ich lache. »Sabine, mir graut vor dir. Ist das nicht Blasphemie?«

Sabine seufzt. »Bestimmt. Hast du schon mal das Gretchen gespielt?«

Ich schüttele bedauernd den Kopf. »Ich bin wohl nicht Opfer genug. Aber ich würde sagen, gib dem Jungen eine Eins, wenn seine Argumente so unschlagbar sind.«

»Die Kreativität mancher Kinder ist erschreckend.« Sie lacht laut auf. »Leider auch bei der Rechtschreibung und meistens muss ich gerade denen, die mir besonders viel Freude gemacht haben, hier die meisten Punkte abziehen.« Sie deutet auf das Sofa. »Setz dich.«

»Ich will dich nicht von der Arbeit abhalten.«

Eigentlich will ich doch nur ihren Werkzeugkasten, damit ich loslegen kann.

»Schon in Ordnung, Lilly. Ich freue mich, wenn du noch bleibst und mit mir eine Tasse Tee trinkst. Mir raucht der Schädel und du siehst auch aus, als könntest du sie gut gebrauchen. Irgendetwas gegen eine Detox-Mischung aus Zitrone und Löwenzahn einzuwenden?«

Ich gebe mich geschlagen. Eine kleine Verzögerung wird meine Pläne schon nicht gleich zunichtemachen. »Klingt super«, behaupte ich und sofort verschwindet Sabine in die Küche. Eine Gelegenheit für mich, mich weiter im Raum umzusehen.

Nach einer Weile kehrt Sabine mit einem kleinen Tablett zurück, auf dem unsere Teetassen und ein Teller mit Keksen stehen. »Nervennahrung«, sagt sie.

»Danke.« Ich nehme die Tasse. »Eigentlich wollte ich dich fragen, ob ich mir ein wenig Werkzeug von dir leihen darf«, erkläre ich. »Sicher hat auch mein Großvater irgendwo welches, aber ich finde nichts und Elke war nicht zu erreichen.«

»Was hast du denn vor?«, fragt Sabine verdutzt. »Dir sieht man die Heimwerkerin gar nicht an.«

»Also bitte«, rufe ich gespielt empört. »Du solltest mich einmal im Blaumann Rohre verlegen sehen.«

»Im Ernst?«

»Nein«, gebe ich zu. »Nur einmal im Film.«

Sie lacht. »Wusste ich es doch. Meine hellseherischen Fähigkeiten verraten mir, dass du weder oft herumwerkelst noch eine talentierte Klavier- oder Gitarrenspielerin bist.«

»Bitte?«, frage ich sie ungläubig. »Und das haben Sie wie genau ermittelt, Mrs. Holmes?«

Triumphierend deutet sie auf meine Hände. »Nicht mit den Fingernägeln. Viel zu lang.«

»Oh.« Betroffen schaue ich auf den schwarzroten Lack, der hässlich abblättert.

»Du hast natürlich recht«, gebe ich dann ihr gegenüber zu. »Ich habe zwei linke Hände.«

»Eine Lehrerin, die nicht aufmerksam ist, überlebt bei uns keinen Tag«, erklärt Sabine. »Verrätst du mir jetzt, was du genau brauchst?«

»Wenn ich das wüsste«, sage ich. »Zunächst einmal möchte ich ein ziemlich massiv aussehendes Vorhängeschloss knacken.«

Sabine zieht die Augenbrauen hoch. »Zu viel kriminelle Energie? Da solltest du lieber meine Schüler fragen. Ich verlege zwar manchmal meine Schlüssel, finde sie aber zum Glück immer wieder, bevor jemand das Schloss knacken muss.«

»Kriminelle Energie? Nicht wirklich. Du kennst sicher die Mauern hinter Großvaters Hecke? Die grenzen ja fast an dein Grundstück. Ich möchte gerne etwas aus der Fläche dahinter machen. Aber falls es überhaupt noch einen Schlüssel zu dem Vorhängeschloss gibt, werde ich ihn in dem großen Haus auf die Schnelle sicher nicht finden. Ebenso gut könnte ich ein Stück Mikroplastik im Ozean suchen.«

»Der Vergleich hinkt«, sagt sie naserümpfend. »Die Stecknadel im Heuhaufen war dir wohl nicht gut genug.«

Ich verdrehe lächelnd die Augen. »Dabei war meine eigene Deutschlehrerin immer ganz zufrieden mit mir.«

»Davon bin ich überzeugt.« Bedauernd sieht sie mich an. »Leider bin ich auch nicht sehr praktisch veranlagt. Mein zweites Fach ist Erdkunde. Mit Zangen und Schrauben habe ich eher wenig am Hut.«

»Ich hätte gewettet, du würdest Kunst unterrichten – wenn ich mir deine Tür so anschaue.« Sofort möchte ich die Worte zurücknehmen. Ich hoffe, dass unser lockeres Geplänkel mich nicht verleitet hat, sie zu kränken.

»Ach, das meinst du. Das sind fast alles Geschenke netter Schüler.«

»Dann bist du wohl sehr beliebt«, sage ich überrascht. Ich erinnere mich nicht daran, jemals etwas für meine Lehrer gebastelt zu haben. »Heißt du tatsächlich Frau Grün oder ist das auch Kunst?«

»Ich heiße tatsächlich so. Was die Beliebtheit angeht, bin ich mir aber gar nicht so sicher. Manchmal denke ich, sie können mich nicht ausstehen. Im Ernst, hast du das furchterregende Ding aus Salzteig gesehen? Aber ich bin sentimental, was die Kinder angeht, und bewahre jedes Teil auf. Ich habe das Gefühl, dass sie mich vor allem respektieren. Das ist wichtiger als mögen, für die Kinder und mich.«

Kaum eine halbe Stunde habe ich in ihrer Gesellschaft verbracht und schon nippen wir synchron an unserem Tee, was ja angeblich gegenseitige Sympathie bekunden soll. Ich frage mich sogar, wann ich mich zuletzt so schwerelos gefühlt habe.

Wenn ich nicht an die Macht von Sabines Kräutertee glauben möchte, gilt es wohl, ihrer mitreißenden Unbefangenheit zu danken. Dummerweise hält das Gefühl nicht lange an. Je länger ich darüber nachdenke, desto trüber werden die Gedanken wieder.

»Wirst du länger hierbleiben?«, will Sabine wissen.

»Ich bin mir nicht sicher«, entgegne ich ausweichend. »Vielleicht ein paar Wochen.«

»Das reicht für meine Zwecke. Ich möchte dich heute Abend gerne zum Essen einladen. Mein Sohn kommt auch. Vielleicht kann er dir helfen, er ist praktisch einigermaßen begabt. Was er von seinem Vater hat und nicht von mir.«

»Dein Mann ist Handwerker?«, frage ich.

»Nicht ganz. Er war Bauingenieur.«

»Das tut mir sehr leid«, stammele ich.

»Muss es nicht. Er ist ja nicht tot. Nur für mich ist er gestorben. Er hat einfach zu gerne herumgeschraubt, vor allem an anderen Frauen, da musste ich ihn vor die Tür setzen. Mögen Sie also heute Abend bei uns vorbeischauen?

»Keine Ahnung, ob ich das schaffe«, wehre ich ab.

So angenehm ihre Nähe auch ist, es erscheint mir wie eine zu große Verpflichtung, ein weiteres Treffen für den gleichen Abend zu vereinbaren. Und dann noch gemeinsam mit ihrem Sohn. Ich fühle mich ausnahmsweise nicht in der Verfassung, mich auf neue Bekanntschaften einzulassen.

»Kann ich verstehen«, sagt sie munter. »Ich wette, hier in der Gegend ist das Konkurrenzangebot unübertrefflich.« Sie deutet aus dem Fenster, hinter dem in diesem Moment ein Schaf blökt.

Wir sehen uns an und brechen zeitgleich in schallendes Gelächter aus.

»Also gut, ich komme. Vielen Dank für die Einladung«, entfährt es mir zu meinem eigenen Schrecken. »Können wir dennoch gleich nach dem Werkzeug schauen? Ich würde so gerne loslegen.«

»Weißt du denn überhaupt, was du brauchst?«, fragt Sabine.

Ich schüttele verlegen den Kopf.

»Ich weiß ja nicht, was du genau vorhast, aber sicher kann es noch ein paar Stunden warten, dann fragen wir Linus.«

Lilly

Ich will nach meinem Besuch bei Sabine nicht einfach die Hände in den Schoß legen, deswegen steure ich direkt den nächsten Pflanzenhandel an.

Man sollte meinen, dass es eine geringere Herausforderung ist, Blumen zu kaufen, als ein Schloss zu knacken. Ich dachte, man verteilt einfach ein paar Samen auf der Erde, sobald der Boden nicht mehr friert, oder setzt noch besser gleich fertige Blumen und wartet, dass sie wurzeln und gedeihen. Aber offenbar muss man nicht nur knappe Zeitfenster, sondern auch noch die Qualität der Erde, den Lichteinfall und die genaue Temperatur beachten. Ich denke zumindest, dass die kryptischen Zeichen auf den Tüten mir das erzählen wollen. Lilien finde ich bei dem Saatgut keine. Entnervt gehe ich das ganze Sortiment ein weiteres Mal durch.

Ich werde jemanden um Hilfe bitten müssen, auch wenn ich so ticke, wie man es Männern gerne unterstellt – andere um Rat zu fragen, ist eigentlich schon einem Scheitern gleichzusetzen. Diesmal bin ich bereit, über meinen Schatten zu springen. Wenn ich meiner Mutter im Sommer ein blühendes Paradies vorsetzen möchte, darf ich es jetzt nicht vermasseln. Leider ist nirgends ein Mitarbeiter zu entdecken.

Als doch endlich jemand in der braunen Uniform mit dem

Logo des Gartencenters an mir vorbeihuscht, rufe ich höflich, aber bestimmt: »Entschuldigung?«

Die Dame dreht sich lustlos zu mir um. »Jaaa?« Die Dehnung des Vokals und die zusammengezogenen Brauen schreien förmlich: *Oh Schreck, ein Kunde!*

Betont höflich trage ich mein Anliegen vor: »Ich möchte Lilien pflanzen, finde aber keine passenden Samen und leider auch keine fertigen Pflanzen. Können Sie mir weiterhelfen? Und falls es nur die Samen gibt, kann ich die dann einfach aussäen und darauf bauen, dass sie im Sommer blühen werden?«

Man könnte meinen, als Tochter einer Floristin sollte ich weniger ahnungslos sein. Andererseits sieht man gekappten Stängeln in Blumenbottichen nicht unbedingt an, wo sie herkommen und wir ihr Leben auf den Feldern aussieht.

»Wenn Sie ganz viel Glück haben, wächst aus den Samen etwas, ja, aber sicher nicht schwupps diesen Sommer. Und Lilien aus Samen zu ziehen, ist wirklich nichts für Anfänger. Zumal die Lilien erst einmal geblüht haben müssen, damit sie Kapselfrüchte bilden, denen Sie die Samen entnehmen können«, knurrt Frau Wegner. Ihren Namen hat mir das Schild an ihrer rechten Brust verraten.

»Ach ja?« Ich verstehe kein Wort von dem, was sie sagt. Trotzdem bin ich nicht bereit, aufzugeben. Ich starre sie an, bis ihr rechtes Auge nervös zuckt.

»Warum versuchen Sie es nicht einfach mit Zwiebeln wie alle anderen?«, presst sie schließlich hervor. »Kenne ich Sie nicht irgendwoher?«

»Mag schon sein. Ich treibe mich hier öfter mal herum«, behaupte ich und beschließe, mir eine Perücke zu besorgen. Dass ich niemanden kenne und mir die Gegend wie aus meiner gewohnten Welt gefallen erscheint, heißt natürlich nicht, dass die Menschen hier weder Fernseher noch Internet haben.

»Aber mit Blumen kennen Sie sich immer noch nicht aus, oder?«, fragt sie.

Jetzt reicht es. Ich klatsche einmal laut in die Hände, bevor ich meine überhebliche Stimme auspacke: »Wie gut kennen Sie sich denn zum Beispiel mit einem Sechszylindermotor aus, Frau Wegner? Falls Sie einmal etwas darüber wissen wollen, fragen Sie einfach mich. Aber wenn es um Blumen geht, setze ich darauf, in einem Pflanzencenter Fachkräfte zu finden, die mich zuvorkommend beraten. Aber jeder kann sich mal irren.«

Als ich den Motor erwähne, öffnet sie empört den Mund. Dabei bin ich selbst ganz erstaunt, dass mir ein technischer Begriff so fehlerfrei über die Lippen gegangen ist.

»Wo finde ich also die Zwiebeln?«, frage ich kühl, bevor sie auf die Idee kommen kann, mein Wissen auf die Probe zu stellen.

»Letzter Gang rechts«, erwidert sie mürrisch.

»Nein danke, das schaffe ich schon allein«, erkläre ich lächelnd. Dabei hat sie gar keine Anstalten gemacht, mich auch nur einen Millimeter in die Richtung meines Ziels zu führen. Endlich finde ich in besagtem Gang tatsächlich, was ich brauche. Kurz darauf mache ich mich, mit den Zwiebeln von Türkenbund- und Schwertlilien beladen, auf den Weg zur Kasse. Auf halber Strecke entdecke ich sogar eine bereits gewachsene Calla, die im Mai die ersten Blüten zeigen soll. Ich lade sie sofort in meinen Wagen.

Im Baumarkt nebenan treffe ich auf eine freundliche Beraterin, die mir verrät, dass ich für mein Tor nicht nur weiße Farbe brauche, sondern auch eine Drahtbürste zum Reinigen und um Rost abzukratzen, dazu einen Rostumwandler, eine Rostschutzgrundierung und einen Vorlack. Erst dann darf ich den Weißlack benutzen, den ich eigentlich nur rasch kaufen wollte, um dem Gartentor einen neuen Anstrich zu verleihen – wenn ich es denn jemals geöffnet bekomme.

Auf dem Parkplatz ärgere ich mich über den unpraktisch winzigen Kofferraum großer, sportlicher Autos. Der Golf meiner Eltern wäre mir auch deshalb lieber, weil er nicht gleich losrast, sobald ich nur einmal das Gaspedal mit dem Fuß antippe. Doch nachdem es mir gelungen ist, all meine Errungenschaften zu verstauen, fahre ich befriedigt nach Hause.

Dort habe ich leider nur noch Zeit, alles eilig auf den Küchentisch zu stellen, bevor ich mich umziehen und für meine Verabredung mit Sabine fertig machen muss.

Lilly

Das Erste, was ich von meiner Gastgeberin höre, noch bevor sie die Tür ganz geöffnet hat, ist ein genervtes Schnauben. »Was will sie denn nun wieder?«.

Ich räuspere mich und antworte ebenfalls ohne Gruß und mit vor Sarkasmus triefender Stimme: »Ich dachte, du hättest mich eingeladen? Vielleicht sollte ich aber doch besser auf der Stelle kehrtmachen, um mich in meinem einsamen Schloss zu verkriechen, wenn ich störe.« Ich deute eine ironische Verbeugung an.

Sabine kichert. »Ich meinte doch nicht dich, ich habe mit Linus geredet. Aber ich glaube, ich würde dich gerne einmal in einer Komödie sehen.«

»Auch dafür hat es bislang leider nicht gereicht. Die Produzenten halten mich offenbar für nicht besonders witzig.«

Es stimmt, ich habe nach meiner Ausbildung nie wieder in einer Komödie mitgewirkt. Dabei glaube ich, dass sie viel anspruchsvoller zu spielen ist als eine Tragödie. Dem Publikum dabei mehr als ein höfliches Lächeln oder reflexartiges Glucksen zu entlocken, ist verdammt schwer. Dabei geht es um ein Timing innerhalb von Millisekunden und darum, nicht zu sehr aufzudrehen, sondern die Pointe so zu setzen, als bemerke man sie selbst gar nicht.

»Wie schade. Ich glaube, du könntest ein Talent für Komödien haben«, sagt Sabine bedauernd. Dann sieht sie streng ihren Sohn an. »Mit dir ist es dafür gerade eher eine Tragödie. Lilly, kannst du mir vielleicht erklären, warum vernünftige Männer sich so oft zu komplizierten Frauen hingezogen fühlen? Ich begreife es einfach nicht.«

»Mama, es ist eine großartige Idee, mein Beziehungsleben vor unserem Gast auszudiskutieren. Danke, dass du mich wie einen echten Trottel dastehen lässt«, erwidert Linus trocken, bevor er mir lächelnd die Hand reicht.

Ich erwidere kurz das Lächeln und schaue dann wieder Sabine an. »Das ist eine wirklich gute Frage, Sabine. Aber ich werde mich darüber nicht beschweren, solange wir Frauen davon profitieren.«

»Siehst du!« Linus' Augenbrauen schnellen hoch, als er zu seiner Mutter sieht. »Wo wärt ihr Frauen ohne die Blindheit der Männer?«

Sabine stemmt die Arme in die Hüften.

»Du bist natürlich die rühmliche Ausnahme«, räumt Linus zwinkernd ein: »Manchmal ist es natürlich auch umgekehrt. Wobei ich ganz froh darüber bin, dass meine Mutter eine Weile blind gewesen ist, sonst wäre ich nicht hier. Schade, dass mein Vater ein Vollidiot ist.«

Sabine seufzt laut. »Wenn du auf dein Herzchen von einem Vater anspielst, muss ich widersprechen, so schwer es mir auch fällt. Aus irgendeinem Grund scheinen fünfzig Prozent seines Gen-Materials ganz in Ordnung gewesen zu sein.«

»Danke, Mama.«

Irritiert von ihrem hemmungslos unbefangenen Umgang, sogar in Anwesenheit einer Fremden, spüre ich einen fetten Kloß im Hals. Es muss wunderbar sein, einen Platz zu haben, an dem man sich seiner selbst so sicher ist.

Schmunzelnd wendet sich Linus mir zu. »Danke auch an

dich, Lilly, dass du eine Lanze für uns Männer gebrochen hast.« Offenbar sind wir unabgesprochen zum Du übergegangen, was sich vollkommen natürlich anfühlt.

»Habe ich das denn?« Ich versuche, in den spielerischen Tonfall meiner Gastgeber einzufallen. »Meines Wissens habe ich mit keinem Wort erwähnt, was ich über Männer denke.«

»Über Männer? Mehrzahl? Du neigst also auch zu Pauschalurteilen?«, neckt er mich.

»Natürlich«, erwidere ich lässig, während ich ungraziös auf einem Bein balanciere, um meinen Schuh auszuziehen. »Das Leben ist so viel einfacher, wenn man alles fein säuberlich in Schubladen verstaut.«

Mit weit aufgerissenen Augen starrt Linus Sabine an. »Hast du gehört? Wir müssen aufpassen. Da bin ich gespannt, in welcher Schublade du mich wiederfindest, wenn diese junge Dame mit uns fertig ist.«

»Nun lass die junge Dame doch erst mal ankommen«, fordert Sabine lachend.

»Schon gut, schon gut. Für eine warme Mahlzeit lässt ein Mädchen einiges über sich ergehen«, brummele ich.

»Ich dachte, alle Frauen können kochen?«, spottet Linus.

»Diese hier nicht besonders gut«, gebe ich freimütig zu.

»Dieser Mann schon«, sagt Sabine und deutet auf ihren Sohn. »Er ist fürs Abendessen zuständig.«

Nun weiten sich meine Augen in gespieltem Schreck, während ich mir die Hand vor den Mund schlage.

Linus lacht wieder. »Öffnest du gerade eine Schublade für mich? Ich liebe es zu kochen, interessiere mich aber mehr für Technik als für Shopping-Touren. Ich lese Thriller und schaue im Fernsehen Familienkomödien. Was nun, Fräulein Freud?«

Ich mache eine wegwerfende Handbewegung. »Darum ging es mir gar nicht. Ich hoffe nur, das Essen ist genießbar.«

»Ich kann Bärlauch von Schierling unterscheiden, sodass du zumindest überleben wirst – vielleicht, je nachdem, wie du dich heute noch schlägst. Und nun suche ich wieder den mir angestammten Platz am Herd auf und überlasse die Damen ihren Gesprächen.«

Grinsend sehe ich ihm nach. Ich habe das Gefühl, in einer 30er-Jahre-Screwball-Comedy mit Katherine Hepburn und Cary Grant gelandet zu sein, nur dass ich nicht mal ein Drehbuch benötige, so schockierend leicht ist der Umgang mit den beiden Grüns.

Sabine hakt mich unter und führt mich ins Wohnzimmer. »Mag sein, dass ich ihn verdorben habe. Es ist mir nie gelungen, einen Hehl daraus zu machen, wie vernarrt ich in ihn bin.«

»Ich denke, er ist ganz gut gelungen«, erwidere ich, ohne zu überlegen. »Ich bin ja keine Mutter, aber ich glaube, es gibt Schlimmeres, als einem Kind zu zeigen, dass man es mag, so wie es ist.« Wie ernst es mir damit ist, erkenne ich, nachdem ich es ausgesprochen habe, und räuspere mich verlegen.

Mein Stimmungsumschwung bleibt nicht unbemerkt. Nachdem wir uns an den Esstisch gesetzt haben, betrachtet mich Sabine prüfend, nun ihrerseits mit nachdenklicher Miene: »Spaß beiseite, wie geht es dir denn?«

»Jetzt gerade? Gar nicht mal so schlecht. Es ist nett hier bei euch«, sage ich ausweichend.

»Danke«, erwidert sie erfreut. »Die Gegend muss dir etwas einsam vorkommen. Du bist ja die Großstadt gewohnt.«

»Das stimmt auch. Ich bin mir nicht sicher, ob ich dauerhaft hier leben könnte. Man muss wohl die Stille mögen.«

»Oder sie zumindest aushalten«, erklärt Sabine. »Ich denke, das kann man nur, wenn man sehr mit sich im Reinen ist.« Ich frage mich, ob sie mir damit etwas sagen will, und versteife mich innerlich wieder.

Zugleich fühle ich mich ertappt, weil ich tatsächlich zwiespältige Gefühle für die Stille hege. Es kommt vor, dass ich mich voller Lust in den größten Trubel stürze, um dort sogleich von einer Sehnsucht nach der Abwesenheit von Geräuschen, Menschen und vielleicht sogar mir selbst gepackt zu werden. Kehre ich dann an einen ruhigen Ort zurück, fühlt sich die Stille schnell wieder zu fordernd an, weil sie mich verleitet, sie mit Grübeleien zu füllen, was ich bislang immer vermieden habe.

Linus steckt seinen Kopf durch die Tür. »Das Essen ist fertig.«

Durch die Türöffnung dringt ein unwiderstehlicher Duft von Kräutern, Tomaten und Knoblauch. Er erinnert meinen Magen daran, wie lange er nicht mehr in den Genuss einer warmen Mahlzeit gekommen ist. Verlegen drücke ich mir die Handflächen in den Bauch, um das laute Geräusch zu dämpfen, mit dem er nun sein Recht einfordert.

»Kann ich mich irgendwie nützlich machen?«, frage ich höflich.

»Bleib sitzen«, sagt Sabine, die bereits aufgestanden ist. »Meine Küche ist viel zu klein für drei Leute.«

Kurz darauf tragen sie Teller, Besteck und eine große Auflaufform herein. »Es gibt Lasagne«, erklärt Linus.

Das Stück, das Linus mir mithilfe eines hölzernen Pfannenhebers auf den Teller packt, sieht riesig aus. Das schaffe ich niemals. Ich schiebe mir einen kleinen Happen in den Mund – und kann nicht anders, als wohlig aufzuseufzen. Die warme cremige Béchamelsoße, die sich auf meiner Zunge verteilt, gemeinsam mit dem Geschmack der Gewürze, der Tomaten und dem Fleisch ist einfach himmlisch. Meine Geschmacksknospen vibrieren.

Wenig später habe ich zu meinem Erstaunen den Teller leer gegessen und lasse mir ein zweites Stück auftun, noch bevor Linus und Sabine ihr erstes vertilgen konnten.

»Ich glaube, es schmeckt ihr«, sagt Sabine lächelnd.

»Das tut es wirklich, danke für die Einladung.«

»Du kannst gerne häufiger zum Abendessen kommen, wenn du magst«, sagt Sabine. »Ich weiß, wie es ist, für sich allein zu kochen. Man hat immer das Gefühl, es lohnt sich nicht, oder? Tun wir uns doch einfach von Zeit zu Zeit zusammen und essen zu zweit oder zu dritt.«

»Wohnst du hier?«, frage ich Linus neugierig. Es ist kaum zu übersehen, wie sehr die beiden einander zugetan sind, aber wie ein Mamasöhnchen wirkt er trotzdem nicht.

Er schüttelt den Kopf. »Nein. Ich bin schon mit achtzehn ausgezogen und das ist bei mir nun schon vierzehn Jahre her. Ich habe eine Wohnung in Neustadt, werde aber eine Weile hier übernachten, bis ... sich manche Dinge bei mir geklärt haben. In jedem Fall pflichte ich meiner Mutter bei. Komm gerne hier vorbei, wenn dir der Sinn danach steht.«

»Das ist ein nettes Angebot.« Nervös rutsche ich auf meinem Stuhl hin und her. Ich weiß immer noch nicht, wie ich mit der offenen Herzlichkeit der beiden umgehen soll. In meinem gewohnten Umfeld geht es zwar teilweise noch überschwänglicher zu, aber alles bleibt unverbindlicher. Irgendwie komme ich damit besser zurecht.

»Solange ich hier bin, werde ich wohl viel zu tun haben. Ich muss die Dinge meines Großvaters sortieren. Da hat sich einiges angesammelt«, erkläre ich fest, nachdem ich mir in Erinnerung gerufen habe, dass ich nicht hier bin, um Freundschaften zu schließen. »Außerdem koche ich sehr schlecht. Ich könnte mich ja niemals revanchieren.«

»Du möchtest dich revanchieren?«, sagt Linus. »Da hätte ich eine Idee, weiß aber nicht, ob dies der passende Moment dafür ist.«

Sein aufmerksamer Blick ist beunruhigend. Ich komme damit klar, solange nur kein Flirtversuch dahintersteckt. Ich will Sabines Sohn mögen, weil mir beide sympathisch sind.

»Richtige Momente sind meist rar gesät. Also erzähl schon, was ich für dich tun kann«, bitte ich übertrieben fröhlich, aber mit innerer Anspannung.

»Ich würde gerne Zugang zu ein paar Unterlagen deines Großvaters bekommen.«

Vor Überraschung verschlucke ich mich und muss so stark husten, dass Sabine mir auf den Rücken klopft. »Wie bitte?«, bringe ich zwischen zwei Attacken hervor.

»Entschuldigung. Das war wirklich nicht einfühlsam, so kurz nach seinem Tod. Ich sag doch, es ist der falsche Moment«, sagt er zerknirscht. »Wir haben gerade so nett geplaudert, dass ich für einen Moment vergessen habe, wie fertig du in Wirklichkeit gerade sein musst.«

»Nicht so schlimm«, murmele ich verlegen. »Ich war eigentlich vor allem überrascht. Was hast du mit dem Werk meines Großvaters zu tun?«

»Ich interessiere mich für Sprache. Für ihre Funktion und Beschaffenheit. Dein Großvater und ich haben oft darüber geredet, auch über das Buch, das er dir gewidmet hat. Die Fantasiesprache der Kreaturen ist ein faszinierend komplexes Konstrukt?«

»Komplexes Konstrukt?«, krächze ich. Immer noch kitzelt ein Fremdkörper unangenehm in meinen Hals.

Ich sollte erleichtert sein und fühle doch einen Anflug von Enttäuschung. Linus interessiert sich weder für mich noch für Eliza. Die Sprache meines Großvaters hat es ihm angetan.

»Möchtest du, dass wir das Thema wechseln?«, fragt Linus beunruhigt. »Ich sehe, dass es dich aufwühlt, von deinem Großvater zu sprechen.«

Ich huste ein letztes Mal, wobei das Lasagnestück endlich in die richtige Röhre rutscht. Erleichtert atme ich einmal tief durch.

Zögernd wende ich mich Linus zu. »Weißt du was? Ich glaube, ich freue mich, dass du dich für seine Arbeit interessierst. Es ist ein Zeichen dafür, dass etwas von ihm bleibt, oder?« Ich blinzele schnell eine Träne weg. »Und natürlich wurde auch schon seine Sprache gelobt, aber ich habe noch nie gehört, wie sich jemand mit der Sprache der Fabelwesen beschäftigt hat.«

Linus runzelt die Stirn. »Wirklich nicht? Wie seltsam. Du hast also nichts dagegen? Er wollte mir ein paar seiner Aufzeichnungen zur Verfügung stellen, leider kam es nicht mehr dazu. Ich freue mich, wenn ich einen Blick auf seine Notizen werfen darf. Aber erst, wenn du so weit bist, natürlich.«

Ich nicke. »Hier ist ein Deal für dich. Du verrätst mir, wie ich ein Vorhängeschloss knacke, und dafür lasse ich dich in der kommenden Woche im Arbeitszimmer meines Großvaters herumstöbern.«

»Ich soll dir helfen, ein Schloss zu knacken?«

Sabine kichert. »So verdattert habe ich auch erst ausgesehen. Ich fürchte, sie meint es ernst. Mir scheint, dass in unsere Nachbarschaft jede Menge kriminelle Energie eingezogen ist.«

Bedrohlich schaue ich in die Runde. »Yes, Mam. Tut mir leid, wenn nun Banditen ihr Land bevölkern. Vielleicht sollten Sie sich einen bissigen Hund zulegen.« Für meinen Geschmack habe ich genau wie John Wayne geklungen.

»Jetzt weiß ich nicht, ob ich lachen darf oder du bloß tapfer deinen Kummer überspielst«, sagt Sabine.

»Beides. Ich denke, beides«, sage ich mit gesenktem Blick. Es ist furchterregend, wie sehr ihre Offenheit einen mitreißt, selbst ehrlich zu antworten.

»Was für ein Schloss möchtest du denn aufbrechen?«, fragt Linus.

»Eine Kette mit einem Vorhängeschloss. Sie hängt an dem Tor zu der Fläche hinter den alten Mauern. Ich will sehen, ob die sich noch für etwas nutzen lässt.«

»Ein handelsübliches Bügelschloss?«, fragt er.

»Ich denke schon«, antworte ich unsicher.

»Gut, wir schauen uns das an. Wenn es ein altes und kein Spezialschloss ist, sollte es ein Bolzenschneider tun.«

»Hast du einen hier?«

Er nickt. »Ich gehe ihn holen.«

Als er kurz darauf mit dem Gerät zurückkommt, nehme ich es in die Hand und unterziehe es einer fachmännischen Untersuchung. Beim Aufschauen entdecke ich, dass Linus breit grinst.

»Lachst du mich aus?«, frage ich empört.

»Natürlich nicht. Trotzdem möchte ich dir meine Hilfe anbieten. Es sei denn, du fühlst dich von ein wenig männlicher Unterstützung beleidigt.«

Mein erster Impuls ist, souverän abzulehnen. Zugleich möchte ich ungerne kurz darauf zu Kreuze kriechen müssen, weil es mir doch nicht gelungen ist, das Tor zu öffnen.

»Männlich, weiblich – das ist mir egal. Hauptsache, das Schloss geht auf. Also danke für dein Angebot, das ich gerne annehme«, erkläre ich huldvoll.

»Ich könnte morgen nach der Arbeit vorbeikommen.«

»Wie wäre es mit jetzt gleich?«, entfährt es mir. Ich will keinen weiteren Tag in Tatenlosigkeit verstreichen lassen. Als ich beschlossen habe, den Garten zu erneuern, habe ich zum ersten Mal seit Langem einen Funken gespürt. Es muss einfach möglich sein, ihn noch weiter zu entfachen. Ich habe das Gefühl, wenn mir das gelingt, wird alles gut. An diesen Gedanken klammere ich mich.

Linus blickt auf die pinkfarbene Kuckucksuhr an der Wand. »Eigentlich wollte ich jetzt nach Neustadt aufbrechen, um noch ein paar Sachen zu holen, aber ein kleiner Spaziergang kann nach dem Essen nicht schaden.«

»Nach *dem* Essen sicher nicht«, sage ich erleichtert. »Danke.«

Sabine und ich verabschieden uns herzlich voneinander, bevor ich, bewaffnet mit dem Bolzenschneider und einer Taschenlampe, mit ihrem Sohn schweigend den Weg zum Garten antrete. Eine Stille unter Menschen, gerade wenn es sich um einen Mann und eine Frau handelt, ist meiner Erfahrung nach immer spannungsgeladen – weshalb ich sie bald schon mit Worten fülle.

»Bist du Sprachwissenschaftler?«, frage ich.

»Ja.«

»Was macht man denn da so?«

»Eine gute Frage«, erwidert Linus lächelnd. »Es gibt kaum auf uns zugeschnittene Berufe. Manche bleiben an der Uni, einer meiner Kommilitonen ist Journalist geworden, ein anderer arbeitet als Taxifahrer und ich entwickle Software, die beim Erlernen von Sprache helfen soll.«

»Klingt spannend.« Ich klang schon mal überzeugender.

»Nicht wahr?« Schnaubend bleibt er stehen und betrachtet mich mit so spöttisch gehobenen Brauen, dass ich unwillkürlich lächeln muss.

»Entschuldigung. Das Heucheln sollte ich wirklich besser beherrschen. Ich bin wohl gerade etwas aus der Übung. Also: Gib mir eine zweite Chance und erzähl mir mehr darüber, bitte.«

»Du hast es nicht anders gewollt.« Wir setzen uns wieder in Bewegung. »Am erfolgreichsten war ich bislang mit einem Programm zum Deutschlernen, auf das ich auch ziemlich stolz bin, ehrlich gesagt. Ich habe mir viele neue, interaktive Elemente einfallen lassen, die auch jüngere Lerner bei der Stange halten. Mittlerweile wird es an sehr vielen Schulen eingesetzt. Vor allem an solchen, an denen es viele Kinder mit Migrationshintergrund oder Lernproblemen gibt. Und, schläfst du schon?«

»Um ganz ehrlich zu sein, bin ich gerade doch ein klein wenig beeindruckt«, widerspreche ich wahrheitsgemäß.

»Na bitte. Dann hat sich das lange Studium doch gelohnt«,

sagt er grinsend. »Mich jedenfalls fesselt der Aufbau von Sprachen wirklich. Deswegen interessiere ich mich so für das Buch deines Großvaters. Er hat nicht einfach Silben aneinandergereiht, wenn die Fabelwesen sprechen, sondern sich ein sehr ausgeklügeltes System ausgedacht. Alles ist in sich so stimmig, dass man es decodieren kann.«

»Für mich sind es tatsächlich immer nur Silben gewesen«, gestehe ich ein wenig beschämt. »Aber es würde mich nicht überraschen, wenn du recht hättest. Er konnte ein echter Perfektionist sein.«

»Und ein hervorragender taktischer Denker, wenn ich an meine Schachblamagen denke. An der Uni habe ich meine Abschlussarbeit über fiktionale Sprachen geschrieben. Ich würde immer noch gerne ein Buch dazu veröffentlichen – und diesmal deinen Großvater mit einbeziehen.«

»Fiktionale Sprachen! Heißt das, du sprichst fließend Klingonisch und Elbisch?«

Er lacht auf. »Sie müssen mir schon verraten, junges Fräulein, ob Sie Quenya oder Sindarin meinen, wenn Sie so lapidar von ›Elbisch‹ reden.« Seinen dozierenden Tonfall unterstreicht er mit einem erhobenen Zeigefinger. »Wusstest du, dass bislang kein Mensch erklären kann, wie und warum Sprache überhaupt entstanden ist? Warum es so viele gibt und sie sich so stark unterscheiden? Wir wissen erschreckend wenig über eine unserer wichtigsten Errungenschaften.«

Mit einem Mal wird mir klar, wie sehr gerade ich als Schauspielerin von ihr lebe und wie wenig auch ich über eines meiner wichtigsten Instrumente weiß. Hat man seine Sprache einmal gelernt, kommt sie einem so selbstverständlich vor wie Atmen, Schlafen oder Radfahren.

»Warum ist das so, was meinst du?«

»Es gibt unzählige Theorien, die immer wieder verworfen werden müssen. Kaum scheinen sich alle einig zu sein, taucht ein Urwaldvölkchen in einem noch fast unberührten Fleckchen Erde auf und widerlegt all die aufgeblähten Wissenschaftler. Es ist klar, dass wir ohne Sprache immer noch ein hilfloses Säbelzahntigerfutter ohne Feuer oder Werkzeuge wären. Wir hätten kein Gestern, kein Morgen, keine Erinnerung, kein Ich.«

»Erschreckender Gedanke.«

»Das finde ich auch«, bestätigt er. »Und doch gibt es Menschen, die von jeder Entwicklung unberührt geblieben sind. Zum Beispiel die Pirahã im Amazonas. Sie benennen nur die tatsächlichen Ereignisse des Augenblicks – keine Zahlen, keine Geschichten, keine Zeit – nur das Jetzt.«

Es ist faszinierend, wie ein bislang unscheinbarer Gegenstand plötzlich zu strahlen vermag, wenn ein anderer ihn mit flammender Begeisterung erhellt. Es ist genau das Gefühl, das das Scheinwerferlicht der Bühne bei mir hervorruft. Bis eben wusste ich nicht, dass man es ganz ohne die Unterstützung eines 1000-Watt-Strahlers erzeugen kann.

»Es klingt fast ein wenig unheimlich«, murmele ich.

»Nur für uns. Was mich am meisten wurmt, ist die Erkenntnis, dass es kein wirklich unvoreingenommenes wissenschaftliches Interesse am Fremden geben kann. Es scheint immer eine Spur Arroganz, eine Prise Überlegenheitsgefühl darin zu stecken, andere unter der Lupe zu sezieren. Es fängt damit an, dass man sagt, sie hätten ›nur‹ soundso viel Konsonanten, als wäre es ein Mangel. Wir machen die Beobachteten immer zu Objekten. Das gefällt mir nicht, aber ich möchte trotzdem noch viel mehr wissen.«

Ich denke darüber nach. »Vielleicht reicht es ja vorerst, dass man sich dessen bewusst ist und sich bemüht.«

Er sieht zweifelnd drein. »Das sage ich mir auch immer.«

Wir unterhalten uns noch eine Weile weiter und ich erfahre, dass er an der Schule seiner Mutter ehrenamtlich Nachhilfe gibt. »Ich hoffe, dass ich für ein wenig mehr Chancengleichheit sorgen kann, natürlich nur in einem winzigen Bereich. Ich glaube, dass eine gute Beherrschung der Sprache unsere Kinder viel besser vorankommen lässt als schicke Kleidung oder sogar überragende Intelligenz. Im Ernst, was nützt es, wenn man die Relativitätstheorie versteht, solange man sie nicht in adäquaten Worten ausdrücken kann? So jemand wird immer für weniger clever gehalten werden als einer, der eloquent schöne Floskeln vorträgt.« Er fährt sich durchs Haar. »Entschuldigung, ich bin nicht mehr zu bremsen, wenn man mich über meine Lieblingsthemen reden lässt. Das ist deine Gelegenheit dich zu revanchieren und mir ein besseres Gefühl zu verschaffen, indem du mir erzählst, was dich bewegt.«

Er betrachtet mich prüfend und inmitten dieser immer noch von seiner Leidenschaft geschwängerten Luft erscheint mir sein Blick viel zu intensiv.

»Ach, sicher hast du recht. Die Sprache ist wichtig, aber Geld und ein ansehnliches Äußeres helfen schon auch.« Wie so oft nutze ich Flapsigkeit, um mich an der Oberfläche zu halten, wo ich besser atmen kann.

Er mustert mich weiter – meinen Teddyfellmantel, meine Kunstlederhose und den roten Lippenstift. »Das kommt wohl darauf an, in welchem Umfeld man sich bewegt«, sagt er freundlich. Es liegt kein Vorwurf darin und dennoch fühle ich mich wie von ihm gewogen und für zu leicht befunden.

»Aber es ist genauso oberflächlich, Menschen anhand ihrer Sprache zu beurteilen«, begehre ich auf.

»Nichts anderes habe ich gesagt. Weil es im Allgemeinen aber so funktioniert, finde ich es sinnvoll, die Kinder darauf vorzubereiten.« Er zögert. »Wieso habe ich den Eindruck, du fühlst dich von mir angegriffen?«

»Um mich ging es doch gar nicht«, fauche ich.

»Nicht?«

»Da vorne ist es«, stelle ich erleichtert fest.

»Ich habe mich immer schon gefragt, was das mal gewesen ist.« Bereitwillig geht Linus auf meinen Themenwechsel ein. »Es sieht aus wie die Grundmauern eines alten Hauses.«

»Das stimmt. Leider habe ich keine Ahnung, ob es mal mehr als nur diese Mauern gab. Aber zuletzt wurde die Fläche darin wohl als Garten genutzt.«

»Ein paar Blumen fehlen hier auf dem Grundstück tatsächlich. Dann mache ich mich mal an die Arbeit.«

Als ich ihn dabei beobachte, wie sich sein Gesicht vor Anstrengung rot verfärbt, während er versucht, mein Schloss zu knacken, schäme ich mich für meinen albernen Gefühlsausbruch.

»Weißt du, ob es auch so etwas wie eine Blumensprache gibt?«, versuche ich an unser Gespräch anzuknüpfen.

Schweißperlen stehen auf seiner Stirn. »Eine Blumensprache? Ich weiß, dass man Blumen oft bestimmte Bedeutungen zuschreibt. Allerdings kenne ich mich auf diesem Gebiet nicht aus.«

»Dann weißt du nicht, ob es eine Art festes Regelwerk, so etwas wie ein Wörterbuch gibt? Ich habe im Internet recherchiert, bin aber mittlerweile überzeugt, dass die jeweiligen Einträge nur spontanen Einfällen der Blumenhändler entsprungen sind.«

Es knackt einmal laut und dann hält er mir das kaputte Schloss entgegen. »Das wäre erledigt.«

»Danke.«

»Ich habe tatsächlich noch nie von einer Art Blumenwörterbuch gehört«, erklärt er. »Aber das heißt nicht, dass es so etwas nicht gibt. Warum interessiert dich das?«

Ich habe das Thema selbst begonnen, doch nun packt mich bei dem Gedanken, mehr preiszugeben, ein leichter Widerwillen, mein Vorhaben der Gefahr auszusetzen, zerredet zu werden. Andererseits wäre es albern, gleich wieder einen

Rückzieher zu machen. »Ich habe eine Art Tagebuch meiner Großmutter gefunden. Darin nehmen Blumen viel Platz ein und ich habe das Gefühl, dass sie nicht nur von ihr verwendet wurden, weil sie so hübsch aussehen«

»Wie spannend!«

»Na ja, geht so«, rudere ich zurück. »Vielleicht mochte sie am Ende ja doch einfach bloß Trockenblumen.«

»Jetzt hast du mich neugierig gemacht. Wenn du magst, schaue ich mir auch das gerne einmal an.«

»Vielleicht«, erwidere ich vage.

Er nickt. »Was willst du mit diesem ehemaligen Garten anfangen?«

»Es soll wieder ein Garten werden«, murmele ich.

»Dann magst du gerne Blumen?«

»Gilt das nicht für jeden?« Warum muss ich immer gleich so patzig werden? Natürlich weiß ich, warum ich meinen Helfer auf einmal mit knappen Sätzen auf Abstand halte. Für einen Moment habe ich ein eigenartiges Gefühl der Nähe empfunden und das hat mich erschreckt. Ruhiger fahre ich fort: »Um die Wahrheit zu sagen, habe ich noch nie etwas selbst gepflanzt.«

Er lacht. »Dann viel Vergnügen bei deinem neuen Hobby! Meine Mutter ist verrückt nach Grünem. Falls du mal nicht weiterkommst, weiß sie vielleicht einen Rat.«

Auch wenn ich es vorher schon sachlich objektiv festgestellt hatte: Erst jetzt fällt mir wirklich auf, wie attraktiv er ist, und das erscheint mir wie eine Gefahr. Mit einem Mal will ich nur noch, dass er verschwindet. Wenn ich an Simon denke, fühle ich mich schon bei dieser unschuldigen Feststellung wie das Flittchen, als das mich alle sehen. Früher habe ich mich begeistert in jeden Flirt gestürzt und die Bestätigung genossen, die das bedeutete. Aber die Dinge haben sich geändert.

»Meine Mutter ist Floristin, vielen Dank«, entgegne ich distanziert.

»Dann scheint mein Auftrag hier so weit erfüllt zu sein. Aber für mich ist es ohnehin höchste Zeit, aufzubrechen.«

»Gut«, sage ich schnell. »Vielen Dank nochmal und gute Fahrt!«

Zum Abschied halte ich ihm zaudernd die Hand entgegen, die er mit kurzem festen Druck ergreift. Danach gehe ich zum Haus, ohne mich noch einmal umzusehen.

Isabelle
1959

Pfeifend schob Herr Baran eine Schubkarre auf sie zu, in der er ein paar Drahtkörbe und noch andere Dinge transportierte. Isabelle erwartete ihn vor dem Eingang zu ihrem zukünftigen Garten.

»Das riecht aber streng.« Sie bemühte sich, nicht allzu sehr die Nase zu rümpfen. Er sollte nicht denken, sie wolle die feine Dame spielen. Bei genauerem Hinsehen erkannte sie verrottete Küchenreste.

»Die Körbe schützen Ihre Pflanzen vor den Nagern und Dünger hilft ihnen, zu wachsen. Lilien brauchen dafür etwas … Lebendiges.«

»Organisches?«, fragte Isabelle.

»Das meine ich wohl«, sagte er lächelnd. »Wir können leider nicht unsere Pferdeäpfel nehmen. Frischer Mist taugt nicht für Lilien.«

»Ach so«, murmelte sie. »Verraten Sie mir, was ich tun soll? Ich kann Ihnen nicht einfach bei der Arbeit zusehen, wenn ich Sie schon nicht bezahlen darf.«

Zweifelnd betrachtete er Isabelle. »Sie machen nur Ihr Kleid schmutzig.«

Sie schüttelte den Kopf. »Das ist nicht schlimm. Ich bin stärker, als man denkt.«

»Das ist harte Arbeit. Sie sind eine Frau.«

»Bitte«, sagte sie leise. Sie wollte sich nicht mehr nutzlos fühlen.

»Gut«, gab er nach. »Haben Sie eine zweite Hacke? Ich zeige Ihnen, was Sie tun können.«

»Ich kann in dem kleinen Häuschen nachsehen, in dem unser Gärtner seine Geräte aufbewahrt hat.«

Er nickte.

Wenig später kehrte Isabelle mit einer Hacke und einem Einfall zurück. »Sie wissen nicht zufällig jemanden, der gerne für uns arbeiten würde?« Bestimmt konnte dieser nette Mann einen sympathischeren Kollegen auftreiben als den mürrischen Lebensmittelhändler.

Er schien darüber nachzudenken. »Vielleicht fällt mir jemand ein«, sagte er dann. »Aber darf es auch ein ›Polacke‹ sein?« Unter seinem Lächeln lag ein Anflug von Bitterkeit, den er im Laden gut versteckt gehalten hatte. Zum ersten Mal bemerkte Isabelle, dass Herr Baran fast ein wenig finster wirkte, sobald sein Lächeln einmal verblasste. Sein Haar war schwarz, die Haut sehr hell und die undefinierbare Farbe seiner Augen veränderte sich mit dem Lichteinfall. Waren sie hellbraun? Grüngelb? Sein Blick traf ihren und sie sah ertappt weg.

Er hatte schon wieder gelächelt, doch sie hatte den Schatten bemerkt, der kurz über sein Gesicht gehuscht war. Deshalb schämte Isabelle sich für ihr Zögern. Nur konnte sie schlecht Ernsts Geld verplanen, ohne seine Wünsche zu berücksichtigen. Nach kurzem Nachdenken kam sie beruhigt zu dem Schluss, dass für ihren Mann die Nationalität des Gärtners keine Rolle spielen dürfte – sei es aus Gründen der Toleranz oder der Gleichgültigkeit.

»Natürlich«, bestätigte sie. »Er darf gerne stammen, woher er will. Ich bin auch nicht von hier und trotzdem hat mein

Mann mich geheiratet. Wieso sollte er wählerischer sein, wenn es um seinen Rasen und die Kieswege geht?« Spitzbübisch erwiderte sie sein Lächeln, bevor sie in den Garten marschierte. Nach einer kurzen Einweisung seinerseits machten sie sich an die Arbeit. Sie beackerten den Boden, bis Isabelle Schweißperlen über Stirn, Hals und Dekolleté rannen. Sie wischte sich mit der Hand über die Stirn und sah in Richtung Sonne.

»Heute Morgen habe ich noch gefroren. Der März ist ein seltsamer Monat, oder? Man weiß nicht, ob nun gerade Winter oder Frühling herrscht.«

Erst schien er nichts erwidern zu wollen, doch dann stimmte er gut gelaunt ein Lied an: »Im Märzen der Bauer …«

Bei der zweiten Strophe geriet er ins Stocken, dafür fiel Isabelle in seinen Gesang mit ein. »Den Rechen, den Spaten, die nimmt er zur Hand …«

Die Arbeit ging viel leichter von der Hand, wenn man dabei sang, stellte sie erstaunt fest. Dabei entspannte sich der Brustkorb ganz automatisch, während sich die Lungenflügel weiteten, sodass mehr Luft in den Körper drang.

Isabelle fiel nun zum ersten Mal auf, wie flach sie seit einiger Zeit atmete. Es war eine wunderbare Abwechslung, an der frischen Luft jede Faser ihres Körpers und sich selbst als Teil der umliegenden Natur zu spüren. Spätestens als sie ihn dabei beobachtete, mit wie viel Sorgfalt er jede einzelne Zwiebel behandelte, fielen die letzten Zweifel von ihr ab. Ja, ein Garten war die Mühe wert. Bei so viel Zuwendung würde den Blumen gar nichts anderes übrigbleiben, als zu gedeihen.

Konzentriert setzte Herr Baran die Zwiebeln in die Körbe und die Körbe in die Erde. Sie folgte seinem Beispiel und stellte am Ende halb erleichtert, halb kummervoll fest: »Nun müssen die armen Wühlmäuse wohl hungern.«

»Sorgen Sie sich nicht«, erklärte er lächelnd. Die Natur ist schlau. Vielleicht stürzen sie sich jetzt auf die Quecken, falls wieder welche auftauchen. Dann haben Sie weniger Unkraut und weniger Arbeit.«

»Das war das Zeug, das wir am Anfang herausreißen mussten? Darauf kann ich tatsächlich gut verzichten.«

Er lachte auf, während er sich umsah. »Hier ist noch viel Platz. So wird es noch kein Garten. Ich habe noch Pflanzen für Sie mitgebracht. Diese sind aus unserem eigenen Garten. Sie kosten nichts.«

Isabelle war nicht wohl dabei, von jemandem ein Geschenk anzunehmen, der viel weniger besaß als sie. Vor den Kopf stoßen wollte sie ihn allerdings auch nicht. »Was ist das?«, fragte sie verlegen.

»Ein Flieder«, sagte er. »Wenn er blüht, kommen die Schmetterlinge.«

Versonnen sah Isabelle sich hier im Liegestuhl eine kalte Limonade trinken, während um sie herum die Zitronenfalter und Pfauenaugen flatterten, um sie von ihren Büchern und Träumereien abzulenken. »Danke, das ist eine sehr nette Idee gewesen. Und die andere Pflanze?«

»Kamille«, erklärte ihr Gast.

»Um mir einen Tee zu kochen?«

»Das können Sie tun«, entgegnete er. Nach einer Weile fuhr er zögernd fort. »Die Kamillenblüten sehen aus wie Sonnen, finde ich. Sie stehen für Hoffnung und Trost.«

»Und Sie dachten, das könnte ich gebrauchen?« Irritiert betrachtete sie die unscheinbare Pflanze.

»Ja«, sagte er leise.

Der Gedanke, dass man ihr den Kummer so deutlich ansah, behagte ihr nicht.

»Sie sind vielleicht nicht ganz so schön wie Margeriten«, sagte er und kniete sich hin, um die Pflanzen in die Erde zu setzen. »Leider gab es keine, auch nicht im Geschäft.«

»Was hätte es bedeutet, wenn Sie mir Margeriten gebracht

hätten?«, fragte sie unwillkürlich. Gleich darauf biss sie sich auf die Lippen, weil sie sich in Gefahr begab, noch stärker in Verlegenheit zu geraten. Doch es hatte sie neugierig gemacht, was er über Blumen sagte.

»Sie stehen für das Gute.« Es klang schlicht wie die Feststellung von etwas Offensichtlichem. Und das ließ sie tiefer erröten, als es eine verschnörkelte Schmeichelei bewirkt hätte.

Zum Glück sah er es nicht, weil er schon wieder an der Erde kniete, um an einem Halm zu zupfen. »Wie oft soll der Gärtner denn zu Ihnen kommen?«

»Vielleicht zwei- oder dreimal in der Woche? Das sollte genügen, denke ich«, erklärte sie.

»Wenn Sie mögen, komme ich an den beiden Nachmittagen, an denen ich freihabe.«

Verdutzt sah sie ihn an. »Sie?«

Sie hatte seine Gesellschaft genossen, erkannte sie überrascht. Allerdings konnte ein junger Flüchtling der zeitweilig alleinlebenden Ehefrau eines Schriftstellers nur zur Hand gehen, wenn er sich ordentlich anstellen ließ.

»Ich werde mit meinem Mann sprechen«, sagte sie. »Aber dann werden wir Sie bezahlen.«

Er zuckte lächelnd mit den Achseln. »Wie Sie meinen. Dann hole ich Ihnen nun die Zwiebeln, die wir noch nicht setzen konnten.«

Kurz darauf kehrte er mit einem Korb zurück. »Diese hier pflanzen Sie im April und diese im Mai. Vergessen Sie nicht, dass Lilien die Schutzschicht fehlt. Bewahren Sie sie sicher auf.«

Sie nickte. »Das tue ich.«

»Dann sind wir für heute fertig«, erklärte er.

Während er seine Sachen zusammenpackte, beschäftigte sie eine Frage. »Wozu braucht es eigentlich eine Blumensprache?«

»Für Dinge, die man nicht sagen kann.«

»Aber dann muss der andere sie doch verstehen können, sonst könnte man ebenso gut Altgriechisch reden.«

Er lachte laut auf, trank das Glas Wasser aus, das sie ihm gereicht hatte, und verabschiedete sich. Sie verstand nicht, warum er ihre Anmerkung so komisch fand, aber er nahm einfach seine Schubkarre und ließ sie mit dem gleichen fröhlichen Pfeifen auf den Lippen, mit dem er gekommen war, zurück.

»Entschuldigen Sie«, rief sie laut.

Er setzte die Schubkarre ab und drehte sich zu ihr um.

»Der Flieder, hat der auch eine Bedeutung?«, rief sie. Fast kam sie sich wagemutig vor. Damit er seine Antwort nicht brüllen musste, machte sie ein paar rasche Schritte auf ihn zu.

»Natürlich«, erwiderte er, als sie fast vor ihm stand.

»Was bedeutet er?«

»Er kann verschiedene Bedeutungen haben«, murmelte er. Wenn er so ausweichend wurde, wollte sie es doch lieber nicht genauer wissen. »Ach so«.

Seine Miene erhellte sich. »Wir können uns doch eine davon aussuchen. Wollen wir uns für Freude und die Heiterkeit entscheiden?«

Sie lächelte. »Dann bedanke ich mich für das schöne Geschenk und Ihre Arbeit.«

»Bis bald.«

Isabelle entging die Frage in seinem Tonfall nicht. »Bis bald«, erwiderte sie leise, nachdem er außer Hörweite war.

Wie sich am Abend während ihres Telefonats mit Ernst herausstellte, hatte ihr Mann tatsächlich nichts dagegen, Herrn Baran einzustellen.

»Gut, dass du dich darum gekümmert hast. Dem armen Ludwig wollte man ja immer am liebsten die Geräte aus der Hand reißen und die Arbeit selbst erledigen. Die Familie deines neuen Jungen kann das Geld sicher gut gebrauchen und wir einen Gärtner. Ich habe im Grunde ohnehin nicht verstanden, warum du auf einmal da draußen buddeln wolltest«, sagte er belustigt.

Sie verzichtete darauf ihm zu erklären, dass sie den ganzen Nachmittag in trauter Eintracht mit »ihrem neuen Jungen« Erde geschaufelt hatte. Sie hatte es als befriedigend empfunden, die bloßen Hände tief in die Erde zu tauchen. Sie konnte nur hoffen, dass Herr Baran ihr nicht verwehren würde, selbst mitzuhelfen, sobald sie ihn einstellten – falls er sich darauf einließ.

»Danke«, sagte Isabelle. »Außerdem brauche ich einen Rat von dir. Er will sich eigentlich nicht bezahlen lassen, weil wir Nachbarn sind. Ich möchte ihn nicht vor den Kopf stoßen. Aber wir können ihn doch nicht umsonst arbeiten lassen.«

»Er will kein Geld? Muss ich mir etwa Gedanken machen?«, fragte Ernst lachend. »Mir scheint, du hast einen kleinen Verehrer gefunden.«

»Wohl kaum«, sagte sie mit müdem Lächeln. Sie hätte gewettet, dass Ernst sich in Wahrheit nicht eine Sekunde wegen eines armen Jungen aus dem Osten sorgte. Warum sollte er auch? »Er scheint es nur mit der Nachbarschaftshilfe sehr genau zu nehmen.« Ernst als Großstädter war das Konzept der gegenseitigen nachbarschaftlichen Unterstützung womöglich eher fremd – erst recht, wenn beide Parteien ein soziales Gefälle trennte.

»Umso wichtiger, dass wir ihn bezahlen«, erwiderte Ernst. »Sonst musst du dich am Ende revanchieren, indem du Pferdeäpfel zusammenklaubst. Wann kommst du endlich nach Hamburg?«

»Bald«, versprach sie. Doch dann nahm sie all ihren Mut zusammen, ihre Bitte zu äußern. »Ehrlich gesagt wollte ich dich fragen, ob du nicht hierherkommen möchtest. Der Frühling hier ist herrlich. Du könntest dein neues Buch beginnen.«

»Ich habe dir schon gesagt, dass Ruhe im Moment nicht das ist, was ich brauche«, murrte er. »Ich jage noch neuen Inspirationen hinterher. Bislang habe ich nichts. Nur unausgegorene Einfälle und unübersichtliche Notizen. Außerdem bin ich damit beschäftigt, das alte Werk so gut wie möglich an den Mann zu bringen. Erst dann habe ich den Kopf wirklich für etwas Neues frei. Ich hätte dich gerne an meiner Seite, wenn ich hier für die üblichen Verdächtigen Hof halte.«

»Dann komme ich am Wochenende nach Hamburg«, gab Isabelle leise nach. Sie hatte den Befehl aus seinen Worten herausgehört, so charmant er sie auch klingen ließ.

Als sie ihm begegnet war, hatte sie genau das zu ihm hingezogen: dass er die Zügel in die Hand nahm. Sie war so naiv gewesen und das Leben für sie so unübersichtlich. Er wiederum hatte ihre Formbarkeit genossen. Leider erkannte sie seit einigen Monaten, dass sie wohl aus weniger biegsamem Material gemacht war, als sie beide vermutet hatten. Aber das war nicht seine Schuld, deshalb widersprach sie ihm nicht, egal, wie wenig ihr der Gedanke behagte, sich wieder unter all die wichtigen Leute mischen zu müssen. Wenigstens würde sie sich in der Mitte ihres Zyklus befinden. Das musste sie nutzen. Wie sollte sie sonst schwanger werden, wenn sie kaum miteinander schliefen?

»Sehr gut«, sagte er munter. »Ich freue mich darauf. Und auch die anderen können es nicht erwarten, dich wiederzusehen. Ich liebe dich, mein Herz.«

»Und ich liebe dich«, antwortete sie lächelnd. Nach dem Auflegen schalt sie sich dafür, dass einer ihrer ersten Gedanken ihrem Zyklus gegolten hatte. Sie musste besser achtgeben, dass ihre Sehnsucht nach einem Kind nicht die Beziehung mit Ernst beeinträchtigte. Etwas schien gerade mit ihrem Kopf nicht zu stimmen, dass sie so undankbar war. Wer durfte schon ein so angenehmes Leben führen wie sie?

Lilly

»Leider war er in letzter Zeit nicht mehr in der Lage gewesen, sich um die notwendigen Instandsetzungen zu kümmern«, erklärt Elke mit gerunzelter Stirn, während wir uns über den großen Stapel an Unterlagen beugen, den sie für mich vorbereitet hat. Ihre Sorge um mich ist so offensichtlich, dass sie auf mich überspringt.

»Erben wir Schulden? Sollte ich es besser ausschlagen?« Trotz meines mulmigen Gefühls schlage ich einen nüchternen Tonfall an, um Elke zu zeigen, dass ich die Sache im Griff habe. Schließlich nützt es niemandem, wenn sie bemerkt, wie sehr mir schon bei der ersten Rechnung die Knie schlottern.

Wir blättern noch einige Stunden durch die Papiere, die mein Großvater immerhin fein säuberlich abgeheftet hat. Er hatte sich bereits Kostenvoranschläge für diverse Arbeiten geben lassen. Die Summe von 25.000 Euro, die eine Dachdeckerei für die Instandsetzung des Dachstuhls angesetzt hat, gehört dabei noch zu den eher kleineren Beträgen.

»Ausschlagen solltest du es ganz sicher nicht«, erwidert Elke schließlich tröstend. »Diese Kosten werden zwar die Rücklagen auffressen, sodass kaum noch etwas für weitere, dringend notwendige Arbeiten bleibt. Doch du erbst keine Schulden. Das Haus würde dir bei einem Verkauf eine sehr ordentliche

Summe einbringen. Vergiss nicht, dass du außerdem noch regelmäßige Einkünfte aus seinen Buchrechten haben wirst. Du bist jetzt ein wohlhabendes Mädchen, kleine Lilly.«

Ihr warmes Lächeln beschämt mich, weil mir nicht aus dem Kopf geht, wie unverdient mir das alles in den Schoß fällt.

»Wenn das so ist, würde ich gerne einen Teil der Rechte auf dich übertragen. Es kommt mir wie das einzig Richtige vor.«

Das ist mein voller Ernst. Elke ist es gewesen, die meinem Großvater als eine Mischung aus Haushälterin und Sekretärin den Rücken freigehalten hat. Sicher wurde sie gut dafür bezahlt, kann aber dennoch nicht annähernd genug für ihren treuen Einsatz erhalten haben. Sie hat die Träume, die sie mit ihrem Mann teilt, nicht wegen des Geldes auf die lange Bank geschoben, sondern aus ihrem Verständnis von Loyalität heraus.

»Das könnte ich nicht annehmen. Außerdem haben Rainer und ich alles, was wir brauchen.« Bei Elke klingt diese Behauptung nicht einmal wie eine Floskel.

»Und wenn ihr auf eurer Nil-Kreuzfahrt einmal mit Champagner anstoßen wollt?«, frage ich.

Elke lacht auf. »Bei der aktuellen Lage im guten alten Ägypten? Ehrlich gesagt, wollen wir mit dem Wohnmobil an der Donau entlangfahren. Abends den Klapptisch ans Wasser stellen und Rotwein aus Melamin-Bechern trinken. Und vielleicht einmal in Wien in einem Fiaker sitzen.«

Ich muss lachen über ihre ungewohnte Schwärmerei – allerdings mischt sich Wehmut in meine Heiterkeit. Über die von Elke beschriebenen Träume hätte ich mich früher lustig gemacht. Nun bewirkt ihr versonnener Blick, dass ich am liebsten mit ihnen fahren würde.

»Schauen wir mal«, murmele ich. Irgendwie werde ich einen Weg finden, ihr etwas mehr Geld zukommen zu lassen.

»Natürlich bleibe ich noch so lange hier, bis du einen guten Überblick hast.«

»Danke, das ist lieb«, sage ich fest. »Du bist die Beste. Aber nun hör auf, dir Sorgen um uns Hoffmanns zu machen. Du solltest mit deinem netten Mann auf Reisen gehen. Ich weiß, was ich wissen muss.« Nämlich, dass ich dieses Haus eher früher als später aufgeben muss. Doch offenbar ist noch genügend Geld vorhanden, damit ich diesen Berg an Informationen, der in Kisten vor mir steht, nicht sofort durchdringen muss.

Sie nickt zweifelnd.

»Falls noch Fragen auftauchen, frage ich unseren Anwalt«, erkläre ich schnell, weil ich finde, dass es professionell klingt. In Filmen verweisen reiche Leute doch ständig auf ihre Anwälte, sobald es etwas Unangenehmes zu erledigen gilt. Und ich könnte gut einen Profi gebrauchen, der mir in diesem Dickicht zur Seite steht.

»Sein Nachlassverwalter macht aber auch einen recht zuverlässigen Eindruck«, sagt Elke schmunzelnd.

»Ja, ach der. Stimmt natürlich.« Ich räuspere mich.

Zum Abschied umarmen wir uns mit feuchten Augen. Vermutlich werden wir uns nicht wiedersehen, sobald es das Haus nicht mehr gibt. Schließlich wird es dann nichts mehr geben, was mich oder meine Eltern hierherzieht. Umso überschwänglicher bedanke ich mich bei ihr für die Kekse, womit ich mich eigentlich für all die Zuwendung bedanken möchte, mit der sie mich all die Jahre verwöhnt hat.

Als sie den langen Kiesweg hinuntergeht, sehe ich ihr nach. Dieser Morgen hat mir gezeigt, dass ich das Haus auf keinen Fall werde halten können.

Angesicht dieser Erkenntnis scheint es wenig sinnvoll, jetzt noch Zeit in den Garten zu stecken, trotzdem ist mein Tatendrang so groß wie nie. Also schließe ich die Tür und beginne damit, die wichtigsten Utensilien zusammenzupacken. Dann mache mich auf den Weg in den Garten.

Ich bekomme das Zittern in der Stimme meiner Mutter nicht aus dem Kopf, als sie behauptete, mein Großvater habe seine Frau unglücklich gemacht. Dieses unerwartete Beben hätte meinen Glauben an meinen Großvater beinahe erschüttert. Aber ich glaube nicht, dass es so war. Das Tagebuch meiner Großmutter vermittelt einen anderen Eindruck.

Viel eher kommt es mir beim Lesen ihrer Einträge so vor, als wäre meine Großmutter ein wenig durcheinander gewesen und hätte sich deshalb zurückgezogen. Sie hatte sich offenbar sehr nach einem Kind gesehnt. Das Anlegen eines Gartens kommt mir wie eine Übersprungshandlung vor und mein Großvater scheint es ähnlich gesehen und nur aus Nachsicht eingewilligt zu haben.

»Mist.« Ich fluche laut. In Gedanken versunken habe ich nicht mehr darauf geachtet, was meine Hände tun – bis ein heftiger Schmerz meinen Daumen durchzuckt. Seit einer Stunde bearbeite ich jetzt die Rostnester an den Gitterstäben mit groben Schlägen. Dabei muss mir ein Lacksplitter in den Finger gedrungen sein. Schnell nehme ich den Finger in den Mund, um die Blutung zu stillen. Schwer zu sagen, ob der metallische Geschmack davon oder von all dem Rost stammt, der schon meine Hände verfärbt hat. Obwohl sie schon an mehreren Stellen aufgerissen sind, schnappe ich mir die Drahtbürste, um auch noch die letzten Lackreste zu beseitigen.

Ich bin wirklich nicht sonderlich begabt in handwerklichen Dingen, aber immerhin scheine ich die Beharrlichkeit meiner Mutter geerbt zu haben. Es überrascht mich selbst, wie sehr mir die Plackerei am Gartentor gefällt. Es hat etwas für sich, messbare Erfolge zu erzielen. Für meine schauspielerischen Qualitäten gibt es kaum objektive Maßstäbe, was manchmal frustrierend ist, aber hier sehe ich, wie der Boden immer mehr von Splittern bedeckt wird. Sogar das Brennen der Seifenlauge auf meinen Abschürfungen ist für mich vor allem die Bestätigung, dass ich vorankomme. Gleich muss ich nur noch mit dem Schwamm über die Stäbe fahren, um den letzten Metallstaub abzuwischen. Am folgenden Tag kann ich dann mit dem Streichen beginnen. Bei diesen Arbeiten fühle ich mich den Frauen in meiner Familie verbunden.

In meiner Vorstellung führe ich bereits meine Mutter durch den Garten und genieße ihr Staunen. Dabei ist die Frau an meiner Seite nicht unbedingt meine Mutter, wie ich sie kenne, sondern eine bereits verwandelte, weichere Iris, die glücklich darüber ist, dass ich sie wirklich gesehen und etwas von dem verstanden habe, was ihr wichtig ist.

Ich hoffe so sehr, dass ich ihr das mit diesem Garten zeigen kann. Und, ja, insgeheim wünsche ich mir, dass sie mein Interesse an ihr erwidert. Ein wenig bangt mir vor einer emotionalen Aufwallung zwischen uns und was sie zum Vorschein bringen könnte, aber wenn wir die Knoten in unseren Verflechtungen nicht lösen, werden sie sich immer fester ziehen. Meine Großeltern sind der Beleg dafür, dass man dann irgendwann nur noch bedauern kann, was nicht gewesen ist

Falls ich den Garten zum Blühen bringe, werden wir seinen Anblick nicht lange genießen können, das weiß ich jetzt.

Trotzdem will ich einen Schritt nach dem anderen gehen. Wenn das Tor wieder glänzt, widme ich mich der Erde, dann den Blumen und am Ende dem Haus.

So wie ich bislang durch mein Leben gerast bin, ist die Entscheidung für viele kleine Schritte für mich ein großer. Zum ersten Mal in meinem Leben möchte ich mich nach der Binsenweisheit richten: Der Weg ist das Ziel.

Sanft berühre ich ein letztes Mal die nun wieder glatten, nackten Metallstäbe und beschließe, einen Spaziergang über die Felder zu machen. Der Nachmittag ist noch lang, und wenn ich mich gleich wieder mit dem Buch meiner Großmutter vor dem Kamin zusammenrolle, ist es bald ausgelesen.

Entlang der Auffahrt blühen an den Rasenkanten ein paar Krokusse. Sie hätten meinen Großvater nicht erfreut. Seine Rasenkanten waren stets perfekt. Kurz denke ich daran, sie herauszuzupfen, aber dann lasse ich es bleiben. Wenn ich schon dabei bin, einen ganzen Garten auf seinem Grundstück auferstehen zu lassen, kann ich den gelben und lilafarbenen Blüten ruhig ihren kurzen Auftritt gönnen. Er ist ja nicht mehr da, um sich daran zu stören. Außerdem muss ich mir eingestehen, dass ich mich im Grunde wie all die anderen Unwürdigen außerhalb unseres Königreichs über jede zarte Andeutung eines nahenden Frühlings freue.

An diesem Nachmittag wollen meine Lungen noch unter der kalten Luft bersten, während die Sonnenstrahlen schon stark genug sind, um mein Gesicht zu wärmen. Zumindest wenn ich es direkt dem Licht zuwende.

Von Weitem haben die umliegenden Äcker karg und braun gewirkt, aber nun entdecke ich erfreut immer mehr grüne Triebe.

Eigentlich sehe ich mich als Stadtmenschen, zu dessen Leben unbedingt Theater, Schaufenster, U-Bahnen, Restaurants und die Hektik gehören. Dabei geht es nicht einmal darum, all diese Angebote auch tatsächlich zu nutzen, es ist nur beruhigend zu wissen, dass in greifbarer Nähe alles möglich ist. In den letzten Monaten zog diese Welt allerdings nur an mir vorbei und ihr Tempo zerrte plötzlich an meinen Nerven und überforderte mich. Manchmal wünschte ich mir sogar, sie würde mit ihren Umdrehungen für einen Moment aussetzen und mir die Möglichkeit geben, wieder aufs Karussell aufzuspringen. Als es mit dem ganzen Mist losging, war ich dankbar für jede Ablenkung. Aber eigentlich war es nur wie mit dem Schimmel an der Wand meines ersten WG-Zimmers. Die Sporen bahnten sich weiter ihren Weg, egal, wie oft ich sie mit Farbe übermalte.

Ich schließe die Augen und sauge tief die Luft ein, um mich zu beruhigen. Als ich sie wieder öffne, entdecke ich hinter der nächsten Biege eine riesige Landwirtschaftsmaschine, die nichts mehr mit den niedlichen Treckern auf Bauernhofbildern zu tun hat. An sie gelehnt steht ein älterer Mann in einem verschlissenen dunkelblauen Troyer und mit einer olivfarbenen Kappe auf dem Kopf. Gerade gießt er sich Kaffee aus einer Thermoskanne in den dazugehörigen Plastikbecher.

»Verlaufen?« Lächelnd prostet er mir mit der gefüllten Tasse zu. »Die Wanderwege sind im Wald auf der anderen Seite der Straße.«

Die geplatzten Äderchen auf seinen runzeligen Wangen erzählen von langen Abenden unter Landwirten, an denen reichlich Doppelkorn floss.

»Ich weiß, vielen Dank für den Hinweis«, erwidere ich lächelnd. »Aber der Wald ist mir zu dunkel, ich wollte in die Sonne.«

Er deutet grinsend auf meinen knallroten gestrickten Ohrenwärmer, den vorne eine Strassbrosche schmückt. »Hat Rotkäppchen Angst, dass es vom Wolf gefressen wird?«

»Leben hier denn Wölfe?«, frage ich neugierig.

Er zuckt mit den Achseln, dann deutet er vage in die Richtung der Straße. »Vor Kurzem wurde da hinten jedenfalls einer totgefahren.«

»Ich wohne im Gutshaus«, sage ich.

»Ach, im Haus von dem Herrn Dichter.«

»Ich bin seine Enkelin«, erkläre ich.

Betreten kratzt er sich am Ohr. »Tut mir leid, dass er gestorben ist. Er war in Ordnung. War manchmal bei uns in der Kneipe. Konnte alle unter den Tisch trinken. Habe ihn lange nicht mehr gesehen.«

»Zuletzt ging es ihm nicht mehr so gut«, erkläre ich, als wäre ich dabei gewesen. Dort, wo ich hätte sein sollen.

Er betrachtet mich interessiert. »Dich kenne ich übrigens

auch, falls du es vergessen hast. Als kleines Kind bist du einmal auf meinem Trecker mitgefahren.«

Verblüfft sehe ich ihn an. »Wirklich? Der muss aber anders ausgesehen haben als dieses Gefährt. An so ein Monstrum würde ich mich sicher erinnern«, erwidere ich.

Lächelnd tätschelt er das Metall, als hätte er einen Pferdehals vor sich. »Wäre kein Spaß, die Kartoffeln alle per Hand legen zu müssen.«

»Dann will ich Sie nicht länger aufhalten«, sage ich. »Einen schönen Tag noch.«

Er tippt zum Abschied gegen seine Mütze.

Während ich weitergehe, schießt mir ein Gedanke durch den Kopf und ich drehe mich noch mal zu ihm herum. »Dann kennen Sie doch sicher auch meine Mutter? Oder meine Großmutter?«

Er kratzt sich nachdenklich am Hals. »Kennen? Würd ich jetzt nicht sagen. Ich habe sie natürlich öfter mal gesehen. Im Ort, aber auch hier draußen. So hübsche Mädels übersieht man nicht. Muss wohl in der Familie liegen.«

Ich hebe den Zeigefinger. »Keine Schmeicheleien vor siebzehn Uhr.«

Er lacht donnernd. »War ja keine, nur eine Feststellung. Ich bin gut verheiratet. Wenn ich so drüber nachdenke … die beiden sind auch gerne hier über die Felder spaziert – so wie du es mit deiner Mutter getan hast.«

»Wirklich? Sie haben uns gesehen?«

»Natürlich stimmt das. Das Spinnen überlasse ich euch Dichtern«, erklärt er empört. »Jetzt muss ich aber wieder etwas tun für mein Geld.«

»Viel Spaß. Und ich werde dann mal weiter das süße Nichtstun genießen.«

Mit einem letzten Kopfschütteln in meine Richtung erklimmt er wieder seine Maschine.

Ich versuche mich daran zu erinnern, als Kind mit meiner Mutter hier herumspaziert zu sein. Aber ein passendes Bild finde ich erst, als ich eine weiße Plastiktüte in den Ästen eines Baumes hängen sehe. Was mir dabei durch den Kopf geht, kommt mir so fremd vor, dass ich überlege, ob ich gerade ein Stück Vergangenheit erfinde.

Ich sehe meine Mutter und mich, wie wir einen selbst gebastelten Drachen aus Pergamentpapier und Bambusstäben steigen lassen. Mir gelingt es nicht, den Drachen in der Luft zu halten, weil ich noch zu klein bin und zu langsam laufe. Deswegen werfe ich mich in einem Wutanfall zu Boden. Meine Mutter lacht, was mich natürlich nur noch mehr ärgert. Doch dann nimmt sie mich in ihre Arme und wirbelt mich so ausgelassen herum, dass ich in ihr Kichern einfalle.

Wie konnte ich das vergessen? Es stimmt, bevor der Laden meiner Mutter immer mehr Energie raubte und ich mit den Jahren meinen eigenen Willen entdeckte, der sich sehr von ihrem unterschied, gab es eine Zeit, in der wir gemeinsam ausgelassen und fröhlich sein konnten.

Wenn wir meinen Großvater gemeinsam besuchten – an seinem Geburtstag im Sommer oder am zweiten Weihnachtsfeiertag etwa –, hielt meine Mutter es nie lange im Haus aus, sondern nahm mich mit nach draußen. Damals habe ich mir noch keine Gedanken darüber gemacht. Ich hatte nichts gegen lange Spaziergänge einzuwenden. Auch heute noch unternehme ich liebend gerne ausgiebige Entdeckungstouren, allerdings eher auf Asphalt.

Wenn ich mich durch Berlins Straßen treiben lasse, fühle ich mich wie eine Urlauberin, weil man immer noch ein weiteres unbekanntes Café oder einen Laden mit noch kurioseren Angeboten entdeckt.

Hier draußen hingegen hält kaum etwas meinen Blick fest. Stattdessen schweift er haltlos immer wieder zum weit entfernten Horizont. Es ist schön und beunruhigend zugleich, denn ich habe das Gefühl, hier gleichzeitig nach außen und nach innen zu sehen. Ich verliere jedes Zeitgefühl, bis mich mein knurrender Magen nach Hause treibt.

Dort streiche ich in der Küche dick Butter auf vier Scheiben Brot. Zwei bestreue ich mit Zucker, auf die anderen beiden verteile ich Elkes selbst gemachte Erdbeermarmelade – so, wie sie es mir früher serviert hat, wenn ich von einem langen Aufenthalt an der frischen Luft zurückgekehrt bin.

Mit einem zufriedenen Seufzer lasse ich mich in Großvaters Sessel sinken und genieße jeden Happen meines Mahls mit geschlossenen Augen. Genau wie früher habe ich beim Kauen das Gefühl, dass nie etwas besser geschmeckt hat als die Süße in Verbindung mit der sahnigen Butter auf dem rustikalen Graubrot.

Isabelle 1959

Isabelle erkannte ihn schon von Weitem an seiner Silhouette. Sie freute sich auf seine Gesellschaft und hatte einen Großteil ihrer Befangenheit verloren. In seiner Gegenwart empfand sie eine unschuldige Freude und Leichtigkeit. Wenn er wieder einmal über Blumen sprach, als könnten sie reden, machte sie Scherze darüber, hörte aber gebannt zu.

Selbst die unscheinbarste Blume schien sich geschmeichelt aufzurichten, wenn er beschrieb, was sie zu sagen hatte – so wie es ihm anfangs bei der Kamillenblüte gelungen war, deren Blätter für Isabelle in Strahlen und den gelben Korb in eine Sonne zu verwandeln.

Er hatte sich nicht mehr dagegen gewehrt, die Anstellung anzunehmen, nachdem sie ihm erklärt hatte, dass sie sich sonst nicht von ihm helfen lassen dürfe. Sie hatte außerdem darauf beharrt, weiter in ihrem Garten arbeiten zu dürfen, auch wenn er ihr natürlich gerne Ratschläge erteilen durfte. Ansonsten hatte er mit den Rasenflächen und den Hecken für zwei Nachmittage genug zu tun, entschied sie.

Trotzdem verbrachten sie an diesen Nachmittagen mindestens eine Stunde gemeinsam in Isabelles Garten und plauderten, während sie die Gewächse pflegten. An diesem Tag trug er ein Buch unter dem Arm, das er ihr gleich nach der Begrüßung reichte.

»Für mich?«, fragte Isabelle erstaunt. Die Kanten des schwarzen Leineneinbands waren etwas angestoßen und die goldenen Lettern verblasst, als habe Herr Baran das Buch seit Jahren in der Hosentasche bei sich getragen.

»Es ist von meinem Großvater«, erklärte er. »Darin steht alles über die Blumen und ihre Bedeutung. Es sind viele schöne Zeichnungen darin. Die Texte sind aber leider auf Polnisch. Wollen Sie es sich trotzdem einmal ansehen?«

»Gerne«, erwiderte Isabelle erfreut. »Würden Sie es mir einmal leihen?«

Sie würde versuchen, ein Wörterbuch aufzutreiben. Ihr gefiel der Gedanke, dass der von Herrn Wegner verschmähte »Zierrat« mehr als nur hübsch anzusehen sein könnte, wenn ihm jemand einen anderen Wert verlieh. Und Herr Baran hatte ihr gezeigt, dass die Zuschreibungen selten beliebig waren. Oft spiegelten sie das Aussehen oder die Eigenschaften der Pflanze wider.

Die Mimose mit ihren zarten Blättern, die bei Berührung zusammenklappten, sagte: »Fass mich nicht an.« Das Veilchen, dezent und zurückhaltend, versprach: »Ich kann ein Geheimnis bewahren!«, und der anspruchslose, bescheidene Ginster: »Ich übe mich in Zuversicht.«

Jedes Mal brachte Herr Baran ihr eine neue Pflanze mit. Bald würde ihnen der Platz ausgehen. Aber ihr gefiel die üppige Pracht, die bereits jetzt im Garten entstanden war und in keine Ordnung gepresst wurde, aber dennoch vollkommen schien. Und jede einzelne Pflanze sprach zu Isabelle, sobald sie den Garten betrat.

Eine Clematis mit cremefarbenen Blüten begann den inneren Torbogen emporzuklettern: »Spürst du die Geborgenheit?« Zu beiden Seiten des Weges begannen dunkelrote Rhododendren zu blühen. »Es droht Gefahr«, warnten sie, aber sie waren so wunderschön, dass Isabelle trotzdem nicht auf sie verzichten wollte. Der Flieder, Herrn Barans erste Gabe, verströmte schon seinen süßen Duft und mischte sich mit dem der Maiglöckchen, die einen Neuanfang versprachen. Herr Baran hatte ihr versprochen, dass bald auch die ersten Türkenbundlilien aufblühen würden.

Es war kein großer Garten, dennoch war es ihnen gelungen, verschlungene Wege anzulegen. Hierbei hatte sich Isabelle gegen Kies oder Mulch entschieden und Herrn Baran gebeten, einen Gang aus größeren Steinen anzulegen, die sie selbst von Spaziergängen oder Autofahrten ans Meer mitbrachte.

»Die Blume kenne ich. Die gab es bei uns zu Hause. Das ist Edelweiß«, rief sie munter und deutete auf die noch nicht blühende Pflanze, die er bei sich trug. »Wofür steht sie?«

Er lächelte. »Schlagen Sie es nach.«

»Das werde ich tun, ob Sie es glauben oder nicht«, erwiderte sie. »Wollen wir anfangen?«

Zweifelnd sah er sie an. »Ich finde es immer noch nicht passend. Ich werde ja dafür bezahlt.«

Sie seufzte. Immer wieder fing er davon an. »Nicht schon wieder. Sehen Sie es als Teil Ihrer Aufgabe, mir etwas beizubringen. Sie sind also nicht nur unser Gärtner, sondern auch mein Lehrer«, erklärte sie schmunzelnd.

»Lehrer?« Er lachte auf. »Dabei war ich schon kein sehr guter Schüler.«

Kein Wunder, mitten im Krieg.

»Ich war eine Zeit lang Lehrerin«, sagte Isabelle.

»Wirklich? Sie sehen gar nicht so ...« Anscheinend dachte er nichts Höfliches über Lehrer und verstummte deshalb.

»Ich finde, es ist ein schöner Beruf«, erwiderte sie. »Ich wäre weder eine gute Bäuerin oder Sekretärin noch Verkäuferin geworden. Es blieb also kaum etwas anderes für mich übrig. Außerdem hat es mir Freude gemacht, den Kindern etwas beizubringen.« Sie zuckte mit den Achseln.

»Sie mögen Kinder wohl sehr?«, fragte er.

»Sehr.«

Sein wissender Blick verriet ihr, dass er den sehnsüchtigen Klang ihrer Stimme bemerkt hatte. Natürlich war er viel zu höflich, um sie zu fragen, warum sie dann keine eigenen hatte.

»Vielleicht sehen Sie erst mal diese Pflanzen als Ihren Nachwuchs an«, sagte er sanft. »Ein paar von ihnen haben Sie gerade eben ertränkt.«

»Oh nein.« Sie betrachtete erschrocken die Pfütze, die sich zu ihren Füßen ausbreitete. Sie war in Gedanken woanders gewesen und hatte dabei immer weitergegossen, obwohl sie die Erde über den frisch gesetzten Samen doch nur ein wenig befeuchten sollte.

Für ihre Verhältnisse verwandelte sie sich in seiner Nähe wirklich in ein Plappermaul, dachte sie verlegen.

»Nicht so schlimm. Sie lernen ja noch«, erklärte er schmunzelnd.

»Wo wir gerade beim Lernen sind – wie kam es, dass Sie Deutsch erst lernen mussten, obwohl Sie Deutscher sind?«, fragte sie interessiert.

»Man hört es also noch?«

»Sie haben keinen starken Akzent«, erklärte sie schnell. Sie hatte nicht unhöflich sein wollen. Scheu setzte sie hinzu: »Und er klingt wirklich sehr nett.«

»Polnisch war die Sprache meiner Mutter«, erklärte er ruhig.

»Sie meinen Ihre Muttersprache«, korrigierte die Lehrerin in ihr automatisch.

Er schüttelte den Kopf. »Das auch, aber ich meinte vor allem, dass meine Mutter Polin war. Mein Vater hat sie deshalb nicht geheiratet. Lange Zeit habe ich ihn gar nicht gekannt. Dann ist sie gestorben, kurz vor der Vertreibung der Deutschen. Da hat mein Vater mich geholt. Er wünschte sich einen Sohn und ich war zu jung, um mich alleine durchzuschlagen.

Nun spreche ich seit fast zehn Jahren Deutsch, aber denke noch auf Polnisch.«

Sie verstand, dass er ein Stück weit seine Sprache verloren hatte, während sie das Gefühl hatte, ihre gerade wiederzufinden. Seit Kurzem notierte sie wieder Verse, die ihr durch den Kopf gingen. Die Gespräche über die Blumen hatten sie angeregt.

»Bedauern Sie es?«, fragte sie.

Er dachte einen Moment darüber nach. »Es war nicht leicht. Ich war schon vierzehn Jahre alt. Alt genug, um Polen als meine Heimat zu betrachten. Aber es macht mir nichts mehr aus.«

»Dann sind wir ja gleich alt«, rief sie.

Er erwiderte ihr Lächeln. »Beim nächsten Mal bringe ich Ihnen eine Gerbera mit.«

Sie hob ihre Augenbrauen.

»Kameradschaft«, sagte er.

Sie errötete nicht mehr, wenn er solche Dinge sagte. Sie wusste inzwischen, dass er Komplimente machte, ohne Erwartungen, Untertöne oder Forderungen darin zu verbergen.

»Vielleicht mag ich ja deshalb die Blumensprache so sehr«, sagte er nachdenklich. »Deutsch ist nicht meine wahre Sprache. Um mir eine Nelke vorzustellen – den Duft, ihr Blühen – muss ich sie Goździk nennen. Wenn Sie Nelke sagen, bedeutet das Wort mir nicht gleich etwas. Aber wenn wir beide eine Nelke ansehen …«

»… sehen wir das Gleiche, egal, welchen Namen wir ihr geben«, beendet sie seinen Satz. »Warum sind Sie dann nie zurückgegangen? Entschuldigung, ich frage zu viel.«

Er zuckte gleichmütig mit den Achseln. »Mein Vater braucht meine Hilfe. Er hat sonst nur seine Frau und meine Halbschwester, Lena. Aber die Frauen können nicht so hart zupacken. Lena ist gerade einmal vierzehn Jahre alt.«

Isabelle fragte sich, wann er noch die Zeit fand, anzupacken, und vermutete, dass er sehr früh aufstand und sehr spät zu Bett ging.

»Dann ist Ihre Schwester also so alt wie Sie waren, als Sie Polen verlassen haben. Sie muss bald mit der Schule fertig sein«, stellte Isabelle fest. Herr Baran schien an der Kleinen zu hängen. Ihr war nicht entgangen, wie sich seine Miene bei der Erwähnung seiner Stiefmutter verdunkelte und sich gleich wieder aufhellte, als von seiner Schwester die Rede war.

Isabelle fragte sich, ob die Stiefmutter es dem mutterlosen Jungen wohl sehr schwer gemacht hatte. Es konnte sie in den Wirren des Kriegsendes nicht gefreut haben, die ohnehin schon knappen Ressourcen plötzlich mit dem halbwüchsigen Sohn einer polnischen Geliebten teilen zu müssen.

»Lena ist jung, aber sie hat einen starken Willen«, erklärte er grinsend »Sie arbeitet jetzt schon im Kaufmannsladen. Im Sommer ist sie dann tatsächlich mit der Schule fertig. Sie hat große Pläne. Ich hoffe, sie wird nicht enttäuscht.«

»Im Kaufmannsladen? Dabei macht Herr Thomsen nicht den Eindruck, als …«, peinlich berührt hielt sie inne.

»Als ob er Polen möge? Mein Chef mag mich nicht, aber gegen meine Arbeit hat er nichts einzuwenden. Außerdem ist Lena sehr hübsch, blond und eigentlich Deutsche. Sie will Sängerin werden.«

»Singt sie gut?«

»Ja. Aber ich wüsste trotzdem nicht, wie sie Sängerin werden sollte.«

»Wenn sie Talent hat, ist nichts ausgeschlossen«, sagte Isabelle.

»Denken Sie wirklich, das gilt für alle?« Er klang nicht unglücklich, als er das fragte. Es schien, als habe er es als unumstößliche Tatsache akzeptiert, dass den Barans viele Türen verschlossen waren. Der Gedanke stimmte Isabelle traurig.

»Nun muss ich mich an die Hecken und die Wiesen machen, Frau Hoffmann«, sagte er freundlich.

Nachdem er gegangen war, fragte sich Isabelle erschrocken, wie viel Zeit vergangen sein mochte. Sicher genügend, um sich einen missbilligenden Blick von Waltraud einzufangen, weil sie so viel Zeit in der Sonne verbracht hatte und dann auch noch mit einem Angestellten. Während sie ins Haus zurückeilte, wünschte sie sich auf einmal mehr als alles andere, Herrn Barans Schwester würde Sängerin werden können.

Vielleicht kam ihr der Gedanke, weil sie gerade um ihre eigenen Freiheiten bangte. Bei ihrer letzten Ausfahrt hatte sie mit dem Kotflügel eine Leitplanke touchiert. Sie fürchtete, Ernst könnte die Dellen sehen und ihr das Fahren verbieten. Oder ließ sich das vielleicht verhindern?

Als sie auf ihrem Weg Herrn Baran einholte, der sich gerade den Rasenkanten widmen wollte, unternahm sie einen verzweifelten Versuch. »Sie kennen sich wohl nicht zufällig mit Autos aus?« Er schien von so vielen Dingen Ahnung zu haben.

»Nicht sehr gut. Warum wollen Sie das wissen?«, fragte er überrascht.

Sie zögerte. Fast kam es ihr vor, als würde sie ihn zum Ehebruch anstiften, wenn sie ihn bat, mit ihr ein Geheimnis vor ihrem Mann zu teilen. Doch sie wollte das Vergnügen kleiner Ausflüge nicht aufgeben. »Mein Auto hat einen Schaden, von dem niemand wissen soll. Mein Mann würde denken, ich sei nicht in der Lage, sicher zu fahren. Er würde es mir verbieten.«

Irritiert runzelte er die Stirn. »Das würde er tun?«

»Zu meiner eigenen Sicherheit natürlich«, erklärte sie hastig. »Das Problem ist nur, dass ich so gerne fahre.«

»Ich verstehe.« Er zwinkerte ihr zu. »Sie haben Glück. Mein Cousin arbeitet in einer Werkstatt. Er wohnt mit uns zusammen. Ich werde ihn gleich nachher fragen.«

»Zu wie vielen wohnen Sie dort eigentlich?«, fragte Isabelle.

»Wir sind zehn Leute«, antwortete er.

Zweifelnd sah sie in die Richtung seines Zuhauses.

»Sie denken, es sei zu klein?« Er lacht. »Dabei hatten wir so viel Glück, an diesen Ort zu gelangen. Zuerst schickte man uns zu einer Familie in Neustadt, die selbst nichts hatte. Und dann musste sie auch noch uns Platz machen. Damals haben uns zwei Zimmer genügt. Das hier ist ein Paradies.«

Beschämt sah sie ihn an. »Ich bin auf einem Bauernhof aufgewachsen. Wir waren auch nicht reich«, erklärte sie, weil er sie nicht für eine verwöhnte Göre halten sollte, die auf andere herabblickte.

»Keiner kann etwas dafür, als was er geboren wird«, sagte er. »Entschuldigen Sie sich also nicht.«

»Danke, dass Sie wegen des Autos für mich fragen«, erwiderte sie.

Als sie endlich das Haus betrat, wurde sie natürlich bereits von Waltraud erwartet: »Wird uns am Wochenende Ihr Mann beehren?«

Isabelle wusste, dass Waltraud eigentlich lieber gesagt hätte: »Sie verbringen zu viel Zeit mit dem jungen Mann, gnädige Frau.« Die ältere Frau meinte es nur gut mit ihr. Dennoch würde sie den Umgang mit Herrn Baran gerne vor Waltrauds kritischem Blick verbergen, der ihm die Unschuld abzusprechen schien, die Isabelle dabei empfand.

»Ich werde am Wochenende zu ihm in die Stadt fahren«, erklärte sie deshalb nur kühl.

Lilly

»Du bist ja kräftiger, als du aussiehst. Aber wäre es wirklich so unerträglich, ein paar Gummistiefel überzustreifen? Hier sieht dich doch keiner.«

Erschrocken lasse ich den Spaten fallen und erblicke einen ekelerregend gut gelaunten Linus. Wie lange er mir wohl schon dabei zusieht, wie ich hier ackere? Meine Großmutter scheint mit ihrem Nachbarn mehr Glück gehabt zu haben, der sich offenbar in nicht allzu vielen Worten ergangen hatte. Beim Weiterlesen habe ich den Eindruck gewonnen, als hätte sich zwischen den beiden eine eigenartige Freundschaft entwickelt. Isabelles Einträge klingen leichter, wenn es um den Garten und den Gärtner geht.

»Hast du denn nichts Besseres zu tun, als hier herumzustehen und zu grinsen?«, schimpfe ich. Es ist ja auch nicht so, als würden meine Füße in idiotischen High Heels stecken. Von den zwei Paar Schuhen in meinem Gepäck sind diese Schnürboots mit den silberfarbenen Sternenansteckern eindeutig besser für die Gartenarbeit geeignet als die Ballerinas mit dem kleinen Absatz, die ich bei der Beerdigung getragen habe.

»Ich will dich gar nicht stören«, sagt er grinsend. »Du kannst dir sicher denken, dass ich mal wieder als Herold meiner Mutter unterwegs bin. Abendessen? Gleich? Bei uns?«

Ich überlege kurz, ob es dreist ist, mich wieder einmal durchfüttern zu lassen, aber seit meinem letzten Besuch sind bereits fünf Tage vergangen.

»Es wird schon dunkel«, sagt er. »Und du siehst aus, als könntest du eine warme Mahlzeit gebrauchen.«

»Machst du Lasagne?«, frage ich hoffnungsfroh. Er lacht laut auf. »Du solltest wirklich mehr essen, dann könnte man dich nicht so leicht ködern. Jetzt siehst du mich an, als wolltest du mich fressen. Gerade dachte ich noch, du hättest vor, mich zu erwürgen.«

Das hat er schon richtig erkannt. Ich schwanke noch immer zwischen Ärger und Belustigung. »Für eine warme Mahlzeit würde ich gerade viel tun, mich sogar mit dem Feind verbünden«, sage ich mit maliziösem Lächeln.

»Dem Feind?« Er zieht eine Augenbraue hoch. »Da wage ich ja gar nicht mehr, dir zu sagen, dass es keine Lasagne gibt. Wir wollen thailändisch kochen und setzen darauf, dass du dich an der Schnippelei beteiligst.«

»In Berlin gibt es dafür Restaurants, mit Köchen darin«, murmele ich.

»Ganz die Enkelin des Gutsbesitzers«, sagt er immer noch lachend. »Aber eine Dose Kokosnussmilch kannst du öffnen, oder? Ich gebe dir natürlich einen Dosenöffner.«

»Na dann«, grummele ich.

»Bestens. Komm vorbei, wenn du fertig bist«, ruft er mir fröhlich zu.

Ich betrachte mein Tagwerk. Es war sehr gut und grünt mittlerweile ganz schön grün, denke ich zufrieden. Ich habe außerdem einen kleinen Weg angelegt, bislang nur mit Erde. Auf dem Foto war nicht deutlich zu sehen, welche Beschaffenheit der Boden hatte, aber ich glaube, ein paar Feldsteine ausgemacht zu haben, und habe bereits im Baumarkt eine passende Mischung entdeckt. Es ist erstaunlich, wie viel man schafft, wenn man kleine Schritte geht und immer daran denkt: Wenn ich dies schaffe, gelingt mir alles.

Als ich bei meinen Nachbarn aufschlage, begrüßt mich Sabine mit einer stürmischen Umarmung, nach der Linus und ich einander unschlüssig gegenüberstehen. Doch er überspielt den Moment geschickt mit einer perfekten Parodie seiner Mutter. »Ach, komm her«, ruft er mit hoher Stimme und reckt sehnsüchtig seine Arme nach mir aus, während er gleichzeitig die Augen verdreht.

Lachend folge ich seiner Aufforderung. Es ist nur ein kurzer Moment, in dem ich mein Gesicht gegen den warmen Wollstoff seines dunkelgrauen Troyers drücke, aber der verwirrt mich nachhaltig. Er duftet so gut, dass es mir beinahe schwerfällt, mich zu lösen. Verflixte Pheromone! Man darf ihnen nicht so viel Gewicht beimessen.

»Na, dann zeigt mir mal, welche Frondienste ihr für mich bereithaltet.« Meine Stimme klingt ein wenig schrill.

»Ich habe da mal etwas vorbereitet«, sagt Linus. »Am Esstisch, denn dort haben wir mehr Platz zum Schneiden als in der Küche.«

Im Wohnzimmer wartet auf dem Tisch ein Gewusel an Lebensmitteln auf mich. Nur mein Stammplatz, den ich hier inzwischen bereits habe, sieht verhältnismäßig aufgeräumt aus. Ich entdecke dort nur eine einzelne Dose, neben der ein Öffner liegt.

»Jetzt nur noch ansetzen und drehen, meinst du, das schaffst du?«, fragt mich Linus mit gespielter Besorgnis.

Reflexartig schnappe ich mir das Geschirrtuch, das über einer Rückenlehne hängt, und werfe es nach ihm. Umso peinlicher finde ich es, dass ich mich tatsächlich beim Öffnen am Deckel schneide.

»Ich hole ein Pflaster«, ruft Sabine. »Das spritzt ja richtig.«

»Nur keine Umstände«, bitte ich. Einen Werbespot für Nagellack könnte ich nur noch mit der Unterstützung eines guten

Make-up-Artists annehmen. Direkt über der frischen Wunde wächst der Schorf von meiner letzten Verletzung an einem Gartengerät.

»Lass sie ruhig ein Pflaster holen, ich möchte wirklich kein Blut an meinem Essen haben«, bemerkt Linus ungerührt.

»Wie feinfühlig«, erwidere ich spitz.

Sabine verdreht lachend die Augen. »Kinder, streitet euch bitte nicht.«

»Na gut, Mama.« Ich wende mich Linus zu. »Frieden?«

Ungerührt schnippelt er weiter.

»Im Ernst?«, frage ich und verfolge gebannt, mit welcher Geschwindigkeit er die Zwiebel innerhalb von Sekunden in mikroskopisch kleine Stücke zerhackt.

»Vielleicht magst du dich ja schon mal an der Paprika versuchen?«, schlägt er vor.

Seufzend greife ich nach einer roten Schote und einem Brettchen. Beim Schneiden versuche ich gar nicht erst, ihn mit atemberaubender Schnelligkeit zu beeindrucken. Es würde doch nur ein schreckliches Massaker geben und ich habe keine Ahnung, wo hier das nächste Krankenhaus ist.

Nach einer Weile fällt mir auf, wie still Sabine an diesem Abend ist.

»Beschäftigt dich etwas?«, frage ich.

Ein tiefer Seufzer entfährt ihr. »Ach, es ist bloß die Arbeit. Ich unterrichte doch an einer integrierten Gesamtschule und die baut gerade ein Ganztagsangebot auf. Allerdings ist es eine Herausforderung, eine vernünftige Betreuung zu gewährleisten, schließlich wollen wir die Jugendlichen nicht einfach nur verwahren, sondern ihnen auch etwas bieten. Bloß, wie sollen wir alle unter einen Hut bekommen? Bei uns werden Flüchtlinge unterrichtet, die nur ein paar Brocken Deutsch beherrschen, dazu kommen deutsche Schüler aus den sogenannten bildungsfernen Schichten, viele Kinder im soliden Durchschnitt, eine Handvoll Streber und sogar noch ein oder zwei Hochbegabte.«

»Hmmm«, mache ich nachdenklich. »Gibt es schon eine Theatergruppe?«

Sabine schüttelt den Kopf. »Wir können darstellendes Spiel schon nicht als Unterricht anbieten, weil uns die passenden Lehrer fehlen.«

»Schade«, sage ich. »Wahrscheinlich bin ich voreingenommen, aber ich finde, die Bühnenarbeit bringt Jugendlichen viel. Und wenn man am Ende ein Stück aufführt, kann jeder seine Stärken einbringen – die Rampensau, aber auch der Handwerker in der Requisite.«

Nachdenklich sieht sie mich an. »Wir suchen händeringend Leute für die Nachmittagsbetreuung. Falls du dich entschließt, etwas länger zu bleiben, wäre sicher etwas für dich drin.«

»Als Lehrerin?« Ich pruste los. Die arme Sabine kann nicht ahnen, wie abwegig der Gedanke ist.

»Wie schon gesagt, ich mag meinen Job.« Mit dem Zeigefinger kratzt sie ein Stück Kerzenwachs vom Tisch.

Kränken wollte ich sie sicher nicht. »Natürlich. Es ist nur, dass ich überhaupt keine Erfahrung im Unterrichten habe und die Schule selbst immer schrecklich fand. Außerdem kann ich mir gerade nicht vorstellen, mich für längere Zeit zu verpflichten. Ich versuche mir im Moment über einiges klar zu werden.«

»Bis dahin könntest du mit einem Projektvertrag ausprobieren, ob es dir liegt.« Sie tippt meine Hand an. »Na los, ich weiß ja auch gar nicht, ob das überhaupt funktionieren würde.«

»Ihr müsst ja echt verzweifelt sein«, presse ich abwehrend durch meine Zähne. »Ich wäre eine katastrophale Lehrerin.«

Sabines Augen leuchten. »Und genau deswegen glaube ich, dass du für unsere Schüler die richtige sein könntest. Du bist jung, stammst aus der Praxis und bist pädagogisch nicht verbildet.«

»So kann man es auch ausdrücken«, sagt Linus grinsend. Und genau dieser Kommentar provoziert mich dazu, doch über Sabines Angebot nachzudenken. Wenn es die anderen sind, die mir eine Aufgabe nicht zutrauen, pikst das mein Ehrgefühl.

Sabine lässt von dem Wachsfleck auf dem Tisch ab und richtet all ihre gespannte Aufmerksamkeit auf mich. »Mir scheint, du bist nicht abgeneigt.«

Das Wort »Vertrag« ist wie gemacht, um bei mir eine Panikattacke auszulösen, mit dem Wort »Projekt« davor klingt es weniger abschreckend. Wie abwegig! Und ganz schön verlockend. Eine neue Erfahrung und frisches Material, das mir in meinem eigentlichen Beruf von Nutzen sein könnte. Für einen Moment sehe ich mich wie den Lehrer aus »Der Club der toten Dichter« auf einem Pult stehen, wo ich glorreiche Abschiedsworte spreche, während meine Schüler mich bejubeln, weil ich ihnen die Schönheit der Poesie nähergebracht habe.

Ich würde wieder eigenes Geld verdienen, mit einer Sache, die sogar Spaß machen könnte.

»Für welche Dauer würde ich mich denn verpflichten?«, frage ich zögernd.

»Auf jeden Fall bis zum Ende des Schuljahres.«

»Und das ist wann?«

»Bis dahin wären es noch etwas mehr als vier Monate.«

»Das wäre ja gar nicht so lang.«

Im Kopf sammele ich Informationen zusammen, die mir bei der Entscheidungsfindung helfen könnten. Wenn es sich nur um ein Nachmittagsangebot handeln sollte, würde ich sicher nicht jeden Tag in der Schule gebraucht werden. Sollte mir die Decke auf den Kopf fallen, könnte ich jederzeit ein verlängertes Wochenende in Berlin verbringen.

»Natürlich kann ich selbst niemanden einstellen, sonst würde ich dich mit Kusshand nehmen«, sagt Sabine, ohne mich anzusehen. »Wie wäre es, wenn ich erst mal herausfinde, wie die Schule zu meiner Idee steht, und wir dann über die Konditionen reden?«

Ihr fadenscheiniges Zurückrudern bringt mich zum Lachen. »Du weißt schon, dass du mich an der Angel hast, richtig?«

Sie kann ihre Triumphgefühle nicht verhehlen, als sie wieder zu mir sieht. »Falls es klappt, wirst du in der Schule sicher auch mal Linus über den Weg laufen.« Denkt sie, das würde den Job für mich attraktiver machen.

»Schade«, sage ich bedauernd. »Fast hättest du mich so weit gehabt.«

Linus lacht auf, dabei habe ich nicht nur einen Scherz gemacht. Etwas an seiner Gesellschaft macht mich nervös, so nett er auch ist. Immer denke ich, er würde mich durchschauen und sich dabei auch noch köstlich amüsieren.

Allerdings ist dies noch das kleinere Hindernis. Ich würde mich aus der Abgeschiedenheit in Großvaters Haus wieder unter Menschen begeben, die durch Zeitungen blättern oder im Internet surfen. Natürlich werde ich mich dem ganzen Mist stellen müssen, würde aber gerne meine Atempause noch ein wenig ausdehnen.

»Es geht leider wirklich nicht«, murmele ich.

»Meinetwegen?«, fragt Linus verdattert.

»Nein«, widerspreche ich rasch. »Ich bin nur keine geeignete Kandidatin, um anderen etwas beizubringen.«

»Vielleicht unterschätzt du dich da ja«, sagt Sabine.

»Ihr lest wohl keine Klatschblätter, oder?«, entfährt es mir. Ich bin erschrocken und erleichtert zugleich darüber, ein wenig Luft aus meinem Rucksack voller Ballast entweichen zu lassen.

»Haben wir denn dort etwas verpasst?«, fragt Sabine.

Ich studiere meine abgebrochenen Fingernägel mit den Schmutzrändern, die nicht mehr weggehen, seit ich im Garten arbeite. »Vor allem berichten sie darüber, wie ich mich meinem letzten männlichen Filmpartner an den Hals geworfen habe.«

Sabine zieht die Augenbrauen hoch. »Aber es hat sich nicht um einen minderjährigen Schüler gehandelt, oder? Dann würde ich deine Ablehnung natürlich sofort unterstützen.«

»Darum müssen wir uns keine Sorgen machen, denke ich«, erklärt Linus trocken. »Spätestens, wenn sie die Jungs gesehen hat, wird sie nicht mehr auf dumme Gedanken kommen.«

»Schön, dass ihr es mit Humor nehmt, aber eigentlich ist es ein ziemlicher Mist.«

»Das scheint dich wirklich mitzunehmen. Manchmal hilft es, darüber zu reden.«

Erstaunt sehe ich Sabine an. Es ist nur die übliche Floskel, aber sie ist trotzdem die Erste, die es interessiert, wie es mir mit der Sache geht. Selbst Simon hat zwar immer eifrig versichert, dass *er* damit klarkommt, aber nie nach meiner Meinung gefragt.

»Nein«, erwidere ich ehrlich. »Lieber würde ich die Geschichte abhaken. Blöd nur, dass die Produzenten nun denken, ich würde nichts als Ärger machen und sei zu kompliziert, um wieder engagiert zu werden.«

»Ich weiß wirklich nicht, wie die auf so eine verrückte Idee kommen«, sagt Linus trocken.

Routinemäßig werfe ich ihm einen vernichtenden Blick zu, während ich verwundert spüre, wie sich der Knoten in meiner Brust lockert. Keiner hier am Tisch scheint mich für ein Miststück zu halten, dem man keinen Meter weit trauen darf. Aber schließlich kennen sie auch nicht alle Details.

Sabine ignoriert den Kommentar ihres Sohnes. »Du willst also wirklich nicht?«, fragt Sabine.

Für einen Feigling sollen sie mich nun auch nicht halten. »Vielleicht müssen wir es gar nicht an die große Glocke hängen«, erkläre ich zögernd. »Ich würde ja an der Schule meinen richtigen Namen verwenden, Lilly Jensen. Und wenn ich dann noch das Make-up weglasse … warten wir mal ab, was die Schule sagt.«

»Sehr schön.« Linus steht auf und packt alles Gemüse und die Bretter auf ein großes Tablett. »Jetzt, wo das geklärt und alles geschnitten ist, kann ich mit dem Kochen beginnen.«

Während er in der Küche steht, plaudern Sabine und ich ein wenig über die Gartenarbeit. Sie lacht schallend, als ich ihr von zahlreichen kleinen Missgeschicken und der Akribie erzähle, mit der ich vorzugehen versuche.

»Herrlich. Da fühle ich mich ja ganz schlecht, wenn ich an mein Chaos da draußen denke. Ich pflanze, was mir in die Quere kommt und gefällt. Irgendwie scheint es zu funktionieren.«

Ich wette, so wie sie beim Gärtnern ihrer Intuition folgt, kocht auch Linus nur nach Gefühl. Fasziniert betrachte ich die Teller und Schüsseln, die er wenige Minuten später auf dem Tablett hereinträgt.

»Das sieht toll aus, wie hast du es hinbekommen, dass der Reis so perfekte Häufchen bildet?«, rufe ich, dabei klatsche ich in die Hände.

Sabine kichert.

»Willst du mich veräppeln?« Linus verdreht gutmütig die Augen.

»Nee«, erkläre ich ehrlich. »Ich bin beeindruckt.«

»Also«, beginnt er belustigt. »Ich habe einen Esslöffel genommen, habe den Reis damit fest in die Schale gepresst und diese auf dem Teller umgestülpt.«

Dass ich immer noch beeindruckt bin, belegt vermutlich, dass ich in praktischen Dingen tatsächlich so unbrauchbar bin, wie meine Mutter es mir immer unterstellt hat. Gierig tauche ich meinen Löffel in die orange-cremefarbene Soße und nippe daran. Sie ist scharf, süß und säuerlich. Ich erkenne Kokosnuss, Chili und Koriander. Der Geschmack ist göttlich.

»Mhm.« Das Geräusch, das mir entfährt, klingt erschreckend lüstern.

»Danke«, sagt Linus.

Es ist wieder einmal so leicht, sich in eine Plauderei mit den beiden fallen zu lassen. Nur manchmal begegnet mein Blick wieder dem von Linus und ich werde nervös. Ich kann in seinen Augen nicht lesen, aber sie wirken stets so angefüllt von irgendetwas, dass es mich insgeheim berührt. Aber abgesehen davon fühlt sich unser Zusammensein so an, wie ich es mir bei glücklichen Großfamilien vorstelle. Wir reden wild durcheinander, ich gestikuliere mehr als sonst. Wir diskutieren, lachen und streiten. Am Ende willige ich sogar noch ein, dass er mich nach Hause begleitet. Auf der kurzen Strecke droht mir kaum eine Gefahr, aber Sabine ermutigt ihn. »Ich bin sehr stolz darauf, einen Gentleman erzogen zu haben.«

Ich gebe nach, weil ich gar nicht so erpicht darauf bin, alleine durchs Dunkle zu ziehen. Auf dem Weg reden wir wieder über *mein* Buch.

»Willst du etwa sagen, mein Großvater war nicht besonders einfallsreich?«, frage ich erbost, nachdem ihm rausgerutscht ist, dass er für die Geschichte gar nicht so viel Fantasie aufgewendet, sondern auch bei der Konstruktion der Handlung vor allem mit der Sprache gespielt hat.

»Ich meine das doch nicht abwertend. Ich wollte nur sagen, dass er jemand war, der eher den Kopf als den Bauch einsetzte. Das ist doch nichts Schlimmes.«

Doch, für mich fühlt es sich wie etwas Schlimmes an. Irgendwie glaube ich wie so viele immer noch ganz gerne an den Dichter als mystische Figur, dessen Inspiration aus geheimer Quelle bei Mondschein fließt. Schweiß und Kopfarbeit zerstören das Bild.

»Wenn du es sagst«, antworte ich trotzdem etwas genervt.

»Überleg doch nur, was alles geschieht! Diese geheimnisvollen Erdwesen – er ließ Kinder buchstäblich wie Pilze aus dem Boden schießen. Das Mädchen füttert ihren Affen mit Zucker und er dreht daraufhin durch. Dann diese schelmischen Luftgeister, die Wind säen und mit Freude den Sturm ernten. Er hat Redewendungen wörtlich genommen.«

»Oh hör schon auf«, rufe ich erschrocken. »Du zerlegst ja meine ganze Geschichte.«

»Deine Geschichte?«

»Du weißt doch genau, dass das Mädchen nach mir benannt wurde und er mir die Geschichte gewidmet hat.«

»Schon. Aber dieses Mädchen bist nicht wirklich du, oder? Ich habe schon wieder das Gefühl, du fühlst dich angegriffen, wenn ich etwas über das Buch sage, was dir nicht passt.«

Darauf fällt mir keine Erwiderung ein. Es scheint, als sei die Zeit der Gewissheiten wirklich vorbei. Ich bin mir nicht mehr sicher, was die Gemeinsamkeiten von Eliza und mir angeht. Früher war unsere Verbindung mein Adelstitel, ein Attribut, das mich leuchten ließ, ohne dass ich einen Finger dafür rühren musste. Wer bin ich, wenn ich mich davon trenne?

»Ich weiß es nicht«, sage ich leise. Ohne dass ich es verhindern kann, lösen sich ein paar Tränen aus meinen Augen.

»Alles in Ordnung?«, fragt Linus. Er muss meinen Stimmungswechsel gespürt haben.

Als er tröstend seine Hand auf meinen Arm legt, zucke ich leicht zusammen. Ob er es wohl auch gespürt hat? Forschend lasse ich meinen Blick über jede seiner Lachfältchen in den Mundwinkeln gleiten und dann zu seinen Augen. Er erwidert meinen Blick. Vollmondlicht legt sich wie ein Weichzeichner über seine Züge oder vielleicht werden sie auch wirklich sanfter, als er meine Tränen sieht. Ich halte seinem Blick stand, während ich den Alkohol verfluche. In Verbindung mit ein paar romantischen Klischees gaukelt er mir vor, ich fände den Mann mir gegenüber in diesem Moment so anziehend wie keinen anderen.

Jetzt und hier einen beinahe Fremden zu küssen, hätte natürlich etwas Vielversprechendes, so, als wäre die Welt voller neuer Möglichkeiten. Ich könnte meinen Kopf leicht in den Nacken legen und abwarten, ob dann nicht sogar er den ersten Schritt macht. Doch die Erkenntnis, dass es nie nur diesen einen besonderen Moment gibt, sondern er Konsequenzen hätte, ernüchtert mich sofort.

Ich wende mich ab und gehe weiter. Nach einem kurzen Zögern folgt Linus mir. Er räuspert sich. »Ich habe mich übrigens mit deiner Blumensprache beschäftigt«, sagt er leise.

»Wirklich?«, frage ich.

»Offenbar gibt es so viele Blumensprachen wie Zeiten und Länder.«

»Oh«, sage ich enttäuscht. »Dann bin ich jetzt nicht schlauer, als bei meinen Erkundigungen im Internet?

»Das kann sein, muss aber nicht. Vielleicht lässt sich dein Code ja doch knacken. Man müsste nur die exakte Bedeutung von zwei oder mehr Blumen ermitteln – dann wüsste man vielleicht, mit welchem Zeichensystem man es zu tun hat.«

»Zeichensystem?« Ich seufze. »So viel zur Poesie.«

Fast umgibt uns wieder die gleiche Leichtigkeit wie während des Essens, wobei ich gar nicht weiß, ob für ihn nicht tatsächlich nichts geschehen ist.

»Willst du nun mehr wissen oder nicht?«

»Unbedingt will ich mehr wissen.«

»Gut, dann verrate ich dir, dass wir eine Sprache zumindest ausschließen können.«

»Welche?«

»Hanakotoba. Die Blumensprache Japans. Ich denke nicht, dass die Leute hier zur Zeit deiner Großmutter viel über Japan und Lotusblumen wussten. Dafür scheint die viktorianische Blumensprache fast überall verbreitet gewesen zu sein: Selamlik. Sie hat ihre Wurzeln in der Türkei.«

Ich nicke. »Sehr wichtig scheint eine Calla gewesen zu sein. Man nennt sie auch Lilie, obwohl sie gar keine ist.«

»Lilie oder nicht Lilie, das ist hier die Frage«, deklamiert er mit so übertriebener Mimik, dass ich lachen muss. »Aber du bist eine echte, oder?«

Ich boxe kurz seinen Arm und antworte ihm, indem ich ebenfalls ein Zitat aus »Romeo und Julia« abwandele: »Was ist ein Name? Was uns Lilie heißt, wie es auch hieße, würde lieblich duften.«

Er geht in zwei schnellen Schritten auf mich zu und kommt mir so nah, dass ich meinen Kopf mit flatterndem Magen in den Nacken lege, um ihm noch in die Augen sehen zu können. Er ist ein ganzes Stück größer als ich. Für einen Moment denke ich, er wird mich küssen. Stattdessen nimmt er spielerisch eine Strähne meines Haars zwischen Daumen und Zeigefinger, um geräuschvoll daran zu schnuppern. »Auch große Geister können irren. Diese Lilie riecht täuschend nach Rosmarin.«

Lachend entziehe ich mich ihm, aber mein Herz wummert weiter, nachdem er die Strähne hat fallen lassen. Es scheint nicht zu bemerken, dass es von meinen falschen Erwartungen gefoppt wurde. Hätte ich ihn wirklich geküsst? *Mach dir nichts vor, Lilly, du hättest!* Mir ist nicht zu trauen. Nicht einmal ich selbst kann mir trauen. Während wir weitergehen, rede ich mir ein, froh darüber zu sein, dass es nicht so weit gekommen ist, und frage mich trotzdem, ob er etwas Ähnliches spürt wie ich. Ob er auch kaum noch etwas anderes wahrnimmt als unsere Beinahe-Berührung, während sein Ärmel immer wieder meinen streift.

»Sollen wir einmal nachschauen, was es mit der Calla auf sich haben könnte?«, fragt er, als wir das Haus schon beinahe erreicht haben. Er zieht sein Handy aus der Hosentasche.

»Bislang bin ich nicht auf einen stimmigen Eintrag gestoßen«, erkläre ich.

»Beliebte Beerdigungsblume, drückt den Wunsch nach ewigem Leben auch nach dem Tod aus«, liest er vor. »Würde das passen?«

Ich nicke. »Vielleicht. Den Eintrag habe ich auch gesehen. Es wurde leider keine Quelle angegeben.«

»Dann müssen wir sie eben herausfinden«, sagt Linus. »Oh, schau mal, hier habe ich noch etwas: Symbol für Erotik, beliebt bei Heiratsanträgen.«

Wir.

»Müssten wir jetzt nicht eigentlich Dutzende geheimnisvoll verstaubter Schinken wälzen?«, frage ich amüsiert. »Wie ernüchternd, dass heute alles mit einem Klick verfügbar ist!«

»Ich würde nicht sagen, dass alles mit einem Klick verfügbar ist.«

Er verrät nicht, ob er damit die fehlenden Verweise oder etwas ganz anderes meint. Fahrig und ungelenk verabschieden wir uns vor der Tür voneinander und nachdem ich sie hinter mir geschlossen habe, frage ich mich, ob Linus an diesem Abend meinen Namen in seine Browserzeile eingeben wird – und ob es an seiner Meinung von mir etwas ändert.

Isabelle
1959

»Heute habe ich mal Ihnen etwas mitgebracht.« Mit einem erwartungsvollen Lächeln hielt Isabelle ihm einen Teller entgegen, der mit einer metallenen Glocke abgedeckt war.

»Für mich?«, fragte er.

Sie nickte. Was sie vorbereitet hatte, konnte nicht annähernd Dank genug dafür sein, dass er ihr das Auto ohne eine Delle zurückgebracht hatte. Ein paar Ersparnisse aus ihrer Zeit als Lehrerin hatte sie zurückgelegt und nun hatte sie die Hälfte davon für die Reparatur verwendet, aber davon würde Herr Baran ja keinen Pfennig erhalten.

Nachdem er die Heckenschere beiseitegelegt hatte, hob er neugierig die Glocke an. Der Buchsbaum hinter ihm war bereits gestutzt, als hätte er ein Lineal verwendet. Herr Baran strahlte über das ganze Gesicht, als er sah, was sich unter der Glocke verbarg. »Sie haben polnische Eier gemacht.«

Sie nickte »Ich hoffe, sie sind richtig so. Sie haben einmal erzählt, wie gerne Sie sie mögen, dass ihre Stiefmutter es aber ablehnt, welche zu machen.«

»Meine Mutter hat sie immer für mich zubereitet«, erklärte er gerührt. Er nahm die Begonienblüte in der Mitte des Tellers, um die herum Isabelle einen Kreis aus gefüllten halben Eiern gelegt hatte. »Sie haben also in dem Buch gelesen?«. Er drehte den Stängel der Blume zwischen Daumen und Zeigefinger.

»Ich habe ein Wörterbuch gefunden«, bestätigte sie schelmisch. »Nun können Sie mir nichts mehr vormachen. Und ich Ihnen auch nicht. Ich meine es so, wie es darin stand. Und falls ich mich bei Ihnen einmal mit einem Gefallen revanchieren kann, werde ich das liebend gerne tun.«

Er steckte seine Nase in die pinkfarbene Blüte und sah sie prüfend an. Herzliche Freundschaft war die Bedeutung, die der Begonie in dem Buch zugeordnet wurde. Vielleicht war sie ja doch zu weit gegangen. Zuerst hatte sie sich mit einer Glockenblume begnügen wollen: Ich danke dir. Doch dann entschied sie, dass er es verdiente, in dieser Sprache nicht belogen zu werden. Ein beiläufiges Dankeschön wäre zu wenig gewesen.

»Vielleicht können Sie tatsächlich etwas tun«, sagte er. »Fühlen Sie sich bitte nicht verpflichtet. Sie schulden mir nichts. Aber schauen Sie, ob meine Schwester das richtige Mädchen für Sie ist?«

»Hatten Sie nicht gesagt, sie arbeitet bei Herrn Thomsen?«, fragte Isabelle überrascht. Sicher würde sie sich in der Gegend nicht beliebter machen, wenn sie den Händlern die Mitarbeiter abwarb.

»Der Mann ist Witwer und schon lange allein. Sie fühlt sich nicht mehr wohl.«

Es dauerte eine Weile, bis sie begriff, was er damit sagen wollte. »Er belästigt sie? Eine Vierzehnjährige?«

Er schüttelte wenig überzeugend den Kopf. »Bislang sind es nur Blicke. Manchmal auch ein Tätscheln. Aber sie hat jetzt schon Angst, mit ihm allein zu sein.«

Wenn Isabelle doch nur mutiger wäre! Sie sollte sich auf der Stelle in ihr Auto setzen und den Mann ordentlich am Schlafittchen packen. Schlimmeres zu verhindern, wäre das mindeste, was sie tun könnte.

»Sie muss Geld mit nach Hause bringen. Unser Vater verlangt es von ihr. Bei der Zucht kann sie nicht viel helfen und die wirft eh keinen Gewinn ab.«

»Nimmt er auch Ihr Geld?«

»Ich wohne ja auch bei ihm«, sagte Herr Baran. »Wäre Lena nicht, würde ich gehen. Aber sie sagt, sie läuft weg, wenn ich gehe.«

»Sie haben schon gesagt, dass sie einen starken Willen hat«, sagte Isabelle lächelnd.

»Oh, das heißt aber nicht, dass sie kein gutes Mädchen für Sie wäre.«

Isabelle schüttelte den Kopf. »Das wollte ich auch gar nicht sagen. Waltraud wird sich darüber freuen, eine junge Frau an ihrer Seite zu haben, auch wenn sie so gerne den Drachen gibt. Sicher könnte ihr Lena gut einige Arbeiten im Haus abnehmen.«

»Danke«, sagte er und nahm sich eines der Eier.

»Was ist eigentlich mit der Zucht, haben Sie die Tiere aus dem Osten mitgebracht?«

»Nur zwei davon, aber die taugen zu nichts mehr.«

»Sicher war es auch für die Pferde eine ganz schöne Tortur hierherzukommen.«

»Sie sind köstlich, vielen Dank«, sagte er, nachdem er in eines der Eier gebissen hatte. »Leider ist den Tieren das Gras nie bekommen. Die Wiesen hier sind zu fett, gut für Kühe.«

»Das tut mir leid. Warten Sie, ich nehme Ihnen die Eier ab und stelle Sie hier auf den Stuhl. Ich würde Sie gerne im Garten etwas fragen.«

Er folgte ihr bis zu den Feuerlilien. »Sie sind so schön«, sagte Isabelle und deutete auf die flammenden Sterne. Die Farben der Blütenblätter veränderten sich von außen nach innen von Orange zu Dunkelrot. Auf einem saß ein Kaiserfalter, der wegen seiner dunkelgelben Farbe beinahe mit dem Untergrund zu verschmelzen schien. Ein wenig beneidete Isabelle das zarte Tier darum, sich dort niederlassen zu können. »Aber sie duften gar nicht. Ist das normal?«

»Ja. Für Feuerlilien schon. Aber in den nächsten Tagen werden Ihre Türkenbundlilien aufblühen. Und die duften. Sie sind wirklich eine gute Gärtnerin geworden.« Anerkennend sah er sich um.

Isabelle lachte. »Bislang habe ich Sie gar nicht für einen Lügner gehalten. Sie wissen genau, dass dies alles ohne Sie immer noch eine Einöde wäre. Ich danke Ihnen.«

»Für nichts.« Er pflückte eine malvenfarbene Pfingstnelke und hielt sie Isabelle entgegen.

Zögernd nahm sie ihm die Blume ab. »Leider habe ich das Buch noch nicht auswendig gelernt.«

»Vielleicht ist das ja besser für mich«, sagte er.

Ihre Wangen röteten sich. Sie wusste, dass er sie nie absichtlich in Verlegenheit bringen würde, aber seine Worte erinnerten sie daran, dass sie ein Mann und eine Frau in einem abgelegenen Garten waren.

Lilly

Seit der Beerdigung habe ich Simon nur einmal gesehen, obwohl seither schon vier Wochen vergangen sind. Dafür bin ich übers Wochenende nach Berlin gefahren. Erwartungsgemäß war er an diesen Tagen in Gedanken noch halb in Ungarn und zur anderen Hälfte schon in Frankreich, wo er als Nächstes drehen würde.

Er schien es schade zu finden, dass ich das Haus nicht behalten wollte. »Überlege es dir gut. Wenn es einmal weg ist, wirst du es wohl nicht wiederbekommen.« Es ärgerte mich, dass er mich so bedrängte. Wie schon zu Beginn, als ich vom Tod meines Großvaters erfahren hatte, kam mir der Gedanke, dass das Haus eine große Verlockung für jemanden darstellen musste, der eine Unsumme für Hoffmanns alte Schreibmaschine hingeblättert hatte.

Er versuchte mir Möglichkeiten aufzuzeigen, das Anwesen trotz der Kosten und des damit verbundenen Drucks für die Familie zu halten, aber ich hielt keine davon für sehr realistisch. Er wiederum fand meine Einwände zu pessimistisch.

Am Ende dieses Wochenendes trennten wir uns nicht gerade im Streit, aber auch nicht sonderlich harmonisch voneinander.

Danach telefonierten wir noch ein paar Mal bei so schlechter Verbindung, dass wir kaum einen Satz störungsfrei beenden konnten.

Gerne hätte ich ihm erzählt, dass ich schon in der folgenden Woche beginnen würde, an einer Schule Schauspiel zu unterrichten. Ich dachte, es könnte nicht schaden, wenn er mitbekam, dass ich wieder etwas aktiver wurde und mein Tatendrang zurückkehrte, aber so laut, wie es in der Leitung gerauscht hatte, gab ich es auf, ihm davon zu erzählen.

Vielleicht hätte er es ohnehin als absurde Idee abgetan – so wie ich im Grunde auch. Auf einmal erschien mir die Aufgabe viel zu groß, um sie neben der Gartenarbeit bewältigen zu können.

Dabei waren es nur sechs Stunden in der Woche. Ich sollte erst mal an zwei Nachmittagen jeweils für drei Stunden einen Kurs leiten. Nicht viel, aber wenn man erst mal eine Weile aus dem Alltag der Erwerbstätigen raus ist, erscheint einem jede Tätigkeit, als wäre sie kaum zu meistern.

»Mir scheint, du kannst gut einen Neuanfang gebrauchen«, hatte Sabine gesagt.

»Indem ich wieder zu Lilly Jensen werde?«

»War die denn so übel?«

Das Gespräch hatten wir vor einer Woche geführt, bevor ich am Ende einwilligte, die Aufgabe zu übernehmen. Ich hatte nicht damit gerechnet, dass Sabine mich gleich am nächsten Tag in die Schule schleifen würde, um mich dem Direktor und Frau Kurtz, der Leiterin der Nachmittagsbetreuung, vorzustellen. Nach dem Gespräch war ich mir fast sicher, es würde nichts mit dem Job. Die Leiterin entpuppte sich als wohlwollende ältere Dame, dafür wirkte der für seinen Posten erstaunlich junge Herr Wiesner auf eine klebrig-überhebliche Art verkniffen.

Er versteifte sich auf meine mangelnden pädagogischen Vorkenntnisse und betonte mehrmals, dass ich es nur seiner besonderen Aufgeschlossenheit zu verdanken hätte, sollte er mir eine Chance geben. Beinahe hätte ich Reißaus genommen.

Schließlich war es nicht so, als hätte er mich in der Gosse aufgelesen.

Allerdings verzichtete ich darauf, auf meine Filmkarriere hinzuweisen. Nur meine Bühnenauftritte zählte ich auf, um ihm zu zeigen, dass es mir zumindest nicht an fachlicher Erfahrung mangelte.

»Das scheint aber schon eine ganze Weile her. Was haben Sie denn in der Zwischenzeit gemacht?«, wollte er danach wissen.

»Dies und das«, wiegelte ich ab. »Was Schauspieler halt so tun.« Dachte er ernsthaft, ich würde um ein Engagement in seiner versifften Kleinstadtschule betteln, an der die Graffitis an den Betonfassaden noch das Attraktivste waren?

»Herr Wiesner, eigentlich könnten wir uns glücklich schätzen, wenn wir die Chance bekämen, dass eine ausgebildete Schauspielerin hier Kurse gibt«, ließ sich Frau Kurtz irgendwann vernehmen.

Erleichtert lächelte ich ihr zu. Herr Wiesner murmelte danach trotzdem noch eine Weile etwas von Verantwortung, bevor er mir versprach, sich wieder zu melden.

Nach diesem Auftritt hakte ich die Sache ab, doch gleich am nächsten Tag stand Sabine vor meiner Tür und verkündete, dass im Sekretariat mehrere Formulare für mich zum Ausfüllen bereitlägen.

Ich sage mir, dass es keinen Grund gibt, deshalb durchzudrehen. Es ist nur ein kleiner Theaterkurs, der aber immerhin die Benzinfüllungen bezahlen wird, die ich hier auf dem Land brauche. Vielleicht sollte ich meinen neuen Job einfach als ein Ein-Mann-Improtheater auffassen – nur dass ich vor einem Pult stehe, statt auf einer Bühne.

Warum sollte mir das nicht spielend gelingen? Immerhin habe ich es auch geschafft, dass der Garten täglich bunter wird. Gerade habe ich blühende Anemonen gepflanzt. Auf dem Foto waren sie nicht zu sehen, aber sie waren meiner Großmutter wichtig genug, um deren Bedeutung in ihrem Buch festzuhalten. Deshalb vermute ich, dass sie auch welche besessen hat. »Ich fühle mich verlassen, aber ich kann warten«, sagen diese Blumen. Weil ich der Meinung bin, dass niemand, der so empfindet, zu roten Blumen greifen würde, habe ich weiße gewählt. Ich genieße die Zeit, die ich im Garten verbringe und damit, mehr über Blumen und ihre Sprache zu lernen. Doch für diesen Tag beschließe ich, dass es Zeit wird, Schaufel und Gießkanne beiseitezulegen und ins Bett zu gehen.

Als ich mich am nächsten Morgen im Spiegel betrachte, fasse ich den spontanen Entschluss, dort mal etwas anderes sehen zu wollen. Ich fahre in den Supermarkt und besorge mir ein Haarfärbemittel in »Kastanienbraun«. Der Ton auf der Verpackung gleicht meiner Naturfarbe, die ich zuletzt gesehen habe, als ich 15 Jahre alt gewesen bin.

Sorgfältig folge ich der Anleitung, massiere die Creme bis in die Spitzen ins Haar ein und lasse sie zwanzig Minuten einwirken. Ich kann es kaum erwarten, dass sie verstreichen, so gespannt bin ich auf das Ergebnis.

Als meine Haare schließlich trocken gerubbelt und geföhnt sind, betrachte ich im Spiegel eingehend meinen neuen Look. Zuerst erkenne ich mich kaum wieder, aber dann gefällt es mir. Es betont meine hellen Augen. Meine Lippen sehen ein wenig blass, aber voll aus. Erstaunt fahre ich mit den Fingern über meinen Mund, weil ich nicht weiß, wann ich aufgehört habe, den orangeroten Lippenstift zu verwenden.

Ich überlege, ob ich mir einen Bob schneiden lassen sollte. Einen typisch französischen mit Pony. Das wollte ich schon immer mal ausprobieren. »Tu's doch einfach«, sagt das Mädchen im Spiegel. Ich strecke mir die Zunge raus, weil ich im Badezimmer stehe und mit meinem Abbild rede. Plötzlich fühle ich mich sehr allein. Sollte ich Simon anrufen? Gleich darauf verwerfe ich den Gedanken wieder. Was sollte ich ihm auch erzählen?

Ich ziehe mir eine Strickjacke über und gehe nach unten. Vor dem Kamin im Wohnzimmer bleibe ich stehen und betrachtete das Foto meiner Großmutter. Für einen Moment habe ich das Gefühl, unsere Einsamkeit könnte sich über die Zeit hinweg berühren. Dabei habe ich keinen Mangel an Beschäftigung. Ich habe den Garten, muss den Unterricht vorbereiten und mir einreden, dass mein Nachbar bloß ein lieber Kerl ist. Und dass es die Bewunderung für meinen Großvater in keinster Weise schmälert, was seine Frau über ihn geschrieben hat.

Das Klingeln der Haustür reißt mich aus meinen Gedanken. Als ich öffne, stehe ich überraschend Linus gegenüber. *Wenn man an den Teufel denkt …*

»Ich will nicht stören«, sagt er. »Aber ich möchte dir gerne etwas zeigen.«

»Komm rein«, fordere ich ihn auf.

Er folgt mir ins Wohnzimmer, wo ich auf die Sessel vor dem Kamin deute. »Willst du dich setzen?«

»Gerne.«

»Nicht in den«, bremse ich scharf seinen Versuch, es sich in dem Sessel meines Großvaters bequem zu machen.

»Sie sehen genau gleich aus.« Linus runzelt die Stirn.

»Sie sind aber nicht gleich.« Ich fange schon wieder an zu fauchen. Etwas ruhiger füge ich hinzu: »Nur das Beste für die Gäste, der zerschlissene ist meiner.«

»Aha, an dem wetzt du wohl sonst deine Krallen, oder?«, sagt er schmunzelnd. »Dafür, dass man draußen mittlerweile im T-Shirt herumlaufen kann, ist es hier immer noch ganz schön frostig.«

»Dafür habe ich den Kamin«, erkläre ich gleichmütig.

»Soll ich ihn anmachen?«

»Wie lange willst du denn bleiben?«

Er lacht auf. »Ich bin gleich wieder weg. Aber du hättest es dann gleich schön warm, wenn du in Ruhe in deinem Buch weiterliest.«

Er deutet auf die Kladde meiner Großmutter, die umgedreht aufgeschlagen auf dem Beistelltisch liegt.

»Okay«, murmele ich dann. »Warum eigentlich nicht.«

»Wenn wir hier Schach gespielt haben, habe ich mich auch immer darum gekümmert.«

»Na dann, tu dir keinen Zwang an«, sage ich und schaue ihm dabei zu, wie er mit wenigen geschickten Handgriffen ein Feuer entzündet.

»Danke.« Es klingt wie ein Krächzen.

»Gerne geschehen«, antwortet er. Mit einem genüsslichen Ächzen lässt er sich wieder in den Sessel plumpsen und streckt die Beine von sich.

»Nicht für das Anzünden. Das hätte ich schon selbst hinbekommen. Ich wollte sagen, dass ich froh bin, dass du eine Art Freund für ihn warst in der letzten Zeit. Ich war in den letzten Jahren zu selten hier«, gebe ich leise zu.

Nach diesem Geständnis fühle ich mich seltsam schutzlos.

Schweigend konzentriere ich meinen Blick auf die Umrisse der Flammen und Scheite, um nicht auf sein Profil zu starren. Innerlich verfluche ich den Beleuchter unserer gemeinsamen Szenen. Erst vor Kurzem der Vollmond und nun das Flackern von Licht und Schatten, das seine Haut wärmer, die Konturen aber zugleich schärfer erscheinen lässt.

Doch, ich finde ihn attraktiv, und das, um ehrlich zu sein, auch bei Tageslicht. Inzwischen habe ich mich aber gewappnet und weiß, dass ich dem nicht nachgehen werde. Nicht nur, weil ich Simons Freundin bin. Linus ist aufmerksamer und freundlicher, als ich wegstecken kann.

Ich habe solche Männer immer als Partner gemieden. Um sie nicht zu verletzen, habe ich immer gedacht. Heute frage ich mich, ob ich mich nicht vor etwas ganz anderem fürchte: davor, dass sie mich durch ihre Art dazu zwingen würden, ich selbst zu sein. Und wenn ich ehrlich bin, weiß ich nicht, wer das ist.

»Ich habe etwas für dich.« Es dauert eine Weile, bis er aus seiner cognacfarbenen Ledertasche ein offensichtlich sehr altes Buch hervorkramt. Auf einer Seite prangt ein Aufkleber mit einem Barcode. »Ich habe es in der Universitätsbibliothek entdeckt und wollte es dir nicht vorenthalten.«

Ich nehme das Buch in die Hand und blättere es durch. Sein Inhalt besteht nicht nur aus Texten, sondern auch aus vielen kunstvollen Zeichnungen und Aquarelldrucken.

»Ein polnischer Botaniker hat es geschrieben«, erklärt er. »Offenbar hat er Blumen nicht nur wissenschaftlich erforscht, sondern war auch von ihrer Poesie besessen.«

»Du weißt schon, dass ich kein Polnisch spreche, oder?«, frage ich.

»Klar. Deshalb gibst du mir jetzt deine E-Mail-Adresse und ich schicke dir einen Link zur App eines Kollegen, die dir beim Übersetzen hilft. Die meisten Blumen hat der Autor auch gemalt, sodass du weißt, welche du gerade nachschlägst.« Er reicht mir einen Schmierzettel und einen Stift.

»Danke«, rufe ich aufgeregt, während ich meine Adresse notiere.

»Na, geht doch.« Er grinst und tippt etwas in sein Handy. »Schon passiert.«

Ich bedanke mich noch einmal mit einem strahlenden Lächeln. Es ist, als habe er mir gerade den verschollenen Schlüssel zu einer Schatztruhe geschenkt. »Im Ernst. Ich freue mich wirklich sehr darüber.«

»Dann lass ich dich jetzt mal in Ruhe weiterlesen.«

Ich springe mit ihm auf. »Ich begleite dich noch zur Tür.«

Auf dem Weg bleibt er plötzlich stehen.

»Ewige Liebe«, sagt er.

»Wie bitte?«

»Die Calla. Bei ihm steht sie für ewige Liebe, ich habe nachgeschaut.«

Und schon ist er verschwunden.

Isabelle
1959

»Diese Flausen, die dieses Mädchen im Kopf hat«, schimpfte Waltraud. »Ich sehe ein, dass sie jung ist und von anderswo, aber muss sie deshalb Essensreste in Teigtaschen stopfen und sie den Gästen auftischen?«

Isabelle konnte sich ein Lächeln nicht verkneifen. Sie hatte Waltraud und Lena aufgetragen, sich ein besonderes Menü für die Gäste auszudenken, die am Wochenende anreisen würden. Offenbar waren sich die Frauen nicht einig, wie sie diese Aufgabe umsetzen sollten.

»Man nennt sie Piroggen«, trällerte Lena hinter Waltrauds Rücken.

Diese griff sich ans Herz und fuhr mit missbilligendem Blick zu ihrer jungen Gehilfin herum. »Und sich von hinten anzuschleichen ist auch nicht die feine Art.«

»Hättest du nicht so laut über mich geredet, hättest du mich gehört«, erwiderte Lena keck.

Eigentlich müsste Isabelle die junge Frau nun ermahnen. Sie unterließ es aber, weil sie das Zucken in Waltrauds Mundwinkel bemerkt hatte, in dem sich beinahe ein Lächeln andeutete. »Sind die Schlafzimmer denn schon sauber?«, fragte Waltraud nun streng.

»Aye, wird erledigt.« Lena schlug die Hacken zusammen

und verschwand.

»Sehen Sie, was ich mit ihr durchmache?«, wandte sich Waltraud an die Hausherrin. »Jetzt will sie plötzlich Köchin werden und redet mir in alles rein.«

»Sie werden die Kleine schon noch erziehen«, behauptete Isabelle, obwohl sie starke Zweifel daran hatte. Derzeit schien es ihr genau umgekehrt zu sein – Waltraud mochte schimpfen, so viel sie wollte, doch ihre Blicke und Gesten verrieten, wie vernarrt sie in das Mädchen war. Sie schienen einander sofort als Ersatzfamilie adoptiert zu haben. Isabelle wurde eindeutig nicht von ihnen gebraucht. Sie konnte sich ebenso gut ins Wohnzimmer zurückziehen und ein paar Zeilen verfassen.

Was ihr durch den Kopf ging, war nichts weiter als eine alberne kleine Wortspielerei, aber die Zeilen würde ohnehin niemand zu Gesicht bekommen und sie wollte diesem seltenen Anflug von Übermut gerne folgen.

Bevor sie den Stift weggelegt hatte, betrat Lena das Zimmer. Mit ungelenken Bewegungen stellte sie ein Tablett mit einer Tasse auf dem Schreibtisch ab.

»Ich dachte, Sie möchten vielleicht einen Tee«, sagte das Mädchen beinahe schüchtern. Herr Baran hatte ihr berichtet, dass seine Schwester sie bewunderte. Diese Zuneigung schmeichelte Isabelle, trotzdem wünschte sie sich, die Kleine würde ihr gegenüber die gleiche Unbefangenheit zeigen wie im Umgang mit Waltraud. Das schien viel eher ihre Art zu sein.

»Danke«, sagte Isabelle, während sie reflexartig ein Buch über das Geschriebene schob. »Das ist eine nette Idee. Den Tee kann ich wirklich gebrauchen. Waltraud hat mir gerade erzählt, dass du deine Pläne geändert hast. Willst du jetzt wirklich Köchin werden, nicht mehr Sängerin?«

Lena schaute auf ihre Hände. »Könnte ich denn nicht einfach beides tun?«

»Warum nicht? Tagsüber kochen und abends singen, das könnte funktionieren.«

»Vielleicht würde aber auch eine singende Köchin einschlagen wie eine Bombe.« Lena tat so, als würde sie mit der linken Hand einen Topf festhalten und mit der rechten Hand darin rühren. Dazu sang sie lauthals und so schräg, dass Isabelle die Arie aus *Rigoletto* nicht gleich erkannte: »Ladona äh mobilä.«

Schon nach den ersten Takten erstarrte das Mädchen wieder. »Verzeihung. Ich habe wohl gerade vergessen, mit wem ich … Sie sind so jung wie mein Bruder, deshalb … da muss ich mir immer sagen …« Sie biss sich auf die Lippen. »Ich mache es gerade nur noch schlimmer, oder?«

Isabelle erlöste sie mit einem verschwörerischen Grinsen. »Du hast recht: Das wird einschlagen wie eine Bombe.«

Lena atmete hörbar aus. »Dabei wollte ich mich eigentlich noch einmal richtig bei Ihnen bedanken. Es ist gut hier. Bitte sagen Sie meinem Bruder nicht, wie ungeschickt ich mich anstelle. Es wäre ihm peinlich und er ist wirklich nett.«

Gerührt reichte Isabelle ihr die Hand, die die jüngere zögerlich ergriff. »Dir muss nichts peinlich sein. Ich glaube sogar, du bist das Beste, was diesem Haus seit Langem passiert ist. So viel wurde hier noch nie gelacht.«

Lena errötete und zog ihre Hand unauffällig wieder zurück. »Na, dann flitze ich jetzt lieber rasch zu Waltraud zurück, bevor sie mit einem Besen hinter mir herjagt.«

Schmunzelnd sah Isabelle Lena nach, als diese aus dem Zimmer rauschte. Am liebsten würde sie sich das Mädchen schnappen, um es mitsamt seiner sorglosen Lebhaftigkeit für immer zu konservieren.

Sie schloss für einen Moment die Augen. Dann schaute sie auf das gleichmäßig schwingende Pendel der Standuhr. Es wurde Zeit, ihren Garten aufzusuchen.

Jeden Vormittag sah sie nach, ob es darin etwas zu tun gab, doch am Morgen und am späten Nachmittag hielt sie sich des reinen Genusses wegen darin auf. Manchmal legte sie sich in den Liegestuhl und ließ sich von einem Buch so fesseln, dass sie sich nicht einmal rührte und sich Schmetterlinge auf ihrem Unterarm niederließen, bis es Zeit wurde umzublättern.

Ab und zu besuchte sie Ernst in Hamburg und natürlich freute sie sich, ihren Mann zu sehen. Doch während der übrigen Zeit genoss sie es, dass ihr Sommer hauptsächlich nach Blumen und Gras duftete statt nach dem erhitzten Asphalt der Stadt.

Wer wollte schon das Rattern der Straßenbahn gegen das Summen der Bienen oder das Rauschen einer Brise in den Blättern eintauschen? Wenn sie in ihrem Garten saß, schien die Zeit für eine Weile stillzustehen. Vielleicht kam es ihr auch nur so vor, weil sie sich ganz im Einklang mit der Zeit bewegte und so immer im Jetzt war.

Auch an diesem Abend legte sie sich in den Liegestuhl und wandte ihr Gesicht mit geschlossenen Augen dem bereits orangefarbenen Licht der Sonne zu. Dabei strömte der Duft der Levkojen in ihre Nase. Sie musste die Augen nicht mehr öffnen, um die hübschen, pyramidenförmigen Blüten zu sehen. Sie kannte die Struktur jedes Blattes in ihrer Oase – und die genaue Lilanuance ihrer Levkojen. »Ich bewundere deine Würde«, sagte diese Pflanze. Sie roch nach Vanille und am Abend manchmal nach Zimt, aber nur am Abend, so wie andere Blumen am frühen Morgen am schönsten waren.

Auch deshalb suchte Isabelle ihren Garten mehrmals am Tag auf. Sie hatte erkannt, dass der sprichwörtliche Wandel der Natur sich nicht nur im Ablauf der Jahreszeiten zeigte. Das Werden und Vergehen vollzog sich manchmal schon innerhalb eines Tages oder nur eines Augenblicks.

Sie wusste, dass ein Garten, der nur der Lust an seiner Schönheit diente, der reinste Luxus war. Ihre Familie hätte dafür keine Zeit erübrigen können. Ihr galt nur der Ertrag etwas, den sie der Erde mühsam abrang.

In diesem Moment übermannte Isabelle ein Gefühl der Dankbarkeit gegenüber Ernst. All dies verdankte sie ihm, oder nicht? Er hatte es verdient, das gleiche Glück zu empfinden, das sie in diesen Momenten verspürte. Wieder einmal nahm sie sich vor, sich noch viel mehr anzustrengen.

Wenn sie bei ihm war, tat sie alles, um ihm Ehefrau, Muse und Geliebte zu sein, doch wenn sie zurückkehrte in ihre Oase, hatte sie das Gefühl, eine Last abzuwerfen, und dafür schämte sie sich schrecklich. Dabei war nicht er das Problem, sondern dass sie nicht in der Lage zu sein schien, ihm, ohne sich zu verstellen, die Frau zu sein, die er verdiente.

Erst hatte die starke Sehnsucht nach einem Kind sie von ihren Pflichten ihm gegenüber abgelenkt, nun erwischte sie sich immer wieder dabei, wie ihre Gedanken zu Herrn Baran drifteten. Sie verbat sich darüber nachzudenken – am Ende käme sie zu dem Schluss, dass es nicht klug war, ihn hier arbeiten zu lassen. Doch er und seine Familie brauchten das Geld. Sie durfte ihm diese Einkommensquelle nicht nehmen, nur weil sie sich gelegentlich dabei ertappte, ihn immerzu ansehen und die Hand nach ihm ausstrecken zu wollen.

Isabelle hatte das Gefühl, einer verwandten Seele begegnet zu sein. Aber sie durfte sich nicht verleiten lassen, dies mit Verliebtheit zu verwechseln. Angesichts ihrer unterschiedlichen Stellung war es schon verwegen genug, ihn als Freund zu betrachten.

Sie nahm sich reumütig vor, für Ernst und seine Freunde auch am kommenden Wochenende die perfekte Gastgeberin zu sein. Und wenn sie mit ihrem Mann schlief, würde sie es seinetwegen tun und nicht, weil sie sich erhoffte, schwanger zu werden.

Isabelle streckte ihre Hand nach einem Blatt der Brunnenkresse aus. Sie zog es sanft von seinem Stängel und nahm es zwischen die Lippen. Eine köstliche leichte Schärfe säuselte ihr die Botschaft der Pflanze zu: »Du hast über mich zu entscheiden.«

Das war es sicher nicht gewesen, was Herr Baran ihr hatte sagen wollen. Seit sie das Spiel mit der Blumensprache begonnen hatten, war es manchmal schwer zu sagen, ob eine Pflanze mit einer Bedeutung zu ihr kam oder sie einfach nur schön sein sollte.

Endlich blühten auch die Türkenbundlilien. Nach einem Blick auf ihre alte Lieblingsblume schloss Isabelle ihre Augen wieder. Durch die geschlossenen Lider betrachtete sie die Lichtbilder, die die Sonne malte. Ihre Hand ließ sie zu Boden gleiten, sodass ihre Fingerspitzen in die warme Erde eintauchen konnten. Der Garten kam ihr vor wie ein Traumstoff, an dem alle gemeinsam webten: Sonne, Menschen, Würmer, Pflanzen. Isabelle berührte mit der erdigen Hand ihre Lippen, auf denen noch immer der Nachklang der leichten Schärfe der Brunnenkresse lag. Holzig und süß.

Inzwischen hatte Isabelle sich eingehend mit dem Buch beschäftigt, das Herr Baran ihr gegeben hatte, und war zu dem Schluss gekommen, dass sie am ehesten ein Buchsbaum sein musste. »Du bist entsetzlich spröde«, war seine Botschaft. Aber immerhin war der Buchsbaum widerstandsfähiger, als man meinen würde.

Doch an diesem Tag, inmitten der Lilien, mit dem Geschmack von Schärfe und Erde auf der Zunge, einem Summen im Ohr, den Düften in ihrer Nase, verwandelte sie sich in eine von ihnen. Nicht in eine weiße, sondern in eine rote Lilie, die von Sinnlichkeit sprach. Kaum einer anderen Blumenart wurden widersprüchlichere Bedeutungen zugesprochen. Weiß: Reinheit. Gelb: das Bestreben, bewundert zu werden. Orange: Arroganz.

Erst jetzt fiel Isabelle auf, dass Ernst den Garten noch kein einziges Mal betreten hatte, allerdings hatte sie ihn auch nie dazu aufgefordert.

Nun, wo noch weitere Gäste anreisen würden, hätte sie ihn am liebsten verschlossen, bevor einer von ihnen auf die Idee kam, eine Blume zu pflücken oder hier gar ein Stelldichein abzuhalten. Wie es wohl sein würde, wenn Ernst ab dem Herbst hier längere Zeiträume verbrachte? Aber vermutlich würde auch sie dann weniger Zeit hier verbringen, wenn alles welkte und die Luft sich abkühlte.

Lilly

Ein paar Tage, bevor ich das erste Mal meinen Theaterkurs an der Schule leiten soll, überkommen mich heftige Zweifel. Was habe ich mir nur dabei gedacht? Ich werde auf die Nase fallen, denn die Schüler werden sofort durchschauen, dass ich keine Lehrerin bin. Ich kann noch nicht mal sicher sein, dass ich mit meinem Schauspieltalent durchkomme – soweit ich mich an meine Schulzeit erinnere, haben Kinder einen erstaunlich sensiblen siebten Sinn dafür, wenn sie an der Nase herumgeführt werden. Vermutlich sind sie immer noch wie Raubtiere und machen Jagd, sobald sie eine Schwäche wittern.

Vielleicht beschließe ich deshalb beinahe panisch, einen Anker in mein bisheriges Leben zu werfen – um nicht abzutreiben. Simon ist an diesem Wochenende in Berlin und ich habe beschlossen, ihn zu besuchen, auch wenn er beschäftigt sein sollte. Aber auf der Fahrt dorthin mache ich bei meinen Eltern Halt.

»Die Haarfarbe steht dir«, sagt meine Mutter, als sie mich sieht. »Der Schnitt auch.«

Ich habe mittlerweile meine Idee von einem Bob umgesetzt. Mich selbst verwirrt mein Anblick im Spiegel immer noch fast jeden Morgen, aber meiner Mutter scheint es wirklich zu gefallen. »Ich habe nie verstanden, warum du sie färbst«, erklärt sie. »Du siehst fast aus wie früher – viel jünger, ohne das Blond und das Knallrot auf den Lippen.«

»Irgendjemand war der Ansicht, das Blond bringe mich zum Strahlen und das Rot meinen Teint zum Leuchten«, erkläre ich abwehrend.

Sie lacht auf. »Du bist doch keine Glühbirne.«

Die Bemerkung hätte mich früher auf die Palme gebracht, aber nun muss ich überrascht zugeben, dass mir ihre raue Art gefehlt hat. »Mama, darf ich dich etwas fragen, ohne dass du ausflippst?«

»Wenn du so anfängst, bin ich mir nicht sicher, ob ich dir das Versprechen geben kann.«

»Glaubst du, dass du mir irgendwann verraten kannst, was Großvater so Schreckliches getan hat, um dich so gegen ihn aufzubringen? Ich würde die nebulösen Andeutungen gerne verstehen, die du immer wieder fallen lässt. Sie sind doch sonst nicht deine Art. Aber du sagst, dass er den Garten zerstört hat. Das hat er doch nicht einfach so getan, oder?«

Bei ihren letzten Einträgen hatte ich das Gefühl, Großmutters ganzes Leben hätte nur noch in ihrem Garten stattgefunden. Von ihrem Mann ist immer seltener die Rede – und wenn, dann hat es etwas mit Dingen zu tun, die sie nicht möchte. Seine Gäste empfangen zum Beispiel. Wie mag mein Großvater sich dabei wohl gefühlt haben?

Erst fixiert meine Mutter mich nur stocksteif. Dann hebt sie spöttisch ihre Augenbrauen, doch ich sehe genau, wie ihre Hände zittern. »Ist dir wirklich nie aufgefallen, dass dein Großvater einen klitzekleinen Hang zu Grausamkeiten hatte?«

»Grausamkeiten?« Ich blinzele. »Großvater hat mich geliebt. Er hat mich umsorgt. Er hat mir sogar eine eigene Geschichte geschrieben. Manchmal denke ich, dass du neidisch auf mich bist.«

»Neidisch? Er konnte so unfair sein! Und es kam mir immer so vor, als hätte er allen etwas vorgemacht. Vor allem sich selbst. Es war seine Schuld, dass Isabelle gestorben ist, weißt du?«

»Jetzt bist du aber diejenige, die melodramatisch ist. Sie hatte eine Lungenentzündung. Das war früher keine ungewöhnliche Todesursache.«

Inzwischen ist mein Tonfall etwas lauter geworden und auch meine Mutter ist nicht mehr so ruhig wie am Anfang.

»Ich bin mir fast sicher, dass sie sich erholt hätte, wenn sie nicht nach einem fürchterlichen Streit mit ihrem Mann, krank wie sie war, aufgelöst und nur halb bekleidet durch Kälte und Regen gerannt wäre.«

Die Augen meiner Mutter sprühen Feuer.

»Mama, das ist schrecklich«, sage ich betroffen. »Aber Paare streiten. Sicher hat er sie nicht bewusst aus dem Haus gejagt.«

Mit wieder ruhiger Stimme fährt sie fort, als hätte ich nichts gesagt: »Du hättest die Leute hinterher mal hören sollen. Der arme Witwer, der ein kleines Kind alleine großziehen muss.« Sie schnaubte. »Und weißt du was? Genauso hat er sich und mich gesehen – er der arme Witwer und ich der Ballast, der ihn immer an die elende Vergangenheit erinnert. Ohne Waltraud und Lena hätte ich niemanden gehabt, der mich liebt. *Er* konnte mich kaum anschauen. Ich erinnere mich nicht an eine gemeinsame Unternehmung mit ihm. Für andere hatte er zumindest schöne Worte, an mich verschwendete er nach dem Tod meiner Mutter nicht einmal die.«

Ich schlucke. Sie hat mir nie von diesen Dingen erzählt. Nun kann ich das Kind sehen, das allein mit seinem Vater und zwei Angestellten in einem großen Haus lebte und sich ungeliebt fühlte. Trotzdem bin ich noch nicht bereit, ihre Gefühle an mich heranzulassen. In meiner Hilflosigkeit klammere ich mich an das Vertraute, an den Groll, den ich ihretwegen empfunden habe, weil sie stets versucht hat, mir meine Liebe zu meinem Großvater zu verderben.

»Vielleicht liegt es in der Familie«, murmele ich.

»Wie bitte?« Sie ist offensichtlich perplex.

»Ich habe mich auch oft nicht gesehen gefühlt.«

»Aber …« Meine Mutter scheint um Worte zu ringen.

»Ihr habt euch immer um mich gekümmert, keine Frage. Aber die echte Lilly war dir auch nie recht. Auf alles, was mir Freude gemacht hat, hast du reagiert, als hättest du mich mit Drogen erwischt. Wieso?«

Wie oft hatte sie gefaucht: »Es sind doch nur Bücher.« Oder: »Es ist nicht das echte Leben.« Das echte Leben schien ihrer Meinung nach vor allem aus Sorgen und Arbeit zu bestehen. Ist es da verwunderlich, dass ich nicht unbedingt daran teilhaben wollte?

Sie steht an die Tischplatte gelehnt, die Hände auf dem Rücken. Ich kann mir vorstellen, wie sie das Holz umklammern. »Ich habe mir Sorgen gemacht. Später hattest du viele Freunde, aber da hattest du dich auch schon verändert. Als kleines Kind warst du so oft traurig, weil du keinen Anschluss gefunden hast. Du hattest das Gefühl, anders zu sein als die anderen. Ich wollte nicht, dass du dich in einer Märchenwelt verlierst, mit einem alten Mann als einzigem Begleiter.« Ungläubig sehe ich sie an. Ich bin davon überzeugt, dass ihre Wahrnehmung sie getrogen haben muss. So soll ich gewesen sein? Ich kann mich an diese Zeit nicht erinnern.

»Dein Vater ist gleich zu Hause. Ich habe ihm versprochen, dass wir heute Abend Nudeln essen. Ich muss jetzt leider in die Küche. Bleibst du zum Essen hier? Er würde sich freuen«, sagt sie und beendet das Gespräch damit für heute.

»Ein anderes Mal«, sage ich leise. »Auf mich wartet auch jemand. Ich fahre heute noch zu Simon.«

Als ich Berlin erreiche, kommt die Stadt mir fremd vor. Erst in Simons Wohnung spüre ich ein Stück der ersehnten Vertrautheit, von der ich mir Halt verspreche. Es riecht wie immer, es sieht aus wie immer.

Ich beschließe, dass dies ein perfekter Abend werden wird. Simon hat versprochen, nicht zu spät zu kommen. Ich werde uns Coq au Vin zubereiten. Wegen dieses Gerichts sucht er mit schöner Regelmäßigkeit ein französisches Bistro um die Ecke auf. Er ist verrückt danach. Mit ein wenig Hilfe aus dem Internet sollte es mir doch wohl gelingen, ihm so ein besoffenes Hühnchen zu servieren.

Instinktiv halte ich im Supermarkt nach potenziellen Gefahren Ausschau. Dabei würde mich nicht einmal Simon jetzt erkennen, wenn er mir unvermittelt gegenüberstünde – ohne Make-up und mit neuer Frisur. Dennoch sehe ich mich um, denn es ist noch gar nicht lange her, dass ich in einem anderen Berliner Supermarkt arglos an der Kasse stand, als ich plötzlich einen scharfen Schmerz in den Hacken spürte. Empört fuhr ich herum. Eine ältere Dame mit strähnigem Haar und einem uralten fliederfarbenen Oma-Parka hatte mich mit ihrem Wagen gerammt, sah aber keineswegs so aus, als wolle sie sich entschuldigen.

»Lass Tim und Lina in Ruhe«, hatte sie gezischt.

Das sind die Rollennamen, die Sarah und Maximilian in einer beliebten Krimiserie tragen. Bis zu diesem Zeitpunkt hatte ich mich daran gewöhnt, dass man mich anstarrte. Aber niemals zuvor hatte mich jemand körperlich angegriffen.

Trotz meines Schocks gelang es mir, ein hochmütiges Lächeln aufzusetzen, obwohl ich am liebsten den Einkauf zurückgelassen hätte und weggelaufen wäre. Dieser nach Bier müffelnden alten Dame war es gelungen, mich so kalt zu erwischen, dass mich ihr Kommentar stärker traf, als er sollte. Dieses Erlebnis verfolgt mich noch immer.

An diesem Tag geschieht allerdings gar nichts. Unbehelligt trage ich meine Einkäufe nach Hause und mache mich daran, mit dem einzigen halbwegs scharfen Messer, das ich in unserer Küchenschublade finde, das Huhn zu zerlegen.

Ich brate das Fleisch an und flambiere es. Dann werfe ich die Zwiebeln zusammen mit den klein geschnittenen Möhren, ein paar Kräuterstängeln, Champignons und einem Liter Rotwein in einen Bräter.

Ich finde, es duftet köstlich. Vielleicht kann ich mich mit diesem Gericht einmal bei Linus und Sabine revanchieren. Als ich höre, wie Simon die Wohnungstür aufschließt, lehne ich mich mit verführerischem Lächeln über den Topf und rühre darin. Ich trage sogar eine weiße Schürze über meinem schwarzen Kleid.

Falls ich erwartet hatte, er würde mir diesen Anblick mit einem freudigen Lächeln danken, habe ich mich getäuscht. Er sieht einfach nur verwirrt aus. Verlegen greife ich mir ins Haar. »Ich habe ein bisschen was verändert. Blond überlebt man da draußen nicht. Es gibt keinen annehmbaren Friseur, der alle sechs Wochen die Ansätze nachfärbt.« Mit weicher Stimme fahre ich fort. »Schön, dass du da bist.«

Ich gehe um den Tresen herum, um ihn zu küssen, aber er wirkt immer noch wie erstarrt. »Wir hatten doch vereinbart, dass ich heute komme, oder?«, frage ich nun meinerseits verwirrt. Ich lege meine Hände auf seine Schultern und betrachte ihn prüfend. Er hat immer noch diese markante Cary-Grant-Kerbe am Kinn, die mir immer schon so männlich vorkam, dass ich im Grunde schon bei unserem ersten Treffen mit ihm schlafen wollte. Endlich küsst er mich.

»Die anderen werden überrascht sein, wenn sie dich sehen«, sagt er.

»Die anderen?«, frage ich überrascht.

»Wir haben sie so lange nicht gesehen«, sagt er bittend. Manchmal glaube ich, am liebsten mag er uns, wenn wir unter

Leuten sind. »Da dachte ich, es wäre schön, sie zu treffen. Du bleibst doch bis Sonntag oder?«

»Ich habe Coq au Vin gekocht.«

»Du? Hast du ein schlechtes Gewissen?« Er sagt es leichthin, aber sein Kiefer ist angespannt.

»Nein«, sage ich schnell. Meine Wangen röten sich, weil er mir offensichtlich immer noch nicht wieder ganz traut. »Wollen wir erst noch ganz in Ruhe essen? Es steht seit anderthalb Stunden auf dem Herd und sollte jetzt gar sein.«

»Ist wirklich alles in Ordnung mit dir?«, fragt er beinahe besorgt. »Du verhältst dich so komisch.«

Diese Bemerkung verunsichert mich. Eigentlich hatte ich gerade das Gefühl, mich wie eine stinknormale Frau zu verhalten, die ihren Freund eine ganze Weile nicht gesehen hat.

Dann geht mir auf, dass er möglicherweise die Blondine vermisst, die immer einen schnippischen Kommentar auf den Lippen trägt. Ich versuche sie wiederzufinden, scheine aber etwas eingerostet zu sein.

»Quatsch«, rufe ich fröhlich. Es klingt viel zu schrill. »Du hast recht. Lass uns heute Abend Berlin unsicher machen, yeah! Der blöde Hahn ist morgen auch noch da.« Also stelle ich den Herd aus und widme mich meinem Kleiderschrank und der Frage, was ich anziehen soll, wenn wir gleich ausgehen.

Die Umstellung ist schwerer als gedacht. Ich fühle mich fremd in meinen High Heels und das nicht nur, weil ich jetzt brünett bin. Viele von den Menschen, die wir in der Bar treffen, mag ich wirklich. Nur, dass ich das Gefühl habe, ihre Sprache verlernt zu haben. Steif höre ich ihnen zu und lache an den passenden Stellen. Erst als ich wirklich betrunken bin, löst sich der Knoten ein wenig.

Kaum eine Stunde später sacke ich erschöpft in meiner Ecke zusammen. Ich höre, wie Simon in mein Haar murmelt. »Vielleicht vermisse ich das Blond doch. Du hast dich verändert. Früher hast du geleuchtet.«

»Ich bin doch keine Glühbirne«, zitiere ich schnaubend meine Mutter. Dabei bin ich den Tränen nahe. Immer hatte ich Angst, jemand könne merken, dass ich den Erwartungen nicht standhalten kann. Früher hieß es, ich könnte das Licht in einem Raum anknipsen, indem ich ihn betrete, aber vielleicht hatte das nie mit meiner Persönlichkeit zu tun.

Die ersten hellen Strahlen warf der Ruhm meines Großvaters auf mich, später waren es wohl das Blitzlicht der Fotografen, die Scheinwerfer der Kameras und die Glimmerpartikel in meinem Make-up. Ich hatte trainiert, so aufzutreten, dass ich nicht übersehen wurde.

Doch nun bin ich erschöpft von den Täuschungsmanövern, so sehr mich der Gedanke auch schmerzt, dass ich ohne sie weniger attraktiv für Simon sein könnte. Ich habe kein Zeitgefühl mehr, aber irgendwann hilft Simon mir auf und stützt mich auf dem Weg zum nächsten Taxi.

Als wir zu Hause angekommen sind, probiere ich es trotz aller Bedenken noch einmal mit ungeschminkter Ehrlichkeit. »Nimm mich in den Arm, bitte. Ich hatte eine wirklich beschissene Zeit.«

Er schließt seine Arme um mich und kurz darauf haben wir Sex – kurz und unspektakulär.

Als wir hinterher gemeinsam in die Kissen sinken, murmelt Simon zufrieden: »Die Haarfarbe ist ganz egal. Du wirst immer meine Eliza bleiben, trotz allem.«

Beklommen richte ich mich auf. »Trotz allem? Was genau meinst du damit? Nur die Haarfarbe oder noch etwas anderes?«

Er dreht sich ein Stück zur Seite, sodass ich seine Augen nicht mehr sehen kann. »Wollen wir wirklich darüber sprechen? Du weißt, wie ich dazu stehe. Wir haben das nicht nötig.

Zusammen sind wir das Zaubermädchen und der Leinwandmagier, schon vergessen?«

»Hast du dich deshalb in mich verliebt«, frage ich traurig. Plötzlich fühle ich mich stocknüchtern. »Als logische Konsequenz? Weil du dachtest, gemeinsam könnten wir einander noch weiter nach oben pushen, als es uns einzeln gelänge?«

Er zieht mich wieder zu sich auf die Matratze und rollt zur Seite, sodass ich unter ihm liege. »Pssst. Alles ist gut. Ich glaube eben an uns. Und ich liebe dich.«

»Mich? Oder Eliza?«

Man muss ihm lassen, dass er nie die Unwahrheit sagt, auch wenn er die Gefahr bereits wittert. Nach kurzem Zögern sagt er: »Irgendwie bist du doch sie, oder?«

Ich mache mich von ihm los und sehe ihn nachdenklich an. »Nein. Eliza ist eine Figur, die mein Großvater erfunden hat.« Ich winde mich aus seiner Umarmung, bis wir nebeneinanderliegen und beide an die Decke starren.

»Irgendwann müssen wir darüber reden, Simon. Also warum nicht jetzt: Was denkst du, ist in der Tiefgarage passiert?«

»Hör auf, ich habe gerade nicht die Energie für so etwas, Lilly.«

»Du hast mich nie ausreden lassen, hast mir nie die Chance gegeben über diesen Moment zu sprechen. Deshalb muss ich davon ausgehen, dass du alles Notwendige zu wissen glaubst. Also, was denkst du über diese Sache?«

»Die Bilder waren recht eindeutig, oder?« Endlich zeigt er seine Wut. »Er sieht gut aus. Es ist ganz normal, dass sich Schauspielerinnen am Set vorübergehend in ihre Partner verlieben. Gerade die jungen. Du warst scharf auf ihn und hast es versucht. Etwas Alkohol war wohl auch im Spiel. Willst du noch etwas hinzufügen?«

»Nein«, sage ich und drehe mich auf die Seite. »Ich denke, es ist alles gesagt. Von mir aus können wir jetzt schlafen.«

Am nächsten Morgen wird er aufwachen und eine Karte auf seinem Nachttisch finden. Darauf stehen nur zwei Worte: Verzeih mir!

Erst als ich bereits wieder auf dem Weg zum Haus meines Großvaters bin, fällt mir auf, dass er sie missverstehen wird. Simon wird glauben, ich will mich für einen Seitensprung entschuldigen. Dabei will ich mich nur von ihm verabschieden. Es tut mir leid, dass ich ihn zu dem Glauben verleitet habe, ich sei eine Eliza, ein Mädchen, das leuchtet.

Lilly

Zu meiner ersten Schulstunde zu fahren, fühlt sich an, wie einer Verabredung zu einem ersten Date zu folgen. Immer wieder habe ich in den Spiegel geschaut und während der Fahrt hat es in meinem Magen gekribbelt. Aber es ist seltsam: Seit ich Simon und auf gewisse Weise auch Eliza hinter mir gelassen habe, kommt es mir gar nicht mehr so beunruhigend vor, hier als eine Art Lehrerin zu arbeiten. Es scheint mir sogar ein äußerst passender Zeitpunkt zu sein, um irgendwo als Lilly Jensen und damit als unbeschriebenes Blatt etwas Neues anzufangen.

Ich habe in den letzten Tagen, statt in Isabelles Notizbuch zu schmökern, Bücher über Theaterpädagogik gewälzt. In dem Glauben damit sowie mit meiner Erfahrung, gar nicht einmal so schlecht vorbereitet zu sein, betrete ich die Schule in einer schlichten Jeans, einem gestreiften Shirt und einer schwarzen Lederjacke – cool und lässig, aber erwachsen.

Der Geruch in der Halle ist so vertraut, dass er mich sofort in die Vergangenheit katapultiert. Das billige Laminat der Böden, Testosteronausdünstungen der Halbstarken, der Gummibärchengestank billigen Parfüms sowie dieser leicht angesengte Geruch, den Vollbremsungen von Gummisohlen auf dem Boden hinterlassen. Ich bin mir sogar sicher, dass Kreidestaub in der Luft hängt, obwohl ich vorher darauf gewettet hätte, dass man alle Tafeln mittlerweile durch Leinwände und Displays ersetzt hat.

Plötzlich steigen Bilder in meinem Kopf auf, die mich an das erinnern, was mir meine Mutter erzählt hat. Wie ich an den ersten Schultagen unsicher über die Flure geschlichen bin. Das Mädchen, das seinen Ranzen blitzschnell auf dem Platz neben sich abstellte, als ich mich dort hinsetzen wollte. »Ich halte für eine Freundin frei.« Später saß ein Mädchen neben ihr, von dem sich herausstellte, dass sie es bis zu diesem Zeitpunkt nicht einmal gekannt hatte. Das Gelächter im Sportunterricht, als ich wieder einmal als Letzte gewählt wurde, weil ich nie den Ball fing. Später stellte sich heraus, dass ich kurzsichtig war.

Vielleicht hat meine Mutter recht. Vermutlich war ich ein Sonderling, bis mein Großvater meine verborgene Stärke entdeckte und Eliza schuf – oder war es umgekehrt gewesen?

Hatte er mich zu Eliza gemacht?

Ich fürchte, dass es so gewesen sein könnte. Er meinte es sicher gut, aber ich bin mir nicht sicher, ob er mir damit einen Gefallen getan hat. Vielleicht hätte ich ohne seine Wegweiser verschlungenere Pfade eingeschlagen und mich in Sackgassen verirrt. Aber vielleicht hätte ich mein Leben dafür auch weniger an der Oberfläche geführt. Denn das habe ich getan, das ist mir jetzt klar. Ich habe irgendwann angefangen zu spiegeln, was andere sehen wollten, und zu einer Frau ohne echte Eigenschaften zu werden. Während ich das Tagebuch meiner Großmutter las, habe ich manchmal belächelt, wie wenig eigenes Leben sich die Frauen an den Seiten ihrer Männer zu der Zeit zugestanden haben. Heute bestimmen vielleicht nicht mehr unsere Väter und unsere Ehemänner über unser Dasein, aber sind es nicht immer noch allzu oft die Erwartungen anderer, die uns leiten?

Vor dem Lehrerzimmer erwartet mich Frau Kurtz. Sie begrüßt mich mit einem Handschlag und einem strahlenden Lächeln. »Sie sehen anders aus. Gefällt mir. Sind Sie bereit für die Gruppe? Lassen Sie sich bloß nicht abschrecken. Sie haben zwei unserer ganz Coolen erwischt. Aber im Grunde sind es doch nur pubertierende Jungs. Sie machen das schon.«

Sie führt mich zu meinem Raum und hält mir die Tür auf. Als wir eintreten, nimmt uns kaum jemand zur Kenntnis, weil alle wild durcheinanderschnattern.

»So, nun alle mal die Klappe halten«, ruft Frau Kurtz. Niemals hätte ich ihr einen so militärischen Tonfall zugetraut. Er scheint zu wirken. »Ich möchte euch allen Lilly Jensen vorstellen, die diese Theater-AG leiten wird. Ich setze darauf, dass ihr euch um einen halbwegs guten Eindruck bemüht.«

Ich versuche, jedem einmal in die Augen zu sehen. Es ist wichtig, den Schülern von Anfang an Allgegenwärtigkeit und Aufmerksamkeit zu demonstrieren, habe ich gelesen. Bei meiner Übung stoße ich abwechselnd auf gelangweilte, neugierige und abweisende Mienen. Das verspricht spannend zu werden, denke ich nüchtern.

»Digga, endlich mal 'ne geile Lehrerin.« Der Kommentar kommt von einem Jungen mit kurzen, hochgegelten Haaren. Er hat die Beine auf seinem Tisch in der letzten Reihe abgelegt.

»Leon, reiß dich zusammen, sonst gibt es eine sehr ungeile Strafarbeit.«

Dass Leon zwar die Augen verdreht, aber nichts mehr sagt, verrät mir, dass ich mir von Frau Kurtz einiges abschauen sollte.

Diesen Haufen wild gewordener Hormone soll ich in den Griff bekommen? Der freche Ausruf eines harten Kerls mit Milchbubigesicht macht mir dabei weniger Sorgen als die Zusammenstellung der Gruppe. So ziemlich jedes Teenie-Klischee ist hier vertreten. Aber wie soll ich eine Ansprache finden, mit der ich sowohl die blondierte Sexbombe mit dem pinkfarbenen BH unter einer transparent-schwarzen, billigen Polyesterbluse erreiche wie auch das Mädchen neben ihr, das über ihrer Strebermine ein Kopftuch trägt? Sie heißen Linda und Aylin, entnehme ich den Namensschildern, die vor ihnen auf dem Tisch stehen. Sie sind keine Freundinnen, was mir das Naserümpfen verrät, mit dem sie jede Bewegung der jeweils anderen quittieren.

Dann gibt es noch die Mausblonde, die ihre Haare wie einen Schleier vor ihr Gesicht fallen lässt, damit sie keinen Blickkontakt aufnehmen muss. Nur wenn sie denkt, dass keiner hinsieht, riskiert sie einen sehnsüchtigen Blick nach vorne, der mir verrät, dass diese Christin sich etwas von dieser Theatergruppe erhofft. Möglicherweise ist es aber nicht das Gleiche, was sich die Schulleitung von diesem Kurs verspricht.

Das Ziel für dieses Projekt haben wir vorher gemeinsam abgesteckt. Die Schüler sollen eine eigene Szenen-Collage entwickeln, in der ihre individuellen Stärken zum Einsatz kommen, während zugleich dem Publikum eine wertvolle Botschaft vermittelt wird. Das Thema sollen die Jugendlichen angeblich selbst wählen dürfen, wobei mir von Herrn Wiesner aber gleich eingeschärft wurde, dass diese Suche von unseren pädagogischen Erwägungen gelenkt werden sollte. Niemals hätte ich mir vor diesem Schleimer die Blöße gegeben, ihn zu fragen, wie genau »unsere« pädagogischen Erwägungen denn wohl aussehen.

»Na, dann lasse ich euch jetzt mal alleine«, erklärt Frau Kurtz. Nach einem letzten mahnenden Blick in die Runde verlässt sie das Klassenzimmer und schließt die Tür hinter sich. Ich bleibe allein und mit einem stärkeren Lampenfieber zurück, als ich es von meinen Auftritten kenne.

Ich brauche einen neuen Plan. Die pädagogisch korrekten Ideal-Schemata aus den Büchern greifen hier nicht, dessen bin ich mir sicher. Um Zeit zu gewinnen, setze ich mich erst mal hinter meinen Tisch. Als Nächstes folge ich dem Impuls, die Beine darauf abzulegen. Ich kippele auf meinem Stuhl herum und schaue genervt auf die Uhr, während ich mit raumgreifenden Mahlbewegungen meines Kiefers vorgebe, Kaugummi zu kauen. Mit verschränkten Armen nehme ich die ungläubige Stille auf und freue mich diebisch, als das erste nervöse Kichern ausbricht. Sie sind beunruhigt. Gut so.

»Alles klar da vorne?«, ruft Paul, der neben Leon sitzt und sich genauso cool vorkommt.

Ich belauere sie noch eine Weile, um den Moment abzuwarten, in dem die Anspannung in Gleichgültigkeit kippt. Als es so weit ist, springe ich abrupt auf, mein Stuhl fällt mit einem lauten Poltern um, während ich schon auf die Tischreihen vor mir zumarschiere.

Dann beginne ich zu brüllen. »Was bildet ihr euch eigentlich ein? Sitzt hier rum und atmet meine Luft weg. Was glaubt ihr, was wir jetzt hier anfangen? Ein Casting für das neue ›Gute Zeiten, schlechte Zeiten‹? Ihr ungewaschenen kleinen Biester!« Ich bin mir nicht sicher, ob es die Serie überhaupt noch gibt. Ihren offenen Mündern nach zu urteilen spielt das aber auch keine Rolle.

Na bitte, sie haben eine erste Gemeinsamkeit gefunden. Sie alle denken, ich sei vollkommen durchgeknallt. Es ist immer von Vorteil, als unberechenbar zu gelten, denke ich. Das schärft auch die Aufmerksamkeit der Schüler. Zufrieden hebe ich meinen Stuhl wieder auf und setze mich wieder hin.

»Okay, keine Sorge«, erkläre ich locker. »Ich will nur spielen. Vielleicht habt ihr ja Lust mitzumachen.«

Ich hab sie. Zumindest für den Moment. Hier schaut keiner mehr gelangweilt zur Seite. Es ist sicher keine Strategie, die Herr Wiesner gutheißen würde, und auch keine, die sich dauerhaft praktizieren lässt, aber erst mal hat sie funktioniert.

»Ich dachte, wir spielen erst mal eine Runde ›Tabu‹, damit wir uns besser kennenlernen«, fahre ich fort.

Und das tun wir dann auch. Natürlich geht es nicht ohne viel Gekicher, Geflüster oder Augenrollen vonstatten, aber sie spielen alle mit. Ich beobachte sie genau, versuche einen Eindruck von ihren Wünschen und Hemmnissen zu erhalten – und bin überrascht darüber, wie aufregend ich das finde. Die erste Stunde geht sehr viel schneller vorbei, als ich erwartet hatte.

Am Abend schaue ich auf ein Glas Rotwein bei Sabine vorbei, um ihr von meinem ersten Tag zu berichten.

»Und, wie war's«, fragt sie neugierig, als sie mir die Tür öffnet. »Ich hoffe, du hast dich nicht gleich abschrecken lassen. Sie machen es einem anfangs nicht leicht, sie zu mögen.«

»Ich glaube, es war kein völliger Misserfolg«, sage ich bescheiden und schaue auf meine Fingerspitzen. Als ich ihr von den Schülern, der Stunde und auch meinen spontan entwickelten Methoden erzähle, lacht sie laut auf. »Das war clever von dir. Die meisten von ihnen sind eigentlich ganz nette Kinder, aber sie verwandeln sich in tollwütige Werwölfe, sobald sie dein Blut riechen können. Du solltest vielleicht nicht an die große Glocke hängen, dass du die Schüler zum Einstieg angebrüllt hast, aber ansonsten würde ich sagen: Alles, was ihr Interesse weckt, ist erlaubt. Solange es niemandem schadet, natürlich. Du weißt, dass in Mangelfächern auch Quereinsteiger genommen werden?«

Ich gebe einen schnaubenden Laut von mir. »Ich habe eine einzige Unterrichtseinheit halbwegs gut gemeistert, das qualifiziert mich sicher nicht dazu, plötzlich Lehrkraft für Darstellendes Spiel zu werden. Abgesehen davon glaube ich nicht, dass ich das möchte. Es ist gerade einmal sieben Jahre her, dass ich selbst die Schule verlassen habe, und ich habe sie danach eigentlich nicht sehr vermisst.«

Sabine seufzt. »Es muss herrlich sein, so jung zu sein. Ich wette, du findest einen guten Zugang zu ihnen.«

Nachdenklich schwenke ich mein Rotweinglas in kleinen Kreisen vor meiner Nase. »Was ich seltsam fand – du hast doch gesagt, es sei ein freiwilliges Angebot, aber ich hatte das Gefühl, dass sich viele nicht wirklich für das Theater interessieren.«

Sabine nickt. »Du erinnerst dich aber daran, was ich gesagt habe? Gesamtschule? Sehr durchmischt? Gebundenes Ganztagsangebot?«

»Das heißt, sie nehmen nicht freiwillig teil?«, mutmaße ich.

»Mehr oder weniger. Es ist ein Wahlpflichtfach und parallel zu der Theatergruppe findet dienstags bislang nur noch die WeLoveMINT-AG statt. Dort experimentieren die Naturwissenschafts-Cracks. Und donnerstags konkurrierst du nur noch mit der Gitarrenstunde und der Möglichkeit, unter Aufsicht die Hausaufgaben zu erledigen.«

Ich seufze. »Und weil sie keine kleinen Forscher sind oder nicht als Nerds gelten wollen und sich auch nicht vorstellen können, wie man krasse sechs Seiten mit fünf Fingern bedienen soll, kommen sie zu mir?«

»Gut erkannt«, Sabine prostet mir zu. »Willkommen in meiner Welt.«

Ich stoße mit ihr an und nehme einen kräftigen Schluck. »Wenn ich ehrlich bin, muss ich sagen, dass der Nachmittag mit den Schülern wirklich spannend war. Sie geben sich so abgeklärt, wirken dabei aber immer noch so …«

»Unschuldig?«

»Genau.«

»Haben dich eigentlich deine neuen Erfahrungen so verändert oder warst du beim Friseur?«, fragt sie schmunzelnd.

»Stimmt, du hast es noch gar nicht gesehen.« Ich fahre mir durchs Haar. »Ist die Veränderung zu heftig?«

Sabine schüttelt nachdenklich den Kopf. »Nein, ich finde, es steht dir sogar besser.«

»Wohnt Linus eigentlich wieder in der Stadt?« Die Frage beschäftigt mich, seit ich hier angekommen bin. »Ich glaube, ich habe sein Auto länger nicht gesehen.«

»Ganz genau weiß ich es nicht. Er verbringt gerade wieder viel Zeit in Neustadt. Vielleicht war die Trennung von seiner Freundin doch nicht so endgültig.«

Ihren vielsagenden Blick deute ich als Einladung nachzubohren, dabei würde ich lieber nicht darüber nachdenken, ob die beiden gerade leidenschaftlichen Versöhnungssex haben oder nicht.

»Vielleicht hast du seine Freundin sogar schon gesehen. Lisa, sie ist auch Lehrerin an der Schule, Englisch- und Erdkunde.«

Fast bedaure ich die Frau. Es muss seltsam sein, die Schwiegermutter in spe zur Kollegin zu haben.

»Hat sie lange blonde Haare, eine weibliche Figur und blasse Augen?«

Sabine nickt.

»Dann habe ich sie vielleicht wirklich gesehen, als ich mir im Lehrerzimmer einen Kaffee geholt habe. Zumindest hat mich eine der Frauen mit einem bohrenden Blick beäugt.«

Sabine zuckt die Achseln. »Das macht sie bei jedem. Vielleicht hat Linus ihr erzählt, dass unsere neue Nachbarin die Theatergruppe leiten wird. Dann ist sie sicher neugierig auf dich. Sie wird schnell eifersüchtig.«

»Dafür gibt es wohl kaum einen Grund.«

Statt darauf einzugehen, wechselt Sabine mit einem provozierend wissenden Lächeln das Thema. »Was macht denn dein Garten?«, fragt sie.

»Ich bin selbst ganz erstaunt, aber er wächst und gedeiht«, antworte ich ihr nicht ohne Stolz. Ich habe erkannt, dass ich niemals Floristin sein könne. So viel Arbeit, wie im Wuchs der Pflanze steckt, würde ich es nicht übers Herz bringen, sie mit einem Schnitt zu kappen. Aber ich kann mir gut vorstellen, in meiner nächsten Wohnung Blumen in Töpfen zu ziehen. Mittlerweile würde ich das Grünzeug vermissen, wenn es in meiner Umgebung keines mehr gäbe.

Später am Abend verlasse ich Sabines Haus mit einem leichten Schwips, aber zufrieden von den netten Gesprächen. Wieder im Haus rolle ich mich mit Großmutters Buch vor dem Kamin zusammen. Ihr nächster Eintrag ist ein kleines Gedicht. Es ist sehr kurz und wirkt nicht so, als sei es sonderlich ernst gemeint. Eher kommt es mir wie eine Fingerübung zum Erlernen ihrer neuen Vokabeln vor. Sein Titel lautet *Lavendel.* Er steht für Treue und das Gedicht scheint von Sehnsucht zu handeln.

Danken muss ich dem Lavendel, der mir verhieß,
Was Kamelie mich fast vergessen ließ.
Hätte ich die leuchtende Hortensie zerstört,
Von einem Jasmin still betört,
Niemals mehr erhielte ich eine weiße Rose zurück,
und verlöre eine Primel – der Zufriedenheit süßes Glück.

Wenn ich es richtig verstehe, wollte sie vermeiden, den Stolz eines anderen zu zerstören, auch wenn dies bedeutete, dass eine nicht näher benannte Sehnsucht ungestillt blieb.

Ich habe bei meiner Mutter eine Kopie von dem Foto des Gartens gemacht und nehme sie nun zur Hand. Mittlerweile kenne ich mehr Blumen, sodass ich auch die auf dem Bild besser zuordnen kann. Weiße Tulpen: Unsere Liebe ist unsere eigene Welt. Pfingstrose: Ich habe meinen Mut gefunden. Und dann die Calla: Ewige Liebe und Wiederauferstehung.

Waren sie alle wegen ihrer Bedeutung gepflanzt worden? Wem galten dann diese Gefühle? Nicht unbedingt meinem Großvater, dessen bin ich mir mittlerweile sicher.

Isabelle
1959

Isabelle nutzte die Gelegenheit, noch ein letztes Mal durch ihren Garten zu spazieren, bevor die Gäste kamen. Der Windhauch in den Blättern löste ihre Anspannung und das Licht, das durch die Blätter der Bäume geheimnisvolle Ornamente auf die Erde warf, verlieh ihr neuen Antrieb. Dann schlenderte sie zurück zum Haus.

Gerade hatte sie Motoren und das Knirschen von Kies gehört. Sie hoffte, dass Karl und seine Frau Elsbeth die ersten Ankömmlinge sein würden. In Gegenwart von Gabriele und ihrem Mann fühlte sie sich befangen, besonders, wenn sie alleine waren. Zusammen waren die beiden immer von der Aura eines Dramas umgeben, die den Umgang mit ihnen beschwerlich machte.

Auf halber Strecke lief ihr Damian Baran über den Weg. »Ich wollte mich nur verabschieden. Die Wiesen sind für den Besuch frisch gestutzt und Ihr Mann hat mich nach Hause geschickt.«

Es behagte Isabelle nicht, dass ihr Mann Herrn Baran Befehle erteilte, dabei war er im Grunde natürlich Ernsts Angestellter. Sobald der Herbst begann, würden die beiden sich noch viel häufiger zu Gesicht bekommen.

Wehmütig blickte Isabelle zu ihrem blühenden Garten zurück. Die Blaubeeren wurden bereits reif. Wie so oft im Sommer war ihr ein wenig melancholisch zumute. Dies war ihre liebste Jahreszeit, aber sie konnte schon zu ihrem Beginn nie vergessen, wie bald sie enden würde.

»Wie wird es hier wohl im Winter sein?«, fragte Isabelle.

»Darum machen Sie sich jetzt Gedanken? Der Sommer hat doch gerade erst wirklich begonnen.«

»Aber er ist immer so schnell wieder vorbei.«

»Denken Sie daran, dass in einem Garten nie etwas ganz vergeht.«

»Das klingt schön«, erwiderte sie zweifelnd.

Er schenkte ihr ein warmes Lächeln. »Früher dachte man, dass Pflanzen eine Seele haben. Da ist etwas dran, glaube ich. Im Winter ist ihre Hülle tot, aber die Samen sind noch da. Sie wachen über die Auferstehung.«

Isabelle blinzelte gerührt. »Oh je, an Ihnen ist ja auch ein Poet verloren gegangen. Nun muss ich daran denken, wie oft Menschenseelen mit Gärten verglichen werden.«

»Ein Geheimnis hinter Hecken verborgen.« Er sah sie unverwandt an und sie senkte ihren Blick nicht, als sie ihm antwortete: »Ja.«

Wie ein leises Echo wiederholte er es. »Ja.«

Er bückte sich zu einer kleinen Blüte, die er dann so zögerlich pflückte, als beschädige er sie nur unter Bedauern. Er reichte Isabelle einen weißen Stern. Ihre Finger berührten sich, als sie ihn entgegennahm.

»Courage«, beantwortete er weich ihre stumme Frage. »Davon haben Sie mehr, als Sie denken.«

Für einen Moment hielt sie den Stängel fest umklammert, dann fiel ihr ein, dass man diese Geste als Verrat an ihrem Besuch hätte deuten können, und sie versuchte, sie ihm zurückzugeben.

»Die werde ich nicht brauchen«, sagte sie abwehrend. »Es kommen nur Freunde.«

Er streckte seine Hand aus, aber anstatt die Blume zu nehmen, schloss er ihre Finger wieder darum. »Deshalb verstecken Sie sich hier?«

»Ich verstecke mich doch nicht.«

»Gut, denn Leben ist nur in der Stadt, wenn man die Tore offenlässt. Das gilt für Gärten und für Menschen.«

Nach einem kurzen Zögern steckte sie die kleine Blume in das oberste Knopfloch ihrer Bluse. »Auf Wiedersehen.«

Vor dem Haus sah sie, dass Ernst bereits die Gäste in Empfang nahm. Die beiden Paare schienen gleichzeitig angekommen zu sein. Isabelle mochte vor allem Karl.

Als humoristischer Dichter und wegen seiner beständig guten Laune wurde er von den »ernsthaften« Künstlern nicht ganz für voll genommen, aber man hatte ihn einfach gerne um sich. Isabelle war erstaunt, dass die anderen nicht zu bemerken schienen, wie seine Mundwinkel sofort herabsanken, sobald er schwieg. Manchmal argwöhnte sie, dass so viel Komik nur sein persönlicher Umgang mit einer gewissen Verzweiflung war.

Der Mund seiner Frau Elsbeth wirkte dafür an diesem Tag noch verkniffener als sonst. Vielleicht hatte sie mittlerweile herausbekommen, dass ihr Mann mit Gabriele schlief. Dann stünde ihnen sicher keine angenehme Zeit bevor.

Viele Männer wollten mit Gabriele schlafen, aber nur Kurt war so mutig gewesen, sie zu heiraten. Für andere war sie viel zu attraktiv, zu sehr von sich selbst überzeugt und zu wortgewandt für eine Frau, um mit ihr das Leben zu teilen. Sie kannte keine Scheu, auch nicht davor, anderen Unbehagen zu bereiten. Wie immer war Isabelle hin- und hergerissen zwischen ihrer Bewunderung für diese Einstellung und der Sorge, was sie für die kommende Woche bedeuten würde. So lange wollten die Gäste bleiben.

Isabelle war nicht erpicht darauf, eine Party am Rande des Vulkans zu feiern.

»Zauberhaft siehst du aus, Isabelle«, flüsterte Gabriele ihr ins Ohr, während sie einander zur Begrüßung die Wange küssten. »Du duftest wie ein ganzer Blumengarten.«

Isabelle lächelte nervös. Sie wollte Gabriele gegenüber höflich sein, aber ihr Kompliment auch nicht so begeistert aufnehmen, dass Elsbeth ein Bündnis zwischen ihnen vermuten könnte.

»Und du erst mal«, sagte Elsbeth, als sie einen Kuss an Gabrieles Wange vorbeihauchte. »Man fühlt sich ja gleich wie in einem Boudoir.«

Ernst sah stirnrunzelnd von einer Frau zur anderen. Er mochte keine Zickigkeiten. »Zum Glück haben wir solche Scherereien nicht«, flüsterte er Isabelle zu, als sie hinter den beiden anderen Paaren ins Haus gingen.

»Zum Glück«, bestätigte sie lächelnd.

Mit jedem Einzelnen von ihnen konnte man wunderbar auskommen. Echte Probleme tauchten meist erst auf, wenn schon eine Weile der Alkohol geflossen war, Eitelkeiten und Voreingenommenheit an die Oberfläche trieben und elegant-ironische Spitzen in aggressive Auseinandersetzungen verwandelten. Isabelle würde versuchen zu verhindern, dass es so weit kam. Sie ließ Ernst mit den Gästen im Wohnzimmer zurück, um Waltraud und Lena bei ihren letzten Vorbereitungen für das Abendessen über die Schulter zu schauen. Am Ende war es den Frauen doch gelungen, ihre unterschiedlichen Vorstellungen zu vereinen und das typisch schleswig-holsteinische Menü zusammenzustellen, das Ernst sich gewünscht hatte.

Waltraud, die noch weiter nördlich aufgewachsen war, hatte Lena erklärt, dass es auf die broken sööt, die gebrochene Süße, ankam. Es ging dabei darum, verschiedene Geschmacksrichtungen zu verbinden. Die Süße mit dem Sauren oder dem Salzigen.

Lena rümpfte immer noch unbeeindruckt die Nase und deutete auf ein paar schrumpelige Früchte. »Klingt ja schön, aber solche Pflaumen hat meine Großmutter gegessen, wenn sie nicht aufs Klo gehen konnte.«

Waltraud runzelte die Stirn. »Lena, darum mache ich mir keine Sorgen, weil du die Toiletten schrubben wirst.«

Lena gab ein murrendes Geräusch von sich. Auch wenn sie versuchten, sich die Anstrengung nicht anmerken zu lassen, stand beiden Frauen schon jetzt der Schweiß auf der Stirn. Sie sahen diesen Abend als seltene Gelegenheit, sich zu beweisen.

Sie wollten mit einem sogenannten Rübenmalheur beginnen. Anschließend würden karamellisierte Röstkartoffeln zu einer Forelle serviert werden. Zum Nachtisch hatten sie ein »Errötendes Mädchen« vorbereitet, eine Nachspeise aus Buttermilch und Johannisbeeren. Isabelle hoffte, dass die rustikalen Speisen bei den Gästen den Eindruck eines ungezwungenen Urlaubs auf dem Land erwecken würden.

Um Lena aber nicht ganz zu enttäuschen, hatte Isabelle Waltraud überredet, das Rübenmalheur in kleine Teigtaschen zu verpacken, wie sie in Polen üblich waren. Das würde dem Ganzen auch noch etwas mehr Pfiff verleihen.

»Wir können kleinere Portionen machen und sie nett drapieren«, hatte Isabelle vorgeschlagen. Nun fiel ihr ein, dass sie etwas vergessen hatte. »Ich hole noch etwas Kapuzinerkresse, die Blüten werden so hübsch auf den Tellern aussehen.«

»Das kann ich doch machen«, rief Lena.

Isabelle wehrte ab. »Ich gehe schon.«

Von der Wiese hinter dem Haus aus sah sie gerade noch Herrn Baran auf der anderen Seite des Zaunes verschwinden. Es beunruhigte sie, dass der Anblick ihr einen Stich versetzte. Sie verbrachte mit ihm inzwischen mehr Zeit als mit ihrem Mann. Aber das würde sich ja bald ändern. Rasch pflückte sie einige Blüten und kehrte ins Haus zurück.

Kurz darauf servierte Lena auf der Terrasse Cocktails. Es war eine Freude, sie dabei zu beobachten. Es schien ihr so viel

Spaß zu machen. Sie sah sehr hübsch aus und schäkerte keck mit den Männern und den Frauen, aber ohne jede Anzüglichkeit. Mit ihrem unbeschwerten Charme brachte sie sogar Elsbeth zum Lächeln.

»Du hast sie gut ausgewählt«, sagte Ernst.

Isabelle legte ihren Kopf auf seine Schulter. »Sie ist die Schwester unseres Gärtners, unsere Nachbarin, erinnerst du dich?«

»Richtig. Ich habe mir das Mädchen, von dem du erzählt hast, aber viel jünger vorgestellt. Kurt sind beinahe die Augen aus dem Kopf gefallen, bis ihn Karls Ball am Kopf getroffen hat.«

Ernst hatte für Karl und Kurt ein Netz zum Federballspielen gespannt und bis eben hatte es Isabelle beinahe amüsiert, wie die Männer aus dem harmlosen Spaß einen Hahnenkampf machten. Es kam zu keiner fließenden Aktion, weil jeder übermäßig hart zuschlug, auch wenn der Ball dann im Aus landete.

Isabelle beneidete Kurt nicht. Obwohl er als Arzt seine eigene ansehnliche Karriere vorzuweisen hatte, galt er unter den Autoren nur als Gabrieles Ehemann. Allzu viel Mitleid konnte Isabelle dafür aber auch nicht aufbringen. Fast schien es ihr gerecht, dass auch einmal ein Mann in die Ecke geriet, die Frauen schon seit Jahren ohne zu jammern füllten. Nur während und kurz nach dem Krieg waren sie auf einmal begehrte Arbeitskräfte gewesen, denn die Männer hatten Besseres oder vielmehr Schlimmeres zu tun gehabt.

»Hat Kurt das Mädchen wirklich angestarrt?«, fragte Isabelle stirnrunzelnd. »Sie ist doch erst vierzehn Jahre und ihr Kostüm gewährt gar keine Einblicke.«

Sie sah sich nach dem Mädchen um und bemerkte zum ersten Mal, dass es eine Figur hatte, mit der es in gierigen Männeraugen auch unter einer Nonnentracht nicht sittsam aussehen würde. Ihr Blick glitt zu Kurt, der gerade seine Frau ansah. Sie lachte erleichtert: »Ach, der würde jetzt jeder schöne Augen machen, um Gabriele zu ärgern. Sie flirtet schon wieder mit Karl.«

Ernst seufzt. »Du hast recht. Wie wunderbar es ist, dass wir das alles nicht nötig haben.«

Er missdeutete ihr Erröten und zog sie näher an sich. Ihre Lippen teilten sich automatisch, als seine sie berührten. Der Duft seiner von der Sonne erwärmten Haut erinnerte sie an die Zeit, als sie mit ihm kaum das Bett verlassen wollte. Sein Begehren hatte ihr immer geschmeichelt, aber vor den Augen der anderen brachte es sie nur in Verlegenheit. Als er sie losließ, war die Blume in ihrem Ausschnitt zerdrückt. Schnell warf sie die kümmerlichen Überreste weg, auch weil sie sich ihretwegen schämte.

Sie hatten miteinander geflirtet. Halt, nein, ein Flirt – das klang nach Cocktails, Leichtigkeit und Gabriele. Isabelle hatte etwas Schlimmeres getan, dessen wurde sie sich nun bewusst. Sie hatte einem anderen Mann ein Tor geöffnet, das sie schnell wieder verschließen sollte, wenn sie sich nicht am Ende in ähnlichen Verstrickungen wiederfinden wollte wie die Gäste.

An diesem Nachmittag flirrte die Luft, so sexuell aufgeladen war sie. Isabelle entging nicht, wie ihr Mann nach dem Kuss als Erstes Gabriele ansah. Sie betrachtete sein Profil, das ihn wie ein Abbild von Männlichkeit wirken ließ. So ein Mann ließ Frauen träumen. Er hatte sie träumen lassen.

Entschlossen machte Isabelle zwei Schritte auf Ernst zu und umfasste sein Gesicht mit beiden Händen, um ihn noch einmal zu küssen. Die anderen pfiffen fröhlich, doch er unterbrach den Moment schnell, indem er mit den Händen ihre Oberarme umfasste und sie von sich schob.

Isabelle erschrak über den Anflug von Widerwillen in seinem Gesicht. Dann fiel ihr wieder ein, was er einmal ganz am Anfang ihrer Ehe zu ihr gesagt hatte. Er wollte immer wieder mit ihr schlafen und gab zu, wie herrlich verrucht er sich angesichts ihrer Unschuld fühlte. Es gefiel ihm, ihre Verlegenheit und Steifheit zu überwinden. Er hatte oft betont, dass er keine Gabriele wollte, die so unweiblich fordernd auftrete. Vielleicht war das ihr Fehler gewesen, dass sie selbst die Initiative ergriffen hatte.

Dabei hatte Isabelle wieder einmal den Eindruck gehabt, dass er sich insgeheim doch zu dieser Frau hingezogen fühlte. Vielleicht war er gesättigt von dem, was seine Ehefrau zu bieten hatte. Andererseits hatte sein Unterleib eben eindeutig auf ihre Berührung reagiert.

Missfiel ihm genau das? Am Ende gehörte vielleicht auch er zu den Männern, die Frauen in Heilige und Huren unterteilten. Die Heiligen hatten nicht die Initiative zu ergreifen, sondern sich bezwingen zu lassen. War sie ungerecht, indem sie so dachte? Sie durfte sich von der drückenden Stimmung um sie herum nicht anstecken lassen.

Als sie sich später zum Abendessen umzogen, beobachtete er sie dabei, wie sie in ihr neues rotes Kleid schlüpfte.

Er trat näher an sie heran. »Du bist weit weg.«

»Aber ich bin doch hier«, wandte sie überrascht ein.

»Etwas ist anders«, beharrte er.

»Ich weiß nicht, was du meinst.«

»Du lächelst, als hättest du ein Geheimnis, und das rote Kleid habe ich noch nie an dir gesehen.«

»Ich dachte, es würde dir gefallen«, behauptete sie, obwohl sie beim Kauf einem ganz eigenen Impuls gefolgt war.

»Du bist auch ohne all das schön. Die Dinge müssen nicht so offensichtlich sein.«

Es lag eindeutig ein Vorwurf in seinen Worten.

»Soll ich lieber ein anderes tragen?«, fragte sie enttäuscht.

»Komm her«, befahl er. Es klang wie ein Knurren. Sie ließ sich von ihm in die Arme ziehen und spürte, wie er spielerisch an ihrem Hals knabberte. Die Erregung ließ auch bei Isabelle nicht lange auf sich warten. Doch ihr Verlangen stimmte sie traurig, weil sie das Gefühl hatte, dass es eher etwas mit biologischen Reflexen bei der Berührung nackter Haut und versteckten Sehnsüchten zu tun hatte als mit ihrem Mann selbst.

Er ging gröber vor als sonst, als wolle er bei dieser veränderten Frau sein Revier markieren.

Hatte sie sich wirklich verändert? Sie fühlte sich seltsam leer, als er ihr das Kleid hochschob und in sie eindrang. Sie sah zu den roten Lilien, die Lena auf den Beistelltisch ihres Schlafzimmers gestellt hatte. Fruchtbarkeit. War es denn so offensichtlich, was sie sich wünschte?

Als es vorbei war, zeichneten seine Finger die Konturen ihres Schlüsselbeins nach, während er ihr Kleid wieder zurechtrückte. »Sobald es Herbst wird, werden wir gemeinsam hier leben, aber nun wirst du mit mir nach Hamburg kommen.« Der Druck seines Fingers verstärkte sich. »Ich mag es nicht, wenn Dinge sich ändern, die ich genau so behalten will, wie sie sind.«

Bei seinen Worten schnürte sich etwas in Isabelle zusammen. Doch sie folgte ihm ohne Widerspruch aus dem Zimmer nach unten zu den anderen.

Draußen schien sich ein Gewitter zusammenzubrauen. Die feuchte, heiße Luft hing sogar schon in den Räumen des Hauses. Nervös fuhr Isabelle mit der Hand über ihren feuchten Hals. Dann geleitete sie ihre Gäste ins Esszimmer an den großen Tisch, wo sich jeder seinen Platz suchte. Isabelles Blick glitt über die Gesichter der Anwesenden.

Elsbeth beäugte misstrauisch die Aufmerksamkeit, die Karl Gabriele schenkte. Kurt schien darüber ebenfalls beunruhigt. Nur Ernst und Gabriele waren in angeregter Stimmung und bestritten wie so oft das Tischgespräch.

»Wo habt ihr nur diesen zauberhaften Gärtner her?«, fragte Gabriele beim Abendessen. »Ich habe nur zwei Sätze mit ihm gewechselt, als er gerade nach Hause gehen wollte, aber er machte einen charmanten Eindruck. Also, Isabelle, wenn ich nicht glücklich verheiratet wäre, würde ich den ganzen Tag auf einer Liege rumlungern, um ihm beim Arbeiten zuzusehen.«

Herr Baran hatte es nicht verdient, Objekt eines herablassenden Scherzes zu werden, dachte Isabelle verärgert. Um sich nichts anmerken zu lassen, wandte sie sich lächelnd ihrem Mann zu: »Tatsächlich? Das ist mir gar nicht aufgefallen.«

Ernst blickte seufzend Gabriele an. »Er ist einer dieser Vertriebenen. Ich glaube, er ist Isabelle zugelaufen. Meine Frau ist der Typ für so etwas. Sie ist viel zu nett.«

Gabrieles Kommentar schien in ihm kein weiteres Misstrauen angestoßen zu haben. Zum Glück waren sie alle miteinander fürchterliche Snobs. Gerade lachte Gabriele lauthals über Ernsts Kommentar, obwohl sie sich in ihren Romanen als Vorreiterin für die Rechte der Arbeiter ausgab. Isabelle mutmaßte, dass es sich – genau wie bei vielen ihrer Kollegen – um eine Attitüde handelte, die letztendlich einem großzügig stimmenden Gefühl der Überlegenheit entsprang.

»Isabelle?«, fragte Gabriele und ließ ihre Wimpern flattern. »Verrätst du mir, wie man es schafft, dass einem so etwas einfach so zuläuft?«

Wider Willen lachte Isabelle. »Suchst du Material für deine Geschichten? Ich muss dich enttäuschen. Ich habe einfach nur einen sehr fähigen Gärtner gesucht und gefunden.«

Gabriele sah sie überrascht an. Es war neu für sie, dass Ernsts Frau ihren provozierenden Blicken standhielt.

»Es beurteilt eben nicht jeder andere nach deren äußerlichen Vorzügen, Gabriele«, sagte Elsbeth trocken.

Sicher hatte sie mitbekommen, wie Gabriele ihrem Kurt zugeraunt hatte, wie sehr sie Karl dafür bewunderte, dass er vor allem auf innere Werte zu achten schien. Dabei hatte sie vielsagend zu Elsbeth geschaut. Isabelle mutmaßte inzwischen, dass es Gabriele eigentlich gar nicht so sehr darum ging, sie zu ärgern. Eher schien die Autorin sie als Insekten unter der Lupe zu betrachten – und manchmal wagte sie eben ein Experiment, dessen Ergebnis sie für ihre Geschichten verwenden konnte.

»Dass ich Menschen nur nach Äußerlichkeiten bewerte, stimmt nicht«, sagte Gabriele leichthin. »Ich betrachte nur das, was mir an ihnen interessant erscheint. Dich habe ich heute übrigens gar nicht gesehen, Elsbeth.«

Ernst lachte über den seiner Meinung nach gelungenen Scherz, während Isabelle besorgt zu Elsbeths sah. Die Beleidigte schien nach Worten zu suchen, dann aber einzusehen, dass jede Gegenwehr an Gabrieles Spitzzüngigkeit abprallen und Elsbeth umso lächerlicher erscheinen lassen würde.

In diesem Moment drang ein leises Donnergrollen durch die noch immer weit geöffneten Terrassentüren. Isabelle fürchtete sich vor Gewitter, seit sie denken konnte. Ernst wusste das. Er zog sie gerne damit auf, schien es aber auch zu genießen, wenn sie sich beim ersten Grollen in seine Arme flüchtete.

Kurt räusperte sich, offenbar wollte er seiner Frau und Isabelles Mann, die schon wieder munter plauderten, das Feld nicht ganz überlassen, und klinkte sich in ihr Gespräch ein.

»Wir waren vergangene Woche im Kino. ›Fanfaren der Liebe‹. Wir haben uns köstlich amüsiert. Zwei Musiker brauchen eine Anstellung, verkleiden sich als Frauen und landen in einer Damenkapelle. Georg Thomalla war herrlich.«

Gabriele lächelte nachsichtig. »Es war nicht schlecht. Aber ich musste daran denken, dass die Geschichte in den Händen eines fähigeren Regisseurs noch viel komischer geworden wäre.«

Später legten sie im Wohnzimmer Musik auf. »Bitte pass ein wenig auf Gabriele auf«, bat Isabelle leise ihren Mann. »Ich möchte hier heute Abend keinen Mord mehr erleben.«

Gerade schwankte Gabriele auf Karl zu. Ernst reagierte sofort, indem er sich direkt vor Gabriele stellte, sodass ihre Arme, die sie um Karl schlingen wollte, nun auf seinen Schultern lagen.

Karl sah sich etwas hilflos um. Als ihm endlich auffiel, dass seine Frau ohne Abschied verschwunden war, folgte er ihrem Beispiel, nicht ohne Gabriele noch einen letzten sehnsüchtigen Blick zuzuwerfen.

»Sollen wir auch?« Galant hielt Kurt Isabelle seine Hand hin.

Isabelle nickte höflich.

»Ich muss mich für meine Frau entschuldigen«, sprach Kurt leise in ihr Haar, während er sie über das Parkett schob.

Isabelle schüttelte den Kopf. »Warum sollten Sie? Sie sind nur für Ihr eigenes Verhalten verantwortlich. Wir haben alle ein wenig zu viel getrunken. Morgen klärt sich alles.«

»Vielleicht hätte ich eine so nette und vernünftige Frau wie Sie heiraten sollen«, murmelte Kurt und zog sie enger an sich.

Isabelle versteifte sich. Ganz sicher hatte sie nicht vor, sich an den Spielen des Paares zu beteiligen, indem sie sich auf einen Flirt mit Kurt einließ. »Was auch immer Sie vorhaben, halte ich für keine gute Idee. Es würde ohnehin nicht wirken«, erklärte sie ruhig.

»Sie haben mich durchschaut. Weiß Ihr Mann eigentlich, wie klug seine Frau ist?«

»Nicht so brillant wie Ihre Frau«, widersprach sie seufzend.

»Ernst muss ein glücklicher Mann sein«, beharrte er.

»Reden Sie keinen Unsinn«, bat Isabelle streng. »Sie lieben doch Ihre Frau und ich bin mir sicher, dass sie Ihre Gefühle erwidert.« Seltsamerweise entsprach das der Wahrheit.

»Meinen Sie?«, fragte Kurt bitter.

»Wirkt sie wie eine Frau, die an der Seite eines Mannes bliebe, wenn es ihr dort nicht gefiele?«, fragte Isabelle sanft.

»Wohl nicht. Aber manchmal ist es trotzdem unerträglich.«

Isabelle hätte den Tanz gerne beendet. Seine ehrlichen Worte berührten sie, aber bislang hatten sie bei zu vielen Treffen zu wenige Sätze miteinander gewechselt, um nun intime Geständnisse auszutauschen.

»Sie hören gut zu«, sagte Kurt.

Wieso unterstellte man stillen Menschen nur immer, dass sie das auch möchten, überlegte Isabelle.

Sie empfand einen kleinen Stich beim Anblick des schönen, gut gelaunten Tanzpaars neben ihnen. Tiefer ging ihre Eifersucht nicht, aber das schob sie auf das Vertrauen, das sie zu ihrem Mann hatte.

Kurz darauf saßen sie gemeinsam auf dem Sofa, das eigentlich zu eng für sie alle war. In der Mitte diskutierten Gabriele und Ernst weiter über Literatur, an einem Rand wartete Isabelle in angespannter Haltung auf das Gewitter und am anderen Ende leerte der in sich zusammengesackte Kurt viel zu schnell eine ganze Flasche Wein allein.

»Ich besorge Nachschub«, lallte er.

Isabelle sprang mit ihm auf. »Besser nicht!« Sie berührte sachte seinen Arm und hoffte darauf, dass seine frische Zuneigung zu ihr ihn zurückhalten könnte. Für einen Moment sah es so aus, als würde er sich tatsächlich eines Besseren besinnen, doch nach einem weiteren Blick auf seine Frau machte er sich los. »Danke für deine Mühe, Mama. Aber ich halte es für eine sehr gute Idee, mich ordentlich zu betrinken. Machen Sie doch einfach mit.«

Er ist ein erwachsener Mann, sagte sich Isabelle. Sie setzte sich wieder und versuchte, sich auf das Gespräch neben sich zu konzentrieren.

Gabriele berichtete gerade von einem jungen Schriftsteller, der als der neue Kafka gefeiert werde.

»Kafka!« Ernst schnaubte. »Der heilige Franz. Na dann. Ich habe es nicht so mit schwindsüchtigen Insekten.«

»Du bist schrecklich«, sagte Gabriele kichernd.

An dieser Stelle entschied sich Isabelle, dass sie doch einmal nach Kurt schauen sollte. Auf ihrem Weg über den Flur drangen aus der Küche seltsame Geräusche zu ihr. Sie öffnete die Tür und erstarrte. Sie entdeckte dort Kurt, der mit seinem Körper Lena an die Wand presste. Mit einer Hand hielt er ihr den Mund zu, während er sich mit der anderen zwischen ihren Beinen zu schaffen machte. Lena wand sich, ohne unter seinem Gewicht eine Chance zu haben. Noch bevor sich Isabelle zwischen die beiden werfen konnte, gelang es Lena, sich ganz alleine aus ihrer Zwangslage zu befreien. Sie biss ihrem Angreifer mit aller Kraft in die Hand, woraufhin Kurt dem Mädchen mit der flachen Hand ins Gesicht schlug. Lena und Isabelle schrien gleichzeitig auf. Beherzt drängte sie sich zwischen das Mädchen und Kurt. Angeekelt konnte sie spüren, wie erregt er war.

»Was tun Sie denn da?«, rief Isabelle.

Er wich einen Schritt zurück und sah sie aus glasigen Augen an. »Die Kleine ist frech geworden«, murmelte er dann. »Hat gesagt, ich solle lieber die Finger vom Wein lassen. Lasst ihr euren Dienstboten so etwas durchgehen?«

Isabelle schob Lena beschützend hinter sich. »Ich habe Ihnen das Gleiche gesagt. Hätten Sie auch versucht, über mich herzufallen, wenn ich nicht Ernsts Frau wäre?«

Ein Spiegel deiner Wünsche. Ein Mann, der zu der Frau passt, die du sein willst.

»Die heilige Isabelle«, höhnte er. »So nennt meine Frau Sie. Und glaube mir, sie meint es nicht als Kompliment. Ich glaube, sie ist doch scharf auf Ihren Mann.«

Isabelle ignorierte ihn und fuhr zu Lena herum. Sie hatte das Mädchen noch nie so blass gesehen. Wegen ihrer erfrischend vorlauten, lebensklugen Art vergaß man leicht, wie jung sie war.

»Sie ist vierzehn Jahre alt«, entfuhr es Isabelle angewidert. Erneut drehte sie sich zu ihrem Gast um. »Es tut mir leid, wenn

Sie sich bei Ihrer Frau nicht mehr als Mann fühlen. Aber glauben Sie, es wird Ihnen anders gehen, wenn Sie ein wehrloses Kind überfallen?«

Seine Augen glommen und aus einem Mundwinkel floss Speichel. Er hob die Hand und für einen Moment glaubte Isabelle schon die Ohrfeige zu spüren, die er nun auch ihr verpassen wollte, doch er ließ die Hand wieder sinken. Feigling, dachte sie. Bei einem Küchenmädchen glaubte er, sich nicht bremsen zu müssen.

»Sie haben nicht erlebt, wie sie mich angesehen hat«, erklärte Kurt gehässig. »Weiß doch jeder, dass die Frauen im Osten Schlampen sind. Das war schon im Krieg so.«

Bevor er wusste, wie ihm geschah, oder Isabelle selbst begriffen hatte, was sie tat, schlug sie ihm mit der Faust ins Gesicht.

Vorhin noch hatte sie Mitleid mit Kurt gehabt, hatte es immer noch ein Stück weit, aber vor allem widerte er sie an. Die sonst mühsam gezügelte Aggression in seinem Innern war herausgebrochen und zeigte, wer er wirklich war.

Plötzlich standen Gabriele und Ernst hinter ihnen. Sicher hatten sie die Schreie der Frauen gehört. Schnell verbarg Isabelle Lenas Körper hinter ihrem. Die anderen sollten nicht durch das zerrissene Oberteil hindurch einen Blick auf Lenas nackte Brust werfen können. Die Kleine hatte genügend Demütigungen erlitten.

Doch es war den Neuankömmlingen anzusehen, dass sie sich schnell zusammenreimten, was vorgefallen war.

»Ich möchte, dass ihr alle sofort die Küche verlasst«, sagte Isabelle fest. »Ich werde mich um Lena kümmern.«

Keiner bewegte sich.

»Raus hier«, wiederholte Isabelle wütend.

Kurt stand immer noch mit wildem Blick in der Mitte des Raumes, als sei Rückzug für ihn keine Option.

Zu ihrer Überraschung vernahm Isabelle nun Gabrieles Stimme, die so zart klang wie noch nie. »Isabelle hat sicher recht. Komm, Schatz, lass uns gehen.«

Nach kurzem Zögern folgte auch Ernst ihnen.

»Geht es dir gut?«, fragte Isabelle. Dann biss sie sich auf die Lippen. »Was für eine dumme Frage. Es tut mir so unendlich leid. Dein Bruder wollte dich aus den Fängen des Lebensmittelhändlers befreien und nun passiert dir so etwas hier bei uns. Was kann ich tun?«

»Ist schon gut«, murmelte das Mädchen viel zu tapfer, während es sich die Bluse zurechtrückte.

»Ich hole dir etwas zum Anziehen von mir«, bot Isabelle schnell an. Lenas Blick huschte ängstlich zur Tür. »Würden Sie bitte bei mir bleiben?«

Isabelle verfluchte Kurt, dass er Lena ihre Unerschrockenheit geraubt hatte. »Komm mit in mein Zimmer. Wir suchen etwas Passendes und dann bringe ich dich nach Hause. Ich werde mit deiner Familie reden und ihr alles erklären.« Ihr graute bereits jetzt vor der Begegnung mit Herrn Baran, vor der berechtigten Enttäuschung in seinem Gesicht.

Lena schüttelte den Kopf. In diesem Moment begannen ihre Tränen zu laufen, als begreife sie gerade erst, was ihr beinahe geschehen wäre. Isabelle streckte ihr die Arme entgegen und Lena warf sich mit Wucht hinein. Fest umschlungen ließen sie sich auf den Küchenboden sinken und saßen dort beieinander, bis auch Isabelle Tränen in den Augen standen.

Nach einer Weile richtete sich Lena auf und versuchte mit den Handflächen ihr Gesicht zu trocknen. »So, und jetzt ist gut. Ich bin mit einem Schrecken davongekommen«, sagte sie zittrig. »Ich nehme eine Bluse von Ihnen, aber ich will nicht, dass Sie mitkommen und meinen Eltern davon erzählen. Die Alten würden ohnehin denken, es sei meine Schuld.«

»Vielleicht wäre es aber gut, wenn du dich deinen Eltern anvertraust. Wir hätten es verdient, dass sie mit einem Gewehr in der Hand hier auftauchen. Ich würde wirklich gerne mit dir kommen und für alles geradestehen.«

»Sie haben mir doch gar nichts getan«, widersprach Lena wütend. »Der Mann war es. Und es würde nichts helfen, wenn Sie mitkämen. Meine Eltern sagen mir ständig, dass es mit mir ein schlimmes Ende nehmen wird, so vorlaut und dreist, wie ich bin. Sie würden sich bestätigt sehen. Es wäre mir so peinlich.«

Isabelle schüttelte ungläubig den Kopf. »Dir wäre es peinlich? Kurt ist derjenige, der vor Scham sterben sollte.«

»Da müsste man wohl schon nachhelfen«, sagte Lena mit einem kleinen Schmunzeln.

»Meine Eltern würden auch nicht mit dem Gewehr zu Ihnen kommen. Höchstens mit einem geöffneten Geldbeutel. Sie würden Sie erpressen und sich für ihr Schweigen über den Vorfall bezahlen lassen, damit die feinen Leute nicht in Verruf geraten. Nein, danke. Sie müssen mir versprechen, dass Sie nichts sagen. Soll ich etwa wieder bei dem Lebensmittelhändler anfangen? Ich möchte bei Ihnen bleiben.«

»Du möchtest weiter bei uns arbeiten? Wirklich?«, fragte Isabelle.

Lena nickte. »Unbedingt. Vielleicht nicht für immer. Aber jetzt erst mal schon. Ich will so wenig wie möglich zu Hause bleiben. Im Grunde warte ich nur noch darauf, endlich ausziehen zu dürfen.«

Isabelle dachte darüber nach. »Es ist deine Entscheidung, Lena. Du kannst es dir jederzeit anders überlegen. Und wenn du dich entschließt, dich doch jemandem anzuvertrauen, werde ich voll und ganz hinter dir stehen. Bis dahin behalte ich es für mich.«

Lena lächelte. »Jetzt muss ich aber nach Hause gehen.«

»Ich begleite dich«, sagte Isabelle hastig. Sie wollte sehen, wie das Mädchen so heil es jetzt noch möglich war, das Haus ihrer Eltern betrat. »Komm, wir suchen dir eine Bluse aus.«

Als sie sich vor dem Haus der Barans verabschiedeten, ging Isabelle noch einmal durch den Kopf, was Lena ihr erzählt hatte. »Findest du es wirklich so grässlich zu Hause?«

Lena nickte. »Sehr.«

»Ich hatte gerade eine verrückte Idee. Waltraud erhält bei uns auch Kost und Logis, und ich würde dir gerne das Gleiche anbieten. Ich kann nicht versprechen, dass Kurt dort nie wieder auftaucht, es ist das Haus meines Mannes. Aber ich kann dir versichern, dass er dich nie wieder auch nur schräg anschauen wird«, erklärte sie mit einer Grimmigkeit, von der sie bis eben nicht gewusst hatte, dass sie in ihr steckte.

»Rot steht Ihnen übrigens«, sagte Lena. »Sie sehen gerade aus wie die Rächerin der Enterbten.«

»Vielen Dank«, sagte Isabelle. »Das ist das beste Kompliment, das mir seit Langem jemand gemacht hat. Gute Nacht, meine Süße.«

Sie folgte ihrem Impuls, Lena einen Kuss auf die Wange zu geben.

»Gute Nacht«, sagte Lena errötend. »Und machen Sie sich nicht solche Sorgen. Vielen von uns Ludern aus dem Osten ist Schlimmeres zugestoßen.«

»Ach, Lena.« Isabelle lachte. »Wenn du so etwas zu einem anderen Zeitpunkt wiederholen solltest, werde ich mit dir schimpfen, das muss dir klar sein. Heute aber hast du einen Freibrief für alles.«

»Gut«, sagte Lena und verschwand im Haus und Isabelle machte sich auf den Rückweg über die Wiese zum Haus.

Im Wohnzimmer wartete bereits Ernst auf sie. »Wo bist du gewesen?«

»Ich habe Lena nach Hause gebracht«, erklärte Isabelle kühl.

Ernst räusperte sich. »Natürlich. Das ist eine wirklich unangenehme Sache. Ich verstehe nicht, was Kurt geritten haben kann.«

Isabelle zuckte die Achseln. »Ich bin nur froh, dass Lena trotzdem bei uns bleiben möchte. Ich will, dass sie eines der Zimmer im Erdgeschoss bekommt. Ich dachte, sie sollte am besten in das neben Waltraud einziehen. Wir nutzen es ohnehin nicht, aber für die beiden würde es sich sicher viel familiärer anfühlen. Ich habe erfahren, dass Lena sehr unglücklich zu Hause ist.«

»Und deshalb soll sie bei uns einziehen?«

»Waltraud wohnt doch auch bei uns.«

»Eine Kriegerwitwe, ja. Das ist etwas anderes.«

»Wieso?«, fragte Isabelle überrascht. Dann verengten sich ihre Augen. »Denkst du etwa, weil sie aus dem Osten kommt, wird sie unser Silber klauen?«

Er schüttelte genervt den Kopf. »So ein Unsinn. Ich bin nicht voreingenommen.«

»Was ist es denn dann?«

»Du kannst eine solche Entscheidung nicht ohne mich treffen. Wenn ich ab dem Herbst hier lebe, werden die anderen uns häufiger einmal besuchen. Hast du daran gedacht, wie peinlich es für Kurt wird, sie bei jedem seiner Besuche wiederzusehen.«

»Wie peinlich es für Kurt werden könnte?« Fassungslos spie sie die Worte aus. »Dann laden wir ihn eben nicht mehr ein!«

»Was ist denn nur mit dir los?«, fauchte Ernst. »Bist du zufällig bei Gabriele in die Schule gegangen? Mir ist heute nicht nach ›Der Widerspenstigen Zähmung‹, danke. Hast du schon mal überlegt, dass an Kurts Worten etwas dran sein könnte? Er ist ein ansehnlicher, wohlhabender Mann.«

Am liebsten hätte Isabelle jetzt auch nach ihrem Mann geschlagen, aber sie zwang sich zu äußerlicher Ruhe, weil sie ihn auf ihrer Seite brauchte.

»Ich kenne sie mittlerweile gut genug«, erklärte sie. »Und selbst wenn sie ihn ermuntert hätte, was sie aber keinesfalls getan hat, sollte sich ein gestandener Mann gegen ein kleines Mädchen zur Wehr setzen können.«

Ernst runzelte die Stirn. »Wenn du es sagst. Aber denk einmal an Gabriele. Sie ist eine gute Freundin von mir. Glaubst du, es ist angenehm für sie, hier immer wieder auf Lena zu treffen.«

»Wenn ich mir um eines ganz sicher keine Sorgen mache, dann darum, dass Gabriele zu zart besaitet sein könnte, um den Anblick eines Mädchens zu ertragen, das beinahe von ihrem Mann vergewaltigt worden wäre«, sagte Isabelle müde.

»Aber …«

»Du kannst sie nicht rauswerfen. Sie wird nicht dafür bestraft werden, dass sie in unserem Haus schlecht behandelt wurde.« Sie lallte vor unterdrückter Wut.

»Bist du betrunken?«, fragte Ernst. »Es sind doch nur Angestellte. Sie sind leicht zu ersetzen. Freunde hingegen nicht.«

Sie schluckte den Kommentar, dass man solche Freunde besser sofort ersetzen sollte, herunter.

Vorsichtig berührte sie seinen Arm. »Wenn wir sie vor den Kopf stoßen, könnte sie darauf kommen, es herumzuerzählen.« Isabelle schämte sich für diesen Einfall. Lena würde sie niemals erpressen. »Stell dir vor, wie peinlich es wäre, wenn man sagen würde, dass im Haus von Ernst Hoffmann junge Mädchen missbraucht wurden.«

Dieser Kommentar schien ihn nachdenklich zu stimmen. Zum Glück hatte er zu wenig Zeit hier verbracht, um zu wissen, dass es kaum jemanden hier einen Deut scheren würde, wie es Lena ging.

»Ist es dir so wichtig?«, fragte Ernst sanfter. Er streckte seine Hand aus und legte sie behutsam an ihre Wange.

»Ja«, erwiderte Isabelle leise und schmiegte ihre Wange in seine Hand. Es war schön, an seine zärtliche Seite erinnert zu werden, statt immer nur dem bisweilen ganz schön überheblichen, berühmten Schriftsteller gegenüberzustehen.

Ernst seufzte. »Also gut.«

Am nächsten Morgen mied Kurt während des Frühstücks Isabelles Blick, wie Isabelle mit bitterer Befriedigung bemerkte. Sein Auge war noch angeschwollen von ihrem Schlag. Sicher hielt er sie nun nicht mehr für zu nett. Hoffentlich hatte er erkannt, dass sie vorhatte, jemand zu werden, mit dem man rechnen musste.

Überraschenderweise waren Gabrieles Augen gerötet. Isabelle erkannte, dass sie wohl niemals wissen würde, was in dieser Frau vorging. Es konnte nicht immer leicht sein, als Frau wie ein Mann zu leben. Isabelle konnte es kaum erwarten, dass sie endlich alle abreisten. Man war stillschweigend übereingekommen, den Aufenthalt zu verkürzen. Karl und Elsbeth stiegen gleich nach dem Frühstück in ihr Auto, aber Gabriele und Kurt wollten noch ein wenig auf den Liegestühlen in der Sonne ausruhen. Lena und Waltraud hatten für den Tag freibekommen, deshalb übernahm es Isabelle, die Gäste zu umsorgen.

»Es ist so ein schönes Wetter«, seufzte Gabriele in ihrem Liegestuhl, einen Cocktail in der Hand. Sie hielt die Hand ihres Mannes, der neben ihr lag. Auch Isabelle und Ernst hatten es sich nebeneinander gemütlich gemacht. Isabelle schirmte sich von den anderen mit einer großen Sonnenbrille ab.

Das Gewitter am Tag zuvor hatte sich ausschließlich in den Mauern abgespielt, am Himmel blieb es ruhig. Dabei wünschte Isabelle, die dunklen Wolken hätten sich bereits entladen. Zwar mochte sie das Blitzen und Donnern nicht, aber sie liebte den Duft des Regens auf der aufgeheizten Erde, der danach die Luft erfüllte, und den Moment der frischen Kühle.

Stattdessen setzten ihr nun weiterhin die drückende Schwüle zu und das Wissen, dass sie das Grauen des Gewitters noch vor sich hatte. Schon beim ersten Donnergrollen würde sie sich wie ein Embryo zusammenrollen.

Ein Schatten fiel über sie und ließ sie in Erwartung einer Gewitterwolke die Augen öffnen. Doch es war Herr Baran, der neben ihrer Liege aufgetaucht war. Im Gegensatz zu den anderen begriff Isabelle angesichts seines düsteren Blicks sofort, wieso es die schmale Gestalt wagte, sich so bedrohlich vor ihnen aufzubauen. Es war schrecklich, dass er Isabelle auf diese Weise antraf – sich mit den anderen in der Sonne aalend, als hätte nichts die Stimmung getrübt. Gerne würde sie ihm erklären, dass es unbedingt notwendig war, dass sie ihren Mann bei Laune hielt, um sie alle zu schützen. Jede Entscheidungsgewalt lag bei ihm. Sie konnte sein Handeln nur in winzigen Dosen ein Stück weit lenken.

Herr Baran wandte sich direkt an Gabrieles Mann: »Sind Sie Kurt?«

Der Angesprochene sah den jungen Mann mit den wütend funkelnden Augen neugierig an. »Für Fremde bin ich Herr Lange, wenn es recht ist.«

»Meine Schwester wusste nur Ihren Vornamen. Sie hat ihn aufgeschnappt, bevor Sie ihre Kleidung zerrissen haben.«

Kurt richtete sich auf. Fast beeindruckte es Isabelle, wie schnell er den Schock in seinem Gesicht wieder in Gleichmütigkeit verwandeln konnte. »Ich kenne Ihre Schwester nicht und weiß deshalb auch nicht, was Sie mir zu sagen versuchen.«

»Sie heißt Lena«, grollte Herr Baran. Sein polnischer Akzent trat deutlicher hervor als sonst. Isabelle, die ihm nicht in die Augen sehen konnte, ließ ihren Blick zu ihrem Mann gleiten. Er sah wütend aus. Das sollte sie wohl nicht überraschen, dabei hätte dieser Zorn eigentlich schon tags zuvor Kurt gelten müssen.

Der wandte sich mit erhobenen Augenbrauen an seine Gastgeber: »Kennen wir eine Lena?«

»Ich kenne keine«, sagte Gabriele. Gelassen blieb sie auf dem Rücken liegen.

Isabelle öffnete gerade ihren Mund, als Ernst ihr zuvorkam.

»Sie ist unser Mädchen«, erklärte er an Kurt gewandt.

»Sie ist meine Schwester. Und sie ist mit blauen Flecken nach Hause gekommen. Sie wollte mir nichts sagen, so loyal ist sie Leuten wie Ihnen gegenüber. Aber ich habe nicht nachgegeben.«

Isabelle fragte sich, wie die anderen seinen Zorn so regungslos ertragen konnten. Ihr drehte sich dabei der Magen um, weil es viel brauchte, um einen der gutmütigsten Menschen überhaupt so aus der Fassung zu bringen. Aber natürlich kannte keiner von ihnen Damian Baran.

»Wollen Sie meine Gäste irgendeiner bestimmten Sache beschuldigen?«, fragte Ernst drohend. »Wer weiß, wo sich Ihre Schwester die Flecken geholt hat. Wenn sie Ihnen nichts sagen will, wird sie schon ihren Grund dafür haben.«

Herr Baran ignorierte Ernst und sah wieder Kurt an. »Ich möchte, dass Sie sich bei meiner Schwester entschuldigen – und ihr nie wieder zu nahekommen.«

»Das werde ich ganz sicher nicht«, widersprach Kurt, ohne Herrn Baran anzusehen. Zu Ernst sagte er: »Ich denke, hier ist gerade eine Beschäftigung freigeworden, oder? Sicher wirst du keine Lügnerin in deinem Haus dulden wollen.«

Isabelle ballte die Fäuste. Aber dieses Mal war es Herr Baran, der Kurt unvermittelt einen Hieb auf die Nase versetzte. Nach einem unschönen Knacken schoss Blut hervor.

Ernst packte den Arm des jungen Mannes. »Verschwinden Sie.« Er klang kalt und ruhig.

Baran riss sich los, dann begutachtete er seine Faust, als wollte er herausfinden, wie sie zu so etwas in der Lage gewesen war. »Meine Schwester lügt nicht«, wiederholte er leise.

Es musste ihm so vorkommen, als stünden sie alle wie eine Mauer gegen ihn. Ein Haufen arroganter Heuchler. Isabelle steckte sich gedanklich eine gelbe Nelke in ihr Knopfloch. *Ich verachte dich.* Dann hielt sie es nicht mehr aus, ihn so zu sehen.

Selbst wenn sie Ernst nicht erzürnte, würde sie zumindest Damians Stelle ohnehin nicht mehr retten können, also konnte sie ihm ebenso gut beistehen, wie es ihr Gewissen verlangte. »Sie haben recht, Herr Baran. Es tut mir so unendlich leid, was passiert ist. Ich weiß, dass Sie uns vertraut haben.« *Ich weiß, dass Sie* mir *vertraut haben.*

Sie nahm ihre Sonnenbrille ab und hoffte, er konnte in ihren Augen ablesen, dass sie alles tun würde, um das Erlebnis seiner Schwester rückgängig zu machen.

Sein Blick wurde sanfter. »Es ist nicht Ihre Schuld. Sie sind es nicht, die sich entschuldigen muss.«

Mit einem traurigen Lächeln erwiderte sie seinen Blick und vergaß für einen Moment die anderen, bis sie deren Verwirrung bemerkte, mit der sie der stummen Zwiesprache zwischen Isabelle und ihrem Gärtner gefolgt waren.

»Wie auch immer. Sie haben gerade einem meiner Gäste die Nase gebrochen. Wenn Sie nicht sofort von meinem Grundstück verschwinden, dann rufe ich die Polizei.« Ernst Stimme vibrierte vor Wut.

»Ich hoffe, Sie genießen weiterhin die Sonne«, sagte Herr Baran beinahe verächtlich zu dem Hausherrn, bevor er ihnen allen den Rücken zudrehte. Isabelle machte Anstalten, sich ebenfalls zurückzuziehen, doch Ernst umklammerte ihr Handgelenk. Leise zischte er: »Wage es nie wieder, mir in den Rücken zu fallen. Nun muss ich sie alle beide entlassen, hörst du? Du hast diese Menschen angestellt, du solltest sie besser im Griff haben.«

»Sie sind nicht mein Eigentum«, flüsterte sie leise zurück, mit einem Lächeln, das den Kiefer schmerzen ließ.

Kurt räusperte sich. »Mir fiel gerade ein, dass ich noch einen wichtigen Termin in Hamburg habe. Komm, Gabriele, wir gehen hinein und packen.«

»Ich denke gar nicht daran. Mir gefällt es hier«, zwitscherte Gabriele. »Es ist gar nicht so langweilig, wie ich mir das Landleben vorgestellt habe.«

Zur Überraschung aller nahm sich Kurt ein Beispiel an Ernst und umfasste das Handgelenk seiner Frau so fest, dass sie aufkeuchte. »Wir packen. Jetzt.«

Verblüfft betrachtete Gabriele ihn.

»Wie du meinst, Schatz«, erwiderte sie dann mit katzenhaftem Lächeln.

Isabelle fragte sich zum ersten Mal, was Gabriele wohl mit ihren Büchern verdienen mochte und ob sie nicht bei aller vorgeblichen Ruchlosigkeit am Ende ebenso käuflich war wie so viele andere von ihr. Schließlich mussten die Frauen es sein, solange nur Männer Konten eröffnen durften. Isabelle hatte lange das Gute darin gesehen, von einem Mann umsorgt und beschützt zu werden, aber was war, wenn er sich gegen einen stellte?

Nachdem sie den Gästen Arm in Arm zum Abschied hinterhergewinkt hatten, bat Isabelle mit aller Liebenswürdigkeit, die sie aufbringen konnte, dass Ernst den Geschwistern nicht ihre Arbeit wegnahm.

»Sein Ärger ist doch nur allzu verständlich, Ernst. Stell dir einmal vor, jemand würde mit mir machen, was Kurt bei seiner Schwester versucht hat. Ich würde mir wünschen, dass du demjenigen die Nase brichst.«

»Sie ist aber seine Schwester und nicht seine Frau. Und du bist meine. Nach der seltsamen Szene vorhin frage ich mich, wie gut genau du dich eigentlich mit unserem Gärtner verstehst?«

Das Gespräch würde nicht so verlaufen, wie Isabelle es sich erhofft hatte. »Er ist immer sehr nett zu mir gewesen«

»Wie nett genau?«, fragte Ernst.

Jetzt, da seine Frau ihm seinetwegen öffentlich widersprochen hatte, nahm er einen armen Gärtnerjungen plötzlich doch als Bedrohung war, dachte Isabelle bitter.

»Er hat mir mit dem Garten geholfen. Nichts weiter. Die beiden hatten es nicht leicht. Ihre Familie hat einen weiten Weg zurückgelegt, nicht nur räumlich. Natürlich halten sie zusammen. Er will sie beschützen.«

Nachdenklich sah Ernst sie an, bis sie ihren Blick senkte. »Na gut«, fuhr er dann fort. »Ich will deine armen Freunde nicht ihrer Existenz berauben.«

Sie sah zu ihm hoch und lächelte ihm dankbar zu. Doch er griff ihr grob unters Kinn. »Sie haben drei Monate, um sich eine neue Anstellung zu suchen. Dann sind sie weg. Alle beide.«

In Isabelles Kopf ratterte es. Herr Baran würde zurechtkommen, er arbeitete ja auch noch bei Herrn Wegner. Aber sie hatte Lena ein Versprechen gegeben. »Beide?«, fragte sie erschrocken. »Ich dachte, wir hätten uns wegen Lena geeinigt.«

»Das war, bevor ich ihren Bruder kennengelernt habe.«

»Aber …«

Er legte einen Zeigefinger auf ihre Lippen. »Lass es gut sein.«

Um sie herum begann es zu grollen. Auf ihrer Haut richteten sich alle Härchen zu einer Gänsehaut auf. Sie zitterte. »Lass uns ins Haus gehen, Ernst.«

Sie wusste, dass sie bei ihm Schutz suchen würde, obwohl sie so wütend auf ihn war, und verachtete sich für ihre Schwäche.

Ein Blitz zerschnitt den Himmel, gleich darauf donnerte es wieder. »Es scheint schon sehr nah zu sein. Komm!«, bat sie.

Ernst bewegte sich keinen Millimeter. »Ich habe gerade beschlossen, dass ich heute noch nach Hamburg zurückkehren möchte. Die Dinge haben sich hier nicht so entwickelt, wie ich es mir erhofft habe.«

»Jetzt?«, fragte sie. »Bleib doch wenigstens noch heute Abend.«

»Fürchtest du dich immer noch vor dem Gewitter?«, fragte er in einem beinahe zärtlichen Tonfall.

Sie nickte verlegen.

»Dann solltest du mir wohl auf der Stelle nach Hamburg folgen.«

Nun begriff Isabelle, dass Ernst sie bestrafen wollte, indem er ihr zeigte, wie abhängig sie von ihm war. Als ob sie daran eine Erinnerung brauchte. Seine Absicht war so offensichtlich und schäbig, dass sich erneut Widerstand in Isabelle regte.

»Ich gehe rein. Gerade fühle ich mich nicht so gut. Vielleicht ist es aber an der Zeit, dass ich lerne, mich von einem Gewitter nicht außer Gefecht setzen zu lassen«, sagte sie trotzig.

»Vielleicht ist es an der Zeit, dass du wieder begreifst, dass ich dein Mann bin und nur dein Bestes im Sinn habe.« Er umschloss sie mit seinem Armen und zog sie an sich. Sie drückte ihn weg, doch er ließ nicht los. Er war nicht Kurt und sie war nicht Lena. Als ihr Ehemann hatte er jedes Recht, nicht aufzuhören. Doch immerhin konnte man sich auf Ernsts Ehrgefühl verlassen. Er trat zurück und blickte sie beinahe verdattert an: »Willst du wirklich hierbleiben?«

»Ja«, erwiderte sie.

Sie ging ins Haus, ohne sich noch einmal umzusehen. Vor seiner Abreise kam er nicht noch mal zu ihr, um sich zu verabschieden. Sie saß allein in ihrem Zimmer, den Rücken an die Wand gepresst und weinte, ohne zu wissen, ob es wegen des Gewitters war oder weil etwas zwischen Ernst und ihr zerbrochen war. Sie wusste, dass sie selbst einen großen Anteil daran hatte. Ernst hatte es richtig erkannt. Sie spürte in sich ebenfalls Veränderungen. Und die waren zu Rädchen einer neuen Dynamik zwischen ihnen geworden, die zu nichts Gutem zu führen schien.

Lilly

Ich habe nie verstanden, wie Menschen sich vor einem Gewitter fürchten können. Elektrische Spannung und Eiskugeln, die in Gewitterwolken aneinanderreiben. Aber am Ende ängstigt sich wohl jeder vor der Vorstellung einer Gefahr – überfüllte Plätze, Schmetterlinge, andere Menschen.

Auf den letzten Seiten wirkte die formvollendete Schrift meiner Großmutter mit einem Mal wackelig, als habe ihr die Hand gezittert. Sie schien nicht nur Angst gehabt zu haben, sondern auch noch verärgert gewesen zu sein. Ein Mann hatte sich Lena aufgedrängt und Isabelle hatte sich deshalb mit den anderen gestritten und war am Ende allein zurückgeblieben.

Warum ist mein Großvater nicht bei ihr geblieben? So ungerne ich es mir eingestehe, es klingt für mich wie eine Erziehungsmaßnahme, wie man sie heutzutage nicht einmal mehr bei einem kleinen Kind anwenden würde. Ich würde gerne die Hand nach meiner Großmutter ausstrecken. Dem zweidimensionalen Schwarz-Weiß-Bild, das ich von ihr hatte, sind durch ihre eigenen Worte unzählige Dimensionen hinzugefügt worden, die sie für mich lebendig machen.

Ein Blick auf die Uhr erinnert mich daran, dass ich mich auf den Weg in die Schule machen muss.

Seit drei Wochen arbeite ich inzwischen schon dort, fällt mir unterwegs auf. Ich freue mich mittlerweile auf die Stunden. Sie sind anstrengend, oft zäh. Aber ich verlasse die Schule jedes Mal in dem guten Gefühl, mit den Schülern mindestens zwei kleine Schritte in die richtige Richtung gemacht zu haben. Deshalb ist es nicht so schlimm, wenn wir in der Folgestunde erst mal wieder einen zurückgehen.

Heute wollen wir gemeinsam ein Theaterstück lesen, zum Aufwärmen und als mögliche Anregung für eigene Ideen. Noch sind sie nicht so weit, sich in dieser bunt gemischten Gruppe unbefangen zu äußern. Deshalb arbeite ich erst mal mit vorhandenem Material.

Beim Lesen sind deutliche Unterschiede zu erkennen, manche werfen sich voll ins Zeug und untermalen den Text mit dramatischen Gesten, die Stummfilmstars alle Ehre machen würden. Andere klauben mühsam Buchstaben zusammen, um daraus Worte zu bilden, die ihnen nicht immer etwas sagen. Wieder andere sehen gelangweilt drein, aber es ist schwer zu sagen, ob sie die Stunden wirklich anöden oder sie nur so wirken wollen. Selbst Leon reißt sich zusammen.

Am Anfang hat er mir einmal mit Speichel befeuchtete Papierkugeln in den Nacken geschossen, aber nachdem ich zweimal das Gleiche mit ihm gemacht habe, ließ er zumindest gröbere Provokationen bleiben.

In dem Stück, das ich ausgewählt habe, geht es um Klatsch und dessen Konsequenzen. Ich will, dass die Jugendlichen darin ihre Lebenswirklichkeit wiederfinden. Die Protagonisten in dem Stück mobben einen ihrer Mitschüler, nachdem sie mitbekommen haben, wie ein älterer Mann in einem Café ihm Geld zugesteckt hat. Sie beschimpfen ihn als Homo-Stricher, die Eltern und Lehrer werden auf die Sache aufmerksam und bedrängen den Schüler, die Identität des Mannes preiszugeben. Sogar die Polizei wird eingeschaltet. Der Junge wird drangsaliert, bis er auf der Flucht vor Schikaneuren vor ein Auto läuft und im Krankenhaus landet. Erst jetzt stellt sich heraus, dass der Junge sich heimlich mit seinem Vater traf, obwohl seine Mutter das untersagt hatte, nachdem ihr Ex-Mann sie für eine andere verlassen hatte. Der Junge wollte das Geheimnis, dass sein Vater ihm gelegentlich etwas Geld zusteckte, nicht lüften, aus Angst, seinem Vater damit Ärger einzuhandeln.

Nach der Lektüre beginnen wir über das Stück zu reden. Ich bitte die Jugendlichen, kleine Szenen nachzuspielen und dabei nacheinander die Perspektiven verschiedener Figuren einzunehmen und sich so in deren Motivation einzufühlen. Es läuft gut, aber nicht reibungslos.

Als der schüchterne Erik sich als drangsalierter Schüler versucht, ruft Leon: »Mann, wenn das kein Homo-Stricher ist, dann weiß ich auch nicht.«

Dass niemand außer ihm lacht, nehme ich als Zeichen dafür, dass die anderen etwas begriffen haben. Trotzdem muss ich mir jetzt etwas einfallen lassen, damit nicht ausgerechnet dieser dumme Spruch bei Erik haften bleibt, damit er sich nicht wieder in sein Schneckenhaus verkriecht.

Also spiele ich mit den Kindern ein Spiel, bei dem je einer vor der Tür warten muss, während die anderen mir Eigenschaften zurufen, die sie demjenigen zuschreiben. Die einzige Vorgabe ist, dass es etwas Positives sein muss, auch wenn sie denjenigen nicht mögen. Ich notiere die Worte an der Tafel. Hinterher kehrt der Beschriebene zurück und muss raten, welche Eigenschaft von wem genannt wurde.

Ich hoffe, damit zwei Fliegen mit einer Klappe zu schlagen: Sie sollen einerseits lernen, aufmerksamer zu sein, zum anderen soll Erik den Raum mit geradem Rücken verlassen können. Damit es nicht zu offensichtlich wird, nehme ich ihn als Letzten dran. Es ist ihm anzusehen, wie unwohl ihm dabei ist, den anderen den Rücken zuzukehren, doch er ist mutig und wird belohnt. Seinen Mitschülern ist aufgefallen, dass er ein »krasses Genie« ist und »manchmal richtig witzig« sein kann. Zu meiner Überraschung fügt Emma noch »süßes Lächeln« hinzu, was ihn erröten lässt. Sie tut es für ihn, da bin ich mir sicher. Am Ende wird Erik die Stunde mit einem Lächeln verlassen können.

Insgesamt nehme ich meine Schüler jetzt nach einigen Stunden weniger als ein Bündel pubertierender Klischees wahr, sondern vielmehr als die eigenwilligen Charaktere, die sie nun einmal sind.

»Bis hierher habt ihr euch schon einmal richtig gut geschlagen«, lobe ich meine Schüler, während ich mit baumelnden Beinen auf dem Lehrerpult sitze. »Was meint ihr, könnten Vorurteile nicht auch ein gutes Thema für unser Stück sein? Ich habe das Gefühl, dass euch ganz schön viel dazu einfällt.

»Echt jetzt? Wir sollen selbst ein Stück schreiben?«, fragt Aylin. »Sie wissen aber schon, dass wir echt viele Hausaufgaben zu machen haben.«

»Kein ganzes Stück«, beruhige ich sie. »Es wird nur eine Collage und ihr bekommt keine Hausaufgaben. Wir werden alle Arbeiten daran hier erledigen. Außerdem bin ich ja auch noch da. Ich werde euch schon dabei helfen.«

Ich schaue in ratlose Gesichter. »Collage?«, fragt Erik.

»Damit meine ich, dass wir einzelne Szenen spielen. Verschiedene Blickwinkel zu einem Thema. Und ja, die denkt ihr euch selbst aus«, erkläre ich.

»Oh Mann«, stöhnt Leon. »Hätte ich gewusst, dass wir hier ackern müssen, hätte ich etwas anderes gewählt.«

Ich muss schmunzeln. »Irgendwie habe ich das Gefühl, dass dir der Applaus am Ende schon ganz gut gefallen wird.«

»Müssen wir etwa alle auf die Bühne?«, fragt die immer noch zurückhaltende Christin.

»Nein«, sage ich. »Ich zwinge niemanden. Aber bevor ihr ablehnt, solltet ihr euch fragen, ob ihr wirklich kein Interesse daran habt oder ob ihr nur Schiss habt. Es ist okay, Schiss zu haben. Ich habe eine Schauspielausbildung und trotzdem vor jedem Auftritt Lampenfieber, das gehört dazu. Wenn ihr euch also nur nicht traut, sprecht mich gerne an. Denn das ist einer der Gründe, weswegen ich hier bin: um euch zu zeigen, wie mutig ihr seid.«

Jetzt bekomme ich doch noch meine »Der Club der toten Dichter«-Szene, schießt es mir durch den Kopf und die Vorstellung amüsiert mich.

»Bevor ich euch nach Hause entlasse, habe ich noch eine Aufgabe für euch: Denkt an den Jungen im Stück und schreibt auf, wo ihr euch falsch verstanden oder einsortiert fühlt. Die Zettel sammele ich ein. Keiner außer mir bekommt sie zu Gesicht«, erkläre ich, als sie sich nervös umschauen. »Außerdem habe ich hier eine Liste mit Aufgaben für unsere Aufführungen vorbereitet. Ich lasse sie rumgehen, aber ihr müsst sie nicht heute ausfüllen. Wenn ihr mir die Liste nächste Woche zu Beginn der Stunde wiedergebt, dann reicht mir das. Lasst euch Zeit mit eurer Entscheidung. Wer ganz sicher ist, dass er am Spielen keinen Spaß hätte, trägt sich für eine andere Aufgabe ein. Wählt die Bereiche, die ihr spannend findet, egal, ob ihr schon Erfahrungen auf einem Gebiet habt oder nicht. Was nützen Schauspieler, die im Dunklen stehen oder nicht wissen, was sie tun sollen? Wir brauchen genauso dringend Regisseure, Bühnenbildner, Requisiteure, Beleuchter und Tontechniker. Hier soll jeder seine Stärken und Interessen finden. Alles lässt sich erlernen, wenn ihr es nur wollt.«

»Requi … bitte?«, grölt Leon.

»Entschuldigung«, sage ich. »Ich meine das ganze Zeug, das auf der Bühne rumstehen soll. Etwa, wenn wir einen Stuhl, eine Lampe oder sonst was brauchen. Es muss sich jemand darum kümmern, dass alles zur richtigen Zeit am richtigen Ort ist, damit die Schauspieler sich auf ihren Text und ihr Spiel konzentrieren können.«

Nach dem Ende der Stunde gehe ich mit meiner Beute – den Notizen der Schüler – zum Auto und merke, dass ich es kaum erwarten kann, sie zu lesen.

Als ich meine Autotür öffne, entdecke ich über das Dach hinweg Linus, der sich mit seiner Ex-Freundin oder Dochwieder-Freundin unterhält.

Seit Facebook den Status »Es ist kompliziert« erfunden hat, scheinen alle Beziehungen nach diesem Muster abzulaufen, denke ich seufzend. Früher oder später würde ich mit Simon reden müssen. Denn eine Notiz auf dem Nachttisch ist keine echte Trennung. Lisa sieht zu mir rüber und mir wird peinlich bewusst, dass ich die beiden anstarre. Lachend fällt sie Linus um den Hals, schaut dabei aber weiter zu mir.

Nach meiner Rückkehr in mein Zuhause auf Zeit mache ich es mir im Wohnzimmer gemütlich und falte sorgfältig einen Zettel nach dem anderen auseinander. »Alle sagen, ich bin eine Quasselstrippe. Dabei höre ich auch gut zu«, »Die anderen denken, ich bin eine arrogante Kuh. Ich bin aber nur schüchtern«, »Ich bin nicht so dumm, wie alle denken. Aber wenn ich den Streber gebe, mag mich keiner mehr.«

Ich frage mich, was ich notiert hätte. Ich weiß es nicht, aber eine Sache ist mir klar geworden, als ich mit den Schülern das Stück gelesen habe: Die Dreharbeiten vermisse ich kein bisschen. In Wahrheit fehlt mir das Theater, meine erste Liebe, und das schon eine ganze Weile. Ich liebe es immer noch, mich tief in eine Geschichte hineinzubegeben.

Meiner Meinung nach gelingt das eher, wenn die Ereignisse wie auf der Bühne chronologisch ablaufen und man nicht am ersten Drehtag die letzte Kussszene dreht und am zweiten Tag dann irgendein Versatzstück aus der Mitte. Ich habe es vergessen, weil für eine Weile ein anderer Drang noch stärker war: das Streben nach der Anerkennung möglichst vieler.

Ich hatte den Beweis erbringen wollen, dass ich sie von mir überzeugen kann. Auf der Bühne gelten die Namen der Schauspieler weniger als ihre Rollen. Ich aber wollte unbedingt einen Namen haben. Nun, da er in aller Munde ist, wäre es mir lieber, die Welt würde ihn wieder vergessen.

Ich lese mir noch einmal die Zettel der Schüler durch und ahne, wer von ihnen was geschrieben hat. Fast automatisch weise ich jedem von ihnen eine Blume und damit eine Eigenschaft zu. Für Emma eine Akelei: großzügig. Für Christin, die so unscheinbar wirkt, bis ihr Gesicht strahlt, wenn sie begeistert ist, eine weiße Rose: Hingabe. Für Leon, der keine Schwäche zeigen will, eine Hortensie: Stolz. Am Ende habe ich einen Blumenstrauß, in dem nichts zusammenpasst und der gerade dadurch ein interessantes Bild ergibt.

Es freut mich, dass ich es geschafft habe, einige kleine Funken überspringen zu lassen. Ich weiß, dass wir weiterhin kleine, mühsame Schritte gehen werden, aber es macht mir nichts aus.

Ist es die Arbeit im Garten, die mich geduldiger gemacht hat? Wie heißt es so schön: Das Gras wächst nicht schneller, wenn man daran zieht. Manchmal kann man nur für ausreichend Licht und Humus sorgen und darauf hoffen, dass ein Samen aufgeht. Ich bin auch aufmerksamer geworden. Früher hätte ich die feine Marmorierung eines Blütenblattes nicht zur Kenntnis genommen. Nicht seine Farbabstufungen von Pfirsichorange zu Galaxierosa. Ich hätte die Blütenfarbe gelangweilt als Pink abgetan.

Genau das gleiche Gefühl, das ich habe, wenn sich eine neue Knospe zeigt, spüre ich jetzt am Abend nach dieser Stunde mit den Notizen der Schüler auf dem Schoß. Es ist etwas, das ich in meinem Leben in Berlin schon lange nicht mehr empfunden habe: echte, übersprudelnde Begeisterung.

Vielleicht könnte ich ja sogar beides tun – Theater spielen und Jugendliche genau dafür begeistern.

Plötzlich habe ich auch eine Idee, was ich mit dem Haus meines Großvaters anfangen werde.

Isabelle 1959

Am Tag nach dem starken Regen stellte Isabelle erleichtert fest, dass der Schaden sich in Grenzen hielt, den das Wasser in ihrem Garten angerichtet hatte. Viele Blütenränder waren ausgefranst und angebrochene Pflanzenteile mussten entfernt werden. Nachdem sie sich um alles gekümmert hatte, fand sie keinen Vorwand mehr ihre andere, wesentlich unangenehmere Aufgabe weiter aufzuschieben.

Sie musste die Barans aufsuchen. Voll Bedauern verzichtete sie darauf, die Reste des köstlichen Essens einzupacken, die sie Lena hatte mitgeben wollen und die sie und Waltraud alleine kaum verzehren konnten, sodass sie im Abfall landen würden. Sie fürchtete, es könnte gerade jetzt gönnerhaft wirken, wenn sie im gleichen Atemzug eine Kündigung aussprach. Dabei war sie einfach dazu erzogen wurden, nichts zu vergeuden, worüber sich Ernst gelegentlich mokierte. Er war der Meinung, dass man jetzt, nach dem Krieg, doch lieber endlich alle Vorzüge des Überflusses genießen sollte.

Bei den Nachbarn angekommen, hätte Isabelle am liebsten direkt wieder kehrtgemacht. Sie sah sich zehn bis fünfzehn Menschen gegenüber, die sich an einem langen Tisch versammelt hatten und sie nun erwartungsvoll anstarrten. Bis eben hatten sie noch wild durcheinandergeplappert. Es gab Rotwein,

Schnaps, Kuchen und kleine Leckereien. Offensichtlich hatten sie einen Anlass zum Feiern.

Isabelle räusperte sich. »Entschuldigen Sie bitte die Störung, ich komme wohl besser ein anderes Mal wieder.«

Ihr Blick suchte Lena und wurde schließlich fündig. Stumm und mit ernstem Gesicht saß das Mädchen in einer Ecke. Es sah fast ängstlich in ihre Richtung, was Isabelle wunderte.

»Frau Hoffmann?« Der Ruf ließ sie herumfahren. Es war Herr Baran, der mit einer Karaffe voll Wasser hinter ihr stand. In seinem Gesicht zeichnete sich eine widersprüchliche Mischung aus Freude, Überraschung und Schmerz ab.

»Hallo. Ich habe es Ihrer Familie gerade schon gesagt. Ich werde morgen wiederkommen. Ich wollte etwas mit Ihnen besprechen, aber ich will Ihre Feier nicht stören. Es kann warten.«

»Frau Hoffmann? Wie nett, dass Sie uns an diesem Tag beehren. Setzen Sie sich doch zu uns.« Ein korpulenter Mann mit vielen geplatzten Äderchen auf der Nase deutete auf einen freien Stuhl neben sich. Auf seinem Schoß saß ein blondgelocktes Kleinkind, das an seinem Bart spielte.

»Das ist mein Onkel Arthur«, erklärte Herr Baran, der auf sie zugeeilt war. »Und das Mädchen auf seinem Schoß ist seine Enkelin. Ihr Vater, mein Cousin, hat Ihr Auto repariert. Da hinten, das ist Theo.«

»Oh«, machte sie. »Vielen Dank für mein Auto. Es sieht fast aus wie neu«, rief sie dem Mann verlegen zu.

»Nun setzen Sie sich schon zu uns«, beharrte Arthur.

»Lassen Sie sich von ihm nicht nötigen«, raunte Herr Baran ihr zu. »Wenn Sie sich hinsetzen, dann kommen Sie nicht mehr weg, ohne einen Schluck Schnaps getrunken und ein ordentliches Stück Kuchen gegessen haben.«

Sie lächelte. »Was wird denn gefeiert?«

»Lenas Geburtstag.«

Sie zuckte zusammen unter seinem eindringlichen Blick.

Falls er ihr Vorwürfe machte, konnte sie es ihm nicht übelnehmen. Ihr Blick wanderte wieder zu Lena. Offenbar waren sie die einzigen drei Personen, die wussten, dass weder Lena noch ihrem Bruder zum Feiern zumute war. Nun war sie sich sicher, ein unerwünschter Gast zu sein, zumindest seitens der Menschen, auf die es ihr ankam.

Sie ging trotzdem zu Lena. Vielleicht hätte sie das Mädchen sogar umarmt, wenn sie unter sich gewesen wären, aber unter den vielen Blicken hielt sie ihr nur ein wenig steif die Hand hin.

»Ich wusste nicht, dass du heute Geburtstag hasst. Es tut mir sehr leid«, sagte sie. »Ich wünsche dir wirklich von Herzen alles Liebe für dein neues Lebensjahr.«

»Danke«, murmelte Lena. Dann stand sie auf und begann nahe an Isabelles Ohr zu flüstern. »Mir tut es auch leid. Mein Bruder hat die Flecken gesehen und so lange nachgebohrt, bis ich ihm alles erzählt habe.«

Verblüfft sah Isabelle sie an. »Ihr habt doch nichts falsch gemacht. Ich bin diejenige, die sich entschuldigen sollte, weil …«

»Nein, Sie doch nicht. Sie haben doch …«

Sie sahen sich an und brachen in Gelächter aus. Nicht, dass die Situation sonderlich lustig gewesen wäre, aber für einen Moment sahen sie das Komische in ihrer beider hilflosem Gestammel.

»Oh Lena, es tut mir wirklich so leid«, flüsterte Isabelle. Erstaunt betrachteten die beiden Familien das vertraute Miteinander der beiden Frauen.

»Dann setzen Sie sich zu uns«, bat Lena in normaler Lautstärke. »Es würde mich freuen, wenn Sie zur Feier des Tages ein Stück Kuchen mit uns äßen.«

Nach kurzem Zögern folgte Isabelle der Bitte. Nachdem man ihr alle Familienmitglieder vorgestellt und sie die Hälfte der Namen am Ende der Runde schon wieder vergessen hatte, trank sie viel zu hastig das erste Glas Wein und merkte vor

Aufregung kaum, wie man ihr gleich das zweite einschenkte, an dem sie sofort wieder nippte.

»Halten Sie mal kurz«, bat Onkel Arthur neben ihr und setzte ihr seine Enkelin auf den Schoß. »Ich muss einmal austreten.«

Für Isabelle war es seltsam, auf einmal dieses kleine, fremde Wesen in den Armen zu halten, doch zu ihrer Freude nahm das Mädchen ihren Platzwechsel ohne zu murren hin.

»Wie heißt du denn?«, fragte Isabelle neugierig.

»Betty.« Die Kleine strahlte sie an.

»Und wie alt bist du?«

»Drei.« Sie hielt fünf Finger hoch.

Isabelle lachte. »Dann bist du ja schon ein richtig großes Mädchen.«

Betty nickte zufrieden.

Isabelle kitzelte das Mädchen unter dem Kinn und schnitt Grimassen für sie, bis sie kicherte. Schon nach kurzer Zeit schmiegte sich die Kleine vertrauensvoll an sie, sodass ihre blonden Locken in Isabelles Nase kitzelten. Der unverkennbare saubere Duft eines kleinen Kindes ließ sie schlucken.

Als Bettys Vater ihr das Mädchen abnahm, gab sie es nur schweren Herzens wieder her.

»Sie sollten eigene Kinder haben«, sagte Herr Baran, der von ihr unbemerkt inzwischen den Platz seines Onkels eingenommen hatte. Zu ihrem Entsetzen spürte sie, wie Tränen in ihre Augen stiegen. Sie hätte nicht so schnell trinken sollen. »Ich wünschte, es wäre so.«

In diesem Moment erzählte Lenas Vater einen schmutzigen Witz, woraufhin seine Frau ihn anfauchte: »Du willst doch den hohen Besuch nicht erschrecken.«

Isabelle erkannte an ihrem Blick, dass die Zurechtweisung eher ihr als dem Ehemann galt. Erneut fühlte sie sich wie ein Eindringling in fremdem Revier.

»Ich sollte gehen«, murmelte sie und machte Anstalten, sich zu erheben.

Herr Baran legte kurz seine warme Hand auf ihre, zog sie aber gleich wieder weg. Überrascht betrachtete Isabelle ihren Handrücken, auf dem sie immer noch seine Berührung spürte, und dann ihn.

»Lena freut sich wirklich darüber, dass Sie hier sind. Bleiben Sie gerne noch. Meine Stiefmutter ist ohnehin nie zufrieden.«

Sie zögerte, dann legte sie kurz ihre Hand auf seinen Arm, während sie zu Frau Baran blickte. »So leicht bin ich nicht zu erschrecken.«

Dann wandte sie sich wieder ihrem Nachbarn zu. »Herr Baran, ich wollte Ihnen …«

»Damian«, sagte er lächelnd. »Nur für diesen Tag Damian.«

»Einverstanden. Ich bin Isabelle«, sagte sie lächelnd. »Das gilt auch für dich, Lena, und nicht nur für heute. Wenn wir unter uns sind, dürft ihr mich von jetzt an immer so anreden.« Damians Schwester hatte sich gerade hinter ihren Bruder gestellt und ihm von hinten die Arme um den Hals geschlungen. Alle drei sahen einander feierlich an und prosteten sich mit einem Glas Schnaps zu.

Isabelle hatte das Gefühl, in eine verschworene Gemeinschaft aufgenommen worden zu sein, und dachte zugleich, dass sie es nicht verdient hatte, weil sie hier gar nicht zusammensäßen, wenn sie besser auf Lena aufgepasst hätte. Doch keines der beiden Geschwister schien ihr einen Vorwurf zu machen.

»So, und nun wird das Geburtstagskind etwas für uns singen«, rief Herr Baran munter.

Lena sträubte sich. »Oh nein, bitte nicht.«

»Was ist denn mit dir los? Du kannst es doch sonst kaum abwarten, den Mund aufzumachen!«, sagte Frau Baran so kühl, dass es Isabelle kalt den Rücken herunterlief. Auch für ihr eigenes Kind schien sie keine sehr herzliche Mutter zu sein.

Ebenso kühl erwiderte Lena. »Du hast recht, Mama.« Etwas freundlicher sagte sie dann zu Damian: »Holst du deine Gitarre?«

Er nickte. »Ich bin gleich wieder da.« Im Aufstehen lächelte er Isabelle zu. »Tut mir leid, dass du das nun auch noch erleben musst.«

Als Erstes sangen die Geschwister ein polnisches Lied, das in Isabelle Ohren melancholisch und schön klang. Sie schloss die Augen und genoss den kleinen Luftzug eines späten Sommerabends, der die Blätter säuseln ließ und ihr eine wohlige Gänsehaut bescherte. Es war ein perfekter Augenblick, in den sie so tief eintauchte, dass sie an kein Vorher oder Nachher mehr dachte.

Die Gitarre und der Gesang verstummten. Lena flüsterte ihrem Bruder etwas zu, der daraufhin missbilligend die Stirn runzelte. »Muss das sein?«

Sie nickte. »Es ist mein Geburtstag. Bitte. Es ist das Lied, das ich jetzt singen möchte.«

Was auch immer sie plante, schien Damian für keine gute Idee zu halten, doch er gab unter ihrem bittenden Blick nach.

Nun sangen sie italienisch und es ließ sich nicht mehr abstreiten, dass Lena eine atemberaubende Stimme hatte. Ließe man ihr die Möglichkeit, würde sie unzählige Menschen zu Tränen rühren. Der Refrain, in dem sich immer wieder ein »Bella Ciao« wiederholte, wurde schneller und schneller und dann das Lied wieder langsamer.

Obwohl sie kein Wort verstand, begriff Isabelle alles – allein anhand der Art, wie das Mädchen es sang –; sie erkannte, dass es um Abschied und Mut gehen musste. Es war wunderschön und diesmal ließ Isabelle zu, dass ihr ein paar Tränen über die Wangen rannen. Dann bemerkte sie, wie um sie herum eine Unruhe aufkam, die sie aus ihrer Stimmung riss. Entsetzt beobachtete sie, wie Lenas Mutter aufsprang und ihre Tochter mit einer Ohrfeige zum Verstummen brachte.

Lena hielt sich die Wange und sah ihre Mutter mit glühenden Augen an. Zu Isabelles Überraschung lag in dem Blick des Mädchens eher Triumph als Schrecken.

»Erika«, ermahnte Arthur seine Schwägerin. »Was soll denn das, es ist doch nur ein Lied.«

»Nur ein Lied?«, rief die Mutter erbost. »Du weißt genau, was sie damit sagen will.«

Der Angesprochene kniff die Augen zusammen. »Und du wirst schon wissen, warum du dir den Schuh anziehst.«

Und so brach der beglückende Eindruck einer perfekten fröhlichen Großfamilie mit Schwips und Charme vor Isabelles Augen zusammen. Auch hier schwelte es. Herrschte denn unter jeder Oberfläche Krieg?

Lenas Mutter sah so aus, als wollte sie ihren Ärger ein weiteres Mal an dem Mädchen auslassen, weil sie vor ihrem Schwager zu viel Respekt zu haben schien.

»Ja, Mutter. Wir wissen, warum du dir den Schuh anziehst, oder?«, sagte Lena ruhig. Damit schien sie einen Schalter bei ihrer Mutter umzulegen. Die packte das Mädchen und fing an, es zu schütteln. Noch bevor Damian sie wegreißen konnte, war Isabelle an Lenas Seite geeilt, um sie zu beschützen. »Sicher kann ein Lied kein Grund sein, ein Kind zu schlagen.«

Den Blicken, die Lena und ihre Mutter einander zuwarfen, entnahm Isabelle instinkthaft, dass sie Zeuge eines eingespielten Rituals geworden war. Hier schienen öfter auch körperliche Auseinandersetzungen stattzufinden.

»Das hier ist mein Zuhause. Als große Gutsherrin werden Sie sich hier nicht aufspielen.« Die Frau lallte, sie war offensichtlich betrunken. »Und warum haben Sie denn kein eigenes, wenn Sie sich mit Kindern so gut auskennen?«

Isabelle sackte in sich zusammen. Die Frau ahnte gar nicht, wie wenig recht sie tatsächlich damit hatte, jemandem einen schlechten Umgang mit Lena vorzuwerfen. »Es stimmt, es ist für mich höchste Zeit aufzubrechen.« Sie wandte sich an Lena. »Ich hoffe, dass du heute doch noch eine schöne Feier hast. Morgen hast du selbstverständlich frei, in Ordnung?«

Doch noch bevor sie sich diskret davonstehlen konnte, wetterte plötzlich der Onkel los. »Das ist deine Vorstellung von Gastfreundschaft, Erika? Lenas Fest zu ruinieren und ihre Gäste zu vertreiben? Das haben wir zu Hause anders gehalten.«

Lena sah in die Runde. »Darf ich mit Ihnen kommen? Wenn das Zimmer noch frei ist, möchte ich jetzt gleich einziehen. Das wäre mein Geburtstagswunsch.«

Isabelle überlegte, was sie sagen sollte. Das Mädchen war noch so jung, sie wollte die Familie nicht noch mehr spalten, indem sie Lena erlaubte, einem Impuls zu folgen, statt sich mit ihrer Familie auszusprechen.

»Ein Maul weniger zu stopfen«, fauchte die Mutter mit zusammengekniffenen Augen.

»Erika«, sagte Damian streng.

Doch die Frau fuhr herum und verschwand im Haus. Hilfesuchend sah sich Isabelle zu Damian um. »Was soll ich denn jetzt tun?«

»Das entscheiden Sie«, sagte er ernst.

Sie dachte darüber nach, dann ging sie zu Lenas Vater. »Herr Baran, ich habe Ihrer Tochter angeboten, nach dem Schulabschluss bei uns zu wohnen. Ich hätte natürlich gleich mit Ihnen darüber sprechen sollen. Ist es Ihnen recht?«

Er sah sie mit glasigen Augen an. »Für die Arbeit hier taugte sie eh kaum. Außerdem ist es wohl bald vorbei mit den Pferden. Man hat ja keine Chance hier«, sagte er bitter.

Seine Worte erinnerten sie so sehr an die Enttäuschung ihrer eigenen Eltern über ihre Andersartigkeit, dass sie entschied, Lena mitzunehmen und notfalls mit Zähnen und Klauen gegen irgendwelche Einfälle zu ihrer Entlassung seitens ihres Mannes zu verteidigen. »Dann haben Sie nichts dagegen, wenn ich sie jetzt gleich mitnehme?«

Er schüttelte den Kopf. »Sie macht doch ohnehin, was sie will.«

»Danke«, sagte Isabelle. »Wir wohnen ja gleich nebenan. Sie werden also weiter ein Auge auf sie haben können.«

Achselzuckend schenkte er sich noch ein Glas Schnaps ein. Es wurde ein verhaltener Abschied, nach dem Damian die beiden Frauen zum Gutshaus begleitete.

»Ich bin so müde«, stöhnte Lena, als sie dort ankamen.

»Kein Wunder, du hast heute zum ersten Mal Alkohol getrunken. Ich habe dir gesagt, dass du das lieber lassen sollst.«

»Ich bin jetzt 15 Jahre alt. So gut wie erwachsen«, widersprach sie gähnend.

Mit einem Schmunzeln auf den Lippen sah Damian zu Isabelle.

Diese erwiderte sein Lächeln. »Warten Sie doch noch einen Moment im Wohnzimmer, bis ich für Lena das Bett hergerichtet habe.«

»Es ist komisch, wenn Sie für mich ein Bett herrichten«, lallte Lena.

Isabelle strich ihr lächelnd über die Stirn. »Es ist das Mindeste. Komm mit.«

Damian sah unschlüssig von einer zur anderen.

»Bitte bleiben Sie«, sagte Isabelle. »Ich würde gerne noch etwas mit Ihnen besprechen. Die Tür dort führt zum Wohnzimmer machen Sie es sich dort bequem. Wir sollten nur leise sein, damit wir Waltraud nicht wecken.«

Er nickte. »Also gut. Dann warte ich auf Sie.«

Alle schienen sich unabgesprochen einig zu sein, dass es im Haus von Isabelles Mann angebrachter wäre, schnell zum »Sie« zurückzukehren.

Damian ging zu seiner Schwester und küsste sie auf die Stirn.

»Herzlichen Glückwunsch«, sagte er liebevoll. »Scheint so, als wärst du tatsächlich deine eigene Herrin.«

Isabelles Magen zog sich schmerzhaft zusammen. Es war nicht nur, weil sie Zeugin dieses intimen Geschwistermoments wurde, sondern weil sie fast so etwas wie Neid empfand. Während sie Lena ihr Zimmer zeigte, merkte sie, dass es ihr gefiel, das Mädchen zu umsorgen. Allerdings musste sie einsehen, dass all ihre Versuche nicht fruchteten, Lena aus ihrer Kleidung zu schälen. Am Ende zog sie ihr nur die Schuhe aus und deckte sie zu. »Gute Nacht«, sagte sie noch, dann zog sie die Tür hinter sich ins Schloss.

Zurück im Wohnzimmer fand sie Damian ein wenig steif auf dem Sofa sitzend vor. Als Erstes musste sie eine Sorge loswerden. »Wäre die Feier auch so ausgegangen, wenn ich nicht gekommen wäre?«

Er nickte. »Dann würde Lena jetzt heulend in ihrem Zimmer liegen, ich würde versuchen sie zu trösten und die anderen würden streiten.«

Isabelle nickte. »Das tut mir leid. Auch wenn ich gerade beinahe erleichtert bin, dass ich *daran* keine Schuld trage.«

»Sie fühlen sich schnell verantwortlich, oder?«, fragte er mitfühlend. »Das müssen Sie nicht. Und es tut mir leid, was meine Stiefmutter gesagt hat«, erklärte er.

»Sie hatte doch recht«, antwortete Isabelle. »Es ging mich nichts an und ich habe wirklich keine Ahnung von Kindern, dabei wünsche ich mir mehr als alles auf der Welt eines.«

»Mehr als alles auf der Welt?«, fragte er sanft.

»Ich glaube schon«, sagte Isabelle.

Sie schwiegen für einen Moment. Dann fuhr sie fort: »Es hat mich gewundert, dass sie ihre eigene Tochter noch strenger behandelt hat als Sie.«

»Sie mag andere Frauen nicht. Sie ist rasend eifersüchtig. Es muss schlimm für sie sein, mit mir zu leben und den Beweis seines Betrugs immer vor Augen zu haben. Das war nicht klug von meinem Vater. Aber ihr Verhalten ist schlimmer geworden, seit Lena jeden Tag weiblicher wird. Vor Männern kuscht Erika. Sie lässt es an dem Mädchen aus.«

»Allerdings schien sie auch mit deinem Onkel nicht sehr gut auszukommen. Sie hat ihm nicht widersprochen, das stimmt, aber es war offensichtlich, dass es zwischen ihnen nicht einfach ist. Was stimmte denn mit dem Lied nicht?«

Er lächelte. »Es ist ein Partisanenlied. Es richtet sich gegen die Faschisten. Lenas Eltern haben damals gefeiert, dass sie endlich heim ins Reich durften. Und mein Onkel und meine Tante haben es gehasst, auch wenn sie sich nicht laut gewehrt haben. Meine Stiefmutter hat sich in der Zeit deutscher als deutsch gefühlt – und nun ist sie hier eine Polackin.«

»Sie tut Ihnen leid«, erkannte Isabelle. »Sie sind wirklich ein netter Mensch.«

»Ich weiß nicht. Es ist schwer, Menschen zu verstehen und ihnen dann noch böse zu sein.«

»Es war ein schönes Lied. Ihre Schwester singt wirklich sehr gut. Sie auch. Es war schön, euch zuzuhören.« Dann hörte sie auf zu plappern, um zu sagen, worauf es ihr eigentlich ankam. »Sie werden wieder sagen, ich solle mich nicht schuldig fühlen, aber das kann nur ich entscheiden. Also lassen Sie mich noch einmal sagen, dass es mir schrecklich leid tut, was geschehen ist. Lena scheint es gut verkraftet zu haben, aber wer weiß das schon.«

Danach berichtete sie ihm eine leicht geschönte Version der Forderungen ihres Mannes. »Sie werden gehen müssen«, sagte sie leise. »Das ist so ungerecht. Aber dort drüben gehört alles ihm. Er hat leider das Recht, eine ungerechte Entscheidung zu treffen.«

Er sah sie an. »Und Lena?«

»Sie darf bleiben. Ich verspreche, dass ich auf sie aufpasse und ihr bei uns nie wieder etwas Schlimmes passiert.« Koste es was es wolle. Isabelle würde alles daransetzen, dieses Versprechen zu halten. Sie würde einen Weg finden.

»Danke.« Er nickte. »Es wird leichter für sie sein. Ihre Mutter beobachtet sie. Beschuldigt sie, hinter Jungs her zu sein. Dabei kann sie nichts dafür, wenn die ihr nachschauen.«

»Sie ist sehr hübsch«, bestätigte Isabelle. »Manchmal kann das von Nachteil sein. Es wird immer Frauen geben, die eifersüchtig sind. Wir sind leider immer noch auf unsere Ehemänner angewiesen.«

Nachdenklich betrachtete er sie. »Mag sein. Aber Sie haben mehr als das.«

Isabelle errötete. Sie durfte das Gespräch nicht eine solche Richtung nehmen lassen. »Wollte sie deshalb euren Eltern nichts erzählen? Weil sie dachte, dass man ihr die Schuld gibt?«

»Ich fürchte, ja.«

Isabelle fand es schrecklich, wie leicht die Tat von Gabrieles Mann sogar von den Eltern des Mädchens entschuldigt worden wäre. Sie selbst hatte sich nun für dieses Leben entschieden und es war immer noch eines, für das sie dankbar sein wollte. Doch sie würde dafür sorgen, dass Lena erkannte, dass man vielleicht auch als Frau wählen konnte. Sollte sie selbst einmal eine Tochter haben, würde sie ihr das Gleiche beibringen.

»Was wird nun aus dem Garten?«, fragte sich Isabelle.

»Sie werden allein zurechtkommen. Die Arbeit darin liegt Ihnen.«

Plötzlich erschien ihr die Situation eigenartig. Sie hatte schon so viel Zeit mit Damian allein verbracht, aber noch nie in einem geschlossenen Raum. Würde Waltraud wach werden, bekäme sie ein Problem.

»Seien Sie nicht traurig«, bat er sie. »Haben Sie gesehen, dass die ersten Nachtkerzen aufgeblüht sind?«

»Wirklich?«

»Wissen Sie, woher diese Blume ihren Namen hat?«

»Ich wache über dich«, murmelte sie leise. Sie hatte es nachgeschlagen, nachdem er sie ihr mitgebracht hatte.

»Schon, aber das meine ich nicht. Es wird gerade dunkel. Sie können es sich ansehen.«

Überrascht sah Isabelle aus dem Fenster. Er hatte recht, es war noch gar nicht so spät, wie sie gedacht hatte, sondern gerade einmal halb zehn.

Damian betrachtete sie und hielt ihr dann die Hand hin. »Kommen Sie mit.«

Isabelle zögerte. Sie wusste, dass sie sich noch einen Schritt weiter von ihrem Leben entfernen würde, wenn sie nun seine Hand ergriff und ihm folgte. Doch dann umfasste sie sie sacht und stand auf.

»Schnell!«, rief er. »Sonst ist es zu spät.«

Sie rannten zum Garten, ohne einander loszulassen. Was tat sie hier? Sie sollte wirklich keinen Alkohol trinken, sie war es einfach nicht gewohnt.

»Und nun?«, fragte sie atemlos, als sie das Tor durchschritten hatten.

Er setzte sich auf den Weg und zog Isabelle zu sich hinunter, sodass sie neben ihm hockte. Wieder betrachtete er sie. Dann legte er zögernd seinen Arm um sie. Als sie sich nicht wehrte, zog er sie fester an sich.

»Schau hin«, forderte er sie flüsternd auf.

Zögernd folgte sie seiner Aufforderung.

Es kam ihr wie eine Ewigkeit vor, in der nichts passierte, außer dass sie die Wärme seines Arms in ihrem Rücken spürte, seine Hüfte an ihrer und sie seinen Geruch einatmete. Seife und Erde. Unwillkürlich legte sie ihren Kopf auf seine Schulter. Wieder verstrich ein kurzer Moment, bis er ihr Haar streichelte.

Egal, was als Nächstes passieren würde, sie würde keinen Rückzieher machen, erkannte sie schaudernd.

Und dann geschah wirklich etwas. Die Blüten vor ihnen öffneten sich in einer fließenden Bewegung.

»Wieso sind manche schon verwelkt, wo ich sie nicht ein einziges Mal habe blühen sehen?«, fragte sie leise.

»Eine Blüte lebt nicht lange. Meist nur bis zum nächsten Mittag.«

»Dann hätte ich es fast verpasst«, murmelte sie.

»Aber nur fast«, raunte er. »Und das ist noch nicht alles, warte es ab.« Er legte zwei Finger unter ihr Kinn und drehte ihr Gesicht zu sich. Isabelle empfand nichts von ihrer üblichen Scheu, als sie einander ansahen. Stattdessen wollte sie immer tiefer blicken. Und dann legte er seine Lippen auf ihre – zart, weich und trocken. Sie öffneten sie gleichzeitig, während sie sich eng umschlungen hielten.

Kurz darauf begriff Isabelle, dass er nicht nur diesen Kuss gemeint hatte, als er von noch mehr gesprochen hatte. Sie nahm einen Geruch wahr, so süß, dass er beinahe ihre Sinne betäubte. Er löste sich von ihr.

»Siehst du? Es dauert, bis sie duften.« Doch es war weniger der Duft der Blume, der Isabelle betörte. Sie wollte sich nicht von Damian lösen, zog ihn mit sich zu Boden und flüsterte: »Es ist wunderschön. Danke.«

Danach brauchten sie keine Worte mehr.

Lilly

Lust. Isabelle ist bei Lenas Geburtstag gewesen und hat danacheine rote Anemone in ihr Album geklebt. Ich ahne, was geschehen ist. Im ersten Moment freue ich mich, weil ich beim Lesen nur noch die Frau gesehen hatte, die sie für sich alleine war.

Dann wird mir klar, dass sie meinem Großvater untreu gewesen ist. Mit dem Gärtner! Das Klischee könnte mich dazu verleiten, die Augen zu verdrehen, bis mir aufgeht, was dieser Hinweis bedeuten könnte. Ich beginne zu rechnen und frage mich entsetzt, wer der Vater von Iris ist.

Es dauert einen weiteren Moment, bis ich erkenne, was diese Ungewissheit für mich bedeuten könnte. Kann es sein, dass ich nicht Ernst Hoffmanns Enkelin bin? Der Gedanke überwältigt mich. Es ist nicht die Tatsache, dass Damian nur ein einfacher Gärtner und kein gefeierter Schriftsteller war, sondern dass ich meinen Großvater nicht noch einmal verlieren will.

Als es an der Tür klingelt, fahre ich erschrocken hoch. Kurz überlege ich, ihm nicht zu öffnen, damit Linus mich nicht in diesem aufgewühlten Zustand sieht. Bis eben habe ich vergessen, dass wir verabredet sind, damit er mir den höchsten Berg der Umgebung zeigen kann. Am Ende laufe ich aber doch zur Tür, weil alles andere zu unhöflich wäre.

»Gib mir fünf Minuten, ich bin gleich so weit! Komm rein und mach's dir bequem«, sage ich zur Begrüßung, lasse ihn an der offenen Tür stehen und flitze in mein Zimmer.

Kurz darauf sitzen wir beide im Auto. »Wie hoch ist er denn eigentlich, dein Mount Everest?«, frage ich, sobald er den Motor startet. Niemals würde ich jemandem verraten, dass mich eigentlich viel mehr interessiert, ob seine Freundin weiß, dass er einen Ausflug mit mir macht, und noch viel mehr, was es über ihn verraten würde, wenn er es verheimlicht hätte.

Dann wiederum frage ich mich selbst, warum genau mich das eigentlich interessiert. Noch mehr Komplikationen kann ich nun wirklich nicht gebrauchen. Außerdem weiß ich, wie trügerisch Anziehungskraft sein kann.

Es gab eine Zeit, in der ich dachte, es wäre Schicksal, Simon begegnet zu sein. Da ich das inzwischen ausschließen kann, muss ich wohl die Existenz einer solchen Macht infrage stellen. Ich werde dies alles hier zu Ende bringen – das Schultheaterprojekt, den Garten, die Abwicklung des Hausverkaufs – und dann fange ich irgendwo von vorne an. Ich werde neuen Menschen begegnen und eine andere sein.

»Wieso musst du das vorher wissen? Hast du Höhenangst?«, fragt er grinsend. »Dann halte dich fest. Es sind 168 Meter.«

»Und der Hügel darf sich Berg nennen?«, frage ich ungläubig.

»Na ja, genaugenommen handelt es sich bei dem Bungsberg um eine hundertfünfzigtausend Jahre alte Endmoräne.«

»Wirke ich so, als wäre Erdkunde mein Lieblingsfach gewesen?«, frage ich.

Er lacht. »Nicht wirklich. Verkürzt dargestellt, ist es aufgeschobenes Gesteinsmaterial am Ende eines Gletschers, der hier mal bestanden hat.«

»Na dann«, sage ich trocken. »Dann musst du mir bei Gelegenheit unbedingt noch mal die lange Version erzählen.« Ich fahre das Autofenster herunter und lasse den Wind meine Haare zerzausen, bis ich wie eine Vogelscheuche aussehen muss.

Es ist eine neue Erfahrung, neben einem Mann zu sitzen, den ich attraktiv finde, ohne dass es meine Eitelkeit weckt. Vielleicht will ich mir so aber auch nur selbst beweisen, wie wenig Bedeutung ich unserem Zusammensein beimesse.

Wenn ich aus dem Fenster schaue, beginne ich zu verstehen, was meine Großmutter in diese Umgebung zog. Das leuchtende Gelb der Rapshügel, dahinter das Tiefblau der Ostsee, das nur von einem dunkler wirkenden Streifen am Horizont vom helleren Blau des Himmels getrennt wird. Die vereinzelten Wolken gleichen den Federn eines weißen Pfaus. Was man nicht sieht, sind die vielen Seen inmitten der dichten Wälder, doch ich weiß, dass sie sich hinter den Bäumen verstecken – geheimnisvoll und wunderschön.

»Hier halten wir an«, sagt er, als er den Wagen bereits gestoppt hat. Er schnappt sich von der Rückbank einen Rucksack und öffnet die Autotür. »Wir müssen allerdings noch eine Weile gehen, damit du dir den Kaffee in meiner Thermoskanne verdient hast.«

»Schon klar«, sage ich, während ich ebenfalls aussteige. »Ich hätte mir denken können, dass du nicht vorhattest, es mir einfach zu machen.«

Wir wandern entlang grüner Wiesen voller Löwenzahn, auf denen schwarz-weiße Kühe hinter Drahtzäunen mit dümmlich zufriedenen Gesichtern ihr Gras malmen.

»Ein Kälbchen«, rufe ich erfreut aus. Er grinst mir zu und ich murmele. »So süß ist es auch wieder nicht.«

Daraufhin lacht er lauthals.

»Du bist so still«, sagt er, nachdem wir eine Weile ohne etwas zu sagen weitermarschiert sind. »Ich will nicht sagen, dass ich das nicht genieße, dich einmal stumm zu erleben. Aber mein Gefühl sagt mir, dass dich etwas beschäftigt.«

»Es geht um das Haus«, behaupte ich, was zumindest nicht ganz weit von der Wahrheit entfernt ist. »Ich überlege, was ich damit anfangen soll.«

Ich bin noch nicht so weit jemandem mitzuteilen, dass ich womöglich nie eine echte Lilly Hoffmann war, schon weil ich immer noch keine Ahnung habe, wer ich dann sein könnte.

Er nickt. »Ich kann mir vorstellen, dass es eine ganz schöne Verantwortung ist.«

Etwas, was ich bislang für mich behalten habe, erzähle ich ihm aber doch, weil ich gerne seine Meinung hören würde.

»Ich habe von einer Stiftung gehört, die neue Räumlichkeiten sucht. Sie organisiert Kunstprojekte für Jugendliche mit Problemen – Malen, Theater, Musik, Literatur. Leider kann sie nicht den Verkehrswert zahlen, den der Verwalter mir genannt hat. Aber ich habe mich gefragt, ob es nicht schön wäre, wenn in dem Haus Kunst geschaffen würde, statt es einfach an ein paar neureiche Möchtegern-Schlossbesitzer zu verscherbeln. Hältst du das für eine sehr idiotische Idee?«

Er hält abrupt inne und starrt mich an. »Im Ernst?«

»Sieh mich nicht so schockiert an. Irgendwie finde ich es nicht sehr schmeichelhaft, dass du mir keinerlei Gemeinnützigkeit zutraust«, sage ich lachend.

»Ich traue dir mittlerweile fast alles zu«, murmelt er, ohne dass ich mir sicher bin, ob ich das nun als Kompliment auffassen kann. »Und ich finde deine Idee großartig. Aber du hast so viel Arbeit in den Garten gesteckt – und da dachte ich, du hättest vor, ihn und das Haus zu behalten.«

Auch wenn ich es nie für möglich gehalten hätte, vermute ich wirklich, dass die Gärtnerei etwas ist, das bei mir auch nach diesem Projekt bleiben wird.

Aber es müssen nicht genau diese Blumen sein. Sie sind von Anfang an für jemand anderen bestimmt gewesen. Deshalb kann ich aufrichtig den Kopf schütteln.

»Nein. Ich habe mir überlegt, es zur Bedingung zu machen, dass der Garten bestehen bleiben muss. Er hatte mal eine große Bedeutung für meine Familie. Aber eigentlich weiß ich nicht, wozu das gut sein und wen das interessieren sollte.«

Mir war sogar schon der Gedanke gekommen, entlang der Wege Plaketten mit den Gedichten meiner Großmutter anzubringen – im Sinne eines Isabelle-Hoffmann-Gartens neben dem Ernst-Hoffmann-Haus, aber was ich heute erfahren habe, verunsichert mich.

»Ich finde, es klingt schön«, sagt er. »Es kommt mir nicht verkehrt vor, die Geschichte eines solchen Hauses zu erhalten. Gerade weil sie zu seinem neuen Zweck passen würde. Danke übrigens für den Karton mit den Unterlagen deines Großvaters, den du bei meiner Mutter abgestellt hast. Ich werde sehr sorgfältig damit umgehen und ihn dir bald zurückgeben.«

»Gut«, sage ich gleichmütig.

»Nur aus Neugier – wie sehr müsstest du dieser Stiftung denn preislich entgegenkommen?«

»So sehr, dass ich vielleicht zwei Jahre davon leben könnte. Ich wollte allerdings auch ein wenig von dem Geld, das er mir vermacht hat, der Stiftung überlassen. Sie braucht Geld für die Instandsetzungen, ich will nicht, dass sie das Projekt gleich wieder aufgeben muss.«

Und wer weiß, vielleicht bin ich ja ohnehin keine legitime Erbin.

»Sieh mich nicht so an«, grummele ich. »Ich bin deshalb ja nicht die Mutter Theresa der Kunst oder so. Vermutlich reichen schon die Tantiemen, die ich erhalten werde, um viele Jahre zumindest meine Miete zu bezahlen, wenn ich nicht in einem Festsaal hause und darauf verzichte, meinen Durst mit Champagner zu löschen. Ich habe nie mit diesem Erbe gerechnet, also ist es in jedem Fall ein größerer Gewinn als gedacht.«

»Was hast du denn vor, wenn alles erledigt ist?«, fragt er neugierig.

»Ich habe keine Ahnung«, gebe ich seufzend zu. »Im Moment denke ich noch nicht weiter in die Zukunft. Aber ich würde gerne wieder Theater spielen und vielleicht sogar weiter Jugendliche darin unterrichten.«

»Also kehrst du nach Berlin zurück? Die renommierten Bühnen sind wohl alle in den Großstädten.«

Ich schüttele den Kopf. »Nicht unbedingt und ich weiß nicht einmal, ob es für mich eines der großen Häuser sein muss. Ich kann sagen, dass ich spielen möchte – so gut und abwechslungsreich wie möglich. Und unter dem Radar sind die kleineren Theater manchmal geradezu wagemutig. Ich habe aber auch keine Scheu, darüber hinaus im Krippenspiel der Dorfkirche für die Kinder einen Hummer zu geben.«

Erst jetzt, wo ich diese Gedanken ausspreche, wird mir bewusst, dass es stimmt. Ich habe nichts gegen weniger Presse.

»Mir scheint beinahe, du magst die Schüler«, neckt er mich.

»Irgendwie wohl schon«, nuschele ich.

»Dann könntest du dir am Ende gar vorstellen, hierzubleiben?«

Ich knuffe ihm kurz in die Seite. »Nun hör schon auf zu bohren. Ich habe doch schon gesagt, dass ich es nicht weiß.«

Während unseres Gesprächs haben wir es bis nach oben auf den Berg geschafft und Linus macht Anstalten, gleich den Aussichtsturm besteigen. Der achteckige Turm wurde aus grauen Granitquadern errichtet. Er sieht hoch aus.

»Kommt nicht infrage«, protestiere ich. »Erst will ich meinen Kaffee.«

»Na gut, setzen wir uns dahinten auf die Wiese.«

»Wow, ich kann das Meer sehen«, rufe ich, als wir den Platz erreicht haben.

Lachend lässt er sich ins Gras fallen und holt aus seinem

Rucksack eine Thermoskanne samt zwei Bechern. Ich lasse mich neben ihn plumpsen, während er den Kaffee eingießt.

»Was machst du eigentlich genau in deiner Theatergruppe?«, fragt er neugierig. »Heute habe ich ein paar Schüler gesehen, die eine Art Pantomime vollführt haben. Sie kamen gerade aus deiner Arbeitsgemeinschaft.«

»Sah es aus, als würden sie sich spiegeln?« Erfreut nehme ich zur Kenntnis, dass meine Übung einen nachhaltigen Eindruck hinterlassen haben könnte.

»Jetzt, wo du es sagst ... genau so sah es aus.«

»Ein bisschen ja.«

»Ich habe mit ihnen eine Vertrauensübung gemacht«, sage ich stolz.

»Eine Vertrauensübung – mit dem Haufen?«, fragt er. Sein gespieltes Entsetzen kann nicht darüber hinwegtäuschen, wie zugetan er der ganzen Bagage ist.

Ich nicke. »Gerade für diesen Haufen ist so etwas besonders wichtig. Und du würdest staunen, was in diesen Rabauken steckt.«

Ich erkläre Linus den Ablauf der Übung, bei der sich zwei Personen einander gegenüberstellen und mit den Fingerspitzen berühren, um dann den Bewegungen des anderen zu folgen, ohne den Kontakt zu verlieren. In der fortgeschrittenen Version wird der Körperkontakt aufgehoben und man muss anhand einer Veränderung im Wärmeempfinden die langsamen Bewegungen des anderen erahnen.

»Es stärkt die Achtsamkeit gegenüber den anderen und öffnet ihre Bereitschaft für Neues.«

»Raffiniert«, sagt Linus anerkennend.

»Ausbildung«, erwidere ich achselzuckend. »Die Schauspielerei ist wirklich ein gutes Wahrnehmungstraining.«

»Darf ich das einmal ausprobieren?«, fragt Linus. »Es klingt interessant.«

»Hier und jetzt?« Seine Frage überrascht mich, dabei nehme ich ihm sofort ab, dass sein Interesse rein wissenschaftlicher Natur ist. In seinem offenen Blick liegt nichts als Neugierde.

Er nickt. »Nur wenn du magst natürlich.«

Nein, ich mag nicht. Es kommt mir dumm und beinahe gefährlich vor, mich darauf einzulassen. Andererseits möchte ich kein Feigling sein, also stehe ich auf, winkle meine Arme an und strecke die Handflächen leicht in seine Richtung. Wir legen unsere Fingerspitzen aneinander und als wir die Augen schließen und ich versuche, auf jede Veränderung des Drucks sofort zu reagieren, jagt die Berührung Impulse durch alle meine Nervenbahnen.

Ich atme tief ein und aus, damit die Aufregung nicht die anderen Wahrnehmungen überdeckt. Es funktioniert, vielleicht sogar zu gut.

Als wir wieder im Gras sitzen, hat sich etwas zwischen uns verändert und ich kann nicht anders, als es ihm zu sagen: »Ich glaube, dass mein Großvater nicht mein Großvater war.« Wenigstens mein Tonfall ist lässig. Erstaunlich erleichtert, dass es heraus ist, atme ich tief durch.

»Wie bitte?«, fragt Linus verwirrt.

Gegen meinen Willen fange ich an zu heulen. Ich kann seine Reaktion nicht sehen, weil mein Kopf auf meinen angezogenen Knien liegt, aber dann fühle ich seine Hand auf meinem Schulterblatt. Seine Berührung ist weder zaghaft noch aufdringlich, nicht zu viel und nicht zu wenig und so gelingt es mir tatsächlich, mich wieder zu beruhigen.

»Willst du es mir erzählen?«, hakt Linus schließlich nach.

Ich lasse mich mit dem Rücken ins Gras sinken und er folgt meinem Beispiel. Nur unsere Schultern berühren sich. Ich wende ihm mein Gesicht zu, bis er mich auch ansieht.

»Ich glaube, ich bin noch nicht so weit. Aber könntest du mir etwas erzählen?«

»Was denn?«, fragt er verblüfft.

Ich lächele zaghaft. »Ich weiß nicht. Vielleicht etwas über Urwaldvölker und seltsame Sprachen.«

Er blickt in den Himmel, während er darüber nachdenkt und schließlich zu erzählen beginnt.

Er spricht von einer Geheimsprache mit 1000 Fantasiewörtern, die Hildegard von Bingen im Mittelalter erfunden hat. Ich erfahre von einer Plansprache namens Solresol, die eine Weltsprache auf musikalischer Grundlage werden sollte. Weil ihr Wortschatz sich aus den Tonsilben do, re, mi, fa, so, la, si zusammensetzt, hätte man sich mit ihr auch singend und pfeifend verständigen können.

Er pfeift.

»Was bedeutet das?« Ich öffne meine Augen wieder.

»Dass ich einen Vogel habe«, sagt er grinsend.

Ich lache auf.

Wir sehen uns wieder an, wobei sich unsere Gesichter so nah kommen, dass es wie das Naheliegendste auf der Welt erscheint, sich zu küssen.

Er ist es, der sich in letzter Sekunde zurückzieht. Meine Wangen brennen vor Scham, als mir bewusst wird, dass ich keinen Rückzieher gemacht hätte.

»Keine gute Idee, oder?«, fragt er sanft.

»Du hast recht«, bestätige ich hastig. »Verdammt schlechte Idee.«

»Wir sind Freunde, lass es uns nicht vermasseln«, sagt er.

»Genau«, stimme ich zu.

Und dann küssen wir uns, ohne dass ich sagen könnte, wer von uns den Anfang gemacht hat. Einen kurzen Augenblick jubiliere ich innerlich, doch schon im nächsten packt mich die Angst. Er hatte recht. Es ist ein Fehler. So jemanden wie ihn sollte man nur küssen, wenn man weiß, was man will, denke ich.

Andererseits hat Linus doch eine Freundin. Täusche ich mich in ihm? Da er nichts von dem Streit zwischen Simon und mir weiß, muss er eigentlich davon ausgehen, dass auch ich vergeben bin. Allerdings weiß die Öffentlichkeit ja seit geraumer Zeit, dass ich in diesen Dingen nicht zimperlich bin.

Wir unterbrechen unseren Kuss und sehen uns an. Einer von uns könnte jetzt wieder zur Vernunft kommen. Für einen Moment denke ich, dass er es sein wird. Bitte, denke ich. Und dann: Bitte nicht.

Ich habe keine Ahnung, was ihm durch den Kopf geht, aber es endet damit, dass er mich laut lachend an sich zieht und sich dann mit mir eng umschlungen den Hügel hinunterrollen lässt.

Isabelle
1959

Als sie den Garten betrat, erwartete er sie bereits. Sie schrie vor Schreck auf, als eine Hand nach ihr griff und sie hinter die Mauer zog, kaum, dass sie das Tor hinter sich zugezogen hatte. Dann erkannte sie ihn und zog ihn an sich. Damians Körper drückte sie mit dem Rücken gegen die Steine, wo keiner sie sehen konnte. Seine Hände hielten ihre über ihrem Kopf fest, während er sie immer leidenschaftlicher küsste. Sie machte sich los und mit einer Umdrehung gelang es ihr, dass er mit dem Rücken zur Mauer stand. Jetzt war sie es, die ihn küsste, bis er nach Luft rang.

Es war nicht das erste Mal, dass Isabelle sich nach jenem gemeinsamen Abend im Duft der Nachtkerze wieder mit Damian im Garten traf. Seltsamerweise hatte das schlechte Gewissen in diesen Momenten keinerlei Macht über Isabelle. Manchmal erreichte es sie später, wenn sie allein in ihrem Zimmer war, aber es war nicht so stark, wie sie es erwartet hatte.

Viel eher kam ihr mittlerweile Ernst wie ein Eindringling vor, wenn er sie berührte. Jede von Damians Liebkosungen empfand sie hingegen als dringende Notwendigkeit. Mit ihm vereinigt zerflossen ihre Grenzen, als würden sie dabei ebenfalls zum Teil der Natur um sie herum.

Doch heute musste sie ihm etwas mitteilen, was alles verändern konnte. Erschöpft, aber glücklich und ineinander verschlungen lagen sie auf dem Liegestuhl. Mit einem Räuspern bereitete Isabelle sich auf den schweren Satz vor, den sie nun aussprechen musste. Sie wollte es hinter sich bringen.

»Ich bin schwanger«, raunte sie ihm ängstlich zu.

Es dauerte einen Moment, bis sie das Verstehen in seinem Gesicht erkennen konnte, das sofort von Überraschung und schließlich Freude abgelöst wurde. Er sah glücklich aus. Aber er hatte auch weniger zu verlieren als sie.

»Ist es von mir?«, fragte er fast beiläufig, als spiele es keine Rolle.

»Ich weiß es nicht.« Das war die erste Lüge zwischen ihnen. Sie musste Zeit gewinnen, bis sie zu einem Entschluss gekommen war, schließlich ging es nicht mehr nur um sie. Außerdem wollte sie sichergehen, dass sie es nicht verlor, bevor sie etwas unternahm.

»Es ist nicht wichtig«, erwiderte er so zärtlich, und sie erkannte gleich, dass er es ernst meinte. Für ihn spielte es wirklich keine Rolle. Seine Hand glitt unter ihr Kleid und streichelte vorsichtig ihren Bauch, der sich noch kein bisschen wölbte. »Es ist in jedem Fall ein Wunder.«

Das wäre schön, dachte sie. Doch in Wahrheit war es alles andere als ein unerklärliches Ereignis.

»So siehst du das?«, fragte sie lächelnd.

»Ist es nicht aufregend, dass in deinem Bauch ein neues Leben entsteht? Du hast es dir doch so sehr gewünscht.«

»Das stimmt. Ich habe es mir mehr als alles andere gewünscht.«

»Mehr als alles andere?«, fragte er sanft. Es war ein Echo des Gesprächs, das sie schon einmal geführt hatten.

»Ja«, erklärte sie. Bis jetzt, fügte sie diesmal jedoch in Gedanken an, ohne es laut auszusprechen. Inzwischen kam ihr die Vorstellung, ein Leben zu führen, zu dem Damian nicht gehörte, wie ein Dasein in der Wüste vor.

Am Wochenende musste sie wieder zu Ernst fahren. Wenn sie an all die Heuchelei dachte, die der illustren Gesellschaft und ihre eigene gegenüber ihrem Ehemann, war sie sich sicher, was sie wollte. Trotzdem brauchte sie noch etwas Zeit um herauszufinden, ob Damian wirklich bereit war, die nächsten Schritte in aller Konsequenz mit ihr zu gehen. Dann könnte sie sich von Ernst scheiden lassen. Sie fürchtete seine Reaktion, glaubte aber nicht mehr daran, dass ihn seine innige Liebe an ihr festhalten ließ.

Es war sein Stolz, und weil der stärker war als alles andere, würde dieses Hindernis nicht leicht zu überwinden sein.

»Ich habe dir eine Blume mitgebracht«, sagte Damian in diesem Moment.

»Welche?«, flüsterte sie.

»Eine Calla.«

»Soll ich ins Haus gehen und nachschlagen?«

Er schüttelte den Kopf. »Bleib noch einen Moment. Du kannst es später herausfinden.«

Sie legte ihren Kopf auf seine Brust und betrachtete den Mond über sich. Erst im Morgengrauen schlich sie zurück ins Haus, wo sie sogleich das Blumenbuch aufschlug. Ewige Liebe. Sie lächelte und fühlte sich mit einem Mal sehr zuversichtlich.

Lilly

Wir liegen eng umschlungen am Fuße des Hügels in der Sonne und ich habe das Gefühl, vor Erregung zu zerspringen. Doch plötzlich muss ich an meine Großmutter denken. Hatte sie nicht auch mit dem Nachbarsjungen im Gras herumgetollt? Bin ich gerade kurz davor, in meiner Verwirrung einfach in ihre Fußstapfen zu treten?

Lehrerin, Gärtnerin, Geliebte. Ich drücke Linus von mir weg, ohne zu wissen, wie ich ihm erklären soll, dass ich ihn will, aber gerade zu verwirrt bin und Angst habe, einen Schritt weiterzugehen.

Natürlich versteht er mein Zögern falsch und richtet sich auf. »Entschuldigung«, sagt er ruhig. »Ich habe vergessen, dass du einen Freund hast. Außerdem beschäftigen dich gerade ganz andere Dinge. Ich hätte dich nicht so überfallen dürfen. Es war wohl der Moment. Es hat keine Bedeutung.«

»Linus, ich …«

»Ja?«

»Nichts«, murmele ich. Er hat die Worte so ruhig und emotionslos ausgesprochen, dass ich nicht anders kann als ihm zu glauben, dass er sie genau so meint. Es hat keine Bedeutung, also gibt es auch keinen Grund für weitere Erklärungen.

Etwas verlegen rappeln wir uns beide auf und klopfen uns ein paar Grashalme von den Kleidern.

»Ruf mich an, wenn dir danach ist«, sagt Linus mit einem etwas zerknirschten Lächeln, wendet sich von mir ab und geht über die Wiese davon.

Als ich einige Tage später die Schule betrete, bin ich froh, dass ich nicht mit Linus geschlafen habe. Obwohl mir die ganze Zeit danach war ihn anzurufen, habe ich es nicht getan.

Während ich jetzt über den Gang schlendere – insgeheim hoffend und bangend, ihm über den Weg zu laufen – merke ich, dass etwas anders ist als sonst. Die Schüler, die mir entgegenkommen, sehen mir nicht wie sonst ins Gesicht, auch nicht die Erwachsenen. Sie werfen mir verstohlene Blicke zu, in denen eine Mischung aus schlechtem Gewissen und Schadenfreude liegt.

Als ich sehe, wie die Sekretärin Frau Salzmann hektisch ein paar Bilder vom Schwarzen Brett reißt, überrascht mich deshalb nicht einmal mehr, als ich darauf mich selbst erkenne. In der Tiefgarage. Besoffen mit einer zerrissenen Strumpfhose. Mit entblößten Brüsten auf einem Szenenfoto aus meinem letzten Film.

In meiner Erstarrung spüre ich eine Hand an meiner Seite. Es ist Sabine, die mich unterhakt und in einen leeren Raum führt.

»Tut mir leid. Es ist so albern. Du bist schließlich Schauspielerin. Leider sind die Jugendlichen ganz aus dem Häuschen, dabei tun sie immer so abgeklärt. Aber dass Lehrer ein Sexualleben haben könnten, scheint sie noch stärker zu beschäftigen, als wenn im Schlafzimmer der Eltern die Bettfedern quietschen.«

»Ist es ein Problem?«, frage ich mit monotoner Stimme. Für mich ist es eines. Die Kinder da draußen mögen sich nach ihren 15 Minuten Ruhm sehnen, ich war froh, für eine Weile ein Niemand zu sein.

Sabine zuckt mit den Achseln.

»Man sollte eigentlich meinen, dass man mit so etwas keinen Hund mehr hinter dem Ofen hervorlockt, aber einige Mütter reagieren hochsensibel auf den Gedanken, jemand könnte eine potenzielle Gefahr für ihre mehr oder weniger glücklichen Ehen darstellen. Als ob irgendjemand diese langweiligen Kleinstadtväter würde haben wollen. Allerdings denke ich, dass wir von den Männern weniger Klagen hören werden«, endet sie mit einem trockenen Lächeln.

»Nicht witzig«, murmele ich.

»Ist es so schlimm für dich?«, fragt Sabine mitfühlend. »Du siehst ganz geschockt aus?«

»Bist du es etwa nicht?«, frage ich. »Dann wurden die Bilder wohl ohne die Schlagzeilen veröffentlicht. Ich hatte eine schwere Zeit deswegen. Im Moment will keiner mit mir arbeiten. Deshalb war ich so froh, hier ein wenig unter dem Radar zu fliegen.«

»So schlimm?«, fragt sie überrascht. »Die Menschen urteilen wirklich sehr schnell.«

»Woher willst du wissen, ob sie nicht richtig liegen?«, frage ich bitter.

»Ich vertraue meinem eigenen Urteil. Wenn dir mal danach ist, mir die Geschichte zu erzählen, höre ich dir gerne zu. Aber jetzt möchte erst mal der Direktor mit dir sprechen. Er ist ein alter Moralapostel. Hör am besten nicht hin. Du machst hier gute Arbeit und sicher hat sich bald alles wieder beruhigt.«

»Sicher.« Ich nicke, kann aber nicht verhindern, dass mir ein paar Tränen über die Wange laufen. Ihr Vertrauen in mich hat mich an einer schwachen Stelle gepackt. »Dann gehe ich jetzt wohl mal besser zu ihm. Wisst ihr, wie die Bilder überhaupt an die Pinnwand gekommen sind?«

»Leon.« Sie presst ihre Lippen zusammen.

»Ich hätte es mir denken können«, erkläre ich mit mattem Lächeln.

Auf meinem Weg zum Direktor nehme ich mir fest vor, Ruhe zu bewahren, dies alles nicht persönlich und mich selbst nicht so wichtig zu nehmen. Gar nicht so einfach, solange man selbst der eine Mensch ist, dem man vierundzwanzig Stunden am Tag auf Gedeih und Verderb ausgeliefert ist. Eigentlich würde ich jetzt viel lieber von hier verschwinden, um ein wenig im Garten zu buddeln oder mich im Ohrensessel meines Großvaters zu verkriechen. Alternativ könnte ich mir aber gerade auch sehr gut einen Neuanfang in Neuseeland vorstellen.

Wenigstens muss ich nicht lange warten. Frau Salzmann winkt mich direkt in sein Büro durch. Er mustert mich mit durchdringendem Blick, als ich durch die Tür trete, und bittet mich dann, ihm gegenüber Platz zu nehmen. Unwillkürlich frage ich mich, ob es Absicht ist, dass der Besucherstuhl niedriger eingestellt ist als seiner.

»Es ist mir wirklich sehr unangenehm, mit Ihnen darüber sprechen zu müssen, weil Ihr Privatleben mich nichts angeht.«

Zumindest sind wir uns in diesem Punkt schon einmal einig. Mit verschränkten Armen lehne ich mich im Stuhl zurück wie eine Vierzehnjährige, die in der Raucherecke erwischt wurde.

»Aber es geht ja auch darum, dass wir den Schülern als moralisches Vorbild dienen müssen. Ich wusste nicht einmal, dass Sie Lilly Hoffmann sind.«

»Ändert das etwas an der Qualität meiner Arbeit?«

»Das ist nicht die Frage.« Er betrachtet seine Fingernägel. »Es ist eher die Frage, ob Sie noch die Vorbildfunktion erfüllen können, die wir gegenüber den jungen Menschen haben. Sie sind so beeinflussbar.«

An seinen Worten mag etwas dran sein, aber das Bedauern in seinem Gesicht nehme ich ihm nicht ab. Es kommt mir wie die reine Heuchelei vor. Er starrt mich an, die Hände auf dem Tisch gefaltet, den Oberkörper leicht nach vorne gebeugt. Was glaubt er denn, wer ich bin? Ein gefallenes Mädchen vor dem Priesterseminar?

»Und jetzt wollen Sie mir den Hintern versohlen?«, entfährt es mir schnaubend, bevor ich es verhindern kann. Innerlich stöhne ich auf. So viel zu meinem Vorsatz, mich zusammenzureißen.

In seinen Augen glimmt etwas auf, das mich abstößt. Ihm gefällt diese Situation, denke ich. Er mag es, von seinem hohen Stuhl auf andere herabzublicken.

»Und die Mütter.« Er seufzt. »Ich werde ihnen natürlich erklären, dass es nicht Ihre Art ist, sich unbescholtenen Männern aufzuzwingen, aber es ist eine schwierige Situation.«

Er hat die Schlagzeilen also gelesen. An dieser Stelle knallt bei mir eine Sicherung durch. »Und jetzt? Wollen Sie gerne einen Selbsttest durchführen? Wollen Sie abwarten, ob ich unter den Tisch hindurch zwischen Ihre Beine krieche, wenn Sie sie nicht rechtzeitig zusammenkneifen?«

In seinen Zügen lösen Entsetzen und Selbstgefälligkeit einander ab. »Sehen Sie, Sie sind noch jung. Mir scheint, es mangelt Ihnen an der charakterlichen Reife, diese Situation zu meistern. Ich verstehe, dass für Künstler andere Regeln gelten, aber ich trage eine Verantwortung.«

»Na, hoffentlich verheben Sie sich dann nicht!«, sage ich scharf. »Aber machen Sie sich keine Sorgen. Ich bin so gut wie weg.« Mir ist klar, dass ich ihm damit den letzten Beweis liefere, dass es um meine Reife tatsächlich nicht sonderlich gut bestellt ist, aber ich kann nicht aus meiner Haut. Die Konfrontation mit den Bildern an diesem Ort hat mich so unerwartet getroffen, dass ich das Ventil nicht mehr auf dem Kessel halten kann, der schon viel zu lange unter Dampf steht.

Ich versuche einen Rest von Würde zu wahren, indem ich

scheinbar gelassen aufstehe, die Tür öffne, mit einem letzten freundlichen Gruß an Frau Salzmann vorbeigehe – schließlich kann sie nun wirklich nichts für ihren Chef – und mit durchgedrücktem Rücken das Schulhaus verlasse. Auf dem Weg zum Auto über den Schulhof kann ich nur schwer an mich halten und beginne beinahe zu rennen. Natürlich laufe ich ausgerechnet jetzt Linus in die Arme.

»Alles in Ordnung, Lilly?«, fragt er besorgt, als ich mit einem genuschelten Gruß an ihm vorbeirausche. Überrascht stelle ich fest, dass ich ihm eigentlich gerne erzählen würde, was passiert ist, aber neben ihm steht seine Freundin Lisa, die mich lauernd anblickt.

»Klar«, entgegne ich ihretwegen harscher als nötig. »Ich habe gerade gekündigt.«

»Wieso?«, fragt er erschrocken. »Du mochtest die Arbeit doch.«

»Tja, ein ausschweifendes Sexualleben ist mir wichtiger, aber da hat der Herr Direktor leider etwas dagegen.«

Linus betrachtet mich mit gerunzelter Stirn. Ich ignoriere es und stürme weiter, komme allerdings keine drei Schritte weit, da packt Linus verärgert meinen Arm und dreht mich zu sich herum. »Erklärst du mir mal bitte, was du hier machst?«

»Ich werde mich jetzt in meinen Wagen setzen und in den Sonnenuntergang fahren«, sage ich ungerührt, mache mich los und setze meinen Weg fort.

Linus lässt Lisa stehen und folgt mir bis zum Wagen. »Ich dachte, wir wollten weiterhin Freunde sein.«

Ich schlucke. »Du wirst drüber hinwegkommen.«

Manche sehen sich in ihren Albträumen nackt auf einer Straße stehen oder vor einer unlösbaren Matheaufgabe sitzen – ich stehe in schlechten Nächten auf einer Bühne und habe den Text vergessen. Genauso fühle ich mich jetzt. Mein Mund sagt ungehindert Dinge, die sich meiner Kontrolle entziehen, während sich ein Teil von mir immer noch wünscht, *es* hätte doch eine Bedeutung für ihn gehabt.

Sein Blick wird kühl. »Wenn das alles ist, was du draufhast, bin ich enttäuscht von dir.«

Ich zucke mit den Schultern, steige ins Auto und fahre einfach los. Das Haus meines Großvaters erscheint mir nicht weit genug entfernt und bietet nicht mehr den gleichen Schutz, seit ich nicht mehr weiß, ob er wirklich mein Großvater gewesen ist. Ich trete aufs Gaspedal und steuere in Richtung Autobahn.

Bockig sage ich mir, dass es gut sein könnte, verbrannte Erde zu hinterlassen. Dann wäre endgültig Schluss mit den Illusionen! Ernst Hoffmann lebt nicht mehr und ich werde in seinem Haus und an diesem Ort ganz sicher nicht meine neue Zukunft finden. Das alles ist abgehakt. Leider bleibt das Gefühl der Befreiung diesmal aus, das mich sonst überkommt, wenn ich alle Brücken hinter mir abbreche.

Bislang erschien es mir wie eine alberne Spruchkartenweisheit, dass man sich und seine Probleme immer mitnimmt, wohin man auch geht. Nun muss ich mir eingestehen, dass mehr als nur ein Fünkchen Wahrheit darin steckt.

Es bringt nichts, abzuhauen, denke ich frustriert. Am Ende bleibt mir nur, zu dem Punkt zurückzukehren, an dem ich damit begonnen habe.

Was ist zum Beispiel mit Simon? Hatten wir nicht eine gute Beziehung, bis die Sache mit Maximilian dazwischengekommen ist? Wäre es nicht äußerst erwachsen, sein Angebot anzunehmen, mir eine Rolle zu vermitteln, und alles daranzusetzen, dadurch zu beweisen, dass ich immer noch eine gute Schauspielerin bin?

Ich denke darüber nach und erkenne plötzlich, dass ich die Fäden an einem viel früheren Zeitpunkt wiederaufnehmen muss, was ungleich schwerer ist.

An einer Raststätte mache ich halt und lasse den schicken BMW meines Großvaters in eine leere Parklücke rollen. Ich bleibe lange sitzen und beobachte, wie die Menschen um mich herum kommen und gehen, eine Zigarette rauchen, sich die Beine vertreten, ihren Müll aus dem Auto räumen. Mir selbst vertreibe ich die Zeit mit einem abgepackten Sandwich samt einer Cola. Mit der kohlensäurehaltigen Plörre spüle ich mir die Weißbrotreste aus den Zahnlücken und weiß plötzlich, was zu tun ist.

Ohne noch einmal anzuhalten, fahre ich in die Richtung, die ich bereits eingeschlagen habe – nach Berlin, zu Simon.

Isabelle 1959

Isabelle schob den Koffer unter ihr Bett, ohne ihn auszupacken. Sie ließ sich auf die Matratze sinken und starrte die Decke an. Bald würde sie Mutter sein, zudem war sie immer noch eine verheiratete Frau und als solche würde sie sich nicht erlauben, in verzweifeltes Schluchzen auszubrechen, nur weil ihr Liebhaber sie im Stich gelassen hatte. Er war nicht am vereinbarten Treffpunkt aufgetaucht.

Wie lächerlich romantisch Isabelle bis dahin der geplante Aufbruch in ein neues Leben bei Morgengrauen erschienen war.

Zaghaft klopfte es an ihre Schlafzimmertür. »Verzeihung.« Das war Lenas Stimme. Gerade mit ihr wollte Isabelle jetzt nicht reden.

»Ich versuche gerade noch ein wenig zu schlafen, könntest du später wiederkommen?«, rief sie.

Das Mädchen schien zu zögern. Es dauerte eine ganze Weile, bis es leise eine Antwort gab. »Natürlich.«

Isabelle schloss die Augen. Ein kleiner Tritt in ihrem Bauch erinnerte sie daran, dass nicht alles vorbei war. Sie würde ein Kind haben, genau wie es immer ihr Wunsch gewesen war. Und es würde innig geliebt werden.

Auch wenn sie sich für ihre Feigheit schämte, hatte sie Ernst vor wenigen Tagen am Telefon um die Trennung gebeten. Er hatte ihr mitgeteilt, dass er nicht zulassen würde, dass sein Kind bei einem anderen aufwuchs. Als sie nicht gleich etwas erwidert hatte, hatte er innegehalten. »Es ist doch mein Kind?«

Sie hatte weiter geschwiegen, um nicht zu lügen, die Situation aber auch nicht zu verschlimmern. Das hatte für Ernst nur den Schluss zugelassen, dass er nicht der Vater des Kindes war. Trotzdem wollte er sie nicht gehen lassen.

In diesem einen Moment war sie standhaft geblieben, hatte ihm sachlich erklärt, dass sie ihn dennoch verlassen würde. Früher wäre es für sie undenkbar gewesen, ohne Trauschein mit einem Mann zusammenzuleben, inzwischen war es für sie unvorstellbar, nicht mit Damian zu leben.

Sie hatten seit ihrem Telefonat so oft über ihre Flucht gesprochen und schließlich vereinbart, dass sie sich heute Morgen treffen und gemeinsam auf die Reise ins Ungewisse machen wollten. Als er nicht aufgetaucht war, hatte Isabelle befürchtet, ihm könnte etwas zugestoßen sein. Er hatte ihr nie einen Grund gegeben, an seinen aufrichtigen Gefühlen zu zweifeln.

Aus Sorge um ihn hatte sie ihren Stolz überwunden und war zu seinem Vater marschiert, um sich nach ihm zu erkundigen. Der hatte sie nur aus seinen vom Alkohol getrübten Augen angesehen und gemurmelt: »Ihm hat es hier doch nie gefallen. Undankbarer Bengel. Er ist nach Polen zurück, wo seine verlauste Mutter herkam.«

Isabelle war zu fassungslos gewesen, um ihn wegen seiner herablassenden Worte zu schelten. Ohne ein Wort des Abschieds war sie zurück zum Haus geeilt und hatte sich auf ihr Bett geworfen.

Hier lag sie nun, aber natürlich konnte sie hier nicht bleiben. Es war Ernsts Haus und sie hatte ihn verlassen. Doch für einen kleinen Moment wollte sie sich ausruhen, bevor sie in ihren Käfer steigen und mit ihren wenigen Ersparnissen verschwinden wollte.

Vermutlich würde Ernst ihr auch das Auto nehmen. Schließlich hatte sie Ehebruch begangen und würde damit die Schuld an ihrer Scheidung tragen.

Durch ihr geöffnetes Fenster hörte Isabelle das Knirschen von Kies auf der Auffahrt. Ein Auto näherte sich dem Haus. Es ist ihm doch etwas passiert, schoss es ihr durch den Kopf. Mit klopfendem Herzen raste Isabelle zum Fenster. Doch statt der Polizei erkannte sie dort unten das Auto ihres Mannes. Kurz darauf hörte sie seine Schritte auf der Treppe und bedauerte, sich nicht bereits aus dem Staub gemacht zu haben. Sie konnte ihm nicht ins Gesicht sehen.

Als er das Zimmer betrat und auf sie zuging, richtete sie sich auf. Isabelle wappnete sich gegen seine Wut. Erwartete, dass er sie beschimpfen oder ihr eine Ohrfeige verpassen würde, doch stattdessen sah er sie beinahe zärtlich an, bevor er sich neben sie aufs Bett setzte.

»Also wirst du jetzt hier bei mir bleiben? Du wirst das Kind nicht alleine großziehen können, ohne Geld oder Arbeit.«

»Das kannst du nicht ernstlich wollen«, entfuhr es ihr.

Er nahm ihre Hand und drückte sie. »So eine Eskapade war wohl zu erwarten, wenn man eine so junge Frau heiratet. Ich vergebe dir. Du gehörst zu mir.«

Sie war zu verwirrt, um ihm ihre Hand zu entziehen. »Eskapade?«, fragte sie matt.

Er ignorierte ihre Frage. »Ich möchte wirklich nicht sehen, wie du als junge alleinerziehende Mutter auf der Straße landest. Natürlich werde ich für mein Kind sorgen. Es ist doch mein Kind, oder?«

Sie sahen einander an und für einen Moment rangen ihre Blicke miteinander. Am Ende siegte Ernst und etwas in Isabelle starb so jäh wie die Blüte der Nachtkerze, die sich gerade erst entfaltet hatte.

»Ja«, bestätigte sie mit gesenktem Blick. »Es ist dein Kind.«

»Gut.« Er nickte. »Den Gärtner wirst du bald vergessen. Das war keine Liebe, es war etwas anderes. Ich war schließlich auch einmal jung und habe mich zu allen möglichen Mädchen hingezogen gefühlt. Oft sogar eher zu den Unmöglichen.« Er lächelte ihr zu.

So, wie er es sagte, klang alles, was sie mit Damian geteilt hatte, wie eine schmutzige kleine Affäre. Ihr liefen die Tränen hinunter und sie versuchte ein letztes Mal, sich zu wehren. »So war es gar nicht«, begehrte sie auf.

Er packte ihren Oberarm, dass es schmerzte. »Ich habe ihm 10.000 Mark gegeben, damit er verschwindet. So viel warst du ihm wert.« Er log nicht, das sah sie ihm an. Und es war der Moment, in dem sie aufgab.

Erst nachdem er den Raum verlassen hatte, murmelte sie: »Nein, Ernst, so viel war ich *dir* wert.« Sie ahnte, welche Art von Ehe sie fortan führen würden und dass sie sich dennoch nicht von der Stelle bewegen würde. Als alleinerziehende Mutter wäre sie in einem aufreibenden Existenzkampf gefangen. Sie würde ihr Kind verlieren, entweder an Ernst oder an eine Pflegefamilie. Jeder würde sagen, dass es dort besser aufgehoben war.

Wenn sie aber in Lensahn blieb, könnte sie den Garten behalten, den sie liebte. Und ihr Kind würde neben einer Mutter auch noch einen Vater haben, der ihm alles ermöglichen könnte, was es für Geld zu kaufen gab.

Lilly

Es ist mir wichtig, die Situation mit Simon von Angesicht zu Angesicht zu klären. Ich will einen Neuanfang und der soll nicht mit Ausflüchten und Feigheit beginnen.

Bevor ich Berlin erreiche, halte ich noch einmal an einem Rasthof und schreibe Simon, dass ich ihn dringend heute Abend sprechen muss. Ich bitte ihn, in unsere Wohnung zu kommen, die eigentlich immer schon nur seine war. Zu meiner Überraschung sagt er ohne Zögern zu.

Also fahre ich direkt zur Wohnung. Ich muss nicht lange warten, bis auch Simon zur Tür hereinkommt. Verlegen stehen wir einander gegenüber. Zu meiner Erleichterung macht er aber einen sehr gefassten Eindruck.

Ich komme direkt zur Sache. Erzähle ihm, wie sehr sich mein Leben im Haus meines Großvaters verändert hat, wie gut es mir damit geht und wie sehr ich es liebe, nicht mehr in der Stadt zu wohnen. Wir sprechen viel, werden zwischendurch laut, schreien uns beinahe an und tatsächlich weinen wir auch ein wenig.

Am Ende müssen wir einander eingestehen, dass wir uns schon seit Langem nur noch an einen schönen Traum klammern, in dem Simon die Heldin seines Lieblingsbuchs erobert hat und ich mich in seinen Visionen meiner glorreichen Zukunft verlor.

»Schaffen wir es, dass wir in Freundschaft auseinandergehen?«, frage ich zum Schluss schniefend, und Simon zieht mich wortlos in seine Arme und hält mich kurz, bis wir uns voneinander lösen.

Für einen Moment denke ich darüber nach, ihm die Wahrheit über Maximilian und mich zu sagen, aber ich lasse es, weil es unsere Geschichte nicht vereinfachen würde.

Simon behauptet, noch einen Termin zu haben, und ich bin froh, dass er mir dadurch noch etwas Zeit allein in der Wohnung verschafft. Wir verabschieden uns mit einem leicht melancholischen Lächeln und in der Gewissheit, dass wir uns in Zukunft über den Weg laufen könnten, ohne in bittersüßen Schmerz zu versinken.

Die nächsten beiden Stunden verbringe ich damit, die wenigen Dinge in unserer – jetzt Simons – Wohnung zusammenzusuchen und meine restlichen Klamotten einzupacken. Ich lege den Wohnungsschlüssel auf die Küchenplatte, ziehe die Tür hinter mir zu, werfe meine Sachen in den Kofferraum und setze mich hinters Steuer.

Als Nächstes schreibe ich meiner Mutter und bitte sie, mich am Wochenende im Haus meines Großvaters zu besuchen. Ich versuche den Eindruck zu erwecken, dass ich ihre Unterstützung in einer kniffligen Angelegenheit brauche, und weil ich sie so gut wie nie um Hilfe bitte, kann sie nicht ablehnen. Schon wenige Minuten später kommt ihre Antwort, dass sie da sein wird.

Dann endlich verlasse ich Berlin. Wo ich schon einmal unterwegs bin, mache ich einen Schlenker und fahre am Haus meiner Eltern in Hamburg vorbei. Bevor sie anreist, sollte meine Mutter die Gelegenheit haben Isabelles Tagebuch zu lesen. Ich habe etwas Angst sie zu überfordern, wenn ich sie mit jenen Zeilen *und* dem Garten zugleich konfrontiere. So kann sie einmal in ihr Schneckenhaus abtauchen und ist morgen Abend in

Lensahn vielleicht schon wieder so weit, die Fühler vorsichtig hinauszustrecken und noch mehr Überraschungen aufzunehmen. Ich stecke das Buch in einen Umschlag und schreibe vorsichtig, um mit dem Kugelschreiber nicht auf den Einband durchzudrücken, »Für Iris« darauf, bevor ich es in den Briefkasten werfe.

Wieder zurück in Lensahn, gehe ich als Erstes in den Garten. Er blüht bereits so üppig, dass er meinem ungeschulten Auge nach dem auf dem Foto gleicht.

Als ich dieses Projekt gestartet und mich in die Gartenarbeit gestürzt habe, mag es wie bei Isabelle bloß eine Übersprunghandlung gewesen sein, doch nun will ich mein Vorhaben zu Ende bringen, auch wenn ich noch immer nicht sicher bin, wo es mich hinführen wird. Ich gieße noch einmal ausgiebig, bevor ich wieder ins Haus gehe, mich mit einem Buch in den Ohrensessel mummele und darauf warte, dass es Wochenende wird.

Als meine Mutter am späten Sonnabendnachmittag, sie muss direkt nach Ladenschluss losgefahren sein, mit einer winzigen Reisetasche vor der Tür ihres Elternhauses steht, platzt sie gleich mit der Frage heraus: »Hast du es gelesen?«

»Ähm.« Ich beiße mir auf die Unterlippe. »Wollen wir vielleicht erst mal in die Küche gehen und einen Kaffee trinken?«

Sie nickt. »Entschuldige, gerne.«

Anfangs sitzen wir in unbehaglicher Stille da. Sie rührt mit dem Teelöffel in ihrem schwarzen Kaffee und ich kaue an meinen Nägeln. Zum Kaffee essen wir Marmeladentoast.

»Ich habe mich gefragt …«, setze ich an.

»Frag ruhig.«

Sie sollte sich endlich eine lesbare Mimik zulegen. Ich kann nicht einschätzen, wie weit ich gehen darf, ohne dass sie zurückschnellt wie ein Gummiband. »Meinst du, dass dein Vater der Gärtner sein könnte?«

Sie sieht vollkommen verdattert aus. Langsam klärt sich ihr Blick. »Beim Lesen könnte man wohl auf diese Idee kommen. Ich hätte nichts dagegen, wenn Damian mein Vater wäre, das kannst du dir sicher denken. Aber ich bin wirklich eine Hoffmann. Er hat einen Vaterschaftstest gemacht, als du noch ein kleines Kind warst.«

Überrascht schaue ich sie an. »Wirklich? Dann wusstest du von Isabelles Affäre?«

Sie schüttelt den Kopf. »Nein. Er hat mir damals nicht verraten, wie er plötzlich auf diese Idee kam. Ich habe erst mal abgelehnt, weil ich seine Bitte als Beleidigung gegenüber meiner Mutter empfunden habe. Dann kam mir der Gedanke, dass ich ihm damit beweisen kann, wie sehr er im Unrecht ist. Er sollte sich schämen.« Sie knetet ihre Hände. »Offenbar lagen die Dinge dann doch nicht ganz so einfach. Dass es nur eine Affäre war, glaube ich aber nicht.«

»Am Ende hat er sie sitzen lassen«, protestiere ich aus alter Gewohnheit. »Ernst ist für sie da gewesen.«

Dies könnte der Einstieg in einen sich immer weiter hochschaukelnden Streit sein. Doch an diesem Tag ist meine Mutter die Klügere, die mit ihrem Schweigen den zerbrechlichen Frieden sichert. So bleibt mir der Raum, meine Worte noch einmal zu überdenken.

»Er hat ihr nicht gerade eine Wahl gelassen, oder? Er war wohl recht gut darin, Druck auszuüben«, murmele ich.

Meine Mutter schaut mich überrascht an.

Ich seufze. »Ja, Mama, mir ist klar geworden, dass er alles andere als perfekt war. Ich weiß selbst nicht genau, wie ich mit manchen seiner Eigenschaften umgehen soll. Aber es ändert nichts daran, dass er wichtig für mich war und ich bei ihm meistens glücklich war. Bei ihm hatte ich das Gefühl, einen Teil von meiner Persönlichkeit ausleben zu dürfen, der bei euch keine Chance hatte. Verstehst du?«

Sie richtet sich auf, als wolle sie sich verteidigen, doch dann sackt sie wieder in sich zusammen. »Vielleicht kennen Eltern ihre Kinder immer zu wenig.«

Immer wollte ich, dass sie zugibt, nicht so sehr im Recht zu sein, wie sie glaubt. Aber nun fühle ich keine Befriedigung, sie so zerknirscht zu sehen. Wir alle machen Fehler.

»Ich würde dir gerne etwas zeigen.« Der Gedanke, mit ihr hinaus zum Garten zu gehen, macht mich nervös. Plötzlich weiß ich nicht mehr, ob ich das Richtige getan habe. Vielleicht war es nur eine Schnapsidee, gewachsen aus Nostalgie, einem Hang zur Dramatik und zu viel Fantasie.

»Du machst es aber spannend.« Sie mustert mich neugierig.

»Weißt du, Lilly, ich glaube, ich weiß jetzt, wie er plötzlich auf die Idee mit dem Test kam. Damals hast du gerade aufgehört, wie ein Baby auszusehen. Deine Gesichtszüge wurden deutlicher und du begannst einen eigenen Charakter zu entwickeln. Bis dahin hatte er dich genauso ausgeblendet, wie er mich all die Jahre ausgeblendet hat. Aber du hast so eindeutig seine Wangenknochen und seinen Mund, dass seine Gewissheit ins Wanken geraten sein muss. Ich dachte, er wollte mit dem Test Isabelles Untreue beweisen, dabei wollte er das Gegenteil belegen. Ich wette, er hatte bis dahin viel zu viel Angst vor dem Ergebnis. Ich glaube nun auch, dass es die Angst und die Eifersucht waren, die ihn den Garten verwüsten ließen. Auf seine Art muss er sie geliebt haben. Aber er hat es nicht ertragen, dass ihr Kind womöglich nicht seines war und dass sie im Garten womöglich an einen anderen dachte. Ich weiß nicht, ob ich ihm so bald verzeihen kann. Aber es ist gut zu wissen, dass er am Ende auch nur ein Angsthase gewesen ist.«

Ihre beinahe versöhnlichen Worte zu hören, nimmt mir eine schwere Last von den Schultern. »Es tut mir leid, dass du darunter leiden musstest, Mama«, sage ich ehrlich. Jetzt bin ich mir wieder etwas sicherer, dass ich richtig gehandelt habe, und freue mich beinahe auf die Überraschung, die auf sie wartet. Ohne weiter nachzuhaken, folgt sie mir nach draußen.

»Ich wüsste ja gerne, was aus ihnen allen geworden ist. Aus Damian, Lena, Waltraud und den Nachbarn«, sage ich.

»Ein wenig weiß ich darüber.«

»Wirklich? Woher?«

»Ich bin mit Lena in Kontakt geblieben, als sie fortgegangen ist, um Sängerin zu werden. Sie war übrigens sehr erfolgreich«, erklärt meine Mutter lächelnd. »Sie ist direkt nach dem Tod deiner Großmutter nach Berlin gegangen und hat eine tolle Karriere hingelegt. Nun lebt sie in einem Altersheim in Potsdam.«

»Meinst du, wir könnten sie einmal besuchen?«, frage ich.

Meine Mutter runzelt die Stirn. »Ich habe lange nichts von ihr gehört oder mich gemeldet. Ich habe so viel gearbeitet, dass ich lange nicht mehr an sie gedacht habe.« Sie seufzt. »Aber warum nicht? Sie würde sich sicher sehr freuen, dich kennenzulernen.«

»Und was ist mit den anderen?«

»Waltraud und die Eltern der jungen Barans leben schon lange nicht mehr. Mit der Pferdezucht ist es nie wirklich etwas geworden, sodass die jüngeren Familienmitglieder nach und nach das Haus verließen, um ihr Glück anderswo zu suchen. Als die Stellmacherei dann leer stand, wollte keines der Kinder mehr in dem runtergekommenen Haus wohnen, und es wurde verkauft.«

»Die neue Besitzerin habe ich bereits kennengelernt. Sie heißt Sabine. Vielleicht hast du sie bei der Beerdigung gesehen. Du würdest sie mögen. Sie muss sehr viel Arbeit hineingesteckt haben, heruntergekommen ist da nichts mehr. Meinst du, wir könnten Lena einmal nach Damian fragen? Ich würde so gerne wissen, warum er verschwunden ist. Er scheint doch ein netter Kerl gewesen zu sein. Und nach dem, was in Isabelles Buch steht, glaube ich auch, dass seine Liebe echt und nicht geheuchelt war.«

»Aber wir kennen nur ihre Version der Geschichte und haben keine Ahnung, wie er wirklich gewesen ist. Menschen täuschen sich so leicht in anderen.« Sie zwinkert mir fast ein wenig verlegen zu.

»Bist du denn gar nicht neugierig?«

Ich bin fast sicher, dass sie gleich sagen wird, es sei unnötig, in diesen alten Geschichten zu wühlen. Doch wieder einmal überrascht sie mich, indem sie zugibt: »Es schadet sicher nichts, danach zu fragen.«

Als wir das Gartentor erreichen, lasse ich mich einen Schritt zurückfallen und lasse meiner Mutter den Vortritt. Sie umfasst die Gitterstäbe und starrt hindurch.

»Was ist das?«, ruft sie beinahe erschrocken. »Hast du das gemacht?«

»Es war sicher eine dumme Idee.« Warum schafft sie es schon wieder, mich zu verunsichern, wo ich doch eben noch ganz überzeugt von meinem Werk war. »Aber ihr habt auf dem Foto so glücklich ausgesehen, dass ich mir gewünscht habe, du könntest noch einmal zurückkehren, bevor dies alles jemand anderem gehört.«

Mit zitternden Händen öffnet sie das Tor. »Aber Lilly, das ist doch komplett verrückt. Was soll ich denn …«

Dann verstummt sie. Eine Weile sehe ich ihr ebenfalls schweigend dabei zu, wie sie über die Wege schlendert, an Flieder und Türkenbundlilien schnuppert, vorsichtig Blätter und Blüten berührt und einem flatternden Schmetterling nachsieht. Die Sonne steht noch hoch, sodass kaum ein Schatten in den Garten fällt. Das Licht blendet und ich muss mir die Hand an die Stirn halten, um meine Mutter zu sehen. Als sie sich umdreht, erkenne ich, dass sie Tränen in den Augen hat.

»Sie würde es lieben«, sagt sie bewegt. »Uns beide hier in diesem Garten zu sehen. Es ist so schade, dass du sie nicht mehr kennenlernen konntest.«

»Finde ich auch«, sage ich mit einem Kloß im Hals. »Ich würde dich gerne noch etwas fragen.«

»Nur zu.«

»Ich habe dir schon gesagt, dass ich immer das Gefühl hatte, dass du nicht mit mir zufrieden bist, weil ich Dinge mag, die du ablehnst. Ich wollte ja nie, dass du begeistert von ihnen bist, aber ich hätte so gerne mein Interesse mit dir geteilt. Es war schwer für mich, dass du meine Leidenschaft immer so negativ gesehen hast. Ich habe gedacht, du wolltest mit aller Kraft verhindern, dass ich meinem Großvater zu ähnlich werde.«

Sie kratzt sich an der Schläfe. »Nein. Als du klein warst, hast du mich eher an *sie* erinnert. Du hattest auch oft diesen abwesenden Ausdruck in den Augen, als seist du nicht richtig auf dieser Welt. Dein Großvater war nie ein Träumer. Deshalb war meine Angst nicht, dass du dich bei ihm zu sehr in deinen Fantasiewelten verlieren könntest, sondern dass er diese melancholischen Anlagen in dir bestärkt – genau wie bei seiner Frau.« Meine Mutter räuspert sich ein paar Mal. »Dein Vater und ich mussten noch viel länger auf dich warten als Isabelle auf mich. Vielleicht wollte ich dich zu sehr beschützen und habe es ganz falsch angefangen. Ich wollte so gerne, dass du eine schöne Kindheit hast. Ich habe mich bemüht, so gut ich konnte.«

Mir schnürt sich die Kehle zu. Plötzlich fallen mir so viele Dinge gleichzeitig wieder ein. Wenn eine Hose ein Loch hatte, konnte meine Mutter mir nicht immer gleich eine neue kaufen, aber sie schloss den Riss mit einer Stickerei, die andere nach der Marke meiner Hose fragen ließ. Zu meinen Geburtstagen haben mich andere um ihre Motivkuchen beneidet und nach meinem Auszug hat sie mir bei Besuchen die schönsten Sträuße mitgebracht, die ich achtlos in vasenähnliche Behälter stopfte.

Dabei war das ihre Sprache der Liebe, die ich nicht verstanden hatte, weil ich zu beschäftigt damit gewesen war, auf die Zeichen ihrer Zuwendung zu lauern, die ich erwartete: Worte. Ich war so darauf fixiert, dass ich die anderen Hinweise übersah, und irgendwann hatten wir so viel Routine darin, uns misszuverstehen, dass wir gar nicht mehr anders konnten. Zwar hatten wir meinen Vater als Dolmetscher, aber eigentlich hätten wir wohl ein ganzes Wörterbuch benötigt.

Zögernd fährt meine Mutter fort. »Als dein Großvater dieses Buch für dich schrieb, hatte ich das Gefühl, es würde dich aufsaugen. Ich wollte nicht, dass meine Tochter zu einer seiner Erfindungen wird.« Mit der Spitze ihres Zeigefingers reibt sie die Einkerbung an ihrem Nasenflügel. »Der schlimmste Moment war jener Nachmittag, an dem ich dich am Teich erwischt habe. So wie du hat meine Mutter auch einmal dort gestanden, kurz vor ihrem Tod. Als würde eine unsichtbare Kraft sie nach vorne ziehen, hinein in die Dunkelheit des Wassers. Ich habe meinem Vater die Schuld daran gegeben und wollte um alles in der Welt verhindern, dass er dich sich so fühlen ließ wie sie.«

»Dabei hast du sie doch so geliebt, wie sie war.«

»Natürlich, aber sie ist auch viel zu früh gestorben, so wie sie war.«

Mir kommt ein Gedanke und je länger ich ihn drehe und wende, desto überzeugter bin ich von seiner Richtigkeit.

»Weißt du was, Mama? Ich glaube, Großvater und du, ihr habt ohne es zu merken am gleichen Strang gezogen. Ihr dachtet, ihr müsstet mich stärker machen, und wart euch nur über die Methoden nicht einig. Dabei wäre ich sicher auch mit weniger Unterstützung gut zurechtgekommen. Ich mochte doch einfach nur gerne Geschichten.«

Sie seufzt. »Da könnte etwas dran sein. Verrückt, nicht wahr? Der Verlust von Isabelle hatte unseren klaren Blick getrübt, fürchte ich. Wir hätten sehen müssen, was dich noch alles ausmacht, und dass du nicht sie bist, nur weil du einmal verträumt aus einem Fenster blickst.«

Ich nicke und wünschte, mein Großvater wäre hier, damit wir alle gemeinsam darüber lächeln könnten, wie die beiden all die Jahre alles getan haben, damit ich auf keinen Fall werde wie die Frau, die sie am meisten geliebt haben.

»Ihr habt trotzdem keine schlechte Arbeit geleistet.« Plötzlich will ich nur noch, dass sie sich nicht mehr schlecht fühlen muss. »Schließlich hatte ich bisher ja durchaus schon einigen Erfolg im Leben. Ich fürchte, auch das toughe Biest, das mich bis dahin gebracht hat, gehört zu mir.« Auch wenn bislang ein Großteil meiner Robustheit wohl nur an der Oberfläche existierte. Aber es gibt verschiedene Arten von Stärke und nicht alle haben etwas mit scharfen Waffen und einer großen Klappe zu tun.

Isabelle war kein Schwächling, nur weil sie nicht so unbeirrbar ihren Weg gegangen ist wie die Heldinnen in den Geschichten, die ich so liebe. Denn sie lebte in der echten Welt, in einer Welt, die sich in vielem von der heutigen unterschied. In ihrer war es vielleicht stärker, dass sie sich in ihr Schicksal fügte, um ihr geliebtes Kind nicht zu verlassen und weiterhin aufwachsen zu sehen. Zu bleiben kostete sie viel mehr als zu gehen. Sie war eine Gefangene ihrer Zeit und der Umstände.

Genau wie wir jetzt. Wer weiß, wie die Nachwelt unsere aufgeklärten Moralvorstellungen, fortgeschrittenen Techniken und tief empfundenen Probleme eines Tages belächeln wird. Ich denke nicht, dass Isabelle und ich uns wirklich sehr ähneln, aber aus all diesen Gründen sind wir zu zwei Seiten einer Medaille geworden: Sie durfte ihre Stärke nicht zeigen und ich konnte nicht zu meiner Schwäche stehen.

Meine Mutter bückt sich. »Schau mal, hier ist noch Platz. Weißt du, welche Blume deine Großmutter zuletzt gesetzt hat?«

Ich schüttele den Kopf.

»Herbstzeitlose«, erklärt sie. »Weißt du, was sie bedeuten?«

»Verrate es mir nicht. Ich habe ein schlaues Buch gefunden, in dem ich nachschlagen kann.« Gemeinsam gehen wir ins Haus, wo ich das Buch hervorhole und mithilfe der App von Linus' Kollegen eine Bedeutung ermittele. Laut lese ich sie vor: »Das erst im Frühling eines neuen Lebens in Erfüllung gehende Sehnen.«

Wir schauen uns an und lachen gerührt.

Dieses Lachen ist es, das uns endgültig befreit, und wir reden noch den ganzen Tag. Erzählen uns viel und meine Mutter offenbart dabei unabsichtlich, dass auch in ihrer DNA verschiedene Anteile ihrer beider Eltern vorhanden sind. Es ist ein sehr besonderer Nachmittag und ich überlege, ob ich sie je wieder so redselig und sprachgewandt erleben werde. Vielleicht werde auch ich nie wieder etwas so Handwerkliches vollbringen, wie diesen Garten zu schaffen, denke ich. Doch an diesem Tag sind wir einander so nah wie noch nie und vielleicht endlich bereit dazu, die andere zu akzeptieren, wie sie ist.

»Ich würde dir gerne noch etwas erzählen, Mama«, sage ich leise.

Aufmerksam betrachtet sie mich. »Jetzt machst du mir Angst. Was kann es denn nach all dem noch geben?«

»Ich habe schrecklichen Mist gebaut. Aber anders, als du denkst.«

Isabelle
1967

Sie fühlte sich so erschöpft. An scheinbar jeder Stelle ihres Körpers schmerzte es. Sie hatte eine Grippe nicht ordentlich auskuriert und musste nun mit einer Lungenentzündung kämpfen. In diesem angeschlagenen Zustand erhielt sie an diesem Morgen den Brief, auf den sie so lange gewartet hatte.

Ein Teil von ihr hatte nie die Überzeugung verloren, dass Damian zu ihr zurückkehren würde. Am Ende würde er mit seiner stillen Stärke allen Konventionen trotzen. Sie liebten einander und deshalb würde er Ernst das Geld vor die Füße werfen und Isabelle und Iris mit sich nehmen.

Ernst würde sie kaum vermissen. Es gelang ihm nicht, der Kleinen ein liebevoller Vater zu sein. Den größten Teil der Schuld daran gab Isabelle allerdings sich selbst.

Anfangs hatte sie ihn darüber im Ungewissen gelassen, wer der Vater des Kindes war. Sie hatte gefürchtet, dass Ernst sie nicht gehen lassen würde, wenn er die Wahrheit kannte. Doch nun hatten die Zweifel, die sie gesät hatte, so tief gewurzelt, dass sie sich nicht einfach wieder ausreißen ließen wie lästiges Unkraut. Zwar behauptete Ernst, dass er ihr glaubte, dass Iris seine Tochter war, doch Isabelle spürte, dass er ihr nicht mehr vertraute.

Isabelle hatte ihr Kind Lilly nennen wollen, doch Ernst hatte es verboten. Es entbehrte nicht einer gewissen Ironie, dass Iris dennoch einen Blumennamen trug, was aber allein der Tatsache geschuldet war, dass Ernsts Mutter so geheißen hatte.

Ungeduldig riss sie den Brief auf und fing an, die Zeilen zu überfliegen. Sie hielt die Ergebnisse ihrer Nachforschungen in den Händen und die machten all ihre Träumereien zunichte: Es stimmte, dass Damian zurück nach Polen gegangen war, doch war er dort nicht lange nach seiner Ankunft verunglückt. Ein Auto hatte ihn beim Überqueren der Straße erfasst.

Nachdem sie die Worte verinnerlicht hatte, weinte Isabelle den ganzen Vormittag, außer in der Zeit, die sie mit der kleinen Iris verbrachte. Sie verfluchte sich dafür, nicht die perfekte Mutter geworden zu sein, die sie gerne gewesen wäre. Sie war sich so sicher gewesen, dass sie ganz und gar in ihrer Rolle als Mutter aufgehen würde, sobald sie ihr Kind in den Armen hielt. Doch ein Teil der klebrigen Schwere, die seit Damians Verschwinden an ihr haftete, war geblieben.

Erschreckenderweise hatte sich die Traurigkeit direkt nach der Geburt sogar zunächst noch vertieft, was in Isabelle schlimme Selbstzweifel ausgelöst hatte. An manchen Tagen war es ihr kaum gelungen, das Bett zu verlassen. Sie hatte die Traurigkeit danach nie ganz abschütteln können. Dabei liebte sie ihr Kind über alles und gab sich solche Mühe, es ihm zu zeigen, wann immer es ihr möglich war. Sie schämte sich für ihre Momente der geistigen Abwesenheit, aber fand in solchen Momenten einfach nicht aus ihrem inneren Labyrinth hinaus zu ihrer Tochter. Inzwischen war Iris so groß, dass sie die Stimmungen ihrer Mutter sehr genau spüren konnte, und Isabelle wusste, dass sie das Kind irritierten.

Seit Ernst in seinem Wutanfall den Garten vernichtet hatte, fehlten Isabelle die gemeinsamen Stunden mit ihrer Kleinen darin. Im Garten war sie mit sich im Reinen gewesen und hatte sich eingebildet, Damians Nähe zu spüren. Es war seltsam, wie sie sich innerhalb der massiven Mauern so frei wie nirgends sonst gefühlt hatte. Auch Iris war Feuer und Flamme für den Garten gewesen. Leider war auch Ernst nicht entgangen, wie sehr sich Iris zur Natur und den Blumen hingezogen fühlte, während sie für Bücher weniger Interesse zeigte. Vermutlich hielt er es für ein Erbe des Gärtners, was zu den Gründen zählen dürfte, weswegen er den Garten am Ende nicht mehr ertragen hatte.

Isabelle zuckte jedes Mal zusammen, wenn Iris ihr Blumen vom Nachbargrundstück stahl, um sie aufzuheitern. Ihre Tochter sollte nicht das Gefühl haben, sich um ihre Mutter kümmern zu müssen.

Irgendwann stand sie schweißüberströmt auf. Sie musste mit Lena sprechen, die sich gerade um Iris kümmerte. Sie fand sie in der Küche, wo Iris zufrieden auf der Anrichte neben der Herdplatte saß, während Waltraud kochte und Lena das Besteck polierte.

»Lena, darf ich dich einmal kurz ins Wohnzimmer bitten?«, fragte sie ernst.

Lena wischte sich die Hände an der Schürze ab und band diese los. »Natürlich, ich komme.«

Im Wohnzimmer bat Isabelle die junge Frau, sich zu ihr zu setzen. »Ich habe dir etwas Wichtiges zu sagen. Heute früh hat mich die Nachricht erreicht, dass dein Bruder tot ist.«

Entsetzt starrte Lena sie an. »Woher wissen Sie das?«

Isabelle zuckte die Achseln. »Ich habe ein wenig nachgeforscht. Es tut mir so leid, dir das erzählen zu müssen. Willst du zu deinen Eltern gehen und mit ihnen reden?«

Lenas Blick huschte hin und her.

»Wusstest du es schon?«, fragte Isabelle überrascht. Lena hatte ihr immer versichert, keinen Kontakt mehr zu Damian zu haben und nichts über seinen Verbleib sagen zu können. In Isabelles Augen sammelten sich die Tränen.

»Es tut mir so leid«, stammelte Lena. »Ich dachte, es wäre besser so.«

»Besser?«, fragte Isabelle mit einem seltsam hohlen Gefühl in der Brust. »Weißt du, dass ich insgeheim all die Jahre hier damit vertan habe, auf ihn zu warten? Ich hatte so gehofft, er kommt zurück.«

Lena schlug die Hände vors Gesicht. »Ich habe ihm gesagt, dass ich die Idee nicht mag. Aber er hat mir ein Versprechen abgenommen.«

»Was für ein Versprechen?«

»Er wollte nicht gehen«, presste Lena hervor. »Ich habe ihn dabei erwischt, wie er die Sachen packte. Und mich so lange heulend auf seinen Koffer gesetzt, bis er mir alles erzählte. Er sagte, Ihr Mann habe damit gedroht, Ihnen das Kind wegzunehmen. Da hätte aller Mut nichts gebracht. Jemand, der so einflussreich wie Ernst Hoffmann ist, findet immer einen Weg, seinen Willen durchzusetzen. Das hat er damals gesagt. Und dass er wisse, wie sehr Sie sich ein Kind wünschten – mehr als alles andere. Wir alle wussten das. Es hätte Sie zerstört, meinte er.«

Sie dachte über Lenas Worte nach – ihre eigenen Worte. Damian hatte recht gehabt. Zu jenem Zeitpunkt hatte Isabelle nur noch verlieren können – und am Ende hätte sie den Verlust ihres Kindes vermutlich noch weniger gut verkraftet als den ihrer großen Liebe.

»Das heißt, dein Bruder hat nie Geld erhalten?« Die Worte waren nur noch ein Wispern.

Lena wand sich. »Ich habe das Geld«, flüsterte sie dann. »Er hat es sich aufzwingen lassen, damit ich Sängerin werden kann, sobald ich volljährig bin. Vielleicht dachte er außerdem, dass es für Sie leichter würde, wenn Sie ihn für einen käuflichen Bastard hielten. Es hat nicht gut funktioniert, oder?«

Isabelle schüttelte den Kopf.

»Das Geld ist sicher verwahrt«, sagte Lena hastig. »Ich gebe es Ihnen.«

»Aber du bist doch schon volljährig. Warum bist du nicht gegangen?«

»Ich konnte Sie hier nicht zurücklassen.« Lenas Stimme zitterte bei diesem vertraulichen Satz.

»Ach, Lena.« Isabelle streckte die Arme nach der Jüngeren aus und zog sie an ihre Brust. Eine ganze Weile hielten sie sich gegenseitig umfangen, bevor Isabelle mit fester Stimme sagte: »Du gehst so bald wie möglich. Nimm das Geld! Verwirkliche deinen Traum! Ich würde den Gedanken nicht ertragen, dass du meinetwegen hierbleibst und für Menschen sorgst, die dich nicht achten.«

»Ich würde Sie aber schrecklich vermissen. Und die kleine Iris und natürlich Waltraud.«

»Noch mehr würdest du dein Leben vermissen«, beharrte Isabelle und schickte Lena wieder zurück in die Küche und machte sich selbst auf den Weg zum Pflanzenhändler.

Sie kaufte eine einzelne Calla. Obwohl es in Strömen regnete, holte sie ihre Schaufel aus dem Haus und schleppte sich in den zerstörten Garten. Diese eine letzte Geste für Damian würde sie sich nicht nehmen lassen.

Völlig durchgefroren und klatschnass kehrte sie anschließend wieder ins Bett zurück und kuschelte sich unter ihre Bettdecke. Ihr Herz raste und sie zitterte am ganzen Körper. Kurz vor dem Einschlafen erkannte sie, dass sie einen weiteren egoistischen Fehler gemacht hatte: Was, wenn sie sich nicht von ihrer Krankheit erholen würde?

Iris. Es tut mir so leid.

Lilly

Es war am Abend nach einem langen Drehtag. Liebesszenen waren nie einfach, wenn man sein Gegenüber nicht gut kannte, und ich müsste lügen, wenn ich behaupten würde, Maximilian nicht attraktiv gefunden zu haben. Als er mir anbot, mich nach Hause zu fahren, war ich geschmeichelt, aber ich hatte sicher nicht vor, mit ihm zu schlafen, als ich in der Tiefgarage in sein Auto stieg.

Statt gleich loszufahren erzählte er mir mit betroffener Miene, dass der Regisseur sich bei ihm über mich beschwert hatte. »Er hat bei dir die nötige Leidenschaft vermisst, du wirktest den ganzen Tag so furchtbar hölzern.« Das traf mich unerwartet. Er sagte noch ein paar andere Dinge, die dafür sorgten, dass ich mich klein und unsicher fühlte und die mich anfällig machten. Heute ist mir klar, dass Maximilian genau wusste, was seine Worte in mir auslösen würden. Vermutlich war ich für andere durchschaubarer, als ich es mir eingebildet hatte. Als Nächstes versicherte Maximilian mir, dass er selbst an mich glauben würde und mein Potenzial erkannt habe. Aber er wollte sichergehen, ob ich sein Vertrauen verdiente, bevor er ein gutes Wort für mich einlegte. »Kannst du das denn? So richtig leidenschaftlich sein? Ich glaube, unsere Kussszene würden wir noch wesentlich besser hinbekommen.«

Ich war verwirrt und hatte das Gefühl, in der Klemme zu stecken. Ich wollte ihn nicht küssen. Aber ich wollte, dass sie an mich glaubten. Es war ein Trost für mich, dass der große Star an meiner Seite mir eine Chance geben wollte. Er schien auf meiner Seite zu sein. Und es war nur ein Kuss – ein Kuss zu Übungszwecken, ohne jegliche Bedeutung. Was war schon dabei, wo wir uns vor der Kamera ohnehin zwischen den Laken wälzten? Also tat ich es. Ich stürzte mich auf seinen Schoß, packte sein Gesicht und küsste ihn mit aller Leidenschaft, zu der ich fähig war.

Als er versuchte mich fester zu packen und an sich zu ziehen, drückte ich ihn von mir weg. Genau in diesem Moment wurden die Fotos geschossen und dummerweise sieht es dort so aus, als sei es genau umgekehrt.

Eingeklemmt zwischen Maximilian und dem Lenkrad wurde mir schlagartig klar, dass es hier keinesfalls um einen wohlgemeinten Rat und einen harmlosen Übungskuss gegangen war. Plötzlich überschwemmte mich ein Gefühl der Machtlosigkeit und des Ausgeliefertseins. Ich hatte nicht mitmachen wollen, mich aber von meiner Unsicherheit verleiten lassen und das Falsche getan. In dem Versuch, einen letzten Rest Stolz zu wahren, setzte ich mich wieder neben ihn und ließ mich trotz allem nach Hause fahren. Heulend wegzurennen hätte ich als Eingeständnis meiner Schwäche gesehen.

Maximilian hingegen deutete mein Bleiben als Einwilligung, als Aufforderung, sich noch ein wenig mehr ins Zeug zu legen, schließlich war ich den ersten Schritt mitgegangen und hatte damit seine Leidenschaft weiter angefacht. Auf halber Strecke hielt er in einer einsamen Gasse und stellte den Motor ab. Mit einem Handgriff ließ er meinen Sitz nach hinten klappen, sodass ich beinahe waagerecht lag, ohne etwas dagegen tun zu können. Seine Bewegungen waren schnell und ließen mir keine Chance für Protest. Er schwang sich über die Mittelkonsole und war über mir, fuhr mit seiner Hand zwischen meine Beine unter den Rock und nestelte dabei an seiner Hose. Ich wehrte mich, doch er ignorierte meine Bemühungen, begriff nicht, dass ich mich nicht zierte, weil man das so tat, obwohl ich ihn in Wirklichkeit wollte, sondern dass ich verzweifelt gegen ihn ankämpfte. Als er mich endlich ansah, hatte er bereits seine Hose geöffnet und seine Boxershorts heruntergezogen. Ich spürte sein Glied an meinem nackten Oberschenkel. Als er das Entsetzen und den Ekel in meinem Gesicht las, schrak Maximilian zurück. Er wandte sich sofort von mir ab, rückte seine Kleidung zurecht und ließ sich wieder auf den Fahrersitz fallen. Ich saß zitternd in meinem Sitz und gab mir eine Teilschuld an allem.

»Der Regisseur hat nie etwas über mich gesagt, oder?«, fragte ich am Ende ernüchtert.

Er schüttelte den Kopf. Auch er wirkte verwirrt, doch plötzlich änderte sich die Stimmung. Er kniff die Augen zusammen und sein Blick war jetzt eiskalt. »Du wirst es niemandem sagen! Ich bin glücklich verheiratet.«

»Na klar, merkt man.« Ich lachte höhnisch. Ohne ein weiteres Wort ließ er den Motor wieder an und setzte mich endlich vor Simons und meiner Wohnung ab. In diesem Moment war ich mir sicher, dass ich etwas sagen würde. Dass ich sprechen musste, um andere Mädchen vor dieser Falle zu schützen.

Doch bereits am nächsten Morgen tauchten die Bilder auf, die sofort zu meinen Ungunsten ausgelegt wurden. Ich stellte ihn zur Rede, forderte von ihm, dass er das Missverständnis richtigstellte, doch er erzählte nur weinerlich von seinen Kindern und der schwangeren Frau, denen er den Verlust des Vaters und Ehemanns nicht zumuten konnte.

Ich hatte seine Kinder einmal am Set getroffen und mit ihnen herumgealbert. Sie waren zauberhaft gewesen – nur deshalb zog sein Argument. Die Kleinen konnten nichts für den

Charakter ihres Vaters und liebten ihn. Eine mediale Schlammschlacht gegen ihn hatten sie nicht verdient.

Also schwieg ich.

Einzig Simon hätte ich gerne erklärt, warum ich jedes Mal zurückwich, wenn er mich berührte, und dass es nichts damit zu tun hatte, dass ich mich zu einem anderen hingezogen fühlte. Aber er ließ es nicht zu.

Noch eine kleine Parallele zwischen meiner Großmutter und mir erkenne ich, während ich erzähle: die Männer, die aus Angst nicht zuhören und die Wahrheit verpassen.

Jetzt mit meiner Mutter darüber zu sprechen, nimmt eine riesige Last von mir. Es war richtig, ihr davon zu erzählen, und ich spüre, dass sie sich freut, dass ich mich dazu durchgerungen habe, sie als Erste ins Vertrauen zu ziehen.

Als sie am Sonntagabend wieder fährt, haben wir das erste Mal seit Langem ein ganzes Wochenende ohne Streit oder Vorwürfe hinter uns gebracht. Wieder ist der Ballast auf meinem Rücken ein Stück leichter geworden.

Am Montagmorgen sitze ich beim Schuldirektor. Das Gespräch fällt mir leichter als gedacht, nachdem ich mich entschlossen habe, diesen Kerl einfach nicht zu ernst und seine Anspielungen nicht persönlich zu nehmen. Gelassen entschuldige ich mich für meinen Auftritt, ohne zu zerknirscht zu wirken. Ich erkläre ihm, dass ich in einer schwierigen Lage gewesen bin und mich die Fotos hier in der Schule sehr überrascht haben.

»Trotzdem denke ich, dass es sicher im Sinne aller ist, wenn ich diesen Kurs noch zu Ende bringe. Schließlich ist Kontinuität für die Schüler in diesem Alter besonders wichtig. Ich habe bereits ein Vertrauen zu ihnen aufgebaut, das zu zerstören sehr schade wäre.«

Irgendwann willigt er ein, macht mir aber klar, dass ich nach diesem Kurs nicht damit rechnen könne, weiter an der Schule beschäftigt zu werden. Doch das kümmert mich nicht, schließlich habe ich für die Zukunft andere Pläne.

Doch erst mal muss ich meinen Schülern erklären, dass auch Erwachsene manchmal Mist bauen und dass der sich am besten bereinigen lässt, wenn man sich der Sache stellt. Ich bin erstaunt, wie reif sie meine Erklärungen aufnehmen und mir erklären, dass sie es »voll doof« gefunden hätten, wenn das Stück nicht zustande gekommen wäre, nachdem ich sie die ganze Zeit damit genervt hätte.

So schön es auch ist, wieder mit meinen Schülern zu arbeiten, bin ich erleichtert, als der Tag geschafft ist und ich mich weiter mit meinen Zukunftsplänen beschäftigen kann.

Tatsächlich werde ich das Haus der Stiftung übergeben, von der ich Linus erzählt habe. Ich denke, auch meinem Großvater würde es gefallen, wenn in seinem Haus junge Künstler gefördert werden. Es gab sogar bereits Andeutungen, dass sie mich gerne für ein paar Unterrichtseinheiten gewinnen würden. Vielleicht gelingt es mir in naher Zukunft ja sogar, noch eine private Theatergruppe für Kinder und Jugendliche auf die Beine stellen. Damit würde ich den wirklich interessierten Schülern eine Anlaufstelle außerhalb der Schule bieten.

Trotz dieser Aussichten und obwohl die weiße Weste meines Großvaters in meinen Augen ein paar Flecken bekommen hat, werde ich das Haus mit einem Hauch von Wehmut abgeben. Aber mal ehrlich, wer geht schon mit blütenreiner Kleidung durchs Leben? Mein Gefühl sagt mir, dass ich in der Gegend bleiben möchte, aber für mich allein brauche ich kein Anwesen.

Inzwischen habe ich mich an den Theatern in einem größeren Umkreis beworben, auch bei den kleinen Kellertheatern. Schließlich habe ich dank meines Erbes das Glück, vorerst nicht aufs Geld achten zu müssen. Ich habe ausgerechnet, dass ich etwa fünf Jahre keinerlei Einkommen aufbringen müsste. Und die Tantiemen garantieren, dass sogar danach noch zumindest die Miete für eine kleine Wohnung abgedeckt ist, selbst, wenn ich alle Rechte – außer denen an »Die Insel des morgigen Tages« – mittels einer kleinen Erpressung in Elkes Hände gegeben habe.

Das alles heißt nicht, dass ich vorhabe, in Zukunft anspruchsloser zu leben, ganz im Gegenteil. Ich habe erkannt, dass es mir wichtiger ist, in meinem eigenen Leben die Hauptrolle zu spielen als auf einer Bühne, und dass ich darüber hinaus auch noch die Regie und das Drehbuch an mich reißen sollte, damit es wirklich mein Leben ist. Ganz alleine kann ich die Handlung natürlich nicht lenken. Wenn andere Menschen ins Spiel kommen, ist echte Teamarbeit gefragt, und deshalb bin ich nun auf dem Weg zu Linus.

Als ich an seiner Tür klingele, versuche ich nicht allzu große Erwartungen an unser Treffen zu stellen. Zwar hat Sabine mir erzählt, dass er und seine Freundin doch nicht wieder zueinander gefunden haben, aber das muss nicht heißen, dass er nach all dem Drama noch Interesse an mir hat. Von Sabine habe ich übrigens außerdem erfahren, dass es Linus' Ex gewesen ist, die Leon mittels eines vorgeblich beiläufigen Kommentars den Tipp gegeben hat, mich unter einem anderen Namen zu suchen. Linus hatte mich wohl einmal zu oft erwähnt. Ich habe ihr verziehen. Ich weiß am besten, dass man dumme Dinge tut, wenn Liebe im Spiel ist.

Als Linus mir öffnet, sieht er erfreut und misstrauisch zugleich aus, bittet mich aber herein.

»Ich würde dir gerne eine Geschichte erzählen«, erkläre ich ohne Umschweife. »Möchtest du mir immer noch zuhören?«

Er nickt zögernd. »In Ordnung.«

Kurz darauf sitzen wir gemeinsam auf dem Sofa in seinem gemütlichen Wohnzimmer und nachdem ich so lange geschwiegen habe, erzähle ich meine Geschichte nun innerhalb von zwei Tagen zum zweiten Mal. Ich will mein Wort nicht brechen und werde in der Öffentlichkeit auch weiterhin schweigen, aber Linus soll wissen, was wirklich in der Tiefgarage passiert ist, auch wenn er mir womöglich nicht glaubt.

Schließlich klingen die Ereignisse auch für mich noch immer wie das Drehbuch zu einem sehr schlechten Film. Trotzdem fällt mir das Erzählen dieses Mal leichter.

Als ich die Geschichte beendet habe, sieht Linus so aus, als würde er gleich in den Kampf ziehen wollen. »Diesen Typen würde ich mir zu gerne krallen.«

»Meine Mutter hat so etwas Ähnliches gesagt«, antworte ich mit müdem Lächeln. Sie sprach allerdings mehr von Gartenscheren und dem Verlust empfindlicher Körperteile.

»Wenigstens gebe ich mir nicht mehr die Schuld an dem, was passiert ist. Und ich denke, er hat einen echten Schrecken bekommen und wird in Zukunft wirklich die Finger zumindest von den unwilligen Kolleginnen lassen.«

»Aber es scheint so unerträglich unfair, dass du die ganzen Ohrfeigen eingesteckt hast«, sagt Simon empört.

»Ja, natürlich ist es unfair. Aber jetzt bin ich so weit, dass ich es gerne einfach hinter mir lassen würde. Wenn ich jetzt mit meiner Story käme, würde nur eine neue Schmutzkampagne losgetreten. Wahrscheinlich würde es nicht einmal etwas bringen. Ich war zu lange die Böse, um das Ruder jetzt noch herumreißen zu können. Er ist der arme junge Familienvater, der von der hemmungslos leidenschaftlichen jungen Kollegin verführt wurde. Seine Fans lieben ihn so sehr, dass sie sich wohl kaum eingestehen werden, dass er es war, der einen Fehler gemacht hat. Aber ich bin froh, dass *du* mir glaubst. Ich habe ja leider nicht viel dafür getan, für andere glaubwürdig zu erscheinen.«

»Es ist deine Entscheidung, auch wenn ich ihr nicht zustimmen kann. Wenn du es dir anders überlegst, sag nur Bescheid! Dann tue ich mich gerne mit deiner Mutter zusammen und stehe eine Stunde später bei ihm vor der Tür.«

Ich lache auf, als ich mir die beiden als blutrünstige Rächer meiner Ehre vorstelle. Für mich ist gerade das Wichtigste, dass ich es mir tatsächlich vorstellen kann.

Die letzten Erlebnisse mit meiner Mutter haben dazu geführt, dass wir einander ansehen können, ohne uns unruhig die Frage zu stellen, was die andere wohl erwarten mag und warum wir es nicht erfüllen können. Wir werden einander nie ganz verstehen, aber das macht nichts. Die Liebe ist eine große Brückenbauerin – und unsere Brücke ist immer da gewesen, nur lag sie so tief im Dickicht unserer Missverständnisse verborgen, dass meine Mutter und ich sie nicht gefunden haben.

Auch Linus ist ganz anders als ich und trotzdem habe ich das Gefühl, dass uns etwas Wunderbares gelingen könnte. Falls wir es zulassen.

Ich schaue ihm in die Augen. »In letzter Zeit war ich ganz schön durch den Wind. Aber du hast mir schon gefallen, als mein Leben noch völlig verrückt war – genau wie ich. Und obwohl ich mich jetzt ganz vernünftig fühle, gefällst du mir immer noch. Denkst du, das könnte ein gutes Zeichen sein?«

Der inzwischen vertraute Ausdruck seiner Augen – diese Mischung aus Spott und tiefer Zuneigung – lässt meinen Magen flattern. »Was meinst du denn, Lilly?«

»Ich denke schon. Ich bin mir noch nicht ganz sicher, wie mein weiterer Weg aussieht. Aber ich würde gerne probieren, wie es sich anfühlt, ihn an deiner Seite zu gehen.«

»Was ist mit deinem Freund?«

»Wir sind getrennt. Und was ist damit, dass unser Kuss keine Bedeutung hatte?«

»War eine Schutzbehauptung«, gesteht er

Ich lächle. »Schön, dass auch du nicht immer ehrlich zu dir bist.«

Ein wenig zögerlich hebt er die Hand und fährt mit seinem

Finger meinen Wangenknochen entlang. »Vielleicht sollten wir es langsam angehen lassen.«

»Unbedingt.« Ich nicke eifrig. »Im Kino soll ein guter Film laufen. Vielleicht könnten wir uns den anschauen.«

Er beugt sich vor. »Was für einer?«

»Keine Ahnung«, murmele ich.

Lachend zieht er mich an sich, um mich zu küssen. Man sagt immer, dass Geheimnisse und Hindernisse die Sehnsucht anfeuern, aber ich kann verraten, dass so ein Kuss kein Stück langweiliger ist, wenn man nichts mehr zurückhalten muss. Im Gegenteil. Mich fallen lassen zu können, kommt mir wie das Aufregendste vor, das ich je erlebt habe.

EPILOG

Iris
2020

Morgen schon wird das Haus nicht mehr den Hoffmanns oder Jensens gehören, denkt Iris. Sie schlendert durch den Garten, um auf ihre Weise Abschied zu nehmen. Noch vor wenigen Wochen hätte sie niemals geglaubt, jemals den Drang danach zu verspüren. Sie denkt an ihre Mutter und an ihre eigene Tochter, ohne deren Geschenk sie vielleicht nicht den Mut aufbringen würde, den Brief in ihren Händen zu öffnen. Der Nachlassverwalter hat ihn ihr schon vor einiger Zeit geschickt. Nun lässt sie sich auf dem Liegestuhl nieder, um ihn zu lesen. Sie hofft nur, dass sie es nicht bereuen wird, ihn nicht verbrannt zu haben.

Mit zitternden Fingern reißt sie den Umschlag auf und entnimmt ihm den zusammengefalteten Bogen.

Es ist das hochwertige feste Briefpapier mit dem Wasserzeichen. Auch noch am Ende hat er auf Stil bestanden. Noch einmal holt sie tief Luft und beginnt zu lesen:

Meine liebe Iris,

betrachte dies als unzureichenden, aber ehrlichen Versuch, dich um Verzeihung zu bitten. Ich weiß, dass ich dir nie der Vater gewesen bin, den du verdient hättest. Es gab eine Zeit, in der deine Mutter mich verlassen wollte. Ich hätte sie mit dir ziehen lassen sollen, doch ich konnte es nicht. Und das, obwohl ich sie nur noch als faden Abglanz der Frau behalten durfte, die sie einmal gewesen ist.

Jetzt erkenne ich, was ich vor allem dir damit angetan habe. Es stimmt aber nicht, dass ich nie zärtliche Gefühle für dich hatte. Vielleicht habe ich es nicht gewagt, ihnen nachzugehen. Ich fand keine Worte für dich, obwohl Sprache mein Metier ist. Und irgendwann war es so weit, dass du mir ohnehin nicht mehr zugehört hättest. Die Schuld daran trage allein ich.

Erst als Lilly da war, habe ich noch einmal versucht, auf dich zuzugehen, auf die einzige Art, die mir möglich war. Ich habe ein Buch für dich geschrieben. Erinnerst du dich an die alte Grille, die Eliza bei ihren Abenteuern beratend zur Seite stand? Dabei habe ich mir uns beide vorgestellt, so, wie es hätte sein sollen. Du kamst mir immer tapfer und stark wie Eliza vor.

Geredet hast du nie viel. Aber du hattest diesen Blick, der einen dazu auffordert, allen Schein abzulegen und sich auf die Substanz zu konzentrieren. Er hat ganz schön an mir genagt.

Als ich das Buch beendet hatte, wollte ich es dir geben. Aber dann kam ich mir lächerlich vor. Ich legte es beiseite und holte es erst wieder hervor, als sich Lilly ein Buch von mir wünschte. Ich habe es ihr mit kleinen Änderungen überlassen. Kann das unser Geheimnis bleiben? Ich glaube, es hat ihr etwas bedeutet, und mir hat es so viel bedeutet, mit dieser zauberhaften Enkelin eine zweite Chance zu bekommen, Zuneigung zu geben und zu empfangen.

Ich setze nicht darauf, dass du mir vergibst. Aber – du weißt, wie berechnend ich sein kann – ich würde mich sehr freuen, dir eine kleine Grille ins Ohr gesetzt zu haben, und dass du manchmal auch an sie denkst, wenn du dich an mich erinnerst. An den Vater, der ich hätte sein sollen.

Also lass mich dir dieses eine Mal und viel zu spät sagen: Ich hab dich lieb, mein Kind.«

Eine unbedeutende Grille

Manipulativer Mistkerl! Iris starrt auf den Brief. Sie mit solchen Worten zurückzulassen nach all der Zeit. Er war wirklich ein verfluchter Mistkerl! Trotzdem kann sie nicht anders, als es ihm hoch anzurechnen, dass er mit keinem Wort ihre Mutter schlechtmacht oder verurteilt und sich so versucht herauszureden. Ist es nicht auch eine Form von Liebe, dass er sich bemüht, ihr Bild von ihrer Mutter nicht zu beschädigen? Da hat er allerdings etwas missverstanden. Menschen müssen nicht fehlerfrei sein, damit man sie lieben kann. Ihr Vater hat so viel falsch gemacht, wie es vielleicht schon seine Eltern vor ihm getan hatten. Und Iris … sie weiß, wie es ist, nicht aus seiner Haut zu können. Ihren Vater besser zu verstehen heißt allerdings nicht, ihm auch alles vergeben zu können. Aber sie erinnert sich daran, wie sie und Lilly in genau diesem Garten beschlossen haben, loszulassen. Genau das wird sie tun. Lilly und sich selbst zuliebe wird sie versuchen, diesen Ernst Hoffmann immer häufiger als die Grille zu sehen, die oft nervte, aber ihr manchmal eben auch sinnvolle Dinge ins Ohr flüsterte.

Es hat keinen Sinn, sich weiter an den Groll zu klammern. Aber sie wird seiner Bitte folgen und Lilly nicht sagen, dass er das Buch ursprünglich für Iris geschrieben hat.

Sicher, es gibt nun ein neues Geheimnis zwischen ihr und ihrer Tochter, aber Iris hofft, dass es sich nie als ein schädliches erweisen wird.

Auch Lilly scheint mit der Vergangenheit abgeschlossen zu haben. Ihren weiteren Weg wird ohnehin nicht Eliza lenken, warum also sollte sie ihr diesen kleinen Beweis einer Liebe nehmen, die ihr Großvater wirklich für seine Enkelin empfunden hat?

Neugierig hält Iris dem Pfauenauge vor ihrer Nase den Arm entgegen, in der Hoffnung, es würde sich zutraulich darauf niederlassen. Aber das scheue Tier zieht es vor davonzuflattern und Isabelle sieht ihm lächelnd nach. Sie würde nicht noch einmal versuchen, einen Schmetterling festzuhalten. Mach es gut, Mama, schickt sie dem zarten Tier in Gedanken hinterher.

Vielleicht würde sie es sich erlauben, heute noch eine Blume zu pflanzen, die bisher nicht hier gestanden hatte. Auch sie wollte eine eigene Spur in diesem Geflecht der Botschaften hinterlassen.

Es würde eine Wicke sein: Wir werden uns wiedersehen.

Lisetta Renzi
Das Haus der verlorenen Träume
€ 10,00, Taschenbuch
ISBN 978-3-7457-0066-4

Zwölf Jahre war Isabel nicht mehr in Italien. Nun fährt sie aus einem traurigen Anlass zurück: Ihre Großtante Ada ist gestorben. Isabel erbt ihr wunderschönes Haus in den Hügeln der Toskana – allerdings nur zur Hälfte. Die andere Hälfte bekommt ausgerechnet Neri, der Sohn des Grafen von Torrelupo und Isabels erste große Liebe. Jahrelang haben sie sich nicht gesehen, und Isabel hat nicht die geringste Lust, mehr Zeit als nötig mit Neri zu verbringen – zu schmerzhaft ist der Verrat von damals. Doch als Neri kurzerhand in das Haus einzieht, kann Isabel ihn nicht länger ignorieren.

www.mira-taschenbuch.de

Robyn Carr
Wiedersehen in Virgin River
€ 10,00, Taschenbuch
ISBN 978-3-7457-0081-7

John »Preacher« Middleton genießt die Ruhe in dem friedvollen Virgin River. Plötzlich wird seine Welt auf den Kopf gestellt: Mitten in der Nacht steht eine Frau vor seiner Tür. Ohne zu zögern, kümmert er sich um sie. Denn Paige weckt nicht nur seinen Beschützerinstinkt, sondern ebenso Gefühle, an die Preacher nicht mehr geglaubt hat. Doch Paige kann auch in Virgin River ihre tragische Vergangenheit nicht hinter sich lassen. Wird es Preacher gelingen, ihre verletzte Seele zu heilen?

www.mira-taschenbuch.de